과거로부터의 행진

과거로부터의 행진

하

김석범 지음 ─ 김학동 옮김

보고사
BOGOSA

KAKOKARA NO KOUSHIN volumes 1 & 2

by Suk Bum Kim
Copyright © 2012 by Suk Bum Kim
First published 2012 by Iwanami Shoten, Publishers, Tokyo.
This Korean edition published 2018
by BOGOSABOOKS, Paju-si
by arrangement with Iwanami Shoten, Publishers, Tokyo.

17

그로부터 삼사 개월이 지난 8월의 여름, 한성삼과 부친은 오사카에서 상경, 오랜만에 신주쿠에서 김일담과 만났다. 김일담의 안내로 그의 단골집인 코마 극장 뒤편의 조용한 선술집에 들렀다가 한국요릿집의 독방에서 아버지가 이야기를 꺼냈다. 제주도 4·3사건을 주제로 오랜 세월 집필을 계속해온 작품의 현장인 제주도를 포함하여 한국 취재를 전적으로 인정하고 모든 편의를 제공한다는 한국 정부의 초빙 이야기를 했지만, 김일담은 존경하는 고향 선배의 배려와 말씀을 거역하는 고충을 내비치며 대답을 미루지 않고 그 자리에서 거절했던 것이다. 그 누구든 파고들 여지가 없었다. 한성삼은 한마디도 하지 않았다. 당연히 남산공작과 관련이 있다는 것은 서로가 알고 있는 일이었다. 그것이 한성삼을 견디기 힘들게 만들었지만, 김일담이나 부친도 마찬가지였다.

그리고 나서 7년, 한성삼은 김일담에게 절대로 입 밖에 내서는 안 될 일을, 김일담을 팔았던 일을 고백하고 싶다고 김일담에게 전화하여 상대를 놀라게 했던 것이다.

고백? 뭐라고, 핫하하, 무슨 고백 말인가⋯⋯? 남산의 일인가? 숲이 깊은 그곳에서 있었던 일은, 그곳에서 무슨 일이 있었는지 우린 알 수 없지만, 절대로 입 밖에 내서는 안 되는 일이잖나? 예-, 그렇습니다. 음⋯⋯. 지금은 시효가 지났나. 그들에게는 그런 게 없겠지. 있어도 형편에 따라 살아날 테고.

왜 고백을 하겠다고 말해버린 것일까. 7년간 말하지 않은 일을. 엉망으로 취했던 모양이다, 근래에 없이 고약하게 취했고 심한 숙취 탓이다. 기억은 나지 않지만 김일담 선생님이 큰 고생을 하시면서 집에까지 바래다주신 모양인데, 그에 대한 사죄의 전화를 한 것이 계기가 되었다. 그렇지 않았다면 영원히 이야기할 일은 없었을 것이다. 자네가 그렇게 취한 것은 한국대사관의 영사 때문이 아닌가. 정보영사인지 뭔지 과거 남산의 일이, 10년이 다 된, 7년 전의 남자 목소리를 타고 밀려든 것이 아닌가. 옛날 일이⋯⋯. 그래, 그럴 거야. ⋯⋯평소에 많은 사상적 영향을 받아온, 북괴공작원과 연결된 조총련계 북괴공산분자 김일담의 지시하에 남한간첩 공작-Y대학을 거점으로 한 학원침투 공작을 위해 1984년 3월 한국 입국을 달성했다⋯⋯.

일단, 마주보고 고백을 하게 된다면 무슨 말을 해야 하나. 김일담의 지시에 따라 학원침투 공작을 위해 한국 입국, 간첩용의를 인정하고 진술서를 작성, 열 손가락 지문을 찍어 서명. 전향, 석방되었다. 김일담에게 고백을 해서 어떻게 한단 말인가. 대충은 알고 있는 일. 암묵적인 양해는 아니더라도, 그대로 별일 없이 지내왔다. 이제 와서 용서를 빈다? 용서를 구할 수 있는 건가. 10년 가까이 침묵해온 일이다. 함구령이 있었다는 것은 지금은 구실에 지나지 않는다. 상상이 거기에 미치면 가위에 눌리는 터부였지만, 터부는 결국 자신만의 일이 되었다. 함구령이 무서운 것은 아니다, 스스로가 무서워서 입 밖에 내지 못하도록 마음에 동결시켜 왔다.

아무런 관계도 없는 김일담을 남산의 강요에 굴복하여 팔았던 일을 고백, 자신의 감춰진 마음의 피막을 벗기고 고백하는 일. 지금 그로부터 뺨을 얻어맞고 발길질을 당해도 반격할 수는 없을 것이다. 가능하면 그렇게 되어야 한다. 김일담으로부터 남산의 남자들에게 당한 폭력 이상의 것을 당해도 그것은 굴욕이 아니다. 폭력을 당함으로써 비로소 자유를 느끼게 될것이다. 그걸 반격한다는 것은 동물적인 생존본능의 반작용에 지나지 않는다.

밤낮 구분 없이 영원히 계속될 것 같던 남산에서의 고문의 날들, 일방적이고 한결같은 폭력에 그저 계속 얻어맞을 뿐 되받아 칠 자유가 없는, 자신의 내부만 함몰되는 파멸의 자기 붕괴, 반항의 여지없이 그저 오로지 일방적인 폭력을 당하는 일.

인력(引力)이 영원한 지상의 법칙인 것처럼 곤봉 구타가 영원히 계속될 것 같은 기세로 지상의 법칙이 되어 떨어져 내린다. 육체만이 아니라 존재 그 자체를 통째로 때려눕힌다. 인간의 심신 모두를 타락할 대로 타락시킨다. 남는 것은 산송장. 땅 위에 드러누운 몸의, 상처투성이 얇은 피부를 지나는 혈관에 남은 목숨. 생물로서의 목숨만이 남았다.

김일담에게 얻어맞자. 어딘가의 밀실에서 이 배신자를, 정의를 팔아버린 비열한 유다! 김일담에게 얻어맞으면 난 구제될 것이다. 생물로서의 목숨만 남은 몸에 인간의 생명이 소생할 것이다.

한성삼은 지난밤 이래, 한국에서 왔다는 남산의 남자 전화를 스스로 받을 만한 마음의 준비는 되어있었지만(몇 번, 술에 만취해 잠든 사이, 과거의 깊은 숲 속 남산의 미궁으로 돌아가 얼마나 헤매었던가. 그리고 만취야말로 가위눌림으로부터 도망치게 만들어주었다.), 김일담에 대한, 한성삼 자신이 말을 꺼내놓고서 막상 고백을 하자니 아무런 마음의 준비가 없음을 깨달았다. 뭘 고백한단 말인가. 지금까지와 마찬가지로 아무 일도 없었던 것처럼, 그걸로 된 거 아닌가. 새삼스럽게 들춰내서 뭘 어쩌겠다고. 그걸, 한국대사관에서 걸려온 전화가 깊은 곳으로부터 몇 겹이나 되는 문을 열고 불러낸 것이다.

어쨌든 남산의 요구대로 김일담을 판 것은 사실이었다. 김일

8

담을 만나기 전에 다시 한번 전향에 대해 확인해봐야 한다.

미궁의 남산 숲 속 유치장의 딱딱한 바닥에 폐잔한 몸을 누이고, 그리고 깊은 밤 언덕 위의 하숙집 앞에 자동차로부터 내동댕이쳐진 뒤 하숙집 방에 누워서, 타락할 대로 타락해 나락에서 목숨을 부지한 폐잔한 몸에, 그것이 용서될 수 있을까. 넌 그들이 말한 것처럼, 김일담의 정체가 어찌 되었든, 그의 지시를 받아 한국 입국을 한 것도 아니고, 그의 공작 아래 움직인 사실도 없다. 모든 것이 가공의, 남산의 날조다. 그리고 이것이 세상의 절대 진리라도 되는 양 혹독한 고문을 당하고 진술서와 서약서를 쓴 뒤 전향의 증명을 받아 남산에서 나왔다. 난 1개월 또는 반년이나 투옥되어 고문을 당한 것은 아니다. 이삼일 간의 폭풍 같은 곤봉 고문 아래 항복, 열흘 만에 출소해 나온 것이다. 잠시도 버티지 못하고 어이없이 폭력에 굴복한 한심한 인간이다. 비전향으로 견뎌낸 유학생과 현지의 학생들도 많지 않았던가.

밤에 문득, 멍하니 방구석에 그림자가, 망령 같은 그림자가 서 있는 듯한 기분이 들어 돌아볼 때가 있다. 아무 것도 없다는 걸 알면서도 그게 머릿속의 방구석에서, 그 벽의 구석에 커다랗고 거무칙칙하게 얼룩진 인간의 머리, 얼굴을 닮은 그림자, 꿈속에서도 몇 번인가 나온 것 같은데, 그게 아니라 꿈속도 밖도 아닌 환각이었을지도 모른다. 남산 심문실 구석의 책상 앞에서 몇 번이고 진술서를 반복해 쓰다가 느낀 눈앞의 벽 구석에 새겨진 듯한 인간의 머리 그림자, 작은 책상이 없었을 때 방 구석으로 내몰린 학생이 엄청난 기세로 머리를 부딪친 흔적인가. 그 앞에서 밤낮으로 진술서를 썼다.

남산에서 출소한 후에도 그 이상한 벽 구석의, 책상 아래쪽 벽에 있을지도 모르는 하반신의 흔적이 환영처럼 머릿속 구석에 희미하게 떠 있을 때가 있었다. 그냥 고문으로 살해되었을지도 모를 학생의 그림자다.

그건 분명히 꿈, 수면 중에 나타나는 경우가 있다. 어스레한 어딘가의 벽 구석에서 갑자기 검은 그림자가 떠오르듯 나타나 이쪽 몸을 덮어오는 꿈이다. 검은 그림자가 다가오면 순간적으로 몸이 경직되면서, 내 목을 조이는 것인지 호흡이 경련을 일으키듯 멈추며 질식할 것처럼 가위에 눌린다. 호흡이 멎고 몸이 경직되는 경련이 계속되면 손가락 하나 움직일 수가 없다. 질식 상태에서 빠져나오기 위해 소리가 나지 않는 신음만 하다가, 당장이라도 심장이 터질 듯하게 되어 비명을 지르며 벌떡 일어난다. 벌떡 일어나는 게 아니다. 겨우 질식에서 벗어나 힘이 다 빠진 상태로, 벼락이라도 한 방 맞은 것처럼 축 쳐져서 사지를 뻗은 채 움직일 수가 없다. 최근 몇 년 동안 마음속에 봉인해 왔던 남산의 일이 꿈에 나타나 가위에 눌리면 과거 속 남산이 눈앞에 모습을 드러내 견딜 수 없을 때가 있다.

난 남산의 폭력에 굴복해 김일담을 판 인간이지만, 그렇다고 동지를 배반하거나 뭔가 조직의 정보를 자백한 것은 아니다. 고문으로 무리하게 거짓을 사실이라고 인정하게 만들었던 것이다. 그것이 전향이 되었다. 아무것도 없는 가공의 죄와 그 사상으로부터 놈들이 만들어냈다. '주의자', '김일성주의자'와 그 죄로부터의 전향, 가공 위에 성립된 전향, 이러한 것들은 전향이 아니라 가공의 전향, 그나마 이것이 마음의 위안이 되었다. 그러나 마음의 겉껍질에는 전향이라고 새겨져 있었다. 전향이 아닌 전향. 전향이면서 전향이 아니다. 가장된 전향인가. 아니, 패배의 전향이다. 객관적으로는 사실로서의 전향, 놈들 앞에서 맹세한 전향이다.

어쨌든 대사관 영사라는 남자의 전화가 최근 7년 동안 숲 속 깊이 묻혀 있던 기억을 흔들어 깨웠다.

김일담과 만난 다음날, 심한 숙취의 여파에 몸을 담근 채 그와 통화한 당일은 대사관으로부터 있을 것으로 생각했던 전화가 없었다. 전화를 직접 받으려고 대기하고 있던 다음날도 전화가 없었다.

그 이틀 뒤, 김일담과의 통화로 고백을 알린 날로부터 이틀이 지난 낮 시간에 기다리던 전화벨이 울렸다. 방에 있던 성삼과 혜순은 순간 가슴이 덜컹하여 등을 뒤로 젖혔지만, 대여섯 번, 일고여덟 번 계속 울리자 드디어 전화가 걸려왔군, 혜순

11

이 전화기가 있는 소파로 걸어가 수화기를 들고 귀에 대었다. "……예, 예……" 수화기에서 탁하고 굵은 목소리가 흘러나왔다. 녹음테이프로 반복해서 들었던 목소리다. 남산의 남자. 고문관. 지금은 한국대사관이다. "……있습니다. 지금 바꾸겠습니다……."

조선말로 응답한 혜순이 가볍게 턱을 움직여 신호를 했다.

소파에서 일어난 한성삼은 전화기 앞에서 혜순으로부터 수화기를 받아들었다.

"여보세요, 누구십니까?"

"여기는 한국대사관입니다. 한성삼 선생이십니까?"

추성준의 목소리가 오싹하고 전신에 돋아난 소름과 함께 피부 위를 달린다.

"예-."

"아이고, 그렇군. 오랜만이오. 난 한국에서 온 한국대사관 영사 김동호입니다. 그쪽 목소리로 한성삼 선생이라는 걸 알았듯이, 내 목소리로 김동호라는 걸 알았겠지요."

목소리. 대화는 모두 조선말로 진행된다. 골수로 들었던 목소리. 고막 안쪽 멀리에서, 남산의 몇 겹이나 되는 콘크리트 벽의 공간이 겹쳐지면서 목소리가 울린다. 눈처럼 쌓인 낙엽 위에서 맹수처럼 포효하고 발광하던 목소리. 머리에서 차가운 피가 싹 빠져나가고 순식간에 뜨거운 피가 역류해왔다. 공포의 기억과 증오. 과거는 살아 있었다.

"예–, 압니다. 추성준 씨라는 걸 알고 있습니다."

목소리가 떨리는 것을 침을 삼키며 참았다. 혜순은 몇 걸음 떨어져 귀를 기울이고 있었다.

"예–, 그렇겠지요. 김동호라고 불러주십시오. 어쨌든 건강하신 것 같아 다행입니다. 최근에 이쪽으로 부임해 왔는데, 언제 한번 만나고 싶습니다만, 만날 수 있을까요. 한성삼 선생."

"선생이라니 부담스럽습니다. 언제 오셨습니까?"

"최근입니다."

"예–, 만나는 것은 좋지만, 무슨 일이라도 있습니까?"

"일? 흐, 흐음, 일이 있느냐. 전화로 거기까지 말할 수는 없지만, 일이 있으니까 전화를 했겠지요. 당신은 우리와 마찬가지로 똑똑한 대한민국 국민이지 않습니까. 인간이라는 것은 일이 있어서 만나는 것이고, 인사를 위해 얼굴을 보는 것도 일이고, 얼굴을 마주하기 위해서는 만나야겠지요. 아닌가요. 어쨌든 오랜만이니 한번 만나서 회식이라도 합시다. 어떻습니까. 한번 만나야 하지 않겠습니까."

7년 전 고문관의 같은 입에서 나오는 꾸며진 경어에 구토와 한기를 느꼈지만, 순간적으로 어딘가 지금이 아닌 다른 곳에서 백주의 이곳 현실로 내동댕이쳐진 기분이 들었다. 남산이다. 이 남자는 일본에 온 남산이다. 영사라는 이름의 남산. 남산 속의 피로 물든 손발의 소유자.

"예-, 그렇게 하시지요."

대한민국 국민으로서 대한민국에 절대충성, 재일민단 조직에 절대충성. 우리는 같은 똑똑한 대한민국 국민. 국민을 감시통제하는 남산의 그물을 덮어씌울 모양이다. 그러나 여기는 서울이 아니다.

"언제가 좋은지, 한성삼 씨가 편한 날을 말해주세요."

이 남자의 입에서 이 자식, 이 새끼……! 가 곤봉의 으르렁거리는 소리와 함께 튀어나왔던 것이다.

"앞으로 며칠간은 일이 겹쳐서 어려우니, 그 이후의 날짜를 김동호 씨 쪽에서 잡아주세요."

"오늘이 11월 10일이니까 다음주 15일쯤이 어떨까요. 장소는 제국호텔 로비에서 오후 4시……."

"제국호텔? 예-."

"제국호텔. 알지요?"

"예-. 지금 회식이라고 하셨는데, 여러 명이 모이는 겁니까?"

"아니오, 둘만의 식사입니다."

"예-, 알겠습니다."

전화를 끊은 한성삼은 제국호텔? 하고 중얼거렸다. 흠, 제국호텔. 남산 촌놈이 식사를 회식이라고 잘못 말한 건가?

"제국호텔에서 만나?" 혜순이 말했다. "남산 사람이군. 그 사람이 영사로 온 거야?"

"그래. 김동호만이 아니야. 대사관이나 영사관에는 남산의 인간이 많이 있어."

"왜 지금에 와서 전화를 했을까, 만날 거야?"

"용무가 있겠지."

"무슨 용무? 서울에 간 건 벌써 7년 전의 일이에요. 이제 와서, 이전부터 무슨 일 있었던 거야?"

"없는데 연락을 해오는군. 어쨌든 만나면 알겠지."

"정말로 만날 생각이구나. 만나서 어쩌려고……. 혼자서는 절대로 안돼. 그 장인지 뭔지, 처음에는 장이라고 했는데, 기분 나쁜 인간이야. 김동호라는 영사는 남산에서 뭐하는 사람이야?"

"몰라. 며칠 뒤의 일이니까 당황할 거 없어. 김일담 선생님께 전화해서 상의를 해볼게."

한성삼은 많은 말을 하지 않았다.

"그래요, 그게 좋겠어. 일담 선생님께 상의하세요."

시각은 1시 반. 한성삼은 이 시간이라면 괜찮을 거라며 김일담에게 전화를 했다.

용건을 알아차린 김일담은 먼저 그 전화를 걸어온 남자가 한군이 말하던 그 서울 남자가 틀림없냐고 물었다.

"그렇습니다. 그 남자가 실제로 나타났습니다."

"음, 실제로 나타났다는 거로군, 목소리로. 마치 망령 같군.

그래서 만나기로 했나? 음, 제국호텔 로비에서, 15일에.”

“예-.”

“음, 알았어. 만나기로 하지. 만나서 이야기하자고.”

“바쁘실 텐데, 일담 선생님은 언제가 좋으십니까?”

“오늘이 10일이지. 일찍 만나는 편이 좋겠지. 난 언제든 괜찮아.”

“예-, 그렇습니까. 죄송합니다. 내일이라도 괜찮으시겠습니까? 근처로 가겠습니다.”

“알았네. 그렇게 하세…….”

내일 오후 2시, U역 서쪽 개찰구에서 만나기로 하고 전화를 끊었다.

오후 1시가 되기 전, 쾌청한 가을 하늘 아래 맨션을 나와 약 10분, 민영철도 S역에서 승차, 한 정거장인 다카다노바바(高田馬場)에서 환승, 이케부쿠로(池袋) 경유, 다시 아카바네(赤羽)에서 게이힌(京浜)동북선으로 세 번 갈아탄 뒤 플랫폼에 내려섰다.

미행은 없겠지만, 전혀 예상치 못하고 있을 때 따라붙는 법, 김일담에게 주의를 받은 일도 있어 일단은 염두에 두고 걷는다. 혼잡한 터미널 역에서의 환승은 행선지를 모르는 미행자를 따돌리기에 안성맞춤이다.

U역에 도착한 것은 빠듯하게 2시 삼사 분 전이었다. 다행히

김일담의 모습은 보이지 않는다. 역 정면에 녹음이 무성한 거목이 그림자를 드리운 터미널 광장을 감싸 안듯이 P건물, 오른쪽에 백화점 건물이 솟아 있었는데, 세련된 느낌을 주는 거리 풍경이었다. 한성삼은 개찰구 끝 쪽에서 역 밖으로 나오는 김일담을 기다렸다.

2시를 지나 개찰구를 나온 노타이에 감색 양복 차림의 김일담은 기다리고 있던 한성삼과 웃는 얼굴로 악수를 했다.

"선생님, 죄송합니다."

"먼 길 오느라 고생했네, 미안하구먼."

두 사람은 백화점 앞길 쪽으로 신호를 건넌 뒤, 두 개의 건물 사이에 지붕은 있지만 구불구불 이어져 미로 같은 통로를 빠져나가, 건물 뒤로 가게가 늘어선 길을 잠시 걷다가 이윽고 T자형으로 교차하는 상점가로 들어갔다. 이 거리의 작은 중심도로인가. CD의 멜로디가 흐르는 악기점과 젊은이들의 패셔너블한 빈티지샵, 액세서리 가게, 서점, 음식점, 편의점 등이 늘어서 있어, 대낮부터 번잡하지만 외설스럽지 않고 스마트한 느낌의 거리를 시내 중심가 쪽으로 걷는다. 김일담은 오른쪽 네거리의 흰색 벽으로 된 케이크 가게 옆 지하에 있는 찻집 아르로 계단을 내려갔다.

계단을 내려가다가 층계참에서 방향을 꺾어 더 내려간다. 커다란 유리문을 열고 들어가자, 꽤 넓은 공간에 푸근해 보이는 소파 자리가 열 개 이상 놓여 있으나 만원은 아니다.

"담배 피울 텐가?"

"아니, 피우지 않겠습니다. 괜찮습니다."

흡연실은 안쪽에 있었지만, 김일담이 벽 쪽의 테이블을 사이에 두고 짝을 이뤄 놓여 있는 소파에 앉자, 한성삼도 그 뒤를 따랐다.

두 사람 모두 커피를 마셨다.

"여기는 자주 오십니까?"

"아니, 사람들을 만나려고 몇 번 왔을 뿐이야. 조용하고 느긋하지 않은가. 지하에 있다는 것이 기분을 차분하게 만들어. 하긴, 지진이라든가 화재라도 나면 탈출구가 한 곳밖에 없으니까, 그런 점을 생각하면 지하실은 답답하지."

BGM이 없다. 소리는 찻집 내부의 많지 않은 손님들의 수런거림 정도다.

김일담은 볼의 상처가 그대로 눈에 들어오는 한성삼의 얼굴을 보았다. 그 볼이 씰룩하고 움직인다. 먼 시간의 숲 저편에 있는 남산의 유령이 갑자기 현실에 나타나는 바람에 민감하게 반응했을 일그러진 상처를 앞에 두고 김일담은 아무 의미도 없는 듯한 말을 했다.

미행. 아마도 한성삼은 미행을 주의하며 왔을 것이다. 이 만남이 무슨 특별한 비밀 회합은 아니지만, 대사관 측은 그들의 통제하에 있는 북한간첩용의로 체포, 전향한 한성삼이 김일담과 만나는 것을 알고 있다면 당연히 미행을 붙일 것이다. 아니, 반드시 붙인다. 단수이거나 복수의 미행자를. 그리고 손님을 가장해 찻집으로 들어와 적당히 그 주변의, 가능하면 전후좌우 옆자리에 앉아 두 사람의 대화에 귀를 기울이며 도청장치를 작동시킨다. 신경을 쓰고 있으면 주변 손님의 기척으로도 금방 알 수 있지만, 그렇지 않으면 스파이 당하고 있다는 것을 모른다. 지금 아무도 없는 옆자리가 반시간이나 그대로 있다면, 일단 찻집 내부에는 미행자가 없다.

요 며칠인가 전에, 그렇지, 밤에 고려원에 들러 2차로 간 은하에서 술에 취한 날이다. 히로시마에서 온 고재수와 만났던 신주쿠역 동쪽 출입구에 있는 찻집에서 우연히 유리창 너머로 보이는 빌딩 사이 골목에 있는 찻집을 떠올렸다. 그곳은 골목 저쪽으로 빠져나가는 십자로 모퉁이가 출입구였지만, 골목이 이어지는 왼쪽에 또 하나의 출입구가 있어서 양쪽으로 출입할 수 있다. 김일담은 이미 십 년이나 지난 옛날이지만, 그곳을 편집자와 만나는 주된 장소로 정해놓고 있었다. 조선총련과 대립하고 있던 당시, 조련의 중앙조직에 절대충성하던 조선대학 출신 중에서 선발된 엘리트 비밀조직 F부대가 있었는데, 미행의 필요성이 있던 김일담이 그들에게 습격을 당하면 다른 한쪽 출입구로 도망칠 수 있는 장소로서 그곳을 이용한 적이 있었다.

사정을 들은 편집자들은 감탄하기도 하고 웃기도 했었는데, 유사시에 도망칠 출구가 한정된 여기 지하실에서 그 찻집이 생각났다. 옛날 같았으면 절대로 지하의 찻집 같은 곳은 이용하지 않았을 것이다.

커피가 나왔다.

한성삼은 밀크를 넣지 않는다. 블랙이다. 김일담은 밀크를 넣고 설탕을 떨어뜨려 젓는다. 좋은 향기가 수증기와 함께 부드럽게 콧구멍을 간질인다.

"음, 제대로 전화가 걸려왔고, 한 군이 직접 전화를 받아서 다행이야. 도망칠 이유가 없어. 상대는 진심이야. 한 군이 말한 것처럼 일본에 왔다는 과시만이 아니야. 그 연장이라고나 할까. 정보영사가 어떤 식으로 일을 하는지는 몰라도, 사무적인 일 이외에는 한가해서 시간이 남아도는 자들이니까, 물론 일을 위한 한가한 시간이지만, 일본에 온 김에 조금 건드려보는 것도 있을 거야. 이쪽은 상대의 속내를 모르니까 불쾌한 위압으로 느끼게 되는 거고."

"예-, 일전에 선생님께서 말씀하셨듯이, 만약 트집을 잡으려는 거라면, 그 과거의 일이 현실로 된 듯한 느낌입니다. 과거를 그대로 가지고 온 것 같은 압박이 있습니다. 뭔가 구체적으로 말입니다."

"으음, 구체적이라는 것은 과거의 그 일 말인가."

"예─, 제가 선생님 앞에서 저지른 그 일 말입니다. 예─, 그렇습니다……." 한성삼은 조선어로 다시 고쳐 말하고 나서, 말문이 막히는 것인지 목구멍이 뜨거워졌다. 오늘 고백해야 할 배신, 김일담을 판 일이다. "그런 게 아닐까 생각합니다. 상대방은 거짓도 사실로 날조하는 정신의 소유자입니다. 선생님은 이미 시효가 지났다고 하셨지만, 그렇지 않은 모양입니다."

"한 군은 그걸 느끼고 있나? 으음, 쩨쩨한 녀석들이로군. 할 일이 없는 거야. 도움이 된다면 하이에나처럼 시체라도 찾아다닐 놈들이야……."

유리문이 활짝 열리더니 옆자리로 다가오는 손님이 보였다. 한성삼은 시선을 거두었다. 중년의 샐러리맨으로 보이는 두 남자가 가방을 바닥에 내려놓고 마주앉았다. 이쪽과의 간격은 1미터 남짓.

김일담이 날카로운 눈빛으로 아무렇지도 않다는 듯이 흘낏 쳐다보았다. 한성삼도 반사적으로 얼굴을 돌린다. 옆자리의 손님들도 이쪽을 마주보았다. 걱정할 거 없다.

김일담은 커피 잔을 입으로 가져다 대고 한 모금 마신 뒤 손목시계를 보았다. 한성삼도 따라서 손목시계를 들여다본다. 2시 25분. 역으로부터 약 10분, 아르에 온 지 벌써 10분 남짓 지난 건가. 한성삼은 대낮에 서울 남산으로 연행되기 직전, Y대학로의 다방 아벤트에서부터 미행을 당하다가, 로터리 앞에서 앞뒤로 경찰요원들에게 포위당한 뒤 검은색 승용차에 강제로 끌려들어간 채 질주, 지옥의 문을 통과했던 기억을 되살렸다. 마른 침을 삼키고 유리잔의 차가운 물을 크게 기울인다.

"그래서 말인데."

김일담이 옆자리의 손님을 무시한 채 말했다.

"예……."

한성삼은 정신이 번쩍 들어 대답을 한다.

"그래서 상대방은 한 군더러 어떻게 하라는 걸까?"

"예-, 모르겠습니다."

"핫하, 그럴 테지. 난 또 무슨 헛소리를 하고 있는 건가. 즉 한성삼은 어떻게 생각하고 있느냐는 것이야. 과거의 김일담과의 일을 트집 잡아 다시 문제 삼겠다는 것인가?"

"……뭔가 그런 느낌도 듭니다만, 그냥 전화만 걸려와 회식이라고 하길래, 회식이라면 무슨 모임 같은 것이냐고 물었더니, 그렇지는 않고 둘만의 식사라고 했습니다만, 그것만은 아닌, 단순한 과시만은 아니라는 기분이 듭니다."

"음, 그럴 테지. 회식이 아닌 식사를 한다고? 약속은 이미 했으니 만나고 볼 일이야. 제국호텔이라. 난 두 번 대사관 사람들과, 다른 사람이지만, 제국호텔 로비에서 만난 적이 있어. 한국 입국을 위한 여권 문제로. 그들은 제국호텔이 좋은 모양이야. 글쎄, 핫하하, 납치는 없겠지만, 알 수 없는 일이지. 하지만 그렇지는 않을 거야. 뭔가의 꿍꿍이, 한성삼을 이용하려고 그러는 거니까 갑자기 그런 바보 같은 짓은 하지 않겠지."

"예-. 혜순은 절대로 혼자 가서는 안 된다고 합니다."

"음, 그렇지. 상대는 혼자 오라고는 하지 않았잖아. 당연한 거 아닌가. 상대로 하여금 경계하게 만드는 그런 말을 할 리가 없어. 그쪽도 인원수에 대해서는 언급이 없었겠지."

"예-, 상대는 사무적으로 꼭 만나고 싶다, 서로 간에 형편이 좋은 날을 잡읍시다. 제 사정 이야기가 나오고 15일이 사무적으로 정해졌습니다."

"왜 회식이라고 말했을까. 이런 경우 그들에게 지금 현재 납치의 필요성이 있느냐 없느냐가 되겠군. 최근에도 그들이 과거의 조총련계 사람을 노상에서 자동차에 태워 '납치'하려던 일이 있었는데, 뭔가의 구실을, 사냥감을 찾고 있는 건 사실이야." 김일담이 납치라는 말을 일본어로 하지 않고 조선어로 말한 것은, 미행이 아닌 옆자리, 주위를 의식해서 한 말이었다.

"남북이 혼재해 살고 있는 '재일'은 '간첩' 적발의 실적을 쌓고 싶은 한국 당국에게 '황금어장'인 모양이야. 수긍이 가는군. 나도 어떻게 될지 몰라. 이전에는 일대 간첩 사건 날조에 실패했을 뿐이고, 그래도 뭔가 필요하다면, 여차한 경우 그들에게 방증 수집의 자신감, 가능성이 있다면 '납치'해서 한국으로 데려갈 거야."

"그게 가능할까요?"

"놈들은 꼭 필요하다면 할 거야. 비밀이 중요하겠지. 납치현장을 들키지 않는 것, 문제가 됐을 때 용의를 증명하는 방증을 굳히는 일이니까, 그들은 할 거야. 평화적인 방법으로 공작이 불가능하다면 납치를 해서라도 날조하겠지. 작년의 일대 간첩 사건 날조가 그랬는데, 단지 그것이 『논계』에 폭로되어 일반에게 알려지는 바람에 다시 손을 대기가 조금 어렵겠지만, 그래도 알 수 없는 일이야. 핫하, 생각해보라고. 이렇게 선량하고 늙은 소설가를 재일에 거점을 둔 일대 북괴간첩 사건의 두목으로 날조한다는 게 생각이나 할 수 있는 일인가. 그래도 그들은 시도를 하다가 실패했지. 으-음!"

"예-, 그렇습니다. 어떻게 그런 거짓을 날조할 수 있는지 믿어지지 않습니다만, 저처럼 무력한 일개의 유학생도 간첩, 빨갱이로 날조합니다."

"글쎄, 그렇다니까. 그런 날조로, 그것이 날조가 아닌 국가 정의가 되어 그들의 간첩 제조 실적으로 삼는다니까. 한 군은 84년이었는데, 한성삼을 그들의 시나리오대로 만들어 실적으로서의 점수를 쌓고 뭔가의 공훈을 챙겼겠지."

"그렇습니다. 노르마와 출세입니다. 사람을 죽이기까지 하면서……."

담배를 피우던 옆자리 손님이 점원의 주의를 받자 곧 자리에서 일어났다. 가게로 들어올 때 점원에게 흡연실 안내를 받지 못한 모양이다.

"커피를 더 마실 텐가?"

한성삼은 커피를, 김일담은 토마토주스를 주문했다.

"그런데 그 15일, 15일은 무슨 요일이지?"

"금요일입니다."

"음, 금요일. 오후 4시라고 했지. 어쩔 셈인가?"

"예-, 아직 며칠 있습니다. 그 일도 선생님께 상의 드리고 싶었습니다만, 오늘 뵌 것은 제 과거의 일, 일전에 전화로 선생님께 여쭙고 싶다고 했던 일을 남산의 남자와 만나기 전에 꼭 말씀드리고 싶습니다."

"그 당시의 남산, 남산 안에서의 일 말인가?"

"그렇습니다."

"음, 그 고백이로군. 나도 한 군의 전화를 받고 나서 생각했네. 김일담에게 고백, 그 숲이 깊은 남산의 일, 핫하, 난 남산의 어디에 그 장소가 있는지도 모르는데 말일세. 서울 사람이라도 모르겠지. 으-음, 어떡한다."

"옛?"

"왜 고백을 하려 하는가, 뭔가 그쪽에서 있었던 일을 이야기하지 않으면 안 되는 건가?"

"……고백입니다."

"고백이라, 그건 알고 있어. 전화로 들었으니까. 왜 고백해야 하는가. 왜 고백을 하려 하는지. 기분을 언짢게 하지 말게. 난 듣고 싶지 않아. 내가 한 군을 부정하거나 거부하는 게 아닐세. 고백이나 뭐나, 뭔가는 아니지만 그 고백은 그만두게나."

"……"

한성삼은 심장이 덜컥함과 동시에, 왠지 모르게 안심하면서도 기대감이 허물어지는 듯한 기분으로 볼의 상처 자국이 당겨지면서 안면 근육이 움직이는 것을 순간적으로 느끼며 김일담의 얼굴을 보았다. 담담한 것이 기대감을 허무는 표정의 변화는 없다.

"어째서요?"

"음." 김일담은 한성삼을 마주보았다. "뭔가 기대가 어긋난 듯한 얼굴이로군. 한 군 대신에 내가 말해볼까. 이런 내 발언이 너무 거만한 건가. 지금 여기, 이 말은 물론 지금도 아니고 다른 곳도 아니라는 뜻인데, 과거 남산에서 있었던 한성삼의 일을 듣고 싶지 않아. 한마디로 말하자면 그건 84년 여름일세. 한 군은 뭔가 병치레를 한 뒤의, 라기보다도 창백한 얼굴로 집 안에 틀어박혀 있는 인간 같았지. 전혀 말이 없었고, 사람을 똑바로 쳐다보지도 않았어. 한 군의 아버지가 함께 도쿄까지 찾아와 한국 정부 측의 한국 초빙에 관한 이야기를 했었지. 난 그걸 단장의 심정으로 거절한 일이 있네. 당시 아버지는 공작과 상관없이 개인적으로 해방 후 한국에, 제주도에 출입하지 못하는 나에 대한 깊은 배려 차원에서 제안하셨던 터라 내 태도에 상당히 기분이 상하셨겠지만, 그건 어쩔 수 없는 일이야. 그 이후에도 아버지와의 사이에 몇 번인가 그 이야기가 나왔었네. 당국에 대한 아버지의 입장도 있을 터인데 그걸 손상시키는 결과가 되었겠지. 한성삼은 아무런 말도 하지 않았지만, 서로 간에 그것이 전제된 이야기였어. 문제는 고백이 아니야. 아마도 그게 남산으로부터 석방되는 조건이었겠지. 김일담의 한국 입국 공작이, 후일 88년의 한국 입국은 당국의 의도와는 전연 별개로 이루어졌으니, 오늘날까지 실행되지 못하고 있어. 바로 그거야. 문제는 이번에 영사가 만나자는 것도 그 과거의 일과 무관치 않을 거라는 점일세."

"예-. 그때부터 지금까지 긴 시간이 흘렀습니다만, 죄송합니다. 감사합니다." 한성삼은 고개를 떨구듯이 머리를 숙였다. "그런데 이번에 한국에서 온 영사와의 통화 중에, 저를 만날 무슨 용무가 있느냐고 물었더니, 웃으며 용무가 있으니 만난다고 했습니다. 그들은 이쪽이 아무런 이용가치가 없으면 만날 리도 없겠습니다만, 짐작이 가는 것은 김일담 선생님과의 관계입니다. 선생님의 말씀대로 정부 측 초빙은 성공하지 못하고 있지만, 저와 그들과의 약속, 서약은 현재까지 실현되지 못하고 있는 것이 사실입니다. 아마도 그 일과 관련해서 선생님께서 말쏨하셨듯이 '트집'을 잡을지도 모르겠습니다. 오늘은 감사하는 마음으로 선생님의 말씀을 가슴 속 깊이 새기겠습니다. 하지만 지금까지도, 그리고 몇 번인가 선생님과 얼굴을 마주했음에도 저는 입을 닫고 모든 과거의 일을 마음속에 가둬놓고 지내왔습니다. 이번에 갑자기 남산의 남자, 영사의 출현으로 과거의 기억이 콘크리트 벽 철문을 억지로 열고 나왔습니다. 저는 자신을 위해 고백하고, 그리고 벌을 받아야만 합니다. 그렇게 하지 않으면 저는 앞으로 선생님을 뵐 수가 없고, 설사 뵙지 않는다고 해도, 계속해서 만나지 않고 피하려고만 할 겁니다." 한성삼은 컵의 물을 비웠다. "말도 안 되는 일이겠지만, 저는 김일담 선생님께 남산의 고문 이상의 폭력이라도 벌로 받고 싶습니다⋯⋯."

"뭐? 뭐라⋯⋯. 남산 이상의 뭐라는 거야. 핫핫하⋯⋯." 김일담은 갑자기 멀리 있는 손님이 돌아볼 정도로 소리를 내어 웃었다. "이봐, 성삼이. 비유겠지만, 이상한 말은 삼가게. 핫하, 무슨 말을 하는 건지."

"그렇게 하면 전 자유로워집니다. 제 자신이 해방되는 겁니다⋯⋯."

"마치 마조히스트 같구먼. 무슨 말을 하는 건가. 이제 됐네, 그만두자고. 그런데 말이지, 으-음, 지금 남산의 폭력 이야기가 나왔는데, 나와 자네의 관계에서, 한성삼이 남산에서 당한

28

폭력을 대체할 수 있는 건 아무 것도 없어. 그것이 전부야. 더이상 말하지 말게. 말이 나온 김에 한마디 덧붙이자면, 예를 들어 무슨 특별한 '고백'을 듣는다 해도 그것이 한성삼이든 타인이든 관계없이 남산의 고문과 폭력의 실태를 알기 위한 객관적인 자료로서라면 얘기는 달라. 난 소설가라서 어딘가에 그걸 이용하고 싶기도 하거든. 물론 한 군도 소설을 쓰는 사람이야. 지금까지 많은 사람이 남산에서 고문을 받아왔지만, 그걸 타인에게 고백한 사람은 없고 할 수 있는 일도 아니야. 어쨌든 '고백'은 한 군 자신의 일이자, 한 군 자신을 위한 일도 되겠지. 한 군이 쓰고 있는 소설에도 도움이 될 거야." 김일담은 토마토주스를, 잔을 손에 들더니 빨대가 볼에 닿는 것도 개의치 않고 맥주라도 쭉 들이키듯이 입을 대고 기울였다. "그래서 말인데, 이 이야기는 앞으로 꺼내지 말게나. 그런 이야기를 듣는 건 내 자신이 견디기 힘드니까. 견디기 힘든 것보다 이미 시효가 지났어. 제발 그만 하게. 알겠지, 난 듣지 않을 거야."

"……" 한성삼은 커피를 한 모금 마신 뒤 한동안 고개를 숙인 채로 있었다. "알겠습니다."

"일어날까?"

"……?"

시각은 2시 반을 지나고 있다.

"아직 조금 이르군. 밖에 나가 맥주를 마시기에는 조금 일러.

여기에서 가볍게 한잔하자고…… 여기, 잠깐." 마침 지나가던 웨이트리스에게 말을 걸었다. "맥주 두 잔 주세요."

"예-, 일담 선생님께서 말씀하신 것은 제 자신의 일입니다만, 잘 알겠습니다. 숙제로 삼겠습니다."

"숙제? 무슨 숙제 말인가."

"제 자신의 숙제입니다. 그리고 이건 좀 다른 이야기입니다만, 일전에 신주쿠에서 뵙고 은하에 갔을 때 선생님께서는 작년 김일담을 주모자로 하는 사건을 날조하려다 실패, 그걸 선생님이 『논계』에 쓰셨습니다. 선생님은 그 날조가 김일담에 대한 그들의 복수일지도 모른다고 말씀하셨는데, 어떻게 복수가 되는 겁니까. 계속 신경이 쓰였습니다."

"으-음, 그랬었나. 내가 복수라고 했단 말이지? 그랬을 거야. 그렇게 생각하고 있었으니까……."

맥주 조끼가 아닌 커다란 유리잔에 거품이 살아있는 맥주를 땅콩이 담긴 작은 접시와 함께 가져왔다. 김일담이 차가운 유리잔을 손에 들고 한성삼과 가볍게 부딪친 뒤 꿀꺽 한 모금 마신다. 너무 차가워서 맛을 알 수가 없다.

"선생님은 상대의 처사를 복수라고 생각하시는 건가요, 지금도 그렇습니까?"

"그렇다네." 김일담은 맥주 거품을 입술에 묻힌 채 웃었다. "나에 대한 그들의 복수 같은 것이지. 원한이 있어. 상대는 국가권력이야."

"그렇습니다. 좀 놀랐습니다만, 그 복수는 실패로 끝났잖습니까."

"그렇지, 일전의 일은."

"그밖에 커다란 정치적 목적이 있었지만, 만일 날조가 제대로 성사되었다면 지금쯤 김일담은 사형선고가 내려졌을 거라고 선생님은 말씀하셨지요."

"핫하. 잘도 기억하고 있군."

"며칠 전 밤의 일인 걸요. 아무리 날조라고는 해도 설마 재일작가 김일담에게 사형이라니 상상하기 어려운 일이 일어나는 겁니다……. 정말 온몸에 소름이 돋았습니다, 그때……."

"그건 작년 7월의 일이야. 한국의 전민련(全民連)이라는 민족민주통일연합 조직이 추진하고 남·북해외동포가 참가하는 평양의 남·북해외전민족대회가 준비되고 있었어. 그 남측 책임자가 시인인 김M으로, 내 벗이기도 한 그는 3년 구형에 1년

반의 실형을 언도받았는데, 4·3사건을 빙자한 별건체포를 당한 뒤 엉터리 재판을 받았지. 이번 9월에 감형으로 출소하였네만. 그 김M을 구성원으로 엮어 일본을 근거지로 삼은 일대 간첩 사건, 주모자를 김일담으로 해서 남·북해외전민족대회 그 자체를 말살하려는 커다란 정치적 목적이 있었어."

"예—, 방금 '일전의 일은'이라고 말씀하셨는데요. 그 후에도 일이 있었다는 뜻인가요?"

"그건 알 수 없지만, 그런 일이 현실적으로 일어날 수 있다는 거지. 지금은 생각하기 어려운 일이라도 필요와 가능성이 있다면, 앞으로라도 할 걸세. 상대는 김일담이 미워 죽을 지경이라네."

"어째서 복수라고 생각하시는 건가요?"

"상대가 복수라고 선언한 건 아니야. 말하자면 복수 같은 것이라고 해야겠지. 당했으니 되갚는다. 단적으로 말하자면, 3년 전인 88년에 한국대사관의 배려로 난 42년 만에 한국 입국을 달성했었네. 내가 어떤 인물, 대사관과 연결된 지인을 통해서 한국 입국을 타진했을 때, 어떻게든 나와의 접촉을 희망하고 있던 상대방은 놀라움과 기쁨으로 기대가 컸던 모양이야. 생각지도 않게 그물에 걸려들었다고나 할까." 김일담은 얼마 남지 않은 맥주잔을 기울였다. "그러니까 벌써 10년 전이군, 81년에 있었던 S잡지 그룹의 한국 입국과 관련이 있어. S지의 편집위원들은 총련계 톱클래스 문화인이라고 해서 그들의 한국 입국은 KCIA 공작의 최대 목표였는데, 그것이 81년 봄, 그것도 전두환 정권에 의한 광주학살 1주기가 되기 전의 한국 방문이었지. 1주기가 되기도 전이라는 말의 의미를 알겠는가? 어쨌든 KCIA의 공작은 대성공을 거두었고, 한국에서도 연일 대대적으로 보도되어 센세이션을 불러일으켰었지…….″

"예-, 그때는 많이 놀랐습니다. 재일에게 큰 충격을 준 사건이었습니다."

"당시에 한국행을 거부하고 S지의 편집위원을 그만둔 나에 대해 이후에도 여러 가지 간접적인 공작이 있었지만, 잘 되지 않았지. 그들은 직접 접촉하는 게 아니라 거리를 조금 두고 접근했는데, 내 쪽에서 그 지인을 통해 한국 입국을 희망했으니 상대의 반응은 말할 필요도 없잖겠나. 그때 대사관 담당자는 참사관 K로 S지 공작의 책임자였네. 입국을 반년 연기하기도 하는 우여곡절을 겪었지만 그래도 마침내 고래를 낚았다는 것이 대사관 측의 평가였던 모양이야."

"그걸 배신당했다는 겁니까?"

"상대가 말인가? 뭘 배신이라고 한단 말인가? 내가 무슨 약속을 한 것도 아니고, 상대방의 기대에 부응하지 못했다는 것일 테지. 내가 이쪽에서 생각하거나 쓰고 있던 걸 한국에서도 얘기했다는 거야. 맥주를 한 잔 더 마시지 않겠나?"

눈꺼풀이 뜨거워지는 것이 가벼운 취기가 돌기 시작한 모양이다. 한성삼도 볼이 희미하게 붉어져 있었다. 웨이트리스에게 맥주를 주문한다. 한성삼은 잔을 기울여 맥주를 다 마셨다.

"작년의 날조 음모에서 날 주모자로 삼은 근거는 88년의 방한 때 학생집회 등에서 4·3사건을 폭동, 폭도라는 정부의 견해에 반대, 의거이거나 민족해방 투쟁이었다고 얘기한 것과, 대학로 등에서 반정부 데모에 참가한 일이야. 어느 중앙지는 김일담의 방한에 맞춰 북한의 간첩공작과 관련이 있고, 재일문화인 중에서도 파괴주의자, 적화통일 주창자라는 선동적인 글을 쓰기도 했는데, 가당치 않은 일이지. 한국에서 일본으로 돌아온 뒤에 있었던 한국기행 등의 언동이 한국 측을 크게 실망시켰을 거야. 일본으로 돌아온 뒤에 지인과 함께 날 한국에 입국시켜준 참사관을 만났는데, 꽤 신사적이고 인텔리였는데도 화를 많이 참고 있는 것 같더군. 이후에 그는 본국 정부로부터 호되게 질책을 당한 모양이야. 그 뒤에도 난 변함없이 한국 정부를 비판했으니 당연히 북한의 앞잡이라 말하고 싶었겠지. 김일담이 증오스러웠으니 그걸 어떻게든 일대 간첩 사건 제조의 실적으로 삼으려고 말도 안 되는 평양의 전민족대회 개최와 연결시키려다 실패한 거야. 정말 어리석은 짓이 아닌가. 핫하…….여기서는 이렇게 웃고 있지만, 정말 무섭다네."

맥주가 테이블 위에 놓이고 빈 잔이 치워졌다. 거품이 이는 맥주의 차가운 향기가 눈에 스며들 듯이 흘렀다.

"내가 『논계』에 날조 음모의 일을 쓴 후, 이번 9월 3년 만에 집필 취재를 위해 입국신청을 했거든. 여러 명의 편집자들과 동행으로. 애매모호하게 한 달 반을 기다리다가 거부당했는데, 나도 대단한 강심장이지. 그래서 이번 10월 초에, 지난달일세, 제국호텔에서 지인 세 사람과 함께 상대측과 만났어."

"제국호텔에서요?"

"그래, 입국 거부의 이유, 김일담을 주모자로 하는 간첩 날조 사건의 이유를 물은 대사관 홍보담당공사 대신에 영사가 지인을 데리고 나와 만났지. 그러자 본국 정부가 조회 중이라는 등 미온적인 응대로 일관하다가 헤어진 일이 있어. 최근의 일이야."

"그래서 입국은 허사가 된 겁니까?"

"애매한 건성 대답으로 계속 미루길래 내가 그만뒀어."

"간첩 날조 사건을 추궁한 탓일까요?"

"그 탓도 있겠지. 그 일을 쓴 『논계』 등의 글도 입국 거부의 이유가 되었을 텐데 상대는 이유 같은 걸 말해주지 않아. 말할 수 없겠지. 있지도 않은 날조의 이유를 묻는 건 당연한 거 아닌가."

"그렇긴 하지만, 이유를 설명해달라고 요구한 것이 신기합니다. 상대는 반박하지 않던가요?"

"반박이라기보다 이유를 설명하지 않고 도망치는 것 자체가 자신들의 날조를 인정하는 일이지 않는가, 김일담이야말로 엉터리 거짓 문장을 쓰고 있다고 반박하면 될 것을. 그게 불가능하니까 만날 약속을 했던 공사도 끝내 모습을 보이지 않았지. 그들은 김일담을 남산으로 끌고 가 반은 죽이고 싶을 거야. 어찌됐든 상대는 대답을 못 하는 대신에 입국을 거부하는 거지."

"예-, 몰랐습니다. 돌아오실 때까지 아무 일도 없었습니까?"

"돌아갈 때까지라는 것은 제국호텔에서 말인가?"

"예……."

"그런데 그 아무 일도라는 건 뭔가? 핫하하, 납치 같은 걸 말하는 거겠지. 전혀 사정이 다르네. 내 쪽에서 상대를 책망하는 입장이었으니까. 그 사이에 창구 담당이라는 영사는 친구와 나란히 소파에 앉아 있었는데, 시종 고개를 숙인 채 사무적인 일 이외에는 내 질문에도 응하지 않았어. 내 지인 쪽이 대변자 같았지. 나중에 새로운 서류를 작성해서 본국에 보냈다고 했지만, 내 쪽에서 한국행은 이제 필요 없다며 그만뒀어."

"으-음." 한성삼은 감탄하고 있었다. "전혀 상상하기 어려운 대응이군요."

"여러 경우가 있다네. 그런 면에서 그들에게 감사해야겠지만, 감사하는 것과 상대의 요구를 들어주는 것은 다르지 않은가. 어떻게 해서든지 나를 한국 국적으로 바꾸게 만들고 반한분자가 아닌, 그러니까 전향으로의 유도이자 요구인 거지, 소프트한 방법으로. 다른 한편에서는 국가의 강제력에 의한 사상의 변화, 전향, 예를 들면 남산이지, 날조의……."

김일담은 말을 끊고 맥주잔을 기울였다.

"예―, 여러 가지 수법이 있군요……." 국가의 강제력에 의한 사상의 변화, 북의 스파이, 전향자의 제조공장, 남산. 복수, 한성삼은 조금 전부터 복수, 복수…… 하는 무음의 복창을 머리 안쪽에서 듣고 있었다. 나흘 전 밤에 김일담이 신주쿠의 클럽에서 흘린 복수라는 한마디가 장소를 바꾸어 물결쳤다. 복수…….

"선생님은 그 복수를 하지 않으실 생각입니까?"

"뭐라고, 내가 복수를 한다고?" 김일담은 웃었다. "난 그들에게 직접, 한 군처럼 당한 것은 아니지만, 복수라고 해도 폭이 넓군. 그들이 한 짓이 복수라고 한다면 내 개인에 대한 것이 아니기 때문에 범위가 넓어져. 전면전쟁이야. 한국에 대한 민주화투쟁은 그런 게 아닐까. 난 바다 이쪽 편에서 간접적으로 참가하는 셈이 되는 걸세. 상대는 나 개인을 표적으로, 그것도 결과적으로는 전향, 전향이라는 언질을 확보한 뒤 그들의 꼭두각시로 삼으려는 것이겠지만, 복수라, 음, 어렵군. 왜 그런 질문을 하는가. 글쎄 일반적으로 볼 때는 내가 그들의 의도대로 되지 않는, 결과적으로는 투쟁이지만, 내 언동 말이야. 그것이 나의 복수가 될지도……."

"그건 선생님의 사상입니다. 타협을 허락하지 않는, 타협하지 않는 일담 선생님의 사상에서 나오는 것이겠죠. 선생님이 지금 말씀하신 투쟁입니다. 그건 복수의 레벨을 넘어서고 있습니다." 한성삼은 잔을 손에 들고 입에 대더니, 뭔가를 생각하는 것처럼 이삼 초 멈췄다가 한 모금 마셨다. "그런데 말입니다 일담 선생님, 저는 지금 복수, 복수를 생각하고 있습니다."

"……복수, 복수? 한 군이 복수를 생각하고 있다고? 무슨 복수 말인가?"

"남산에 대한 것입니다."

"남산에 대한……. 서울의 남산 말인가? 음……." 이봐, 이보게……. 순간 김일담의 웃고 있던 얼굴 근육의 움직임이 사라지고, 한성삼의 얼굴을 응시하는 표정이 굳어졌다. "그건 무슨 뜻으로 하는 말인가?"

"……"

"남산에 대한 복수? 음, 농담은 아니겠지."

"예-, 그렇습니다."

"그렇습니다?" 김일담은 잔을 들어 입에 대고 기울였다. 그리고 가볍게 고개를 끄덕이면서 땅콩을 씹는다. "음, 그걸 어떤 식으로 하겠다는 거지?"

무슨 뜻으로 하는 말인가? 하고 방금 입에서 막 나온 말을 지워버리기라도 하듯이 비약된 질문이었다. 질문이라기보다 당황해서 나온 반응이었다.

"……"

한성삼은 대답이 궁했다.

"난 남산 내부의 일은 일반적인 상상밖에 할 수 없지만, 어떤 식으로 하겠다는 거냐고 말한 것은 내가 몰라서 한 말이고, 그 남산에 대한 복수의 의미를 선뜻 깨닫지 못하겠는데, 구체적으로 무슨 뜻이냐는 것이고, 어떤 식으로 하느냐가 아니라 의미를, 이야기의 내용을 이해하지 못하겠네."

"구체적으로 뭘 어떻게 하겠다는 것은 아닙니다. 그냥 저의 막연하면서도 강한 의지일 뿐입니다……."

"강한 의지?"

"예-, 84년 당시의 일입니다만, 남산에서의 열흘이 지나고 석방된 날 심야에 신촌 하숙집 대문 앞에 자동차로 버려졌습니다. 전 남산에 굴복한 인간입니다만, 일본에 돌아올 때까지의 열흘간 저는 완전히 폐인이었고, 서울을 빠져나올 기력이고 뭐고 전부 사라진 타락할 대로 타락해버린 인간이었습니다만, 그래도 어떻게든 한국에서 빠져나가야겠다는 일념이 잔불처럼 내부에서 불타고 있었습니다. 그들에 대한 절망적인 허세였지만, 복수심과 증오가 바로 그것이었습니다. 그것이 무기력함을 극복하게 만들었습니다. 아직 생생하게 남아있는 지난날의 공포와 절규의 기억이 증오와 복수심을 갉아먹고 있었지만, 그래도 살고 싶다, 한국에서 도망치고 싶다는 일념을 복수심이 지탱해주었습니다…….”

한성삼은 떨구듯이 고개를 숙이더니 양손으로 잔을 들고 입으로 가져갔다.

“음, 용케도 잘 돌아왔네.”

“폐인입니다. 목숨만 부지한……. 타락할 대로 타락하고 붕괴되어, 붕괴 그 자체가 진리이자 그저 그뿐으로……, 어떻게든 살아보려는 생명만이 움직이다가 겨우 열흘 뒤에 일본으로 돌아왔습니다. 저를 그렇게까지 타락시킨 자들에 대한 복수심이 힘이 되었던 것입니다. 저는 인간적인 굴욕을 견뎌내지 못한, 영혼을 말살당한 인간, 버러지입니다. 그들이 시키는 대로 김일담을 북의 공작원으로 만들고, 그리고 한국에서 나왔습니다…….”

“허허, 그 이야기는 더 이상 꺼내지 말게…… 음. 그 복수의 이야기, 그곳에서 빠져나올 힘이 되어준 복수의 이야기나 계속해봐. 잠깐만…….” 김일담은 손목시계를 보았다. 5시에 가깝다. 확인이라도 하듯이 건너편 벽에 걸린 둥근 시계를 쳐다본다. “나갈까, 음.”

김일담이 전표를 손에 들고 자리에서 일어나자, 한성삼도 말없이 일어섰다.

한성삼은 계산대에서 김일담이 지불하는 것을 그냥 지켜보다가 그의 뒤를 따라 지상으로 나오자, 이미 해가 기운 상점거리는 아직은 밝은 황혼 속에 어색하게 점등된 가로등이 서 있는 밤거리의 풍경으로 바뀌어 있었다.

김일담은 늘어선 상점가 가게 조명이 밖으로 새어나와 어중간한 밤에 젖어든 밝은 거리를 역 쪽으로 걸었다. 이미 초롱이 걸린 포럼 안쪽에서 연기와 함께 꼬치구이 냄새가 흘러나오는 것이, 시간대는 슬슬 만취의 입구에 들어서고 있었는데, 김일담도 황혼이 자아내는 시간의 움직임에 이끌려 걷고 있었다. 걸으면서 성삼이는…… 하고, 히로시마의 고재수라는 사람을 알고 있냐고 물으려다 그만두었다. 나중에 이야기라도 하면서 물어보자. 점심 전에 갑자기 사오일 전에 만났던 고재수로부터 전화가 왔었다. 김일담과 만난 다음날인 8일에 히로시마의 F시로 돌아간 그는 그날 밤 히로시마의 주일한국영사관 여권담당 영사로부터 전화를 받은 모양이다. 꼭 만나고 싶다는 말에 9일 토요일 오후에 히로시마역 구내의 찻집에서 민단 간부를 동행한 그와 만났더니, 국적변경 등의 이야기가 나왔다고 한다. 이번 달 중순경에 용무가 있어 다시 도쿄에 가게 되었는데, 죄송하지만 뵐 수 있겠냐는 전화였다. 그때 문득, 혹시나 해서, 지금 도쿄에 거주하고 있는 한성삼을 알고 있느냐고 물었더니 알고 있다고 했다. 친한 사이는 아니지만 도쿄의 대학 시절에 알게 되었고, 저는 유학동(재일조선유학생동맹), 그는 한학동(재일

41

한국유학생동맹)의 합동문화제 등으로 함께 일했습니다만, 이후
에 그는 한국 유학을 도중에 포기하고 일본에 돌아온 게 아닌
지. 그리고 두세 번 만난 정도니까 친교가 있었던 것은 아니다.
나이는 같지만, 얼굴에 예전에 없던 깊은 상처가 있는 것은 아
마도 한국에서 뭔가의 일로 생긴 상처가 아닐까 생각했습니다.
무슨 연유로 물으시는 건지요? 내가 예전부터 알고 지내는 사
람인데 조금 짐작하는 것이 있어서 물어 보았네…….

　왜 남산으로 데려가지 않은 걸까요? 사오일 전 신주쿠의 찻
집에서 처음 만났을 때, 고재수가 제주도 불법입국 여행의 이
상한 결말에 대해 흘린 말이었다.

　찻집 아르에서 한성삼과 남산의 일, 『논계』의 재일간첩 사건
날조에 대한 폭로 등을 이야기하면서, 아까부터 어딘가에서 똑
같은 이야기를 했다는 것을, 그것이 며칠 전 히로시마에서 찾
아온 고재수와 만났을 때의 일이라는 것을 깨달았다. 여권 없
는 불법입국으로 체포, 유치, 북한의 스파이 용의자로 제주도
출입국관리사무소, 경찰만이 아니라, 서울 남산에서 찾아온 남
자의 심문을 받은 후에 석방, 일본으로 강제송환 조치. 왜 남산
으로 데려가지 않았을까요? 이상한, 본인의 이야기를 듣고 있
던 김일담도 그렇군…… 하고 이상하다는 생각을 함께 한 고재
수의 제주도 방문여행의 전말이었다.

　눈앞에 있는 한성삼은 7년 전, 아니 현재까지도 이어지고 있

지만, 아무 것도 없는 백지 상태에서 그저 재일유학생이라는 것만으로 노상체포, 남산으로 연행, 열흘간 밀실에서 극한의 시간 경과. 또 한 사람은 날조의 근거가 백 퍼센트인 전 조총련 간부, 조선적 보유자의 불법입국인데도 강제송환 조치로 무죄석방. 시대의 변화가 배경이라고는 해도 이해할 수 없는 일이다. 애당초 유무죄 이전에 아무 것도 없는 한성삼의 한쪽 볼에 남아 있는 깊은 상처는 아마도 뭔가의 고문, 당연히 몸의 다른 곳에도 남아있겠지만, 고문을 당하고 전향, 아무 것도 없는 상태에서 스파이, 전향, 석방과의 차이는 무엇인가. 더구나 당시의 남산 관계자, 고문관으로 보이는 남자가 영사로서 일본에 나타나 만나고 싶어 하는 상대인 한성삼이 여기에 있다. 점심 전에 전화를 걸어온 고재수도 엊그제 토요일에 히로시마 주재 한국영사와 만났다고 한다.

"역 앞 선술집에서 가볍게 한잔하며 이야기하세. 일전의 성삼이는 오랜만에 꽤나 고약하게 취한 모양이던데, 오늘은 너무 많이는 마시지 말자고."

김일담은 웃었다.

"선생님은 많이 드실 건가요?"

"아니야, 적당히 일어나야지. 설사 내가 취한다 해도 집이 가깝지만, 한 군은 돌아갈 길이 멀어."

"저는 더 이상 그런 짓을 하지 않을 겁니다. 옛날에는, 선생님 앞에서 옛날이라고 해서 죄송합니다만, 훨씬 이전에는 꽤나 마셨던 적이 있습니다. 일전에는 갑자기 돌발적인 취기가 도는 바람에 고약하게 취하고 말았습니다. 선생님 앞에서 말씀드리기 죄송하고 한심한 일입니다만, 필름이 끊긴 공백상태입니다. 같은 인간의 머릿속에서 공백이 전후를 연결하고 있습니다. 이상한 느낌입니다. 전혀 기억이 나지 않습니다. 두려워서 더 이상 술을 마시지 못할 것 같은 기분입니다."

"상당히 취하기는 했어도 탈선을 하거나 다른 사람에게 실례를 범하는 일은 전혀 없이 얌전한 술주정이었어. 고약하게 취해서 주란을 일으키거나 방약무인하게 되는 사람들이 있지 않은가. 일전에는 많이 취하기는 했지만 신사였다네."

"그랬었나요……."

한성삼은 걸으면서 김일담의 얼굴을 들여다보았다.

"어쨌든 쓸데없는 소리는 그만두고 술은 마시게. 고약하게 취하지는 말고."

상점가를 역 쪽으로 걸어가 백화점 뒤편 음식점이 늘어서 있는 골목으로 들어간 뒤 건물 지하로 이어지는 입구에서 계단을 내려가 선술집 한 곳으로 들어갔다.

이제 막 가게를 열었는지 바닥에 물이 뿌려진 넓은 실내는 텅 비어 있었다. 하늘 주위에 해 질 녘의 석양을 남기고 있었지만 가게로 들어서자 갑자기 밤이었다. 벽을 따라 늘어서 있는 4

인용 테이블 중 한 곳에 두 사람이 마주보고 앉았다.

테이블 한가운데에 테이블과 같은 다갈색의 둥근 도자기 재떨이가 놓여 있었는데, 재떨이 가장자리에 체인점으로 보이는 가게 이름이 금색으로 박혀 있는 것이 눈에 거슬렸다.

맥주를 주문한다.

"담배를 피워도 좋네."

"예⋯⋯."

남자 점원이 유리잔과 병맥주를 가져와 주문을 받았다. 냄비 요리가 좋겠다고 해서 대구탕과 꼬치구이, 닭 날개 살 등을 주문한다.

맥주를 서로 따라준 뒤 잔을 가볍게 부딪치고 나서 단숨에 술잔을 기울인다. 한성삼은 상의 호주머니에서 담배와 백 엔짜리 라이터를 꺼낸 뒤, 얼굴을 통로 쪽을 돌리고 연기를 뿜어내고는 돌아보았다. 그리고는 더 이상 피지 않을 것처럼 담배와 라이터를 호주머니에 집어넣었다.

"여기에 온 것을 혜순도 알고 있나?"

"예–, 일담 선생님을 뵙는 것을 기뻐하고 있습니다."

"걱정되는 모양이군. 예전에 남산에 있던 남자라는 것을 집사람이 알고 있다는 거지."

"그 정도만 알고 있습니다."

"음, 영사 덕분에 옛일을 떠올리게 되었다는 거로군."

"같이 가서 선생님을 뵙고 싶다고 하더군요. 저는 남산에 대해서는 지금까지 그녀가 추측하고 있는 이상은 일체 아무런 이야기도 하지 않았습니다만, 저의 상처를 통해 그녀 나름대로 남산의 고문을 상상했던 모양인데, 그 충격이 매우 컸습니다. 이번에 갑자기 걸려온 영사의 전화에서 느껴지는 인상도 좋지 않은지 영사와 만나는 것을 경계하면서 혼자서는 가지 말라고 합니다."

"그렇겠지, 상대가 남산이라는 것을 알면. 성삼이의 상처는 얼굴만도 아닐 테고. 혜순 씨의 입장에서는 부부지간의 일이니까. 몸의 상처 등으로 고문의 증거를 파악했겠지. 그러니 철저하게 감출 수는 없어. 아까도 말했듯이 난 별 일 없을 거라고 생각하네. 만나자고 해 놓고, 그것도 도쿄 한가운데에 있는 제국호텔에서 공공연히 일을 벌이지는 않을 거야. 호텔 밖으로 나올 즈음에 여러 인간이 나타나 한 군을 자동차에 밀어 넣거나 하지는 않을 걸세. 그래도 경계는 필요할 테고, 그 나름의 준비는 해둬야겠지."

"일담 선생님, 전 태어나서 처음으로 인간이 심신 모두 어딘가의 나락으로, 무한 나락으로, 암흑의 우주같이 떨어져 내리는 곳으로, 타락할 대로 타락하고도 그래도 죽지 않고 살아남아, 그런 상황 속에서 서울을 빠져나왔습니다. 저는 밀려 떨어졌고, 그리고 스스로 떨어졌습니다만, 좌우지간 곤봉, 긴 곤봉의 난타와 같은 폭풍 속에서 저는 개가 되어 김일담과, 이 한마디만 말하게 해주세요…….”

그는 갑자기 혀가 꼬이기라도 하는 것처럼 말투가 흐트러지고 왼 볼의 당기는 느낌의 상처를 경련시키며 입술을 깨물더니, 양손으로 머리를 감싸 안고 고개를 떨궜다. 숨이 막히는지 양 어깨를 들썩이고 있다.

“성삼이…….” 김일담이 일어나 테이블 너머로 상대의 어깨에 가볍게 손을 얹었다. “괴로운가?”

한성삼은 고개를 숙인 채 머리를 옆으로 흔들었다.

“머리는 아프지 않은가?”

마찬가지로 머리를 흔든다.

“잠시 벽에 몸을 기대고 가만히 있어봐.” 한성삼은 양쪽 팔꿈치를 테이블에 댄 채 손으로 받치고 있던 얼굴을 조금 좌우로 움직이더니 감았던 눈을 뜨면서 선생님, 죄송합니다, 라고 중얼거렸다. 그리고는 얼굴에서 양손을 떼고 똑바로 고쳐 앉았다.

“조금 가슴이 두근거리고 현기증이 났을 뿐입니다.”

얼굴에는 조금 취기가 배어나와 있었지만, 눈빛은 빈틈이 없었다.

한성삼은 잔을 손에 들고 입으로 가져가 천천히 크게 한 모금 마셨다.

“김일담의 이름이 마음에 걸렸나? 핫핫, 설마 목에 걸린 것은 아니겠지."

"아닙니다, 정말로 돌멩이처럼 걸렸습니다."

"흐-음, 이름이 목구멍에서 돌멩이가 될 수 있나."

"그 때문에 고백을 하려는 건 아닙니다. 지금 한국, 남산에서의 김일담 선생님 이름을 입에 담는 순간, 입이, 혀가 꼬였을 뿐입니다."

"남산의, 복수 이야기는 그만두는 게 어떤가."

"들어주십시오. 선생님이, 선생님 쪽에서 싫으시다면 그만두겠습니다만, 그렇지 않으시다면 들어주십시오. 그때 곤봉의 힘으로 김일담의 간첩공작이라고 인정하게 만들고, 제 자신이 인정하여 선생님을 팔았습니다만……."

"이봐, 그런 말투는 그만두라고!"

김일담이 언성을 높였다.

"옛, 그래서, 개가 된 한성삼의, 개로 만든 그들에 대한 복수, 복수심입니다. 저는 살고 싶다, 죽고 싶지 않다는 생명, 동물적이라고 해도 좋습니다만, 간신히 기어올라 일본까지 돌아올 수 있었습니다. 어떻게든 살고 싶다는 일념과 하나가 된 복수심의 힘입니다."

"으-음, 살고 싶다는 일념이었단 말이지, 대단하네. 결코 동물적이지 않은 인간적인, 강한 의지의 힘이 아니었을까. 음, 고생했다고 해야 하나, 난 할 말이 없지만, 거기에 복수심이 함께

해서 그것이 살아갈 힘이 되었다는 말이겠군, 음, 이해했달까, 나에게는 그 이상은 알 수 없는 일이네. 고백인지를 한다는 것도 마찬가지야."

"선생님, 감사합니다. 그런데 일본으로 돌아와 한동안 지내다보니 어느새 복수심이 사라져 있는 것을 알게 되었습니다. 공기가 빠진 풍선처럼 말이죠. 그리고 무기력한 폐인처럼 되어버렸습니다. 절대 입 밖에 내지 말라는 남산의 함구령보다도, 저 스스로가 과거를 잊으려 했고 터부로 만들어 기억 저편으로 밀어낸 채 생활해왔습니다. 타락한 겁니다."

"누구나 그럴 거야. 누가 타락했다는 거고, 누가 타락하지 않았다는 건가. 뭐가 타락이 아니란 말인가. 누구란 누구인가? 지금 한성삼 앞에서 사라져버린, 사라졌을 터인 과거가 되살아나면서, 동시에 복수심이 '재생'되었다는 말인가……."

여종업원 두 사람이 대구와 냄비를 가져왔다. 테이블 중앙에 탁상용 풍로가 설치되고, 거의 다 데워진 다시마 국물의 큰 냄비, 대구 토막과 두부, 채소류, 폰스(등자·유자즙-역자)에 양념, 작은 접시가 놓이면서 유리잔과 재떨이는 주변으로 밀려났다. 종업원이 풍로에 불을 붙이고 나서 젓가락으로 생선 토막을 공손하게 냄비에 넣으며, 이리는 잠시 후에, 채소는 다 끓은 뒤에 넣어달라고 친절하게 말한다. 풍로에 불을 붙이고 일단 테이블을 떠났던 종업원이 꼬치구이, 닭 날개 살, 표고버섯 구이를 가져왔다.

김일담은 맥주를 한성삼의 잔에 따르고 나서 두 병째를 주문했다.

단체 손님이 한꺼번에 들어왔다. 남녀 종업원이 발 빠르게 움직이면서 가게는 순식간에 바빠진다.

김일담은 긴 젓가락으로 끓기 시작한 냄비의 생선 토막을 뒤집거나 하다가 이리를 집어넣는다.

"제가 하겠습니다……."

한성삼이 김일담으로부터 젓가락을 넘겨받아 이리, 채소를 하나씩 넣는다.

"좀 전에 한 군이 말하는 타락이 무엇이냐고 되물었는데, 그건 기억을 억제해왔다는 과거의 일을 말하는 거잖아."

"예-."

"음, 지금은 그렇지 않다는 거지. 아닌가?"

한성삼은 부끄러운 듯이 엷은 웃음을 띠며 고개를 옆으로 흔들었다.

"지워버린 기억이 소생하면서 복수심도 되살아났다고 말했는데, 그 타락을 끌고 다니는 건 이상하군. 남산의 망령이 따라다니는 김일담이 눈앞에 있으면 좀 더 의식하게 되겠지만, 과거의 타락을 끌고 다니는 건 이중으로 상대방의 타락을 받아들이는 결과가 되지 않는가. 타락을 자학적으로 생각하고 있나

보군. 지금 상대방이라고 한 것은 남산을 말하는 거야, 알고 있나? 음, 그렇다면 됐고. 먹자고, 먹으면서 얘기하지……."

김일담은 자신의 젓가락을 손에 들고 냄비의 생선과 이리를 상대방의 접시에 담아주고 나서, 다시 직접 자신의 폰스 접시에 찍어 입에 넣었다. 혀 위에서 부드럽고 갈쭉하게 부서져 녹아내리는 것이 맛있다. 한성삼이 가스 불을 줄였다.

두 사람은 잠시 이야기를 멈추고 맥주를 주고받은 뒤, 수증기에 얼굴을 묻으며 파와 표고버섯 등이 어우러진 음식을 열심히 입으로 옮겼다. 이 남자가 숲이 깊은 남산의 콘크리트 밀실에서 고문의 폭풍을 온몸으로 헤치고 나왔다고 생각하자, 이상하게도 취기와 함께 벅차오르며 자신에게까지 전달되는 상대의 체온 같은 것을 느끼고 마음이 뜨거워졌다. 목덜미에 상쾌한 땀이 배어나와 있었다. 왠지 고마운 생각이 든다. 흠, 성삼이는 '동지'다. 남산이 만들어 낸 시나리오에서 빨갱이 간첩공작원인 김일담의 지시를 받은 부하. 왼쪽 볼의 당기는 듯 보이는 상처. 관계가 없는 나를 위해 곤봉으로 구타당한 남자.

"이봐, 성삼이."

"옛……."

한성삼은 얼굴을 들었다.

김일담은 손을 내밀어, 주저하며 뻗어온 손을 잡았다.

"음, 핫하앗, 수고 많다."

"예……."

두 사람은 잔을 부딪쳤는데, 한성삼은 어리둥절해 하는 가운데 마신 맛있는 맥주 한 잔이었다.

이 남자는 이제 며칠 뒤로 다가온 남산으로부터 온 남자와의 대면에 당연한 일이겠지만, 긴장, 그리고 불안을 느끼고 있는 것이다. 피로 얼룩진 곤봉의 난타라는 폭풍을 계속 휘두른 남산 남자와의, 서로 간에 확실히 당시의 얼굴을 기억하고 있는 사람끼리의 대면……. 기억의 부활, 기억과 함께 지워버렸을 터인 복수심의 소생. 한성삼은 과거의 기억을 일깨운 남산 남자의 출현에 충격을 받은 건 아닐까.

"그러니까, 자학적으로 타락을 생각하지 말라고 내가 말했는데, 한 군의 표현을 빌리자면, 떨어질 대로 떨어져서 타락한 것이 되겠지만, 타락한 인간과 그 타락시킨 인간, 저항이나 방어할 방법이 없는 인간을 폭력으로써 심신을 파괴시켜 타락시킨 그들은 뭔가. 놈들이야말로 타락한 존재지만, 그들 자신을 포함해 타락이라고 생각하지 않을 테고, 생각하지 않아도 된다네. 한 군의 말처럼 자신이 타락했다고 생각한다면, 놈들의 타락까지 끌고 들어와 이중으로 타락하게 되는 거야. 남산의 인간은 고문으로 사건을 날조하고 있는데, 그러고서도 타락하지 않은 훌륭한 인간이란 말인가. 끊임없이 타락, 타락이라고 자신을 향해 말하지 말게. 자네가 스스로를 망치는 일이야, 그렇게 생각하지 않나?"

"예-, 그렇게 생각하고 있습니다. 틀림없이 그렇습니다."

"틀림없단 말이지. 핫하하, 정말로 그렇게 생각하나? 그렇지 않다면 정직한 사람이 손해를 보는 것과 마찬가지로 어리석은 일일세. 패배의 사상이지. 남산의 인간들, 이보게, 그들도 인간이야, 살인자라도 제복을 입고 훈장을 달면 훌륭한 인간이 되지. 그들은 그러한 자학적인 타락을 환영한다네. 복수심을 잃고 타락했다는 건 좋아. 그러나 그게 그대로 지속된다면 어떻게 될까. 복수심을 가지는 일 없이 그대로 '용서'할 건가? 음, 뭔가 관용의 정신, 깨달음 같은 심경이 되어, 이제 와서 예전의 일 같은 거⋯⋯라는 체념 말일세. 그러한 착각과 혼동으로 무의식중에 과거를 잊는 것을 합리화하지. 난 성삼에게 무슨 복수를 하라는 건 아니야. 괴롭겠지만, 과거의 기억을 되살리는 것은 좋은 일이라는 거지."

"예-, 알고 있습니다."

두 병째 맥주가 나오자, 한성삼이 김일담의 잔에 양손으로 따르는 것을 받은 뒤, 김일담도 거의 비어있는 그의 잔에 맥주를 따라줬다. 6시. 한 시간 만에 지하 찻집에서 마신 맥주에 이어 두 병. 볼을 조금 붉게 만들었던 취기도 멀어져 가고 있었다.

"하지만, 그 복수의 의미, 내용을 모르겠네. 그 복수심은 어떤 형태를 띠고 있나?"

"······형태, 구체적인 내용을 말씀하시는 건가요, 형태라는 말이 어렵습니다. 그러한 마음을 가지고 있다는 뜻입니다."

"음, 그렇다면 됐네. 설마 무슨 구체적인 형태의 복수를 생각하고 있는 건 아닐 테지. 그런데 상대인 한국영사와 만나는 일은 불안한가?"

김일담은 무서운가? 라고 말하려다 불안으로 바꾸었다.

"예-, 무섭지는 않습니다만······."

"뭐라······, 음."

김일담은 움찔하며 지금 자신이 불안이라고 하지 않고 무서운가? 라고 말한 것은 아닐까 하고, 입안에서 무서운가, 불안한가, 혀의 움직임을 확인해 보았다.

"그 불안이라 하면 앞일을 헤아릴 수 없어서, 혜순의 말대로 혼자서는 안 된다든가, 상대와 만나는 일이 막연할 뿐이고 뭔가 이쪽의 마음의 준비가 아직 안 되어 있는 건 사실입니다."

"그렇겠지. 갑자기 숲 깊은 과거로부터 도깨비도 아니고 뭐가 튀어나왔나? 핫하, 남산의 남자 아닌가. 다들 인간의 얼굴을 하고 있다네. 옛적의 그리운 인간인가. 난 한 군이 말한 마음의, 정신적인 무장은 필요하다고 생각해."

"무장이라고요?"

"표현이 너무 셌나? 뭔가와 싸워야 된다는 건 아니야. 상대에 대해서 방어적인 마음의 준비가 필요해. 아까부터 타락이라든가 고백이라든가 자신을 나쁜 입장으로 몰고 가는 듯한 이야기가 나오고 있는데, 예를 들면, 예를 드는 게 아니라, 한 군의 경우 '전향'의 사실이 있지 않은가. 상대에게 있어서의 전향 사실 말이야. 성삼이는 전향했다는 사실에 주눅이 들어 있는 게 아닐까. 그것만으로 그들 앞에서, 고문으로 만들어낸 사실 앞에서 정신적으로 위축돼버리는 거지. 내 말뜻을 알겠는가? 난 남산에서의 한 군의 '전향' 때문에 체포되거나 사형선고를 받은 게 아니야. 건재하다네. 그들은 곤봉으로 만들어낸 한성삼의 '전향'을 실제의 전향, 전향자라며 나올 거야. 가공의 전향을 사실로서의 전향으로 못 박고 그걸 전제로 한성삼을 억누르려 하겠지. 그들 앞에 사실로서 인정한 전향, 그 사실에 지지 말라는 것일세……."

"예……." 한성삼은 고개를 끄덕이며 맥주를 한 모금 마신 뒤 계속했다. "일담 선생님 말씀대로입니다. 제 스스로 모든 것이 가공의 위에 만들어진 것이라고 생각하면서도, 가공된 그것을 인정했다는 사실이 있습니다. 이것이 허와 실, 이 둘을 혼동하여 선생님의 말씀처럼 확실하게 생각을 굳히지 못하고 있습니다."

"바로 그 허와 실이야. 이렇게 해서 허를 진실이라고 믿게 되지. 그 경계가 무너져가는 거라고. 현실과 비현실, 이건 문학 이야기가 아니야. 권력에 의한 인간의 정신, 영혼의 조작이야.

55

그래서 원죄가 성립되는 것이고. 한 군은 실제의 형벌은 모면했지만, 정신적으로는 아직 남산의 그림자가 남아 있어. 그곳으로부터 완전히 자유롭지 못하지. 너무 자신의 타락, 고백해야겠다는 생각이 지나치면, 그들의 의도대로 되는 거야. 기억과 함께 복수심이 되살아났다는 건 좋아. 살아갈 힘이 되어주었으니까. 뭔가에 대한 복수심이 허와 실을 넘어서 형태를 굳히고 있는 게 아닐까. 그 복수심이 한 군의 마음속에 존재하고 있다는 것이 중요하다네."

"그렇습니다. 복수심이 무엇인지, 어떻게 할 것인지. 저는 지금 여기서는 잘 모르겠습니다만, 그것이 지금 제 마음속에 있는 것은 사실입니다." 한성삼은 김일담의 잔에 맥주를 따르고 나서 자신의 잔을 채워 크게 기울였다. "선생님, 복수심을 죽여서는 안 됩니다. 복수심으로 상대와 대치하게 될 테니까요……."

한성삼은 상처가 당겨지면서 일그러지는 얼굴로 웃었다.

"이봐, 복수심을 드러내서 상대와 대치한다고……. 꺼림칙한 이야기는 그만하게. 어쨌든 지금 이렇게 얘기하면서 마음의 준비가 되지 않을까. 상대방의 생각은 알 수 없지만, 과거에 김일담의 한국초치 건을 트집 잡는다 해도 성삼은 상대에 대해서 아무런 죄의식도 없지 않은가. 상대는 심문자로서 대할지도 모르지만, 여기는 과거 속 서울 남산이 아니야. 그리고 오늘 나와 만난 것은 상의도 있지만, 과거 남산에서의 김일담에 관한 일을 나에게 고백하겠다고 했던가. 그럴 필요가 없다는 걸, 나의 요구이기도 하지만, 이해했겠지."

"……"

"자신을 궁지로 몰아넣는 고백, 참회, 그런 것을 남산이, 한성삼을 그렇게 만든 그들이 본다면 재미있어 하지 않을까."

"……선생님, 전 개, 개가 되었었습니다……."

"이봐!"

"김, 김, 일, 김, 일담……." 한성삼은 혀가 꼬이면서 아까와 마찬가지로 말이 목구멍에 걸렸다. 앗, 저, 김……, 김일담 선생님…… 갑자기 그는 자리에서 일어나더니 상반신을 내밀며 김일담의 손을 잡아끌 듯이 양손으로 잡고 칸막이 너머 옆자리 손님이 돌아볼 정도로 큰소리로 외쳤다.

"한성삼을 때려주십시오! 마음껏 걷어차고 때려주십시오. 걷어차 주십시오, 이 개, 개새끼를!" 한성삼은 막혔던 숨이 단숨에 터져 나오는 것처럼 계속했다. "선생님, 선생님은 고백하지 마라, 하지 말라고 말씀하시지만, 예-, 예엣, 하, 하지 않겠습니다. 선생님, 한성삼을 때려주십시오. 걷어차 주십시오. 여기서 어려우시다면 밖으로 나가 콘크리트 위에서 마음껏 걷어차 주십시오……."

19

김일담은 허공에 초점을 모으며 자신을 필사적으로 응시하고 있는 한성삼의 차가운 손에서 자신의 손을 뺀 뒤 호통을 쳤다.

"그만 둬! 앉아!"

한성삼은 허공에 뜬 양손으로 테이블 가장자리를 잡으며 두 의자 사이의 바닥에 꺼지듯이 몸을 떨어뜨리고 무릎을 꿇었다.

"선생님, 저를 때려주십시오!"

양 어깨를 움찔움찔 파도를 치면서 고개를 숙이고 있었다.

남자 종업원이 다가왔다.

"별일 아니니 걱정 말아요."

김일담이 한성삼 옆에 우뚝 서 있는 종업원에게 걱정할 거 없으니 가라고 손짓을 하고 고개를 끄덕이며 신호를 보냈다.

한성삼은 바닥에 무릎을 꿇은 채 양팔을 무릎 위에 올려놓고 울었다.

"이봐, 의자에 앉게."

김일담이 일어나더니 테이블을 돌아 큰 죄를 진 사람처럼 무릎을 꿇고 고개를 숙인 채 숨 죽여 울고 있는 한성삼의 등 뒤에서 양쪽 겨드랑이를 안아 올려, 아니 스스로 일어나는 그를 도와, 옆의 의자에 엉덩이를 대고 앉혔다.

"한잔하게."

자리로 돌아온 김일담은 한성삼의 잔에 맥주를 따르고, 상대의 손이 이쪽으로 뻗어올 새도 없이 자작을 한 뒤 그의 잔과 쨍하고 소리를 내며 부딪쳤다.

칸막이 옆자리에서 젊은이들의 웃음소리가 크게 두 번 울렸다. 이쪽과는 상관없는 웃음소리.

"취했나?"

"아닙니다."

"취하기엔 아직 일러. 세 병째거든. 술은 권하지 않겠네만, 이전처럼 많이 마셔서는 좋지 않다는 거야. 이런, 핫하, 좋지 않다니, 음, 나 역시 술을 많이 마시는 사람으로서 할 소리는 아니군."

"예–, 지금 술의 취기와는 관계가 없습니다. 취기, 술 이전의 문제입니다."

"알고 있어. 맥주 두세 잔으로 그렇게까지 되겠는가? 낮부터 찻집에서 이야기를 하고 있었고. 고백을 하는 대신에, 내가 고백을 하지 말라고, 필요 없다고 해서 그런 거지만, 남산에서 당한 것 이상의 폭력으로 벌을 준다면, ……후후, 흠, 한 군도 꽤나 고약한 표현을 쓰는군. 그렇게 얻어맞으면 자유로워진다, 해방된다는 뜻이겠지만, 생각 좀 해보라고, 얘기는 할 수 있다 치고 그런 걸 실제로 할 수 있겠는가? 소설에나 나올 듯한 대사 아닌가. 내게 때리라는 것도 우스운 얘기지만, 때린 뒤의 난 어떻게 되겠나. 한 군이 복수 겸해서 남산 남자를 두들겨 팬다면 해방도 되고 자유로워지기도 하겠지만, 그렇게 사람 하나를 패 죽여본들 뭐가 달라지겠나. 얼마든지 있다네. 권력 말이야. 내가 성삼이를 해방시키기 위해, 이보게, 핫하하, 성삼이를 때릴 수는 없잖은가."

"제가 해방되기 위해서가 아닙니다. 그렇지 않습니다. 원하는 일이지만 그것이 목적은 아니고, 뭐라고 해야 좋을지 모르겠습니다만……. 저는 며칠 후에 한국에서 온 인간과 만납니다. 그 전에 지금까지 하지 못했던 선생님에 대한 고백을 꼭 하고 싶었습니다. 하고 싶다기보다 고백을 하지 않고는 영사라는 남자와 만나지 못할 것 같은 기분입니다. 상대와 만나기 위해서는 뭔가 그야말로 불가피한 순서, 관문 같은 기분이 들면서 몸을 움직일 수 없을 것 같습니다……."

"흐-음……."

김일담은 고개를 갸웃거리다가 끄덕인다.

"선생님은 고백을 거절하셨습니다만, 그 대신에, 고백을 받지 않는 대신에 때려주십시오. 정말 죽을 정도로 때려주시면 좋겠습니다……."

한성삼의 눈에 눈물방울이 빛나고 목소리가 잠기면서 떨렸다.

"흐-음……." 아니 이런, 여보게, 김일담은 일단 고개를 옆으로 흔들었다가 끄덕이면서 흠, 흠, 조금 웃으며 말을 꺼냈다.
"골치 아픈 얘기야……. 골치가 아프기보다 있을 수 없는 얘
기지."

"예-, 제 자신도 알 수 없는 소원, 소망입니다. 그렇지 않으
면 남산의 남자와 만날 수 없을 것 같은 기분이 들어서, 그래서
필요합니다."

한성삼은 이마에 땀방울을 맺으며 애원하듯 말했다.

김일담은 어이가 없다는 듯이 상대의 진지하게 떨리는 눈빛
을 바라보며 말했다.

"이보게 성삼이, 내가 아까부터 말했듯이 고백의 보상은, 그
걸 대신하는 것은 뭐든 상관없어. 한 군의 고뇌에 찬 고백은 성
삼이가 남산에서 당한 고통에 비할 바가 못 되는 것이고, 한 군
이 전화로 고백하고 싶다고 내게 말한 것으로 이미 끝났네. 다
시 말하네만, 남산에서 당한 폭력보다 더한 일은 있을 수 없으
니……. 알겠는가?"

"예-, 그렇습니다. 전 남산의 폭력 아래 타락할 대로 타락했
습니다……." 한성삼은 말을 끊고 마른 목을 축이듯이 잔의 맥
주를 한 모금 입에 머금었다. 그리고는 축 늘어뜨린 양손으로
볼을 쥐어짜듯이 감싸더니 눈을 감았다. 김일담은 우정의 징
표로 자신을 때려달라는 청춘의 감상을 느끼지 못한 것은 아니
었으나, 잠자코 상대의 거의 빈 잔에 맥주를 따랐다. 깜짝 놀라

눈을 뜬 한성삼이 이내 자세를 바로 하고 맥주가 채워진 잔에 손을 대었다 떼었다. "선생님, 죄송합니다. 저어, 남산에서는 죽음을 생각했습니다. 자살이 아니라, 고문으로 죽을 거라고 생각했습니다. 공포, 밑이 빠진 것처럼 형태가 없는 공포, 아무것도 없는, 그저 공포만의 허무한 공포입니다. 선생님 말씀처럼 숲이 깊은 남산 콘크리트 밀실에서 고문으로, 곤봉으로 초죽음이 된 채 되받아치지도 못하고 짓밟힌 버러지처럼 무의미하게 죽어갑니다. 상대에게 반격을 가해서 상대를 때려눕히고 죽는 거라면 그나마 죽는 보람이 있습니다. 굴욕, 그보다도 더 이상 의미가 없는 존재, 무의미한 죽음의 공포, 아무 것도 없는 정말로 캄캄한 허무, 허무조차 없을 것 같은 무섭고 공허한 공포. 생과 사의 순간이 길게 이어지는 경계의 공포입니다. 순식간에 총살당하듯이 죽어버린다면 좋을 텐데, 죽음의 바로 코앞에서 살아있는 겁니다……. 난 지금 살아있다, 살아있다고 그때 순간적으로 생각했습니다. 그리고 지금 죽는다……. 그렇게 그저 얻어맞을 뿐이고, 무한하게 시간이 끊어진 것처럼 얻어맞고 고문에 굴복해서, 그들이 말하는 대로 명령하는 대로 됩니다. 허위 자백이든 뭐든 일단 굴복을 하게 되면 언덕을 굴러 떨어지듯이 무의미함을 생각할 틈도 없이, 그저 굴러 떨어지는 움직임에 맡기게 됩니다. 정신이 아니라, 물리입니다. 망가진 인간의 형태를 한 물질입니다. 선생님, 죄송합니다. 제멋대로 지껄여서. 지금까지 7년간 목숨을 부지하면서 그 보상으로 담아두었던 말입니다. 선생님, 저는 일단 마음을 먹으면 무서운 게 없습니다. 좀 전에 불안하다고 했습니다만, 그것은 본질적인 말은 아닙니다. 좀 더 표면적이고 상대와 접했을 때의, 미지의 인간과 인간이 만났을 때의 영문을 알 수 없는 불안 같은 것이고, 저에게 있어 공포는 남산의 그것보다 클 수는 없습니다. 선생님…….” 눈을 감고 있던 김일담은 한성삼을 마주보았다. 잠들어 있던 것은 아니다. 가벼운 취기가 맴돌고 있었지만, 취기만이 아니라 한성삼의 이야기를 깊이 느끼고 있었다. ……밑이 빠진 것처럼 형태가 없는 공포. 허무조차 없을 것 같은 무섭고 공허한 공포……. 죽음의 공포, 김일담이 알지 못하는 죽음의 공포……다. 공포란 무엇일까, 그저 공포 그 자체……. “선생님, 전 친구끼리 격앙되어 서로 치고 받는 그런 어설픈 기분으로 선생님께 말씀드리는 게 아닙니다…….”

냄비를 올려놓은 가스풍로의 불은 꺼져 있었지만, 한성삼은 미간에 빛나는 땀방울을 맨손으로 닦은 뒤 무릎에 양손을 내려놓고, 빨갛게 빛나는 눈으로 김일담을 똑바로 쳐다보며 계속했다.

“고백의 보상은 남산에서의 저에 대한 고문이라고 선생님은 말씀하셨습니다만, 그건 충분히 마음으로 받아들이고 있습니다. 따라서 자넨 마조히스트인가, 라고 말씀하신, 그러한 저에 대한 선생님의 제재는 그것과는 다른 일입니다. 선생님, 들어주십시오. 선생님이 말씀하시는 마조히스트가 비유라는 건 알고 있습니다만, 전 마조히스트도 아니고 다른 무엇도 아닌, 전 자신의 해방을 위해 얻어맞고 싶습니다. 그저 마구 얻어맞고 싶습니다. 죽을 것 같으면 선생님께 반격을 해서 맞받아치겠습니다, 아니 도망갈지도 모릅니다. 그렇지 않다면 저는 죽을 정도로 맞고 싶습니다. 남산에서와는 다른 무의미하지 않은 것, 제가 바라는 바입니다. 저의 육체가 몸 안의 영혼이 그걸 갈구하고 있습니다. 소원입니다. 무의미하지 않은, 자신이 갈구하는 저를 때려눕힐 폭력이 필요합니다. 그렇습니다……. 그것이 필요합니다. 전 남산의 폭력으로 타락할 대로 타락했습니다. 무의미한 죽음의 공포에 내던져졌습니다. 그걸 선생님의 폭력으로, 폭력이 아니라, 선생님의 발과 손바닥으로, 삽과 같은 손바닥의 일격으로 다시 저를 원래대로 되돌려주십시오. 선생님께 죽을 정도로 맞는다면, 목에 돌멩이가 되어 걸려 있는 남산에서의 김, 일……, 김, 김일담이 몸속으로 녹아내려 사라져갈 겁니다……."

한성삼은 후우후우, 질식하기 직전에 숨을 되돌리기라도 한 것처럼 커다란 숨을 토해내고 다시 들이마셨다.

으-음……. 김일담은 고개를 끄덕이며 맥주병을 손에 들고 성삼이, 마시게, 상대의 잔에 맥주를 따랐다. 테이블에 다시 올려놓은 맥주병은 비어있었다. 여종업원에게 맥주를 주문한다.

"음, 지금 한 이야기는 그곳, 숲이 깊은 곳에 있었던 인간의 생생한 이야기인 만큼 내 상상 밖의 이야기이면서도 한 군이 말하고자 하는 바가 이해되는군. 먹자고."

"예엣."

두 사람은 반쯤 남은 잔을 비운 뒤, 새로운 맥주가 나오기를 기다렸다.

"생굴을 먹지 않겠나?"

한성삼은 고개를 끄덕였다.

맥주를 가져온 종업원은 생굴 주문을 받은 뒤 돌아갔다. 김일담이 다시 한성삼에게 맥주를 따르자, 한성삼이 양손으로 맥주병을 받아들고 김일담의 잔에 따랐다. 시각은 7시 조금 전.

"오늘은 복수 이야기가 나왔는데, 애당초 며칠인가 전에 내가 은하에서 한 말이 계기가 된 거 아닌가. 그리고 이야기는 고문, 곤봉으로 진행되었어. 곤봉의 폭풍이란 게 어떤 건지 난 모르지만……." 김일담은 잔을 기울였다. 고문의 내용, 곤봉의 폭풍 낙하가 구체적으로 어떤 것인지 알고 싶었지만, 묻지 않았다. "곤봉 한 개, 천 개, 일만 개를 묶은 한 개인데, 그건 개인의 손으로 휘두르는 것이면서도 배후에는 권력이 뒷받침 되고 있네. 낮은 단계에서 높은 단계로의 국가권력에 이르게 되지. 물론 개인의 기계적인 것만이 아닌 자각하에 이루어지기 때문

에 보수가 있고, 명예가 있고, 잔학행위에 익숙해져 취하는 일
도 있고, 그 취기에 몸을 맡기는 일도 있을 거야. 모든 개인에
의한 폭력이 국가의 보장을 받고 있는 것이지. 여자 수감자에
대한 강간도 보장된다네. 그 정신의 도덕적 타락, 파멸은 권력
의 권위로 지탱되지. 아니, 성삼이의 타락, 그 타락은 뭔가. 거
짓 타락인가? 거짓 전향인가. 제대로 된 사회라면 그들을 재판
정에 세워 사형이라도 시켜야 마땅한 거 아닌가. 전향? 말도
안 되는 소리. 놈들 앞에서의 전향이 성립되겠는가 말야. 핫하
하. 그러니까 곤봉을 손에 든 그 개인을 응징한다 해도 일은 끝
나지 않아. 내가 이런 말을 하는 것은 아까도 얘기했지만, 복수
를, 즉 고문을 개인 단위로 생각해서는 안 돼. 예를 들면 이번
에 만나는 남산에서 온 남자에 국한시키지 말고, 그걸 현실적
인 복수의 대상으로 삼지 말라는 거야. 내 말의 의미를 알겠는
가. 선생님은 복수를 하지 않을 거냐고 성삼이가 말했는데, 내
경우는 성삼이처럼 개인적인 복수, 증오를 들이댈 상대가 없다
는 점도 있지만, 남산의 남자를 만날 경우 개인의 복수를 해야
겠다는 생각을 갖지 말라는 것이네. '용서'와는 달라. 그런 것
과는 관계없는 이야기야. 개인적으로, 배후 전체를 완전히 뒤
집어 버리는 경우는 필요하겠지만, 가령 개인을 응징한다고 해
도 그것이 현실적으로 가능한 일도 아니고, 그렇잖나. 그 남자
에게 무슨 테러 행위라도 할 셈인가. 그리고 아까부터 해방이

라는 말이 자꾸 나오고 있는데, 난 예를 들어 남산의 남자에게 복수라도 한다면 해방될 거라고 말했지만, 그걸 단락적으로 듣진 말게, 비유적인 말이니까…….”

여종업원이 들어오더니 커다란 굴 한 개가 담긴 접시를 각자의 앞에 놓았다.

“어서 먹어, 먹자고…….”

김일담은 끓기 시작한 냄비에 다시 남은 채소류를 넣는다. 선생님, 제가 하겠습니다. 누가 하든 마찬가지지. 어서, 어서 먹게나.

김일담은 맥주를 단숨에 들이켜고는 한쪽 손가락으로 영롱한 진줏빛 패각 가장자리를 누른 채 젓가락으로 생굴을 벗겨내 그대로 크게 벌린 입에 넣었다. 표피가 벗겨진 살점이 녹아내리면서 바다 맛이 퍼지는 굴을 천천히 씹어 목구멍 아래로 밀어 보낸다. 작은 내장의 쌉쌀한 맛이 혀에 스며들어 입맛을 다시자, 그 맛에 순간적으로 술이 깨는 듯한 기분이 든다. 다시 잔을 기울인다.

한성삼은 한동안 말을 끊고 잔을 기울이면서 생굴을 맛있게 먹었다.

“그런데 말이지, 성삼이, 먹으면서 들어봐. 이야기가, 고문이 개인적이라든가, 개인을 넘어서는 배후의 권력이라든가, 복수의 대상에 대해 추상적인 것이 되어버렸는데…….”

"말씀 중에 죄송합니다. 저는 결코 그것을 추상적으로 듣고 있지 않습니다. 절실합니다. 이건 복수심은 무엇인가, 어떻게 해야 하는가에 대한 대답도 되는 것입니다."

"음, 그렇게 생각한다면 안심인데, 뭐가 안심이냐, 안심이라는 말은 이상하지만, 복수는 저돌적으로 맹렬하게 하나의 적을 향해서는 안 된다는 걸세. 최근에 성삼이는 복수심의 재생이라는 말을 했었네. 재생이라는 건 일단 사라져 있었던 것의……라는 뜻일 테지. 예를 들면 성삼이는 듣기 괴로운 전향이라고 해도 좋겠지만, 성삼이는 전향을, 이건 무고한 죄나 마찬가지로 전향을 넘어서는 존재야. 그 전향은 외부의 폭력 등의 힘으로 사상이 바뀌는 것인데, 사상이 변하면 마음도 인간도 변하지. 변한 뒤 지금에 이르는 심신 상태가 이전부터 그래왔다는 듯이, 참으로 자연스럽게 과거, 전향 이전의 과거가 전향 이후와 잘 연결돼서 자신이 전향했다는 생각이 들지 않는다네. 기억의 문제와도 겹쳐지는 것이지. 과거의 기억, 전향, 엄연한 기억이겠지. 그 기억이 옅어지다 사라지고, 심층 심리에 감춰져 적당히 다시 만들어지면서 합리화되고 현재와 잘 융합되어 연결된다네. 성삼이는 84년 남산에서의 무서운 기억을 결국 스스로 지워버리고 그리고 동시에 당초에 맹세했을 복수의 마음도 사라져버린 게 아닌가. 무엇보다 일본에 가면 여기에서 있었던 일은 절대로 입 밖에 내지 마라. 함구령, 침묵의 강요. 그것이 몇 년이나 흘러 갑자기 남산의 남자가 출현하는 바람에 과거의 꺼림칙한 기억이 되살아났고, 기억과 동시에 사라져 있던 복수심이 소생했어. 외부로부터, 그리고 자신이 가둬버린 내외의 침묵의 터부로부터의 해방인 셈이지. 즉 스스로가 재생이라고 얘기했는데, 이건 대단한 일이야. 한 군이 지금 말한 것처럼 복수심이 무엇이고, 그리고 어떻게 해야 하는지에 대한 하나의 대답이 되었다고 했는데, 복수심과 함께 과거의 기억이 재생했다는 일 자체가 괴로운 일이면서도 소중한 일일세. 복수심을 어떻게 할 것인가보다도 지금 한성삼의 마음에 엄연히 존재하고 있는 일이 중요하다고 생각하네." 김일담은 고개를 끄덕이며 일단 말을 끊었는데, 재차 그걸 부정하듯이 고개를 옆으로 흔들며 계속했다. "그러니까 난 연장자로서 대단한 것처럼 말을 하고 있지만, 복수심을 존재시켜서 마음에만 담아두면, 쏟아버릴 곳이 없는 그걸 어떻게 하나……. 핫하-, 제3자라는 존재는 꽤나 무책임한 법이지. 어서, 한잔하게."

김일담은 한성삼에게 맥주를 따랐다. 맥주병을 받아든 한성삼이 양손으로 김일담의 잔에 따랐다.

"예-, 일담 선생님, 그 복수심이 지금 제 안에 없다면 그대로 애매모호한 인간이 돼 갈 겁니다. 남산 남자의 출현으로 지금까지 제 안에 억눌려 있던 것이 되살아나는 계기가 되면서 이번에 겨우 자신을 되찾은 느낌입니다. ……선생님은 이렇게 맥주만 드십니까?"

"음, 그렇다네. 밖에서는 말이야. 집에서는 거의 맥주는 마시지 않아. 밤에 자기 전에는 소주를 마시지. 레몬즙을 넣은 뜨거운 물에 섞어서……. 보리소주 말일세. 이게 몇 병쨀가. 네댓 병쨀가?"

"네 병쨉니다."

"으-음, 이건 3홉들이 아닌가. 성삼이는 뭐 다른 걸 마시겠나."

"저도 밖에서는 맥주만 마시려고 합니다."

한성삼은 웃었다. 자리에서 일어나 통로에 얼굴을 내민 그는 종업원에게 맥주를 주문했다.

사오일 전에 한성삼이 영사로 부임해온 남산 남자의 출현, 그 전화에 대해 이야기하던 날 밤, 클럽 은하에서 제법 취기가 돌기 시작한 한성삼은 맥주에서 물로 희석시킨 위스키로 바꿔 마시다가 결국은 대취, 지금 생각해보면 그때 숲 깊은 남산의 환영에 사로잡혀 일종의 패닉에 빠졌던 것일 게다. 갑자기 소파에서 일어나 비틀거리며 무슨 소린지 외치고 있었다. 제주 빨갱이새끼라든가, 충혈된 눈으로 허공을 노려보고 고함을 치면서, 선생님은 제주 빨갱이새끼입니까?

그리고는 매니저의 안내로 화장실에 간 그가 시간이 지나도 좀처럼 방으로 돌아오지 않는다. 김일담은 걱정이 되어 매니저와 함께 화장실에 가보니, 뚜껑이 열려있는 변기 옆에 벌러덩 누워 있었다. 두 사람이 떠메듯이 방으로 돌아와 한동안 소파에 뉘어 놓았는데, 잠에서 깨어난 본인은 그 기억이 없는 듯했다. 더구나 한숨 자고 나서 취기가 조금 깬 것인지 위스키를 한 잔 더 달라고 했는데, 김일담은 그가 화장실에 쓰러져 있던 이야기는 하지 않았다. 본인은 스스로 간신히 화장실에서 나와 소파에 잠시 누워 있다가 눈을 떴다고 생각하고 있을 것이다. 그 사이에 무슨 꿈이라도 꾸고 있었던 것일까. 좋은 추억, 기억의 망각과 기억의 개작이다.

"그거 잘됐군. 크게 기뻐할 일일세. 뭐든 많이 마시면 마찬가지지만 말이야. 이번에 성삼이는 며칠 뒤에 잊고 있던 옛날 남산의 남자와 만나게 돼 불안하겠지만, 그 남자의 갑작스런 출현이 계기가 되어서 지금 겨우 자신을 되찾은 느낌이라고 말하지 않았나. 으-음, 무거운 말이야. 과거의 지워버린 기억이 되살아나고 복수심이 재생된다. 남산의 남자가 나타나지 않았다면 숲 깊은 남산의 기억 밑바닥에 묻혀서, 그건 먼 과거의 일인데 새삼스럽게라며 체념하고 용서하게 되겠지. 음, 아닌가. 미덕이 아니고 뭔가. 어떻게 될지 만나봐야 알겠지만, 비관적으로 생각할 건 없다고 보네."

"예-, 선생님, 결코 비관적으로는 생각하고 있지 않습니다." 한성삼은 강하게 부정했다. "혜순은 혼자서는 가지 말라며 걱정하고 있지만, 무슨 패닉을 일으키고 있는 건 아닙니다…….
(패닉? 패닉은 내게 해당되는 일 아닌가? 어딘가에서, 아직 만나지 않은 남산 남자와의 관계 속에서 갑자기 분수처럼 쏟아져 나오는 게 아닐까. 느닷없이 덜컥하며 머리 신경의 톱니바퀴가 소리를 내면서 빠진 것처럼, 머리와 몸이 해체되어). 선생님, 그건 전혀 걱정할 거 없습니다. 오늘 일단 선생님을 뵙고 지금까지 함께하면서, 선생님의 말씀을 듣고 제 자신 생각하지 못하고 있던 일까지 말로 표현하고 보니, 선생님이 좀 전에 정신의 무장, 무장이라고 말씀하셨습니다만, 이상하게도 지금 제 안에 무장돼 있는 듯한 기분이 듭니다. 방어적인 마음의 준비입니다. 선생님, 저는 지금 방금 전보다도 기분이 훨씬 차분해져 있습니다만, 조금 취기가 취기 덩어리가 머리에 퍼져 흔들리고 있습니다…….”

한성삼은 머리를 좌우로 흔들흔들 움직였다. 실제로 머리 움직임에 맞춰 안에서 뭔가의 덩어리가 흔들리고 있는 것 같았다.

“핫하. 재미있는 말을 하는군. 술이 액체 그대로 머리 통 속에서 흔들리고 있단 말이지. 그래, 나도 그럴 때가 있다네. 술이 출렁, 출렁, 파도를 일으키며 흔들리지……. 음, 기분이 차분해지고 있는데, 취기가 머리에 퍼져 흔들리고 있다? 그렇다면 이미 꽤 취했다는 말인가?”

“그렇게 취하지는 않았습니다. 차분해진 마음이 뜨거워져서 흔들리고 있는 겁니다. 선생님께 실컷 얻어맞고 싶습니다…….”

"오호호, 이봐, 그만두게나. 언제까지 그런 말을 하고 있을 셈인가. 자아, 맥주라도 마시게. 다섯 병째니까 많이 마신 것도 아니야. 혼자서 두세 병이니까. 이걸 마시고 슬슬 자리에서 일어나면 좋지 않겠나."

좋지 않겠나……. 애매모호한 말을 남긴 김일담은 자리에서 일어나 화장실로 갔다. 몇 초인가 지나 한성삼도 자리에서 일어났는데, 김일담에게 꾸지람 들을 줄 알면서도 출입구의 계산대로 가 맥주 한 병의 추가분까지 계산을 마쳤다. 화장실에서 돌아오기 전에 계산을 끝내고 싶었지만, 그렇게는 되지 않을 것이다. 자리로 돌아오다 가게 안쪽의 화장실에서 나온 김일담과 칸막이 자리 입구에서 얼굴을 마주쳤다.

"어딜 다녀오는 건가. 화장실은 반대쪽이야." 김일담은 안으로 들어가 칸막이벽을 등지고 앉으며 말했다. "술값을 낸 건가? 오늘 성삼이는 멀리에서 온 손님이야. 아무튼 됐어. 이래서는 아직 끝낼 수가 없지."

"다시 한 병 주문했습니다……."

"앗핫하, 그래, 좋아, 마시자고, 이런, 빨리도 가져왔네……."

추가로 시킨 맥주가 나와 테이블 위에 이전의 맥주병과 나란히 놓였다.

"저기, 생굴, 하나, 아니 두 개지, 성삼이도 먹을 텐가?"

"예."

"두 개 부탁해요.

종업원이 자리를 떠났다.

"싱싱한 바다 향기가 좋아. 오랫동안 바다를 보지 못했어.
음, 조금 취기가 돌기 시작하는군······. 그런데, 성삼이는 히로
시마에 있는 고재수라는 남자를 알고 있나?"

"고재수······. 예-, 고재수, 총련계 사람이죠. 알고 있습니다.
학생시절에 그는 조선대학교 학생이었는데, 아는 사이가 되었
습니다. 옛날입니다. 오래 만나지 못했습니다만, 건강히 지내
고 있습니까?

"매우 건강하다네."

"선생님은 잘 알고 계시네요······."

"그래, 그것도 최근의 일이야. 이번 사오일 전에 처음으로 만
났어. 내가 성삼이 가게에 들렀던 밤, 그렇지, 그리고 나서 은
하에 갔었지 않나. 그 전에 실은 다방에서, 신주쿠의 찻집에서
만났네. 처음 만났지만."

"처음이란 말씀인가요. 요 며칠 전에 만난 것 말입니다."

"그래, 그가 이번 달 중순경에 일이 있어 다시 도쿄에 오는
모양이야. 일전에는 나를 만나기 위해 일부러 히로시마에서 찾
아왔더군."

"선생님과 처음 만나기 위해 히로시마에서 왔다는 겁니까?"

"그래, 그때의 이야기가 재미있다네. 남산과 결부된 얘긴데,

정말 이상하게도 한성삼의 간첩날조 연행과는 정확히 정반대의, 믿기 어려운 일이야…….”

고재수는 지난 10월에 조선적인 채로 여권도 없이 한국·제주도에 입국, 체포되어 구류, 출입국관리사무소, 경찰, 북한의 거물간첩 잠입이라도 되는 것처럼 당일 밤 마지막 비행기로 서울 남산에서 날아온 KCIA, 현 안기부(ANSP) 간부의 심문을 받았는데, 다음날 불법입국에 의한 강제송환의 형태로 일본에 돌려보내졌다네. 즉 제주도의 출입국관리사무소 유치장에서 일박하고 집으로 돌아온 건데, 조총련 간부의 불법입국, 반공법, 국가보안법 위반, 간첩용의로 남산에 연행할 수도 있었을 텐데, 어찌된 일인지 본인도 이해하지 못하는 의문을 품고 도쿄로 찾아왔었지…….

선생님, 그 이야기가 사실입니까? 아무리 84년 당시와는 시대가 변했다고는 해도 그건 이상합니다, 뒤에 뭔가가 있는 게 아닐까요, 라며 한성삼은 이야기 도중에 몇 번이나 잔을 기울이며, 알 수 없는 일이라는 말을 반복했다. 그렇다네, 고재수 본인도 그리고 그의 이야기를 듣고 있던 김일담도 고개를 갸웃거렸듯이, 남산 체험자인 한성삼은 믿을 수 없습니다, 선생님, 그 이야기가 사실입니까? 핫하하, 사실이고 뭐고 바로 최근에, 한 달 전쯤에 한국에서 실제로 있었던 일일세…….

어떻게 그런……, 실제고 뭐고……. 아무 것도 없는 상태에서 간첩용의가 될 만한 재료를 하이에나처럼 찾아다니고 있을 터인데, 옛날 정도는 아니더라도, 아니 작년에 실패로 끝났지만, 김일담 일당의 재일 일대 간첩날조가 있지 않았던가. 간첩으로 날조하기 위한 재료가 충분한 고재수가 무죄, 강제송환……이라니, 적어도 한국 사회에서는 신기한 일이다. 자신은 열흘간 극한의 지옥에서 출소했지만, 80년대만 해도 많은 재일유학생들이 북한간첩용의 날조로 징역, 사형선고 등의 사례가 있다. 이건 그야말로 드문 현상이고, 이해할 수가 없다. 아니, 술이 확 깨는 이야기였다.

"……선생님, 그 얘기가 사실입니까? 사실이겠지만…….."

"음, 사실이겠지만이라는 건 또 뭔가. 그러게 말일세, 한국의 돌아가는 형편으로 볼 때는 재미있는 얘기 아닌가. 성삼이, 고재수와 만나보겠는가?"

"옛, 고재수 씨와……?"

"마음이 내킨다면 말일세. 고재수가 도쿄에 오면 난 만나게 될 테고, 물론 그는 이 일은 전혀 모르고 있네."

"이번 달 중순경입니까? 그가 오는 게."

"그렇다네, 아직 날짜는 정해지지 않았지만, 성삼이가 한국영사와 만나는 날 전후가 되지 않을까."

"예-, 지장이 없으시다면 꼭 저도 동석시켜주십시오."

"그의 체재 예정은 알 수 없지만, 한 군은 영사와 만난 이후가 좋겠지. 그리고 고재수는 아마도 한성삼이 남산에 있었다는 정도는 알고 있을 거라는 생각이 드는군."

"예-, 지금 들은 말씀에 의하면 그는 남산에서 날조당하는 일을 피한 셈인데, 저 이상으로 근거, 재료가 있었는데도 말입니다. 운이 좋았다거나 하는 차원의 일이 아닌 것 같습니다. 알 수가 없군요……."

다시 생굴이 나왔다. 적당히 오른 취기 덕분에 두 사람은 맛있게 서로 맥주를 따라주면서 먹었다. 옆 칸막이 너머 자리에서 웃음소리가 끊이지 않던 젊은이 그룹은 떠났고, 젊은 남녀 한 쌍이 마주앉아 있었다. 조용하다. 시각은 8시. 가게 안은 반쯤 차 있었는데, 떠들썩한 분위기는 사라지고 웅성거리는 소리가 흐르고 있다.

김일담이 잔의 맥주를 쭉 들이켜고 나서 말했다.

"갈까?"

"예-, 가시죠."

"그래, 가자고."

가게를 나온 두 사람은 지하 계단을 올라와 서늘한 밤기운이 내려앉은 지상으로 나왔다.

"취하는군. 대수롭지는 않지만 조금 취한 느낌이야."

"저도 조금 취했습니다. 선생님, 괜찮으세요?"

"괜찮냐고? 피차 많이 마신 건 아니잖아. 성삼이는 조금 취했나. 조금이라면 괜찮아. 고약하게 취하진 말고."

김일담은 볼의 열감을 느끼게 하는 밤바람을 쐬면서 역 쪽으로 향했다. 두 개의 건물 사이에 지붕이 있는 타일 바닥 통로를 빠져나가 역 앞 광장으로 나오자, 버스를 기다리거나 지나던 사람들이 두꺼운 돌 벤치에 앉아 있는 것이 눈에 들어왔다. 사람이 없는 돌 벤치에 잠시 앉을까 생각했지만, 아니지, 걸음을 멈춰서는 안 된다. 한 잎, 두 잎, 낙엽의 그림자가 불빛 속을 스쳐 지나갔지만, 광장을 덮은 거목은 낙엽수는 아니다. 그 중에 낙엽을 떨어뜨리고 있는 나무가 있는 모양이다.

광장 바로 왼쪽의, 8시에 폐점하는 백화점 1층 매장은 아직 환하지만 손님의 그림자는 없었다. 올려다보자, 7층의 식당가 창문에서는 밤하늘로 불빛이 흘러넘치고 있었다. 엘리베이터로 7층까지 올라가도 아마 옥상으로 가는 계단의 출구는 막혀 있을 것이다. 인적이 없는 옥상 같은 공간이 좋다.

U역 정면 왼쪽 철로 변은 아직 불을 밝힌 점포들이 늘어서 있었지만, 오른쪽 철로 변은 철망 울타리로 가로막힌 도로였다.

취기를 공유한 두 사람은 말없이 걸었다. 광장을 벗어나 역사 끝 쪽의 밝은 파출소, 잠시 비틀거리는 바람에 술 냄새를 맡은 것인지 이쪽을 계속 쳐다보는 경관이 있는 파출소 앞을 지나, 바로 옆의 신호가 있는 좁은 도로를 건너 철로 변 쪽으로 돌아 들어갔다.

시티호텔 건물의 밋밋한 벽이 우뚝 솟아있는 철로 변 도로 옆의 울타리 너머로 JR(국영철도-역자)선의 무수한 레일이 조명에 반사되고 있는 광대한 부지를 바라보면서 잠시 호텔 벽을 따라 걸었다.

한성삼은 두세 걸음 떨어져 말없이 따라왔다. 경적을 울리며 만원인 하행선 전차가 왼쪽 플랫폼으로 들어간다. 교대하듯이 그 반대편 차선에 불빛을 환히 밝힌 텅 빈 상행선 전차가 나타나 긴 차량을 끌고 가로질러 간다.

"어디로 가시는 겁니까?"

한성삼이 뒤쪽에서 두세 걸음 따라잡으며 말했다.

"글쎄, 이 근처는 사람이 살지 않는지 한적한 곳이로군. 술집이 한 곳도 없네."

"술집을 찾고 계신 건가요?"

"저건 학교가 아닌가. 이런 곳에 학교가 있었다니. 철로 변인데 말이야. 초등학교인가."

호텔을 따라 도로를 걷다가, 운동장 주변에 서 있는 나무 사이로 교정이 보이는 삼거리 근처까지 와 있었다.

"술집은 이 호텔의 반대편에 있겠군. 술이 부족한가. 핫핫, 이건 내 속마음이라네. 역 앞 광장을 가로질러 들어간 일대가 번화가야. 술집이 많이 있지. 그 주변의 길은 조금 복잡하지만, 흑맥주를 마실 수 있는 독일식 선술집이 있어. 보통 맥주보다

알코올 도수가 조금 높다고나 할까. 감칠맛 나는 게 맛있기는
하지만, 과음하면 취한다네…….”

“뭐든 많이 마시면 취합니다.”

“그렇군. 그렇지. 난 취했다네. 여기는 인적이 없는 곳이야,
음, 이곳이라면 괜찮지 않을까.”

“……”

“저기 말야, 말을 해야겠군. 한성삼을 때릴 수 있을 것 같은
장소를 찾고 있는 중일세.”

김일담과 나란히 선 한성삼이 돌아보았다.

“이 주변이 좋은 것 같은데, 어떤가?”

취기가 확 밀려 올라오기라도 하듯이 이마에 열기가 퍼지며
목소리에 힘이 들어갔다.

“예-, 예…….”

뭐가 예-란 말인가. 맥이 빠진 대답이다. 내가 김일담의 제
재를 받는단 말이다.

김일담은 삼거리를 건너 운동장 울타리 너머로 가지가 크게
뻗어 나온 나무 그늘로 들어갔다.

“이리 와!”

멀리 있는 가로등 불빛에 반사된 한성삼의 얼굴이 창백해 보
였다.

“이봐.” 한성삼과 똑바로 마주선 김일담이 어둠 속에서 빛나

는 한성삼의 눈을 응시하며 말했다.

"어떤가, 날 때릴 수 있겠는가."

"……"

"이봐."

"옛."

"의미를 모르겠나. 응, 때리라는 말을 모르겠냐고?"

"예엣……."

"한성삼, 자네 얼굴의 상처는 무엇으로 얻어맞은 건가. 쇠 삽으로 얻어맞은 건가. 어디 어떤 놈이 7년 전 한성삼의 얼굴에 그 상처를 영원한 각인처럼 새겼는가 말이다. 이봐, 무엇으로 때린 거야. 인두인가. 무엇으로 때렸냐고! 엉."

김일담은 한성삼의 흉하게 도려낸 듯한 왼쪽 볼의, 부드러운 빛을 반사하며 한순간 씰룩하고 경련을 일으킨 상처자국을 찌를 듯이 노려보며 말했다. 지금까지 한 번도 입에 담은 적이 없던 한성삼의 얼굴 상처를 언급한 말이었다.

"야, 때려, 날 때려봐!"

"선생님, 그 반대입니다. 선생님이 한성삼을 때리는 겁니다."

"시끄럽다, 이유를 달지 마. 야, 때리라고 하잖아……."

"어떻게 그런……."

"이 새끼야! 맘껏 때려봐! 때려!"

한 걸음 앞으로 내딛으며 양손의 주먹을 쥐고 한성삼에게 다가간 김일담은 볼을 들이댔다. 순간 김일담의 왼쪽 볼에서 불이 났다. 귀속 공간에 고막이 터질 것처럼 회오리바람이 일었다. 음, 이 자식, 제법 세게 때리는군, 빌어먹을. 고막에 찡 하는 경쾌한 울림이 남았다. 찡······. 흐-음.

"으음, 요 자식, 성삼이 새끼. 잘 때렸다! 이 자식아, 한 번 더 때려라! 명령이다, 때려!"

두 번째로 뺨을 때리는 소리가 김일담의 같은 왼쪽 볼에서 기분이 좋을 정도로 투명한 소리를 내며 울렸다. 이 자식, 제법이군.

한성삼은 그 자리에 망연히 양손을 늘어뜨린 채 서 있는가 싶더니 털썩 무릎을 꿇고 김일담을 올려다보며 주저앉았다. 눈물이 솟구쳐 오르는 것을 참았다. 두세 방울 흘러 떨어지고 있었다.

"음, 요 자식, 일어서! 똑바로 서!"

김일담은 왼손을 치켜 올리고는 일어선 한성삼의 오른쪽 볼을 후려갈겼지만, 아, 앗, 어떻게 된 일인가······. 상체가 크게 휘청거리며 왼손의 펀치는커녕 서툰 손바닥은 허공을 가르고, 그대로 몇 걸음 앞으로 고꾸라지듯이 기울어지면서 콘크리트 바닥에 쓰러졌다.

아이고, 선생님, 뒤에서 안아 올리려는 것을, 건들지 마, 김일담은 호통을 치며 혼자서 일어났다.

"이 자식, 똑바로 서!"

스스로 똑바로 일어선 김일담은 다시 한번 상대의 오른쪽 볼을 겨냥해 힘껏 후려갈겼다. 비틀거리던 상대가 이내 자세를 바로 잡자, 에잇, 이 자식, 또 한 방 먹어라! 다시 한번 같은 곳을 후려갈겼다. 아래로 늘어뜨린 손바닥에 통증이 일면서 저렸다.

"어떤가. 남산에 비해 어떠냐고. 앗핫핫, 아픈가."

"선생님, 감사합니다. 남산보다 강력합니다." 한성삼은 목을 똑바로 세우고 우뚝 서 있었는데, 갑자기 양쪽 무릎을 꿇더니 지면에 이마를 대고 목이 메는 소리로 외쳤다. "선생님, 감사합니다. 선생님, 이 죄를 용서해주십시오. 저는 큰 죄를 지었습니다. 부친에게 손을 대는 것과 마찬가지로 더 없이 큰 죄를 범하고 말았습니다. 저는 부친에게, 부친 이상의 존재인 선생님께 손찌검을 했습니다……."

"옷호호, 성삼이 그 꼴은 또 뭔가. 그래서는 모처럼 이룬 일이 헛수고 아닌가. 성삼이, 일어나라. 성삼이가 큰 죄를 졌다면, 그렇게 만든 김일담은 어떻게 되겠나. 성삼이, 일어나!"

한성삼은 일어났지만, 그 자리에서 움직이지 않았다.

"거기 모래투성이로군. 바지 먼지라도 털게나."

"선생님……."

"이 자리에서는 성삼이의 아버지도, 선생님도 상관없어. 여기에는 아버지도 김일담도 없는 거야. 차원이 달라. 지금 우리

는 남산을 상대하고 있는 거니까. 남산 대 인간이야. 가지. 걷
자고."

호텔 옆 삼거리 모퉁이에 서 있던 양복 차림의 두 남자가 그
곳을 떠났다. 싸움이라도 일어날 거라고 생각했던 모양이다.

"이보게, 성삼이……."

"예……."

두 사람은 삼거리 건너 호텔 옆길을 따라 역 쪽으로 향했다.
남산 대 인간이다. 한성삼의 머릿속 목소리.

"흑맥주 한잔 마시지 않겠나. 술이 완전히 깨버렸군. 역 쪽으
로 가면 길을 찾기가 쉽거든."

20

성삼이……. 서로 알몸인 채로 엎드려 있는 성삼의 등에 몸을
겹친 혜순이 성삼의 귓가에 뜨겁고 촉촉한 목소리로 성삼이,
취했어? 양팔을 펼친 채 오른쪽 볼을 아래로, 목을 오른쪽 방
향으로 기울이고 있는 한성삼이 조금 괴로운 듯이 으, 응…….
으, 응, 난 몸이 뜨거워요. 둘 다 그렇게 많이 마시진 않았잖아
요…….

혜순은 딱딱하게 부풀어 오른 양쪽 가슴을 성삼의 등에 대

고, 상반신의 바운스가 느껴질 만큼 아래위로 움직이면서 고무
공처럼 눌러대고 있었다. 과거의 무수한 지렁이가 기어 다니는
것 같던 상흔이 아물고, 지금은 매끈매끈하게 얕은 고랑의 기
복만이 남은 등이 양쪽 가슴을 되밀어 내자, 혜순은 그 평면이
아닌 미묘 섬세한 감촉에 황홀한 듯 아찔한 소용돌이에 휩싸여
서, 싫어, 움직이지 마, 가만히……. 아니, 움직이지 마……. 한
동안 숨을 죽인 채, 영원의 순간, 종교적이기까지 한 깊은 순
간, 희열이 아닌 살갖과 살갖이 맞닿는 황홀.

그랬다, 최초에, 아주 먼 최초, 흐트러진 선 모양으로 교차하
는 깊은 고랑의 부드러운 상처로 덮인 등의 피부는 신의 피부
였다. 두려운 전율의, 만져서는 안 되는 불가침, 접촉이 금지된
무서운 피부. 추하게 일그러진 형태의 불과, 지금까지 만져본
적 없는 상처가 함께 신성한 빛을 발하는 만다라 모양의 조각
이고, 경건한 애무는 수난의 찬가. 전라의 상반신을 상대의 등
에 겹치고 땀이 밴 두 개의 젖가슴을 좌우, 상하로 천천히 눌러
비비면 딱딱해진 젖꼭지가 얕은 상처의 고랑에 걸려서, 거의
소리라도 지를 듯이 몸을 뒤로 젖힌다. 등을 좌우로 흔드는 성
삼의 반응에 견디지 못하고 그대로 성삼의 양손을 꼭 잡은 채
등에 가져다 댄 입술로 상처 고랑을 따라 구석구석 혀로 핥는
다. 어깨를 넘어 성삼의 목덜미를 지나 한쪽 볼로 얼굴을 옮긴
뒤 상처에 살며시 입술을 대면서, 냄새를 풍기는 머리카락이

엉킨 귓가에 속삭인다. 후— 하고 뜨거운 숨결을 뿜어내며 속삭인다. ……내일, 혼자서 괜찮다는 거지, 응? 그래, 괜찮다고, 괜찮아……. 응, 그럼 괜찮다는 거네……. 만일의 경우에는……? 그래도 괜찮아. 응, 괜찮겠지, 꼭 전화 해줘요.

혜순은 한성삼의 등에서 옆으로 몸을 내리고, 서로의 상하 체위가 정면으로 마주보도록 자세를 휙 돌렸다. 새로운 포옹이 시작되고 상흔에 막 대었던 입술과 입술, 손으로 상대에 대한 애무가 계속된다. 신음소리는 질식의 침묵으로 깊이 가라앉는다.

꼬마전구의 불빛 아래 성삼을 바라보며 헐떡이던 혜순이 초점 잃은 눈을 감은 순간, 순식간에 양쪽 눈 주위에 검붉은 꽃처럼 거뭇한 그늘이 배어나와 퍼지고, 시트 끝자락을 입에 꽉 문 채 미친 듯 몸부림치는 물결이 멈추지 않는다. 정신이 아득히 멀어져 가다가 정지. 안으로부터 빛나는 보살의 표정. 침대의 삐걱거리는 소리도 거실을 사이에 둔 현관 옆 아들 방에는 여러 개의 문에 가로막혀 들리지 않는다.

민영철도 레일의 불꽃을 튀기며 회전하는 굉음도, 경적도 끊긴 심야.

7년 전, 유학을 갔던 곳에서 느닷없이 귀환한 뒤, 광기의 주란이 계속되다 맞이한 어느 밤, 잠에 빠진 성삼의 등에서 발견한 무서운 상흔. 전등 불빛이 닿지 않는 서재 바닥에 누운 등에 셔츠 속으로 살며시 손을 넣고 나서 다시 눈으로 확인한 무서운, 얼굴의 상처를 몇십 배로 확대한 듯한 이상하게 융기된 살점 모양에 충격, 그 자리에서 뒤로 나자빠진 이후에는 오랫동안 성삼의 몸에, 등에 손을 대거나 같은 집에 있으면서도 더운 여름조차 알몸의 등을 본 적이 없었다.

지금의 집 구조와 비슷한 오사카·이쿠노의 맨션 현관 옆방에서 하숙을 하는 타인처럼 혈거생활을 계속하다가 겨우 바깥 공기를 쐬게 된 것은 그해 여름 8월, 김일담 선생님을 만나기 위해 부친과 함께 도쿄에 갔다 오고 나서였다. 현관 옆의 혈거 생활로부터 베란다 쪽 서재 옆에 있는 혜순 모자의 방으로 돌아온 것은 서울에서 돌아온 지 반 년이 지나 있었다. 그리고 성삼의 몸을 만진 것도 한국에서 돌아오고 나서 그때가 처음이었다. 남편의 몸을 만진다, 몸에 몸을 가져다 댄다. 만지는 것의 두려움. 어떻게, 어디서부터 만졌는지. 그리고 어떻게 만지며 움직임이 진행되었는지 또렷이 기억이 날 듯하면서도, 모두 한꺼번에 만진 것 같기도 하여 잊어버리고 말았는데, 잊어버렸으면서도 손가락 끝은 불타는 듯한, 얼어붙는 듯한 느낌, 생각을 똑똑히 기억하고 있다. 그것은 신의 피부였다.

얼마나 많이 그 고문의 흔적 같은(알고 있으면서도 고문의 이야기는 일체 하지 않았지만) 등짝의 울퉁불퉁 얼크러진 적자색의 무서운 상흔에 한없이 자상한 애무를 반복했던가. 애무하는 손가락은 말이자 마음이고, 오랫동안 일상의 대화 없이 단절

87

된 침묵의 벽이 무너지는 긴 순간이었다. 혜순의 두 눈에서 눈물이 흘러내렸다. 도중에 피눈물로 변한 것처럼 눈시울에 맺힌 눈물방울이 새빨갛게 반짝였다.

만져서는 안 되는 신의 피부. 골고다의 언덕으로 끌려가면서 계속 채찍을 얻어맞은 예수의 피부도 이랬을 것이다. 훨씬 더 참혹하고 지독했을지라도 이러했을 것이다. 왜 이처럼 지옥의 그림 같은 낙인 아닌 상흔이 내 남편 성삼이의 등에 새겨져야 한단 말인가. ……멍, 멍, 양손을 짚고 네 발로 기면서 멍, 멍, 기어 돌아다니는 개. 그걸 이빨을 드러낸 인간 개, 누렁개, 똥개라며 청소기로 내려치려고 했던 여자, 안혜순. 멍, 멍, 개가 네 발로 기는 것은 고문, 상처가 이야기하고 있음에도 성삼이는 일체 그 이야기를 하지 않았지만, 남산, 얼굴과 등에 지옥도의 낙인을 찍은 남산의 탓이다.   '

숲으로 둘러싸인 벌판에 눈처럼 쌓인 노란 낙엽 위에서 멍, 멍, 한 마리의 개가 누군가에 쫓겨 도망 다니고 있다. 도망치면서 멍, 멍……. 멀고 먼 숲에 둘러싸인 벌판의 끝으로 멍, 멍, 멍…….

얼마나 시간이 흘렀을까. 포옹을 거부하지 않는 것만으로, 포옹의 기쁨을 함께하는 것만으로 성삼은 서서히 남산 이전 자신의 육체를 되찾기 시작했고, 어떠한 유혹에도 굴하지 않는, 아니 유혹을 느끼지 않는 절망의 불능에서 일어나 어느 날 긴 시간, 여름과 가을이 지나간 겨울의 밤, 기적 같은 부활을 이루었던 것이다.

망가진 건강을 회복할 겸 복용한 인삼, 녹용 삼편환도 트라우마에 손상된 양기의 부활에는 작용하지 않았다. 성삼이 거부하지 않는 한 오로지 서로 간의 전신의 애무, 육체를 감싼 피부와 피부, 몸의 중심에까지 이르는 접촉. 상처 입은 피부를 자상하게 쓰다듬는다. 얼굴도 등도 어린애 살갗처럼 될 때까지 쓰다듬는다. 쓰다듬은 흔적을 두 개의 열린 입술로 그 상흔의 골짜기 구석구석까지 달래고 어른다. 손가락, 입술, 숨결. 상흔의 골짜기 밑바닥에 겁을 먹고 가라앉은 영혼에 대한 애무. 만져서는 안 되는 신의 피부. 그게 언제였던가. 몸 전체를 마주할수 있게 된 것은. 그것은 언제라고 시간을 한정할 수 없는, 합체를 달성한 깊은 순간의 현재였다. 어느 날, 긴 여름과 가을이지난 겨울날의 밤이었다.

먼 계곡의 물소리 같은 경련으로 떨면서 흐느끼는 소리. 급류가 바위에 부딪치는 물보라 소리. 소리가 터지면서 흩어져날아가는 물보라의 외침, 세계가 무너지고 무너진 꼭대기에 부딪쳐 울리는 심벌즈의 울림. 작열하는 외침이 심벌즈에 지워져사라진다. 다시금 간헐적으로 반복해서 울리는 심벌즈. 여기는숲 속인가.

김일담에게 언어맞기 위해 김일담을 때리게 된 날 밤, 철로변을 따라 막 왔던 길을 U역 쪽으로 향하면서 한성삼은 자석에 끌려가듯이 그저 김일담의 뒤를 따랐다. 시티호텔의 밋밋한 벽 옆길을 아까와는 반대 방향으로 발이 움직이고 있는 한성삼의, 김일담의 뺨을 자신의 손으로 때린 충격으로 두개골 속이 날아간 텅 빈 머리에 이 얼마나 잔혹한 일인가, 잔혹하다는 목소리가 울리고 있었다. 들은 대로 잔혹한 짓을 한 것은 이 손, 나 자신이다. 다시 한번 때려! 명령이다! 때려! 난 그 말대로 두 번째의 손바닥을 김일담의 볼에 날렸던 것이다. 그리고는 땅바닥에 주저앉고 말았다. 이 자식, 똑바로 서!

　옛, 한성삼은 똑바로 걷고 있었다. 알 수가 없다. 머릿속이 텅 비어 알 수가 없다. 왜 내게 자신을 때리게 한 것일까. 그 반동의 여세로 나를, 내가 애원하던 극한의 폭력 대신에 뺨을, 그것도 상처자국을 피해서 오른쪽 뺨을 때렸던 것이다. 어째서 내가 원하는 대로 발로 차고 극한의 폭력을 휘두르지 않은 것일까. 알 수가 없다. 비겁하지 않은가. 이 손을 어떻게 한다? 한성삼은 오른쪽 손목을 자꾸만 흔들고 있었다. 이 오른손을 어떻게 해야 하나. 다섯 개의 손가락 끝이 불에 탄다, 불에 타서 살점이 익는 냄새가 난다……. 스파크를 일으키며 전차가 달린다. 레일 옆에 누워 팔을 뻗은 뒤 오른손을 열차바퀴로 절단하여 어딘가로 날려 보낼 수는 없을까. 도대체가 부친의 뺨을 때려! 그거나 마찬가지의 무서운 일을, 있을 수 없는 일을, 자신의 부친이 아니라 해도 이 한성삼에게 그 이상의 무서운 일을 왜 시킨 것인지, 알 수가 없다. 아니다, 내가 김일담의 명령대로 해버린 것이다. 잔혹한 것인가, 비겁한 것인가. 김일담의 뺨을 때리고 난 지금, 어떻게 이런 일이 일어난 것인지, 머리가 혼탁해서 알 수 없게 되고 말았다…….

"이봐, 성삼이."

"옛…….."

시티호텔의 높은 벽 그늘을 나와 밝은 거리에 있는 빌딩 정면을 향해 김일담이 왼쪽으로 돌고 있는데도, 한성삼은 도로의 막다른 곳, 그대로 계속 가면 파출소 건물 벽에 부딪칠 수 있는 상황에서 김일담의 목소리에 퍼뜩 정신이 들었다. 그리고는 마찬가지로 도로를 왼편으로 돌아 김일담의 뒤를 따라 호텔 앞을 걷다가 다시 왼쪽으로, 음식점 등이 늘어서 있는 번화가로 들어갔다.

흰 페인트를 칠한 판자벽의 대형 방갈로 풍 선술집 테이블에 마주앉은 김일담의 말대로, 둘 다 흑맥주 잔을 들고 건배를 한다.

한성삼은 처음에 맥주잔의 손잡이를 잡은 오른손의 힘이 갑자기 빠져서 하마터면 놓칠 뻔한 맥주잔을 테이블 위에 탕 소리와 함께 내려놓은 뒤, 왼손으로 다시 잡고 건배. 아니, 무슨 일인가? 어쨌든 건배. 지금 어디를 어떻게 걸어서, 어디에서 여기로 온 것인가. 분명히 철로 옆 초등학교 교정이 보이는 나무가 우거진 그늘 아래에서 김일담을 때리고 김일담에게 얻어맞은 일이 있었지만, 그것은 지금 그곳에서 이쪽으로 온 것과는 다른, 그 장소만 절취된 영상이 또렷한 저쪽 어디 꿈속의 원경 같은 장면. 먼 그곳에서 빠져나온, 그림자가 아닌 김일담이 테이블 맞은편에 앉아 흑맥주를 마시고 있었다.

한성삼은 노란 겨자를 바른 소세지를 베어 먹으며, 낮 2시 U역에 도착하고 나서 지금까지의 시간 감각에 익숙해지고 납득할 수 있게 됨에 따라, 그대로 전차를 타고 갈 수 있는 먼 과거로의 입구 같은 U역을 떠나지 않아 다행이라고 생각했다. 그리고 김일담에 대한 잔혹, 비겁하다는 생각이 사그라들면서 형태가 사라져갔다. 그건 먼 과거의 일이 아니다, 이 손의 욱신거림이 아직 남아 있는, 있을 수 없는 비현실적인 밤의 나무 그늘에서 벌어진 사건은, 모두 자신이 꾸며낸 것임을 깨달았다.

김일담에게 과거 남산의 일을 고백하지 않으면 남산에서 온 남자를 만날 수 없다. 고백 대신에 제재를, 김일담에 의한 폭력이 필요하다며 억지로 끌고 들어간 결과가, 밤의 초등학교 옆의 기묘한 의식의 공간이었다. 그것은 의식이었다.

그리고 의식은 끝났다. 이처럼 서로 간에 얼굴을 마주하는 일 없이 그대로 U역에서 전차를 타고 김일담과 헤어졌다면, 밤

전차는 어디로 갔을까. 어딘가 멀리 과거로 돌아가는 길에 접어들어 집에 도착하지 못했을지도 모른다.

한성삼은 맥주잔을 기울여 흑맥주를 한 입 크게 머금어 삼킨다.

피아노가 울리고 있었다. 만석은 아니었지만 꽤 붐비고 있어서, 흑맥주 잔을 양손에 든 종업원이 돌아다니고, 손님들의 목소리가 시끌벅적하다. 천장이 높은 가게 중앙의 작은 무대에서 피아노를 앞에 두고 앉은 젊은 여자가 소음을 타이르듯 피아노를 치고 있었다.

남산 대 인간이다. 여기는 아버지도 선생님도 상관없다, 아버지도 김일담도 없다. 지금 우리는 남산과 대치하고 있다. 가자……, 남산 대 인간. 남산이란 무엇인가? 인간에 대한 남산, 인간이 아닌 것……?

며칠 뒤로 다가온 한국영사와의 대면과 관련해서.

오후 4시 제국호텔 로비에서의 시간이 끝난 뒤, 다시 다른 장소로 이동할 경우에는 7시 전까지 신주쿠의 고려원으로 전화를 할 것. 혜순이 김일담에게 전화 연락. 영사가 회식이 아닌, 회식도 이상하지만, 두 사람만의 식사라도 하자고 한 것은 그냥 해본 소리가 아닐까. 아마도 그럴 일은 없을 거라고 김일담은 말했다. 한성삼은 낚아 올려야 할 먹잇감이 아니라 그들의 예하에 있어야 할 공작 도구로서 김일담과 같은 대상이 아니다.

대사관, 특히 재일 관계 요원들은 그들이 내심 경멸하고 있는 민단계 부자들에게 둘러싸여 툭하면 접대받고 호주머니에 찔러 넣은 금일봉을 챙기는 모양이다. 민단계의 돈, 사상이 아닌 물신숭배는 해방 이후 민단 조직 결성 이래의 전통적인 흐름, 체질이야. 이해를 뛰어넘어 이념으로 움직이는 조직이 아니라네. 그들은 그러한 관계로 성립되어 있어. 그러니까 특별한 목적이나 어지간한 일이 아닌 한 상대가 접대하는 일은 없을 거야. 영사가 한성삼을 한국 요정에라도 안내할 수 있는 단계는 아니라는 거지. 한성삼이 접대한다면 또 모를까.

그렇다면 제가 접대를 해야 되는 건가요? 그럴 필요는 없겠지. 상대가 그걸 원하거나, 한 군 자신이 뭔가 의도가 있는 경우는 다르지만.

의도라는 건 뭔가요?

이야기의 가닥으로서란 말이지.

어째서 회식이라든가 두 사람만의 식사라고 말한 것일까요.

그냥 나온 말이겠지. 식사라도 하자는 것은 아마도 한성삼이 귀중한 손님에 대해 접대를 하라는 말일지도 모르네. 아까도 말했지만 성삼이는 공작의 대상은 아니야. 민단의 관계자라면 반드시 상대를 접대할 테고, 또 영사가 민단의 관계자에게 접대할 필요도 없겠지. 물론 가끔은 예외도 있겠지만.

7시 이후 한동안 기다려도 연락이 없을 경우에는 혜순이 영사관에 직접 전화를 걸어서 사정을 확인할 것. 그때는 김일담이 신주쿠로 나오겠지만, 영사관과의 전화가 애매하고 불명료할 때는 이변, 사건의 가능성을 생각해서 김일담이 신문사로, 지인 기자에게 연락을 한다. 지인인 무라타(村田) 기자는 A지의 조선 담당 베테랑 기자로서, 재일총련계 지식인에 대한 KCIA 공작의 내막을 파헤친 적이 있는 사람이다. 성삼이는 유당(柳塘) 사건을 알고 있나? 이미 옛날 일이지만, 1970년대 한국에서 재일유학생 스파이, 정치범 날조 사건이 빈발하던 무렵이군.

예─, 자세한 것은 모르지만, Y대 한국어연수원에서 학부로 막 입학했을 무렵, 아버지가 갑작스런 병으로 쓰러지는 바람에 일본으로 돌아왔을 때의 일이니까 유당 사건은 아마도 1976년일 겁니다.

그렇지, 일본의 전국지가 크게 다루었고, A주간지는 특대의 르포기사를 두 사람의 기자가 쓰면서 추적했는데, 그 중 한 사람이 무라타일세. 이건 일본에서의 KCIA 비밀공작의 일면이 드러난 중요한 사건이야. 그런 그에게 연락을 하겠네. 무라타는 바로 추적을 할 걸세. 좌우지간 당일에 제국호텔에서 상대와 만난 뒤 연락불통이 되면 바로 신문사에 연락을 하겠네. 설사 그것이 납치라 해도 일본 경찰은 금방 움직이지는 않아, 상대는 한국의 공관일세. 움직인다 하더라도 상당한 시간이 걸리지. 아마도 며칠은 걸릴 거야……. 신문기자가 움직이면, 기자가 움직인다는 걸 알아차리기만 해도, 성삼이를 납치한들 실제로는 아무런 이득도 없게 되는 거라고. 소동이 일어나기도 전에 오랜만에 만나다 보니라든가…… 변명을 하면서 바로 '원상복귀'를 시킬 거야. 그 사이에 무슨 일이 있었는지는 절대 입밖에 내지 말라는 함구령이 내려질까……. 여기는 한국·서울이 아니야. 일본의 언론이 문제 삼는 건 세계로 발신되기 때문에 그들이 가장 두려워하는 일이야.

예-, 일담 선생님의 말씀을 듣는 것만으로도 불안이 사라집니다. 만일 저에게 무슨 일이 있어도 A지의 기자들이 움직이기 시작한다면 대사관 측은 곤란할 거라고 생각합니다. 일이 틀어지면 큰 책임 문제로 발전하지 않겠습니까. 유당 사건은 충격이었습니다. 일본의 조총련에 대한 KCIA의 비밀공작이 백일하에 드러났으니까요. 그 전인 73년에는 김대중 납치 사건이 있었습니다. 조총련 내부에 상당히 손을 뻗치고 있다는 것이겠지요.

그렇군, 그건 10여 년 전의 일이지만, 그 이전부터 그리고 현재까지도 수면 아래서 그러한 공작이, 그것도 바로 우리들 주위에서 일어나고 있어. 반한적인 언동을 하고 있어도 그것이 표면적인 가장이라면 좀 알아차리기 어렵겠지. S계간지 그룹처럼, 이건 재일정치범 석방이라는 구실로 방한했지만, 비밀리에

도항한 건 아니야. 그렇게 결국에는 조선적에서 한국 국적 취
득을 하게 되지만. 또 한편으로, 비밀리에 한국을 왕래하는 경
우도 있어. 일반인들은 알 수가 없지. 말하자면 대체로 KCIA의
그물망 안에 들어가 있다고 보면 돼. 핫하하, 무서운 일이지만
그렇게 돌아가고 있어.

　유당은 아직 조총련 조직에 있습니까?

　글쎄, 당시에 조직 내부에서 자기비판을 하고 남아 있던 게
아닐까. 이미 꽤 나이가 들었으니 은퇴했을 거야. 사망하지 않
았다면 말일세.

　유당 사건의 실상은 확실히 밝혀지지 않았지요?

　우리는 그걸 알 수가 없어. 어쨌든 총련 내의 비판, 불만분자
가 한국 측에 약점을 잡혀서 정치공작에 역이용당했다는 것이
였지…….

　김일담이 편집위원으로 함께했던 S지 그룹에 대한 공작도 이
미 이 무렵부터 시작되고 있었지만, A주간지 등에 의한 유당
사건의 개략적인 내용은 이러하다.

　내부 동료들에 의한 조직 비판, 공화국 비판을 포착당한 조
선총련 간부, 중앙위원, 조선대학교 교수 등의 요직에 있던 유
당이 KCIA의 재일 더미조직인 재일조선인 민주촉진회 O회장
의 알선으로 한국대사관 P참사관과 접촉. 9월의 어느 밤 도쿄·
다카나와(高輪)의 고급 한국요정에서 세 사람이 회식. 유당은

다음날 긴급 출발하는 고국방문, 서울로 가는 여권을 참사관으로부터 받았다. 그 자리에서 KCIA 5국(대공수사) 요원으로 알려진 P참사관으로부터 서울에서 대학교수를 하는 것은 어떠냐는 얘기가 나왔다. 기생을 낀 연회가 끝난 뒤 두 사람이 계산을 하고 있는 사이에 유당이 한 걸음 먼저 밖으로 나온 순간, 갑자기 두 사람의 남자가 나타나 몰래 주차해둔 검은색 승용차에 유당을 태운 채 사라져버렸다. 놀란 참사관들은 유당이 끌려간 뒤 경찰에 통보, 긴급 배치된 경찰이 추적한 결과, 유당이 심야, 일주일 만에 호텔에서 자택으로 돌아왔다는 것이 확인되었다. 승용차에 타고 있던 것은 아내와 관계자였다고 해서 수사는 일단락되었다.

다음날의 기자회견에서 총련 측은 유당이 한국 측에 납치된 것을 탈환했다고 주장. 한국 측은 본인의 자주적인 모국방문이며, 충성의 표시로 공화국 부교수칭호기를 제출했다고 반론. 의문을 남긴 채 막을 내렸지만, 당시 대통령이던 박정희 시대가 막을 내리기 전에 서울의 공식 석상에서 김일성 훈장까지 받은 인물(유당)이 조총련을 탈퇴했다, 조총련은 얼마 못 가 붕괴할 것이라며 화제가 될 정도로 한국에서도 대대적으로 보도되었던 이 사건은, KCIA의 영향하에 있는 재일언론 통일일보의 보도를 포함해 여러 모략이 얽혀 있었던 모양이다. 어찌됐든 교묘한 한국방문 공작의 실패라 할 수 있을 것이다.

A주간지의 다큐멘터리라고도 할 수 있을 만큼 뛰어난 추적 기사의 타이틀은 「찢어진 조국, 찢어진 영혼. 유당 사건, 재일 조선인 지식인의 비극」인데, 이 사건은 '비극'을 재차 강조하는 결과인 희극성을 거듭하여 비희극(悲喜劇)이라고 해야 할 것이다. 이러한 정치공작은 잠행하고 있어서 재일 사회의 또 다른 분단, 상호 불신에 한층 박차를 가하게 된다…….

김일담이 그리고 한성삼이 무대의 피아노 쪽을 돌아보았는데, 쇼팽의 야상곡이 연주되고 있었다. 아, 야상곡이로군. 예……. 으-음, 저건 몇 번이지, 대중적인 곡인데. 예-, 2번이 아닌가요. 음, 그런가, 처음 부분이었군……. 조용하게 조용하게……. 한순간, 가게 내부가 조용해져서, 갑자기 소리를 죽인 것처럼 침묵이 피아노 선율을 타고……. 청렬하고 부드러운 바람이 사람들의 자리 사이를 흐르는 것처럼……. 이내 원래의 소란스러움으로 돌아왔지만, 갑자기 피아노의 바람이 멈추고, 소용돌이를 일으키며…….

식민지 시절부터 조선인은 쇼팽을 좋아했다. 19세기 초엽 러시아 제국의 압정에 놓인 폴란드를 떠나 프랑스·파리로 출국, 짧은 생애를 이국에서 마친 쇼팽. 그 모든 작품이 조국애와 독립에 대한 생각에 바탕을 두고 있다는 것이 망국 조선인의 쇼팽에 대한 감정 이입과 선입관이 되어 음악과 함께 그 조국 독립의 사상, 이데올로기적 성격으로 인해 조선에는 쇼팽의 팬이 많다. 지금의 젊은 사람들은 어떨까.

5, 6분 만에 야상곡이 끝났다. 템포가 느린 것인지 꽤 긴 느낌이 드는 게 좋았다. 프로인가, 음대생 아르바이트인가.

유당 사건에 관한 이야기도 끝나 있었다.

시각은 10시다. 두 시간 가까이 지나 있었다. 독일 감자 등 두세 개를 곁들인 흑맥주는 각각 두세 잔씩을 넘기지 않고 있다. 그래도 취한 느낌. 아니 취해 있었다.

유당 사건으로 우연히 드러난 한국 측의 그러한 정치공작을 접해온 김일담과, 학원침투 북한간첩으로 날조되어 그야말로 남산신(神)의 희생양이 되기 직전에 내버려진 한성삼은 유당 사건을 화제로 삼으며 거의 주체하기 어려운 심정으로, 이 자리가 아니었다면 계속 술잔을 기울였겠지만, 마지막 건배를 하고 자리에서 일어났다.

혜순에게는 내일 김일담이 직접 전화를 한다고 한다.

전차를 타고 다음의 M역에서 김일담이 하차할 때 그가 내민 손에 한성삼은 김일담을 때린 오른손을 내밀었지만, 서로 간에 굳은 악수를 하고 있었다. 텅 빈 채로 움직이기 시작한 전차 안에서 한성삼은 플랫폼에서 김일담이 올라가는 계단으로 사라질 때까지 우두커니 서 있었다.

한성삼은 일단 신주쿠로 나와 가게에 들렀다. 11시가 다 되었다. 혜순과 십여 분 동안 낮에, 낮이 아니라, 밤까지 김일담

100

과 만난 경과를 간단하게 이야기하고 집으로 향했지만, 성삼과 함께 제국호텔로 가려고 생각했던 혜순은 남산에서 온 영사와의 대면에 불안이 사라진 것은 아니었다.

일담 선생님의 말씀대로, 정말 그런 식으로 될지 모르겠네. 하지만 기뻐. 큰 걱정의 반절은 사라진 것 같아요. 나도 U역으로 가기 전과 U역에서 전차를 타고 돌아올 때까지의 사이에 뭔가 내 자신이 변한 듯한 기분이 들어. 이상한 느낌이야. 지금까지 생각해본 적도 없는 용기가 솟아나고 있어…….

용기? 꽤나 신경 쓰고 있었잖아요. 영사로부터 취소 전화라도 걸려오면 좋을 텐데……라는 말도 했잖아요. 그래서 청심환(심기의 열을 풀어주는 환약. 기운을 차리게 하는 약으로도 사용)을 먹고 가야겠다는 말까지 했던 거잖아. 이제 청심환은 필요 없어.

성삼이, 당신, 왜 아까부터 오른손을 잡았다가 손목을 흔들었다가 하는 거야, 관절이 안 좋아? 아아, 이 손목 말인가. 성삼은 손목을 일부러 두세 번 흔들며 대답했다. 아무 것도 아니야. 왜 제멋대로 움직이고 그럴까. 이 오른손은……. 핫하하.

성삼이 당신, 뭔가 이상해. 혜순도 웃었다.

아침, 아침이 아니고, 침상에서 일어난 것은 이미 10시를 넘긴 늦은 아침.

한성삼은 세면장의 거울 앞에서 왼쪽 볼의 상처를 여러 개의 손가락 끝으로 몇 번인가 살며시 쓰다듬다가, 오랜만에 거울에 닿을 정도로 얼굴을 들이대고 눈을 아래쪽으로 내리뜨면서 상처를 관찰했지만, 일전에 김일담과 U역에서 만났던 밤, 자신의 뺨을 때리라고 전대미문의 완전히 폭력적인 말을 던지면서, 지금까지 아무도 언급하지 않았던 이 상처에 대해 그가 외쳤던 말을 떠올렸다. 그 말에 찔린 것처럼 상처가 있는 왼쪽 볼이 움찔하며 경련을 일으키고 있었던 것이다. ……자네 얼굴의 상처는 무엇으로 얻어맞은 건가. 쇠 삽으로 얻어맞은 건가, 어디 어떤 놈이 7년 전 한성삼의 얼굴에 그 상처를 영원한 각인처럼 새겼는가 말이다. 이봐, 무엇으로 때린 거야. 인두인가. 무엇으로 때렸냐고!

핫하하, 거울에서 한 걸음 물러난 한성삼이 상처를 일그러뜨리며 웃었다. 선생님, 구두입니다, 분명 구두 밑창이었습니다. 거기는 어디였던가, 벌판, 숲에 둘러싸인 벌판이다. 눈처럼 쌓인 노란 낙엽 위에서 멍, 멍, 개가 되어 도망 다니던 때였습니다…….

내가 명령에 따라 선생님의 뺨을 두 번 반복해서 때렸기 때문이다, 겨우 김일담의 왼손이 오른쪽 뺨에 두 번, 내가 비틀거리며 쓰러질 정도로 멋지게 들어왔다. 어떤가, 남산에 비해서 어떠냐 말이다. 앗핫핫, 아픈가. 예-, 선생님, 감사합니다. 남산보다 강력합니다…….

파자마 속의 상처가 욱신거린다. 욱신거리는 게 아니다. 시냇물이 졸졸졸 흐르는 소리가 들리는 것처럼 간지럽다. 가벼운 쾌감이 상흔의 낮은 골짜기를 타고 등 전체로 퍼진다. 아니, 어찌된 일일까. 팔꿈치, 무릎 관절이 아프다고 생각했지만, 고통스럽지는 않다. 어딘가 깊은 곳에서 전해지는 가볍게 욱신거리는 통증이다. 눈을 뜨기 전 잠 저편의 시간, 어젯밤 새벽녘이 가까운 시간까지 혜순과 사랑의 인사를 한 탓이다, 그 증거다.

등도 그렇지만, 안면의 영원한 각인 같은 상처는 타락할 대로 타락해서 목숨만이 지상과 연결되어 있는 존재로서 간신히 자신의 얼굴을 의식하기 시작한 한성삼에게 새로운 절망적인 생각을 떠올리게 만들며, 석류가 짓무른 듯한 형태로 거울 앞에 서 있는 자신을 압박하고 있었다.

손으로 만져지고, 눈으로 보이는 거울 속의 어찌할 수 없는 숙명적인 상흔. 그 얼굴에 손과 눈이 닿을 때마다 공포의 절규와는 반대로 복수심이 파란 불꽃을 흔들었고, 그리고 무력한 절망으로, 절망에 억눌린 망각의 체념.

남산을 나온 뒤 일본에서 몇 개월인가 지나, 겨우 현관 옆방의 혈거생활로부터 태양빛 아래로 빠져나와 외출을 시작했을 무렵, 맨 처음 방문한 곳은 근처의 개인병원인 성형외과였다.

의사는 외상 후, 부드러운 상흔이 어느 정도 굳을 때까지 반년에서 일 년 정도 지나야 수술을 할 수 있고, 상흔이 뭉개져

피부가 유착된 부분은 수술 후라도 안면이 원래대로 되돌아오
지는 않을 것이다. 가지고 간 상처가 없는 사진을 보면서 뭔가
한 가닥 남은 희망이 끊어지는 결정적인 선언을 했다. 이 상처
는 어떻게 된 겁니까, 대단한 상천데, 용케도 눈과 코에 닿지
않아 다행……이라면서, 무엇에 맞았느냐고 묻지는 않았지만,
뭔가의 외상에 의한 것임을 금방 알아차린 듯했다. 설마 한국
서울·남산에 의한 고문의 증거라고는 알지 못했다 하더라도.

원래대로 돌아갈 것이라고는 처음부터 생각하지 않았지만,
절망을 재확인시키는, 무서운, 영원히 짊어지고 가야 할 십자
가 같은 절망을 납득시킨다. 그래, 수술을 한들 얼마나 좋아질
까. 수술 후의 자신에게 다시 납득하도록 하자.

꿈에서 한성삼이 등장하는 걸 본다. 몇 번인가 묘한 느낌으
로 등장하는 한성삼은 자신이지만, 눈을 뜨는 순간에 손이 닿
은 왼쪽 볼에는 매끄러운 피부가 아니라, 울퉁불퉁한 위화감과
함께 꿈속의 한성삼과는 다른 한성삼의 존재를 느끼게 되는데,
꿈에서 깬 현재의 한성삼이 다른 사람이 아닌 본인인 것이다.

외과의사의 진단은 본인의 존재를 변함없는 사실로 인정, 증
명하는 것이었다. 수술은 하지만, 과거 몇 달 전까지의 또 다른
한성삼이 되는 것은 아니다.

반년 후, 입원설비가 있는 우에혼마치(上本町)의 기독교계
종합병원에 우선 일주일간 입원했다. 전신마취가 아닌 국소마

취로 오른쪽 허벅지의 피부를 일부 떼어내서 고정시킨 안면에 메스를 대면서 이식하는 것인데, 눈가리개를 하고 있어서 의사들의 표정이나 움직임을 알 수가 없다. 알코올과 약품의 냄새. 상처 주변 몇 군데를 마취하지만 안면이 일그러진 채 움직이지 않는 느낌의 왼쪽 볼 위에서 무슨 일이 일어나고 있는지, 멀리서 소리가 들리고, 아마도 기분 탓이겠지만 작은 벌레가 기어다니고 있는 것인지, 전혀 알 수가 없다.

얼굴에 새겨진 고문의 상흔에 자신의 허벅지 살점을 떼어내 심는다는 의미가, 그저 그 현실이 있다는 것만의, 지금 진행되고 있는 현실이 있기 때문에 사물의 의미가 연결되지 않는 혼돈의, 종이에 이리 저리 선을 긋는 듯한 거의 통증이 없는 수술 동안에, 몸은 남산의 병실에서처럼 침대에 고정되어 있었다. 마취가 너무 강했던 것일까, 잠이 들어버린 모양이다.

꿈속에서 온갖 잡귀가 멋대로 날뛰고, 남산의 콘크리트 밀실 같은 몇 갠가의 방이 모자이크처럼 상하, 좌우가 거꾸로 뒤집어져 있는데도 인간들은 이상하게 손이 아닌 발로 똑바로 서 있었고, 까까머리의 뒤쪽에 눈과 코가 붙은 채 등을 앞으로 하고 다가온다. 꿈인지 환상인지가 다시 얽히고 요괴들이 제각각 다리를 벌리고 춤을 추면서 눈가리개를 한 얼굴로 올라오는 바람에, 몇 번인가 수면 중에 가위 눌리듯 전신이 경직, 질식 직전의 폭발처럼 비명을 지르기도 했던 모양이다.

"유수는 오늘 내가 제국호텔에 가는 건 모르겠지."

"예-, 몰라요. 꽤 오래 전이에요. 맨 처음 영사로부터 전화가 와서 제가 받은 뒤로 열흘 정도 지났어요. 그때 유수에게는 어떤 전화도 받지 말라고 했는데, 그러고 나서 유수가 직접 전화를 받은 것도 아니고, 벌써 잊고 있어요. 일담 선생님은 성삼이와 함께 가지 마라, 괜찮다고 전화로 확신하듯 말씀을 하셨지만, 글쎄요, 그 시나리오대로 일이 진행될까." 혜순은 웃었다. "만일 그렇게 된다면 그 영사에게 납치되는 것도 좋지 않나."

"이봐, 농담을 해도 적당히 하라고. 그런데 오늘 제국호텔에서 만나고 나서 어떻게 될지 모르지만, 혹시 식사라도 하게 된다면 내가 고려원으로 데려가도 괜찮을까……."

"고려원이라면, 신주쿠 가게? 그건 또 무슨 소리야."

갑자기 혜순의 안색이 변했다.

"식사라도 하게 된다면, 하는 소리야."

"식사라면 상대인 영사라는 사람이 한 말이잖아요."

"말인즉, 영사의 전화로는 그랬지만, 실제로 식사를 하게 된다면…… 어떻게 되느냐 하는 거야. 알 수 없잖아. 제국호텔 뒤의 일은 전혀 알 수가 없어. 하지만, 설마 제국호텔 식당으로 데리고 갈 일은 아니고, 일담 선생님의 이야기로는 영사 쪽에서는 접대 같은 건 하지 않을 거라더군. 생각해보면 그 말이 맞아. 주변 민단계 관계자 등의 접대에 익숙해진 인간들이잖아.

그게 어떻게 될지는 모르지만, 제국호텔에서 커피를 한 잔 마시고, 뭔가의 이야기가 있고 시간이 되면, 그걸로 헤어져야 하는 건지……. 모르겠어. 그때까지 뭐가 될지 알 수 없는 얘기가 문제지. 어쨌든 이야기가 끝난 뒤의 일이야."

"그런데 당신 꽤나 기운이 나는 모양이네. 지옥이나 제2의 남산이라도 갈 심산의 제국호텔이었잖아요. 어쨌든 그때는 당신이 무사히 아무 일 없다는 증명이 되겠지만요. 하지만 그 영사가 올까요?"

"무슨 말이야?"

"무슨 말이 아니라, 그건 알 수 없지만, 한국의 남산에 있던 사람이잖아요."

"그렇지만 지금은 한국대사관 소속의 외교관이야."

"흥, 외교관요." 혜순은 얼굴을 찡그렸다. "한성삼의 얼굴이랑 등의 상처와 관계가 있는 사람이잖아요."

"그건 옛날 일이잖아. 지금은 한국대사관 영사야."

"일전의 전화, 난 세 번 전화를 받았는데, 소름이 끼쳐. 기분 나쁜 사람이라고. 이름도 장이랬다 김이랬다. 외교관이라는 건 국제적인 감각이 있고 좀 더 스마트하지 않나. 뭐, 한국대사관 소속 수준이니까. 성삼이 당신이 판단해서 제국호텔의 현장에서 필요하다 생각이 들면 가게로 와도 되겠지. 출발하기 전에 전화해 줘."

"어쨌든 그들은 식당을 하고 있다는 걸 알고 있을 테고, 한번 와보고 싶을 거야. 언젠가 혼자서라도 찾아오겠지."

두 사람은 도중까지 함께 가기로 하고, 혜순은 평소보다 조금 늦은 2시 반에 나갈 준비를 했다. 한성삼은 옅은 갈색 재킷에 검은 바지, 혜순은 상의, 바지 모두 검은 옷차림.

밖은 청명한 날씨로 햇살이 따뜻하다. S역으로 통하는 길로 나와 이마에 눈부신 햇살을 받으며 낙엽이 떨어지는 가로수 그늘을 걷다가 한성삼은 허벅지에서 허리에 걸친 부분이 조금 당기는 듯해서 어찌된 일인가 의아했지만, 별 일 아니다, 아침의 세면장에서도 같은 생각을 했지만, 어젯밤 혜순과 포옹의 증표였다.

"이봐, 혜순이."

"왜요?"

"……으음, 허리가 아파."

"어째서?"

"어째서라니, 허리만이 아니야, 여기저기 아파."

"뭐라고? 아니, 성삼이. 무슨 이상한 소리를 하는 거야."

"혜순이는 아프지 않은가."

"길을 가면서 그런 말을 아무렇지도 않게 하네요. 성삼이 당신, 오늘 의외로 태평하네. 지금 제국호텔로 가고 있는 거예요."

도중에 JR로 갈아타고 신주쿠까지 왔지만, 두 사람 모두 김일담의 전화도 있어서인지 절대 혼자서는 안 된다고 하던 혜순도 불안이 가신 듯했다. 김일담도 맨 처음 한성삼에게 남산의 남자 이야기를 들었을 때는 절대로 혼자서는 만나지 말라고 했었다.

플랫폼을 빠져나와 개찰구 쪽으로 향하는 혼잡한 중앙통로를 걸어 도쿄 방면으로 가는 주오센(中央線) 플랫폼의 계단 앞에서 헤어지며 혜순은 밝게 웃는 얼굴로 손을 가볍게 흔들었지만, 갑자기 입술을 일그러뜨리며 거의 울 것 같은 표정을 짓더니 인파 속으로 사라졌다.

도쿄역에서 갈아타고 다음의 유라쿠초(有樂町)역에서 하차. 개찰구 위의 커다란 초침이 움직이고 있는 시계는 3시 35분. 약속을 한 4시까지는 충분히 갈 수 있을 것이다. 한순간 멈춰 서자 초침이 째깍, 째깍 하는 소리가 들린다. 아, 이건, 이건 초침이 아니다, 내 심장의 고동소리다. 개찰구를 나와 히비야(日比谷) 쪽으로 신호를 건너면서 고조되는 심장의 고동을 가슴으로 듣고 있었다. 흐-음, 새삼스럽게 공포고 뭐고 없다. 패닉의 예감도 없다. 남산 남자의 맨 처음 전화를 혜순이 받고 나서 열흘간. 공포라고 하면 84년 당시의 남산에서 있을 수 없는 현실의 기억이 되살아나, 기억이 액체가스 상태로 머릿속에 가득, 이윽고 열을 뿜어내며 패닉 상태로 폭발할 것 같은 공포였다. 두 개골 속의 세계를 구성하는 여러 요소, 유기조직이 붕괴, 동시에 몸 전체가 산산조각으로 무너져 내릴 것 같은 공포. 그것은 꿈속의 어두운 공간을 가로질러 온다. 그게 지금은 없다. 영사로부터 오늘의 약속을 취소하거나 연기하는 전화가 왔으면…… 하고 무기력한 생각이 든 적이 있었지만, 지금은 과연 이 시간에 상대가 약속대로 모습을 나타낼 것인지, 잊지는 않은 것인지, 그것이 신경 쓰이고 있었다. 김일담이 말하던 정신의 준비, 무장이 되어 있다는 것일 게다.

큰길을 건너 영화관 등이 자리하고 있는 번화가가 아니라, 우회전 하여 히비야 공원 쪽으로 향한다. 하얀 햇빛의 반사가 눈을 찔렀는데, 오른쪽 전방의 해자 수면이 빛나고 있었다. 교차로를 건너지 않고 공원의 녹음을 바라보면서 우회전. 히비야 거리를 제국호텔 쪽으로 약간 멀리 돌아가면서 절대로 혼자서 만나서는 안 된다, 단독으로는 좋지 않지만 그렇다고 내가 함께 가는 것은 역시 좋지 않아…… 맨 처음 이 이야기를 클럽 은하에서 했을 때 김일담이 한 말을 생각하고 있었다. ……함께 가는 건 좋지 않아, 하지만 상대는 환영할 거야. 그쪽 관계자들은 개인적으로 내게 접근하기를 바라고 있어. 그러던 김일담이 혼자서 가라고, 혜순도 동행할 필요 없다고 해서, 혜순도 그 말에 따르기로 했던 것이다. 그리고 그 전개된 줄거리는 영사와 만나고 난 이후 오후 7시까지의 연락에 담긴다. 적어도 오후 7시까지의 전개는 지금 번갈아 움직이고 있는 발걸음과 함께 초

단위로 진행되는 오후 4시에 김동호 영사를 만나고 난 뒤의 일이 된다.

지금 만약 여기에 함께 호텔로 향하는 김일담이 있어 로비에 두 사람이 나타난다면 어떻게 될까. 동반자인 김일담의 출현에 놀라는 영사의 얼굴을 보고 싶다.

21

한성삼, 자네 얼굴의 상처는 무엇으로 얻어맞은 건가. 쇠 삽으로 얻어맞은 건가. 어디 어떤 놈이 7년 전 한성삼의 얼굴에 그 상처를 영원한 각인처럼 새겼는가 말이다……. 그렇다, 김일담은 분명히 7년 전이라고 말했다. 그건 봄이다. 그러니까 7년 반 전인가. 무엇으로 때린 것이냐, 인두인가, 무엇으로 맞은 거냐! 음. 그래, 난 무엇으로 얻어맞은 것인가. 바람이, 낙엽 냄새가 나는 가을바람이 왼쪽 볼의 상처를 쓰다듬으며 차갑게 뒤쪽으로 흘러갔다. 물 냄새가 난다. 한참 뒤로 지나쳐간 교차로 건너편 해자의 물은 아니다.

혼잡한 번화가가 아닌, 일정한 거리가 있는 탓인지, 스쳐지나가는 통행인의 시선이 꽤 전방에서부터 왼쪽 볼에 닿고 있는 것을 알 수 있다. 가까워져 마주친 통행인의 시선이 도피처라도 되는 것처럼 반드시 상처를 훑고 지나간다. 사람들의 시선은 얼굴 전체보다도 왼쪽 볼의 상처로 왔다가 그 위를 훑고 가거나, 혹은 얼굴에 뭐라도 붙어 있는 것처럼 잠시 머물렀다 지나간다. 이쪽의 시선은 늘 상대의 시선과 섞이지 않고 안쪽으로 사라져, 상처로 향하는 모든 시선은 아무렇지도 않은 듯한 무반응에 흘러 떨어진다. 이따금 통증을 느끼게 만드는 시선, 한순간 무표정하고 이유 없이 냉혹한 시선이 면도날처럼 상처를 스치며 지나가는 경우는 반사적으로 이쪽의 시선이 적의를 띠며 반격한다. 스쳐 지나가는 상대의 눈빛이 순간적으로 주눅 드는 것을 봄과 동시에 피곤해진다. 통행인과는 시선을 마주치지 않는다.

큰길과 떨어져 있는 공원 주변의 푸른 나무들은 일단 폭 넓은 통용문에서 끊기고, 건너편 광장에 높이 솟구쳐 올라오는 분수의 물보라가 기울어진 태양빛에 반짝이며 흩어져 날다가 원형의 연못 수면에 떨어지고 있었다. 분수광장의 대분수를 중심으로 여러 개의 분수가 기세 좋게 뿜어져 올라오는 물보라의 냄새가 숲의 냄새에 섞여 흘러왔던 것일 게다. 개가, 아이와 개가 분수 주위를 달리고 있었다. 사람이 오고가는 광장 연도의 나무 그늘 아래의 잔디는 낙엽에 덮여 노랗게 빛나고 있었다.

한성삼은 낙엽을 밟고 멈춰선 가로수 그늘에서 울창한 숲을 이룬 공원의 분수를 바라보며, 물과 녹음의 냄새에 이끌려 넓은 도로를 건너 공원으로 가볼까 하는 생각을 했지만, 손목시계는 4시 10분 전 남짓. 적당한 시간이다.

여기는 서울, 푸른 나무들이 늘어선 Y대학 거리가 아니다. 아벤트, 다방, 윤상기. 여기는 도쿄의 한복판인 히비야 거리. 제국호텔은 바로 근처다.

미행하던 사복형사들에게 억지로 밀려들어간 검은색 승용차로 미지의 지옥을 향해 가던 길은 또렷이 기억하고 있는데, 멍, 멍, 개가 짓는 소리를 내면서 기어 돌아다니던 고문의 앞뒤 상황은, 숲에 둘러싸인 낙엽이 눈처럼 쌓인 야수의 포효가 울려 퍼지는 벌판으로부터 하얀 벽의 의무실 침대 위로⋯⋯. 지난 7년 동안 그것 밖에 기억하지 못하고 있다. 왼쪽 볼의 상처는 낙엽이 노랗게 쌓인 벌판 위에서 야수에게 습격당해 생긴 것이다.

멍, 멍, 개가 되어 도망 다니고 있는 곳은 숲 속. 복도를 질질 끌려 다니며 올라갔다 내려갔다 하다가 나온 곳은, 주위의 벽도 기둥도 사라져버린 공간. 검붉게 탄 노란 반점의 낙엽이 눈처럼 쌓인 숲 속의 벌판.

한성삼은 숲에 둘러싸인 분수광장의 낙엽으로 덮인 넓은 잔디가 희미하게 윤곽을 무너뜨리며, 숲 속의 낙엽 쌓인 벌판으로 변하는 것을 보았다. 그것은 마치 신기루처럼 큰길을 오가는 자동차 그림자 너머 공원의 광장 위로 떠올랐다.

멍, 멍, 개가 낙엽을 걷어차며 달리고, 숲의 남자가 곤봉 같은 채찍을 휘두르고 있다. 아니, 저건 서울 Y대학 뒷산 숲 속의 낙엽에 파묻힌 풀밭의 기묘한 광경이다. 몽롱하게 숙취가 남아 있던 오후, 우리 집 맨션 5층 베란다에 섰을 때, 현해탄을 사이에 두고 이쪽에서 보이던 광경이다. 환각, 가을 오후 햇살 아래의 각성과 졸림의 희미한 경계선에서 본 꺼림칙한 환각, 백일몽. 그것은 시야의 저 멀리 전방으로부터 안개가 걷히듯이 사라지고, 그곳은 베란다가 있는 맨션 일대의 녹음과 낙엽으로 떨어지기 전 노랗게 변한 나무들로 둘러싸인 공원이었다.

멍, 멍……. 쌓인 낙엽 위에서 개가 도망 다니고, 남자가 곤봉을 휘두르는 구도는 무엇일까. 멍, 멍…… 개는 한성삼일 터인데, 한성삼은 자신과는 관계없는 단순한 영상처럼 눈 속에 펼쳐져 흔들리는 숲의 공간을 보고 있었다. 저런, 멍, 멍, 개는 한성삼이 아니다. 개는 그냥 개다. 숲의 남자에게 쫓겨 다니는 개, 개는 한성삼이 아니다.

몇 번인가의 경적으로 나무 그늘에서 정신이 들고, 아니 눈을 번쩍 뜨자 현해탄 너머 벌판의 신기루가 사라졌다. 한성삼은 마치 꿈에서 깬 것처럼 눈을 크게 뜨고 고개를 흔들었다. 그리고 하품을 했다. 설마 낙엽을 매달고 있는 나무에 기댄 채 순간적인 잠에 빠진 것은 아니겠지. 분명히 수면부족이었다.

한성삼은 공원 숲에서 시선을 돌리며 나무 그늘을 나왔다.

전방에 깜빡이는 신호 건너편 왼쪽에 우뚝 솟아 있는 초고층빌딩이 제국호텔. 자동차의 출입이 이어지고 있는 곳은 나무 그림자로 거의 가려진 정문 현관이었다. 남산에서 온 남자는 현관으로 밀려드는 어느 자동차엔가 타고 있지 않을까. 한성삼은 침을 삼켰다. 그는 정문 현관으로 들어간 적이 없다.

한성삼은 신호를 건너지 않고 연도의 웅장한 건물 모퉁이를 왼쪽으로 돌아, 멀리 전방에 JR의 고가가 보이는 보도를 걸었다. 시각은 4시 7, 8분 전. 정각에 충분히 갈 수 있을 것이다. 남산의 영사는 올 것인가. 그는, 혹은 복수일지도 모를 상대는 정면 현관으로 들어갈 것이다.

도로 건너편의 제국호텔 본관에서 이어져 나온 별채 2층 건물의, 화려한 고급 브랜드 상품과 눈부신 마네킹 등의 쇼윈도로 장식된 벽면을, 택시 등의 자동차가 줄지어 있는 도로 너머로 바라보며 걸어갔다.

아니, 뭐지……. 한성삼은 왼손 손가락을 볼에 대었지만, 매끈매끈한 상처의 기복이 있을 뿐, 작은 벌레라도 붙어 있을 거라는 생각은 빗나가고, 아무 것도 없다. 뭔가 상처 아래쪽에서 근질근질한 느낌이 올라왔다. 그는 살그머니 두세 번 손바닥으로 볼을 문지르다가 상처가 갑자기 무슨 말을 걸어오는 것 같아 양쪽 볼이 느슨해지며 나온 웃음에 왼쪽 볼이 일그러졌다. 너를 부른 게 아니다. 나란 말이다. 한성삼. ……아니, 너도 불렀다고, 핫하, 무슨 일이야, 연쇄작용인가, 등이 근질거린다. 그는 상반신을 두세 번 흔들며 걸었다.

전방에서 걸어오는 빨간 의상의 여자와 함께 검은 안경, 검은 정장의 젊은 여자가 한성삼이 조금 오른쪽으로 비켜주는 길을 스쳐지나갔을 때, 갑자기 머릿속에서 눈앞으로 튀어나온 것처럼 혜순의 얼굴이 나타나, 그는 자신도 모르게 멈춰 섰다. 신주쿠역에서 헤어질 때 밝은 모습으로 손을 흔들고 있던 그녀가 입술을 깨물며 울상을 짓던 얼굴이 길을 가로막고 있었다. 핫하, 도대체 어떻게 된 일인가. 혜순은 단호하게 함께 가겠다고 했던 것이다.

한성삼은 걸음을 잠시 멈췄다가 다시 걷기 시작했다. ……지금 우리들은 남산을 상대하고 있는 것이다. 남산 대 인간이다. 가자. 걷자.

호텔의 북쪽 현관 주변에 와 있었다. 한성삼은 사람 통행이 많은 도로를 건너 경비원이 서 있는 현관의 열린 반원형 문 안으로 들어갔다.

김일담은 A지의 기자 무라타와 유라쿠초 일대의 빌딩 1층 찻집에서 만나고 있었다. 대형 백화점을 낀 큰길 모퉁이에 두 면 전체가 유리벽인 가게였다. 전화로 개략적인 이야기를 한 뒤에

긴자(銀座)역 개찰구에서 만났는데, 무라타는 김 선생님의 말씀처럼 사건은 일어나지 않을 거라고 하면서도, 일어나기를 고대하는 것처럼 흥미를 보였다. 사건이 일어나도 문제없고, 일어나지 않으면 다행이긴 하지만, 그래도 뭔가 허전한 것인가.

"일담 선생님은 그 남산에서 왔다는 남자하고는 처음이지요?"

양복 차림의 무라타가 취재 수첩을 테이블 위에 펼쳐 놓은 채 담뱃불을 비벼 끈 뒤 말했다.

"처음이라기보다 아직 만난 적이 없어. 그 남자와 내가 만날 것도 아니고, 4시에 제국호텔 로비에서 만나는 것은 한성삼이요."

"예-, 그렇지요. 한성삼 씨가 오랜만에, 7년인가요? 7년 만에 만나는 거로군요. 4시가 다 되었지만 아직 저희는 갈 필요가 없겠지요. 조금 늦추는 편이 좋을 것 같습니다."

"그렇군. 한두 시간, 한 시간은 움직이지 않을 거요."

"일담 선생님도 7년이나 지나서 묘한 만남이군요. 아무런 관계가 없는 상황에서 관계가 생겼으니까요. 간첩 날조 사건의 두목과 부하라는 거지요. 심증으로는 뭔가 그런 기분이 드는 게 아닐까요."

"뭐라, 묘한 말을 하는군. 두목, 부하. 동지의 관계지."

"동지, 혁명의……?"

"그런 식으로 조작된 거지. 묘하게 그런 기분도 드는군요. 흐-음. 김일담과 연결되어 그는 지독한 꼴을 당했으니까. 내게 피해가 있었던 건 아니지만."

"일담 선생님의 말씀을 듣고 있자니, 이건 사건이 될 것 같지 않은데요. 뭔가 큰 일이 계획되어 있어서 한성삼이 그것을 위해 최초로 던져진 먹잇감 같은 것, 한성삼 씨에게는 미안한 말인데요, 그렇다면 모를까 그건 아닐 테고, 어쨌든 앞으로 호텔 로비에서 몇 시간의 경과를 보면 알겠지만, 문제는 일어나지 않을 것 같습니다. 만일 저희들이 보는 앞에서 납치라든가 그와 비슷한 연행이 있다면, 바로 그때는 제가 현장에 온 보람이 있겠지요."

"무라타 씨는, 당신에게는 사건이 일어나는 편이 좋겠지."

김일담은 웃었다.

"그 정도라면 그다지 부작용이 없는 그럭저럭 괜찮은 특종이 되겠지요. 유당 사건 때는 본지 외에 또 다른 주간지의 르포 기사였던 관계로 집요한 추적, 뒷받침이 필요했는데, 대사관과 총련 쌍방의 방어가 거세어서 말이죠. 게다가 주변의 탐문 취재가 힘들었습니다. 설령 성삼 씨에게 오늘, 지금 이 시간대에 이상이 생겨서 신문사가 즉각 움직이기 시작한다면 대사관 정보부는 이자는커녕 본전까지 날릴 뿐만 아니라, 더구나 신임 영사가 아닙니까. 대사관 내의 상사인 참사관, 혹은 그 위의 정보 공사까지 목이 날아갑니다. 성삼 씨는 너무 생각이 많은 겁니다."

"갑자기, 7년, 7년 만에 고문을 했던 것으로 생각되는 남자에게서 전화가, 그것도 일본의 도쿄에서 걸려왔으니 놀랄 만도하지. 난 남산의 고문이 어떤 건지는 모르지만, 죽음의 지하실로 끌려 들어갔다가 나온 사람이, 어느 날 갑자기 유령처럼 전화가 걸려와 만나게 되었으니……. 역시 소름이 돋는군. 난 처음에 그 이야기를 들었을 때는 절대로 혼자서는 가지 말라고했을 정도니까. 무라타 씨는 상대가 한성삼을 만나려는 목적이뭐라고 생각하나?"

"이전의 간첩용의, 물론 날조입니다만, 그 전향자와 만나는것입니다. 만나는 일이 일일 테고, 앞으로의 일이 되지 않겠습니까. 그들에게는 용의를 인정하고 대한민국에 충성을 맹세한전향자입니다."

"으-음, 만나는 일, 그럴 테지. 만나는 것이 일이라. 상대방으로부터 걸려온 전화로 만나자는 말을 듣고 한 군은 만나는것은 좋은데, 무슨 용건이 있냐고 물은 모양이더군. 그러자 일이 있으니 만나는 것이고, 만나서 얼굴을 보는 것도 일이라고상대가 대답했다는 거야. 핫하하, 과연, 만나는 것이 일. 그것이 시작인가……."

"그들의 일은 영사 업무가 아닙니다. 그 직함에 감춰진 정보

활동, 정보기관 안기부의 일입니다. 그래서 성적을 올리기 위해 스파이 날조 경쟁이 70년대에 집중되었습니다. 60년대는 아직 서막, 유당 사건 정도의 총련계 인사에 대해 수면 아래로 꾸준히 공작이 들어갔던 시대입니다."

"으-음. 격화되는 것은 65년, 한일협정 이후인가."

"그렇습니다. 성삼 씨가 서울에서 연행된 것이 80년대 전반이지 않습니까. 그때라면 일본에서도 가능했습니다. 70년대를 지나면서 한국에서는 유학생 스파이 날조 사건이 너무나 많았기 때문에, 80년대에 들어서서 한국으로 가는 재일유학생이 격감하고 말았습니다. 이래서는 스파이 사냥을 할 수가 없다. 그래서 전두환 집권 후에, 광주항쟁 이후입니다, 국가보안법을 개정합니다만, 이때 반공법 폐지, 새로 만들어진 제4장이 보상 및 수호법이라는 것인데, 국가보안법 위반자를 당국에 통보하거나 체포한 자에게는 상금 지급, 공로자에게는 진급 등이 주어지게 됩니다. 그러다 보니 우후죽순처럼 갑자기 간첩포획 활동이 격렬해지는데, 그건 즉 날조 사건이 늘어나게 된다는 거지요. 그야말로 스파이 사건의 인플레이션입니다. 저는 당시에 제주도에서 밀항해온 사람을 취재하고 있었습니다만, 10년 전에 일본으로 밀항했다가 한국으로 송환되었거나, 당시 제주도 출신자에 한해 일본에서 송환된 자 모두를 빨갱이, 4·3사건 관계자로 간주하고 있었습니다. 스파이 용의로 이전에 체포, 석방되었던 사람들이 다시 보상금을 노린 스파이 사냥의 대상이 되어 연행되거나 기소되었습니다. 스파이 장사입니다. 하여간에 남의 나라 일이긴 하지만 너무 심합니다. 그것이 공공연히 이루어지고 있으니까요." 무라타는 원래 무뚝뚝한 얼굴을 찡그리며 불을 붙인 담배를 한 모금 빨았다. 연기를 깊이 들이마셨다가 한숨처럼 토해냈다. "어쨌든 말이죠, 일담 선생님, 여러 가지 일들을 지켜보며 지내왔습니다."

"흐-음, 거기까지는 몰랐다네. 무라타 씨는 공부를 많이 했군."

"일담 선생님은 서재에만 계신 분이라 거기까지는 신경 쓰지 못하시겠지요."

"돈 욕심과 명예인가. 관헌이 스파이 대상자를 찾아 만들어낸 뒤 잡아들여서 스파이 제조. 돈과 승급을 위해서라는 건데. 이게 당연한 일처럼 이루어지고 있다는 거지. 남산은 스파이 제조공장이라. 후-, 흐-음……. 좌우지간 정말 고생이 많았네." 김일담은 크게 숨을 내쉬고 커피 잔을 들어 올려 천천히 입으로 가져갔다. "난 말이지, 무라타 씨와 함께 로비의 찻집에 앉아 있기 어려울 것 같군. 그 영사라는 자는, 물론 면식이 있는 건 아니지만, 난 상대의 얼굴을 몰라도 그쪽은 알고 있지 않을까?"

"당연히 김일담에 대한 학습은 제대로 했을 겁니다. 공작의 대상이었고, 계속적인 대상인 김일담의 부하 한성삼을 만나는 거니까, 대사관에 있는 대량의 파일을 조사했을 테고, 물론 사진은, 일담 선생님이 전혀 모르는 사진도 몇 장이나 있을 겁니다."

"한성삼을 알아볼 수 있는 특징은 말이지. 신경을 쓰면 금방 알 수 있다네. 왼쪽 볼에 커다란 상처가 있어서……."

"얼굴에 상처가, 상흔이 있다는 겁니까? 커다란……."

"상당히 큰 게 있지. 켈로이드 상태로 바로 눈에 띄니까."

"무슨 일이 있었습니까?"

"고문이지요. 아마도 그 남자에게, 오늘 로비에서 만나는 그 남자에게 당했을 거요."

"호오, 그거 재미있군요. 숙적입니까?"

"숙적? 글쎄. 숙적이라."

"에—엣, 김일담 선생님, 이건 사건이 일어나는 편이 좋아요. 특종입니다. 제가 확 터트리겠습니다. 하지만 사건은 일어나지 않을 겁니다. 그런 일이 이쪽에서는 불가능합니다. 서울도 아니고, 김대중 납치 사건과는 전혀 다른 이야기입니다."

"음, 이거 일이 묘하게 되었네. 안심, 그게 아니라 실망인가. 실망이라고 해도 그건 안심하기 때문에 가능한 실망이군. 무라타 씨에게는 미안하지만, 난 어깨의 짐을 내려놓은 듯한 기분이야."

"하지만 아직 시작된 게 아닙니다."

"그렇지, 시작된 게 아니지. 그러나 일단 무슨 일이 있을 경우, 게다가 그때는 신문기자가 움직인다는 것이 한 군 부부나 나의 불안감을 상당히 해소시켜 주고 있어. 어쨌든 난 로비에는 한번 들어가 보려고 해. 하지만 동석은 안 될 테니, 무라타 씨 혼자 힘 좀 써주겠어?"

"별 말씀을, 그건 괜찮습니다. 혼자서도 상관없지만, 차 마실 상대를 또 한 사람 부르겠습니다."

"그렇다면 무라타 씨는 됐고. 문제는 난데. 그 사이 난 뭘 해야 되나. 다시 이쪽에라도 와 볼까. 여기는 재미있단 말이지."

김일담은 밖을 보았다. 유리벽을 따라 놓인 테이블에 마주하고 있자니, 유리벽 바로 바깥쪽을 지나가는 통행인과 시선이 마주치기도 하지만, 도로에서 통행인끼리 마주치는 시선의 움직임과는 다르다. 아는 사람이 걷고 있다면 서로 간의 우연에 놀랄 것이다. 한쪽 벽면의 밖은 백화점을 낀 큰길이지만, 다른 한쪽은 인접한 빌딩 사이의 계곡 같은 통로로 왕래하는 사람의 행렬이 끊이지 않는다. 거의가 젊은 사람으로 여성이 눈에 띈다. 큰길로 이어지는 행렬이다.

"이 일대는 극장, 영화관, 게다가 고급 브랜드 가게가 늘어선 백화점이 있어서 데이트 스폿이기도 합니다."

"데이트 스폿……? 아아, 데이트하는. 옛날로 치자면 사랑의

123

거리가 되겠군. 화려하게 차려입은 여성들은 지금 상대를 만나러 서두르고 있는 게로군. 끌어당기거나 이끌려가거나 하는 거지. 이야, 여기에서 보니 빨강이랑 녹색, 노랑, 검정색도 있네. 어디 수족관에라도 와서 금붕어가 아닌 인어가 바닷속 바위 사이의 조류를 타듯이 움직이는 걸 보고 있는 느낌이구만. 데이트 스폿이 있는 큰길 쪽으로."

"인어, 머메이드는 옷을 걸치고 있지 않습니다."

"으-음, 상반신은 비늘도 없었나. 알몸이로군. 그럼, 실례가 되겠지만 이쪽에서 의상을 벗기면 좋겠군."

"꽤나 폭력적인 발상이군요. 밖을 걷고 있는 사람들이 이쪽을 쏘아보면 어쩌시려고요?"

"그럼, 어떻게 하지, 눈을 슬쩍 피하며 커피를 마실까."

"태평하시네요. 김일담 선생님은."

"태평……? 핫하, 그랬다면 무라타 기자님이 있어서 그런 거지……."

두 사람은 커피를 마셨다.

가게 내부는 끝없이 커피 향기가 흐르고 있는 열 테이블 미만 정도의 그다지 넓지 않은 공간이다. 계산대 쪽과 안쪽 벽은 하얗게 칠해서 외광이 그대로 들어오는 가게 내부는 투명하고 밝다. 배경 음악은 들리지 않는다. 밖의 사람들 행렬은 분주한데도, 가게 내부는 손님들로 만석인 것치고는 차분하고 조용했다.

"지금부터 목적지인 스폿으로 가야 하는데, 아무 일도 없다고 한다면, 바쁜 사람을 불러놓고 이러고 있는 게 시간 낭비인가."

"취재는 원래 그런 겁니다. 걸리면 특종이지만, 자 슬슬 갈까요. 그 성삼 씨 얼굴의 상처가 커다란 켈로이드 상태라고 하셨지요. 그게 고문의 상처라고."

김일담이 고개를 끄덕였다.

"그들은 증거를 남길 만한 일은 하지 않는데, 불리한 증거가 되지 않도록 처리하는 게 그들의 일하는 방식입니다. 재판을 했습니까?"

"재판은 하지 않았지. 난 자세한 일은 모르고, 본인이 곤봉으로 구타당했다는 얘기는 했지만, 마치 함구령이 지금까지 영향을 미치고 있기라도 한 것처럼 남산 이야기를 하지 않아. 싫은 거지, 열흘 만에 나온 것 같은데, 그동안 상당히 당한 게 아니겠나. 얼굴이 그 정도니까, 당연히 얼굴만으로 끝났을 리는 없겠지. 옷에 감춰진 곳도 여기 저기 있지 않을까."

"다른 사람 알몸의 상처를 상상하다니, 기분 좋은 일은 아니군요. 만일 재판이 있었다면 그런 상처는 남산에게 불리하지요. 분명한 고문의 증거가 될 겁니다. 상당히 저항을 한 게 아닐까요. 전 아직 성삼 씨를 만난 적은 없지만, 그는 신주쿠의

125

가게 일만 하고 있습니까?"

"신주쿠의 가게만이라는 것은, 다른 곳에도 있냐는 건가요?"

"그런 게 아니라, 일을 말하는 겁니다. 일."

"음, 가게는 거의 부인에게 맡기고 소설을 쓰고 있는 게 아닌가 몰라."

"소설? 호오, 문학을 하고 있군요. 김일담의 부하, 제자?"

"내가 제자를 돌볼 만한 선생인가."

"어떤 소설을 쓰고 있습니까?"

"모르겠네. 아직 읽어보지 못했어."

"그런데 말입니다, 열흘입니까, 열흘로 전향, 충성서약서, 김일담 공작을 담보로 한 석방이겠지만, 그가 열흘 만에 석방된 것은, 일본으로 돌아올 수가 있었던 것은 김일담의 공작도 있겠지만, 재판으로 갔을 때 고문의 사실이 폭로되는 것을 두려워했을 수도 있습니다."

"뭐라…… 재판을 두려워한다? 으-음, 생각지도 못한 일이군. 재판을 두려워한단 말이지, 있을 수 있는 일이야. 한성삼본인도 그렇게까지는 생각하지 못했을 거야."

"고문에서 살아남은 사람은 그 뒷일까지 생각할 수는 없습니다. 일본으로 돌아온 시점에 무서운 과거는 끝난 거니까요. 오늘 만난다는 남산에서 온 상대의 남자는 당시에 상당히 성적이 감점, 손해를 보지 않았을까요."

126

"이야, 과연 베테랑 기자님이군."

"그저 하나의 생각, 추측입니다."

"거기까지 생각이 미치는 것이 대단해. 당연히 김일담 공작이라는 담보가 있었던 것도 석방의 조건이지. 과거의 일이지만 지금 큰 공부가 되었어요." 김일담은 유리잔의 물을 다 마셔 비웠다. 일은 생각하기 나름이라고 하는데, 만일 당시에 횡행하던 날조 재판에서 몇 년인가의 판결을 받았다면, 7년이 지난 지금 현재도 한성삼이 교도소에 있지 않을 거라고는 단정할 수 없다. 김일담은 전율이 스치고 지나갔다. 있을 수 없는 일이지만, 그 나라에서는 있을 수 있는 일이었다. 무라타의 생각, 그 이야기가 이상한 느낌조차 들었지만, 그러나 설령 한성삼이 현재까지 교도소에 구류되어 있다고 해도 한국의 현실로서는 이상한 일이 아니다. "벌써 해 질 녘이로군, 지금쯤 제국호텔에서 그들은 만나고 있겠지만, 저녁 때 무사히 끝나서, 그리고 시간을 낼 수 있다면 오랜만에 한잔하지 않겠나. 한 군의 가게는 모르겠지요."

"간 적은 없습니다."

두 사람은 자리에서 일어났다. 전표를 손에 든 무라타가 계산을 끝내고 밖으로 나왔다. 해는 꽤 기울어 빌딩 뒤에 숨어 있었다. 밤을 기다렸다는 듯이 거리의 흘러넘치는 불빛이 혼잡한 거리의 행렬 위로 떨어지고, 저녁 빛을 밀어내는 그 불빛이 눈부시다. 근처에 파친코 가게가 있는지 시끄럽다. 데이트 스폿으로 고급 브랜드 상점이 늘어선 대형 백화점 근처치고는 어수선했고, 스마트하지 않은 느낌이다. 양복 차림에 숄더백을 어깨에 걸친 무라타는 신문기자로는 보이지 않는다.

두 사람은 이미 꼬치구이 냄새와 연기가 뿜어져 나와 소용돌이치는 육교 밑을 지나 여러 번의 신호를, 지하철 히비야역 출구 건너편 쪽으로 건너 휴식의 광장이 있는 거리를 지나 영화관이며 극장 등이 늘어선, 머지않아 밤의 불빛에 빛나게 될 산뜻한 번화가로 들어갔다. 인파를 빠져나와 잠시 걸어가면 연도에 제국호텔이 서 있는 거리가 나온다.

김일담 일행보다 반시간 정도 전에 호텔 북쪽 현관으로 들어선 한성삼은 눈길을 사로잡는 오른쪽 브랜드 상품이 진열된 상점의 두꺼운 양탄자 통로를 걸어가다, 조금 망설이며 좌우로 뻗어 있는 익숙지 않은 통로를 왼쪽으로 돌아가자, 눈앞에 광대한 정면 현관 쪽으로 이어지는 통로와 동시에, 그곳은 왼쪽에 프런트를 갖춘 공간, 홀 같은 공간으로, 높은 천장에 은색으로 화려하게 빛나는 샹들리에가 매달려 있었다. 체크인 시간대라서 왕래하는 사람이 많다.

한성삼은 숨을 죽인 채 잠시 멈춰 서 있다가, 오른쪽 전방의

128

관엽 식물에 둘러싸인 로비 쪽으로 시선을 돌리며 걸었다. 통로와 로비를 구분하는 관엽 식물을 등진 채 프런트와 마주보고 놓인 벤치 모양의 의자에는 약속을 기다리는 등의 사람들로 가득 차 있었다. 그 뒤쪽으로 로비 플로어가 보였다.

어딘가에 계단이 있었던 것이 생각나 오른쪽 로비의 프런트 앞 통로를 돌아가자, 그 앞이 플로어로 가는 낮은 계단이었다.

한성삼은 계단 옆에 멈춰 서서, 몇 개나 되는 커다란 대리석의 네모난 기둥이 넓은 공간을 떠받치고 있는 로비를 둘러보고 난 뒤 서너 단 계단을 내려갔다.

시각은 정각 4시. 아직 오지 않았을지도 모른다. 등 뒤 기척에 깜짝 놀라 돌아보았지만, 착각이었다.

7년 남짓 이전의 얼굴을 기억해야 하지만, 상흔을 보는 것만으로 금방 알아차릴 것이다. 자리는 몇 군데 비어 있는 것 같았다. 자리와 자리 사이가 꽤나 떨어져서 여유가 있었고, 테이블에 소파를 마주보게 놓은 자리는 독립된 공간을 이루고 있었다. 한성삼은 계단을 내려오는 상대의 눈에 띄기 쉬운 장소를 생각하면서 로비 중앙의 돌기둥 그늘의 통로로 나왔을 때, 마침 전방의 로비 중앙 부근의 소파에 분명히 그 남자, 순간적으로 심장의 고동이 크게 울렸는데, 추성준이 아닌 김동호가, 한 사람이 아니라 두 사람이 앉아 있는 중에 김동호가 있었다. 상대의 주의 깊은 시선이 움직이다가 이쪽에 닿았는데, 바로 비켜갔다. 어라, 알고서도 무시하는 것이 아니다, 눈치 채지 못한 것 같았다. 7년이라는 시공이 테이블 위에서 전광석화처럼 왕복했다. 틀림없다. 상대는 한발 먼저 와 있었다. 기다리게 한 게 잘못일까. 난 정각에 왔다. 헤어크림으로 빗어 올린 뻣뻣한 머리가 두 개의 깊은 주름이 잡힌 이마를 비좁게 내리누르고, 송충이처럼 두껍고 짧은 눈썹. 숲이 깊은 남산에서 온 남자다. 회색 양복, 연지색 넥타이. 과거의 젊은 남자가 늙어 있었다.

한성삼은 몇 미터쯤 떨어져 있는 영사 일행의 자리로 재빨리 다가가 1미터쯤 앞에 멈춰 서서 이쪽으로 얼굴을 돌린 상대에게 가볍게 인사를 하고 입을 열었지만, 상대는 험악한 눈초리로 한성삼을 흘낏 쳐다볼 뿐 아무런 말도 하지 않는다. 한성삼과 만날 약속이었지만, 약속한 일시와 장소에 나타난 것이 그 한성삼인지 어떤지를 확인하고 있는 것인지, 다시 얼굴을 돌리고 왼쪽 볼의 상처를 지긋이 바라보더니 시선을 떨어뜨렸다. 같은 양복 차림으로 왼쪽 옆에 앉아 있는 남자의 시선은 한성삼에게 고정된 채로 있었다.

"한국대사관의 김동호 씨 아닌가요?"

한성삼이 말을 걸었다.

"예."

영사는 담배에 불을 붙이고 입에 물면서 고개를 끄덕였다.

"나를 모르시겠습니까. 한성삼입니다."

"……한성삼?"

상대의 한성삼을 보는 눈이 크게 움직였지만, 초점이 맺히지 않고 있었다. 잊어버린 것일까.

"일전에 김동호 씨의 전화를 받았던 한성삼입니다. 전화 목소리를 기억하지 못하십니까?"

"음, 한성삼. 한성삼. 알았소." 영사는 오른손으로 소파를 가리키며 말했다. "거기 앉으시오. ……음."

한성삼은 맞은편 오른쪽 소파의 김동호와 마주보는 자리에 앉았다. 테이블에는 물 잔, 그리고 희미한 김과 함께 향기가 흐르는 두 개의 커피 잔이 있었다.

"일찍 오셨습니까. 기다리게 해서 죄송합니다."

"아함, 여기까지 오느라 고생 많았소."

옆의 젊은 남자가 명함을 내밀고 한성삼과 인사를 나눴다. 한성삼도 명함을 내밀었지만, 그것은 신주쿠 고려원의 가게 이름과 성명이 니시하라(西原) 성삼으로 되어 있는 것이었다. 주소와 이름만 있는 또 다른 명함이 있었지만, 테이블 위에는 그것이 아닌 명함을 한 장씩 놓고, 볼펜으로 니시하라 옆에 '한'이라고 첨부한 뒤 먼저 명함을 내민 상대에게, 그리고 김동호에게 건넸다. 김동호도 한성삼에게 명함을 내밀었지만, 본명을 첨부해 쓴 명함을 받아들면서 아무 말도 하지 않았다. 테이블 위로 뻗은 손. 커다란 손, 뼈가 굵은 손가락, 옆으로 납작하고 네모난 손톱. 한성삼은 순간적으로 침을 삼키며 유리잔을 천천히 들어 올려, 목에 걸린 무언가를 물로 씻어 내리듯이 꿀꺽 마셨다. 한성삼은 두 장의 명함을 명함지갑에 담은 뒤 상의 안쪽 주머니에 다시 넣었다. 이등 서기관은 삼십 대의 샐러리맨 풍이었는데, 둘이서 연행, 납치하는 일은 없을 것이다.

"음, 고려원이라는 한국요정을 경영하고 있군. 음."

한성삼은 테이블 옆에 선 웨이터에게 커피를 주문했다.

"요정이 아니라, 식당입니다."

"식당? 좋은 일이지. 오랜만에 만났는데 이전과 변함이 없어."

"예-, 핫하, 그렇습니까. 제가 한성삼이라는 걸 아시겠습니까?"

"그럼, 그렇고말고, 한성삼이 아닌 누구겠나. 내가 전화로 이야기했던 당사자라는 말이잖아."

"김 영사님은 언제 일본에 부임, 이쪽으로 오셨습니까?"

"지난달, 10월 초인데, 한성삼 씨에게 전화하는 게 조금 늦었나."

"아닙니다, 당치도 않습니다. 고생 많으십니다."

"일전의 전화에서 무슨 일이 있어서 만나는 거냐고 물었는데, 오늘 이 시간에, 이 장소에서 한성삼 씨를 만나는 것은 특별히 일이 있어서가 아니야. 전화로 말했듯이 만나는 것이 일이라는 거지."

한성삼 씨. 전화로는 한성삼 선생이라고 한마디 했었는데, 다음은 어떻게 변하게 될까.

"예-, 감사합니다."

웨이터가 쟁반에 도자기 포트와 커피 잔, 스푼, 밀크 등을 가지고 와 테이블 위에 올려놓았다.

한성삼은 잔에 포트의 뜨거운 향기가 퍼지는 커피를 따르고 블랙으로 마셨다. 희미하게 무슨 향수 같은 냄새가 났다. 뭘까. 다른 좌석은 멀리 있다. 테이블 너머 두 사람이 앉은 자리 부근에서 전해져 온다.

"음, 한성삼이야. 한성삼 씨." 영사는 다시 한성삼의 얼굴을 확인이라도 하듯이 시선을 던지고 왼쪽 볼의 상처를, 따끔하게 아플 정도로 가만히 응시하며 말을 계속했다.

"음, 그런데, 어떤가, 김일담 선생은 건강하신가?"

김일담 선생. 한성삼은 커피 잔을 든 손가락이 미끄러질 뻔했다.

"예-, 건강하시지 않을까 생각합니다."

한성삼은 커피 잔을 입에 대면 갑자기 수축된 목에 걸릴 것 같아 그대로 테이블 위에 올려놓으며 대답했다.

"최근에 만난 것은 언제쯤이지?"

"예-, ……한 달쯤 될 거라고 생각합니다."

한성삼은 상대를 똑바로 마주 본 눈빛을 바꾸지 않고 대답했다. 아니, 오오, 피아노 소리가, 어딘가에서, 그는 거의 뒤를 돌아볼 뻔했는데, 프런트 주변에서 울리고 있었다.

"한 달……."

"예-." 그는 가볍게 숨을 내뱉으며 대답했다. "이따금 가게에 오실 때 뵙는 정도입니다."

피아노 악곡의 음이 높은 천장의 넓은 로비에 낮게 메아리치듯 울려 퍼지고 있었다. 배경음악은 아니다. 보이지 않는 곳에서 피아노 독주를 하고 있는 모양이다.

오 서기관은 잠자코 두 사람을 지켜보고 있었다. 어딘가에 녹음테이프라도 장치해 놓은 것일까. 어디에, 이 테이블 밑에? 그 때문에 정해진 시각보다 일찍 도착한 것인가.

"김 선생이 최근, 한국에 입국신청을 한 모양이던데……."

"예-? 그렇습니까. 김일담……, 김일담 선생이 한국에 가십니까?"

김일담이라고 이름만 부르려다 그만두었다. 상대가 김일담 선생이라고 하는데 부자연스러웠다. ……김일담 선생이라고. 아아, 먼 옛날이 지금 귓가에 있다. 그 자식, 그 빨갱이가 네 선생이냐. 그게 네 본성이야. 무서운 김일성주의자, 공산주의자, 재일문화인이라는 자들 중에서도 가장 악질적인 의식분자, 반한분자, 그 자식은 어찌 할 수가 없는 놈이다……. 같은 입에서 김일담 선생. 머릿속에 바람이 분다.

"아니지. 입국신청을 했다가 도중에 취소했다는 얘기야."

"그건 왜 그렇습니까?"

"그건 모르겠지만, 김일담 그 사람, 왜 한국 입국을 신청하면서 국적 변경을 하지 않는 건지. 조총련계 동포들이 가볍게 고국방문을 하고 있는 것처럼, 고향이 있는 한국 국적을 취득해서 언제나 자유롭게 한국, 고향 방문을 하면 좋을 텐데. 김일담은 일단 신청한 입국허가가 본국의 조회 때문에 늦어졌지만, 11월에는 여행증명서가 나오게 되어 있는데 자신이 거절한 모양이야. 난 부임한 지 얼마 되지 않아서 김일담은 내 영사 소관은 아니지만, 일단 김일담 선생을 만나고 싶다고 생각하고 있어."

"김동호 영사님이 김일담 선생을 만나고 싶다?"

"그때는 귀찮겠지만, 일전의 것은 불허가 처리되었기 때문에 다시 한번 한국대사관 앞으로 입국신청서를 제출, 신청해준다면 상부에서 재심사를 해서 정식으로 허가가 나올 거라고 생각하네."

"저는 사정을 전혀 모르고 있습니다만, 김일담 선생이 일단 거절한 입국신청을 다시 할까요?"

한성삼이 머리를 흔들었다.

"그건 신청서류 등의 수속을 할 대리인, 한성삼이 대사관과의 사이에서 중개해줄 필요가 있어. 그런데 한성삼이 남산에 있을 무렵, 내 상사로서 상급 수사관이던 장 과장이 이번에 일본으로 부임, 오사카 총영사관 부총영사로 와 있네. 언젠가 만날 때가 있을 거라고 생각해."

"……."

한성삼은 기계적으로 대답 대신에 고개를 끄덕였다. 남산에 있을 무렵……. 어디 별장에라도 있었다는 듯한 말투다. 상사로서 상급 수사관……. 갑자기 생각을 해내려고 미간을 찌푸렸지만, 머릿속에서 잡동사니가 뒤섞여 소용돌이치기 시작하는 바람에 출구가 막혀 생각해낼 수가 없다. 모든 것이 얼어붙은 안개 너머에 있다. 못을 때려 박아 단단한 안개 벽을 깨부술까. 그래서 오사카의 부총영사가 어쨌다는 것인가……. 한성삼은 얼마 남지 않은 커피를 마시고 뜨거워진 머리를 식혔다.

"김일담과의 연락은 할 수 있겠군."

"예-."

"집에 간 적은 있나?"

"주소는 알고 있지만, 집에까지 간 적은 없습니다." 한성삼은 포트를 기울여 커피를 보충한 뒤 한 모금 마셨다. 아직 따뜻하다. 쓴 맛을 풍기며 입안에 퍼졌다. "전 김일담 선생과 관계가 없는데, 그와의 관계로 이야기가 진행되는 겁니까, 영사님이 전화로 만나는 게 일이라고 한 것은 그 김일담의 일입니까?"

"오호, 이 사람……." 영사는 엷은 미소를 지으며 말했다.

"김일담과 관계가 없어? 그건 어디서 튀어나온 말인가, 내가
좀 전에 김일담과 한번 만나고 싶다고 말한 것도 한성삼과의
관계가 있기 때문이야. 한성삼은 우리 대한민국의 충성국민으
로서 조국 대한민국 앞에 엄숙하게 서약한 일을 잊었나?"

한성삼은 영사를 보았다. 충성국민……. 잊기 이전의 과거로
돌아가는 데는 시간이 걸렸다. 충성국민…….

22

……충성국민으로서, 조국 대한민국 앞에 엄숙하게 서약한
일을 잊었나? 언제? 언제의 일이 아니다, 이 남자와 아득한 저
편 숲이 깊은 남산의, 이 남자와 함께 있었던 콘크리트 밀실의
책상 앞에서다.

영사는 새삼스럽게 한성삼의 왼쪽 볼을 보았다. 이전의 남산
주민이었을 무렵에는 이런 얼굴을 하고 있지 않았는데? 라는
생각을 하고 있는 것처럼.

영사는 왼쪽의 오 이등 서기관을 보고 턱으로 신호를 했다.
서기관은 검은 가방을 열고 안에서 갈색 봉투를 꺼내더니, 반
으로 접힌 몇 장의 서류를 영사에게 건넸다.

영사는 접힌 서류를 반듯이 펴서 한성삼 앞에 놓았다.

"이것이 김일담과 한성삼의 관계에 관한 서류다."

어디선가 본 적이 있는 그것은, 아니 한성삼은 순간 큰 범죄라도 폭로당한 듯한 현기증을 동반하는 타락감이 엄습했지만, 눈앞에 펼쳐진 서면은 다름 아닌 남산에서 쓴 자신의 자필 진술서였다. 아니, 다르다, 그 복사본이었다.

본적…… . 주소. 직업, 성명…… .

상기 본인은 1984년 4월 6일, 국가안전기획부에서 지금까지 3회에 걸친 임의진술을 합니다…… .

여기는 국가안전기획부. 아니, 여기는 제국호텔 로비…… . 피아노 연주가 계속되고 있다. 국가안전기획부에서 다음과 같이 임의진술을 합니다. 눈앞에 펼쳐진 진술서 복사본은 지금의 로비 공기를 7년 전의 콘크리트 밀실의 공기와 바꿔놓는다…… . 으-음. 뭐가 큰 범죄란 말인가. 범죄. 세 번인지 네 번인지는 모르겠지만, 진술을 한 것은 사실이다.

몇십 번, 몇백 번의 심문, 진술…… . 그곳에는 날짜도 시간도 없다. 한성삼은 어금니를 깨물며 7년 전 시공으로의 전환을 견디고, 그야말로 작문의 수마에 쫓기며 자필로 '자서전'과 함께 써 내려간 문자의 형태를 쫓았다…… . 아아, 그 작은 책상이 놓여 있던 네모난 방구석. 눈앞에 이마가 닿을 것 같은 좁고 더러운 벽 구석에 세차게 내던져져 죽었을지도 모를 사람의 머리 모양으로 패인 벽의 그림자. 심문과 고문 이외에는 밤낮 없이 불면의 자세로 그곳을 마주보고 앉아, 그리고 납 같은 팔과 손가락을 움직여 갱지에 한글 문자를 메운다. 낮이나 밤이나 같은 시간이 있으면서도 없는 무중력의 부유 상태에서 감시원의 눈을 의식하며 벽 구석의 작은 책상 위의 갱지와 마주하고 있었다. 몇십 번, 몇백 번을 다시 썼는지 모른다.

"과거 일본에서 있었던 한학동의 반국가적 활동에 대한 깊은 반성을 토대로 솔직하게 진술합니다.

한학동은 모국 유학을 지향하고 있는 재일동포 자제를 위해서, 조국의 풍습과 한국어를 가르친다는 명목으로 강습회, 서클 등을 조직, 그곳을 거점으로 한국에 침투시킬 공작원을 만드는 역할을 했습니다. 저는 O대학 한학동 지부장으로서 전 한학동 조직의 중추적인 임무를 담당하고 있었습니다.

1974년 Y대학 역사학과 재학 당시, 국가비상사태하의 4월 3일, 신촌로터리에서 '유신독재는 물러가라', '중앙정보부는 당장 해체하라!'는 반정부 데모에도 적극 참가했습니다.

······문학의 스승이자 흠모하는 김일담의 사상, 언동의 영향으로 모택동, 마르크스의 좌익 관계 서적을 읽고, 그것이 반국가활동에 참가하는 원천이 되었으며, 이윽고 북한괴뢰 집단의 빨갱이 선전에 현혹되어 반국가적인 반역의 죄를 범했습니다. 김일담은 북괴 독재체제의 재일공작망과 관련된 공산분자이며, 1984년 2월 도쿄·모처에서 2회에 걸쳐 그와 접선, 그 지시

를 토대로 남한학원 침투공작을 위해 Y대학의 재입학을 구실로 한국 입국을 달성했습니다……."

후-우, 천천히 현기증이 일어나면서 자신도 모르게 핫핫하, 웃음이 목 아래까지 치밀어 올랐지만, 순간적으로 어험, 하고 헛기침으로 바꿨다. 흐-음, 흐-음. 숨이 막힌다. 한성삼은 세 장째 진술서 복사본으로 들어간 뒤 시선을 커피 잔으로 옮기고 포트의 커피를 따라 한 모금 마셨다. 머리에 들어 있는 것 같으면서도 들어 있지 않았다. 그는 진술서의 글자를 쫓으면서도, 내가 이런 걸 썼었나, 앗하하, 정말인가? 전혀 실감이 나지 않았다. 오래된 기억을 확인하고 난 뒤의 리얼리티, 현실감도 없었다. 자필이 아니었다면, 즉시 이것은 아니다, 내 진술서가 아니라고 물리쳤을 것이다. 어찌된 일인가. 이건 당시 수사관들의 말이었고, 내 의사는 아니다. 임의도 뭣도 아니다. 바로 남산에서 사용되고 있는 말 그대로 작문이다. 수사관이 초안을 잡고 작문한 것을, 내용은 누구 것인지 알 수 없지만, 자신이 쓴 것, 자신의 것이 아닌가. 그리고 자신이 실제로 7년 전의 1974년 봄, 신촌로터리에서 데모에 참가해 돌을 던진 듯한 기억이, 콘크리트 방 수사관의 책상 앞에서 되살아났던 것이다. 수사관의 곤봉에 의한 패닉 상태에서 터져 나온 참가했습니다……라는 외침과 동시에, 실제로 데모의 소용돌이 속에 휩쓸려 있었던 듯한 기억을 떠올렸다. 하지만 그렇지 않았다. 유학생들은 현지의 데모에 참가하는 것을 경계하고 있었고, 그날 Y대학 캠퍼스에서 시작된 데모를 목격은 했지만, 난 도서관에 있었고 데모 대열에는 가담하지 않았다. 그러나 곤봉의 공포가 기억이 아닌 기억을 심어버렸던 것이다. 그리고 김일담을, 난 김일담을 팔았다. 테이블 너머의 남자는 그 김일담과 만나고 싶다고 한다.

숨을 조용히 들이마셨다가 토해낸 뒤 차가운 커피를 마셨다. 머릿속 천장 부근이 커피 탓인지 한껏 맑아지면서 졸음이 완전히 가셨다. 신주쿠역에서 헤어질 때 당장이라도 울음을 터뜨릴 것처럼 입술을 깨물고 있던 혜순의 얼굴이 맑아진 머릿속 공간을 스쳤다. 어젯밤 혜순과 포옹하던 순간, 극한의 짜릿한 마비가 척추를 관통하여 미골 끝까지 내달리던 욱신거림이 되살아나고, 가슴이 막히는 것처럼 입 언저리가 조금 움직였다. 전향……. 허위의 전향. 남산 대 인간. 가자, 걷자…….

"……이번, 조국 대한민국에 대해 용서받기 어려운 반역행위를 한 자신이 당국의 관대한 조치에 의해 갱생의 길이 열린 것을 충심으로 감사, 금후는 사악한 북괴흑색사상으로부터 조국 대한민국을 지키고, 공산주의 침략에 대해 싸워, 조국 대한민국의 충성국민이 되기 위해 진력하겠습니다……."

더구나 비문서화였지만 해외협조원으로 종사하면서 김일담의 한국 입국공작을 서약했던 것이다. 흑색사상이란 무엇일까.

그때도 몰랐지만 지금도 모른다. 빨강이나 흑색이나 같다는 말인가.

마지막으로 서명과 지장이 있다. 복사된 검은 지장이다. 진술서는 지장 하나였지만, 다른 용지에 좌우 열 손가락을 찍었던 기억이 났다.

한성삼은 거의 암송하고 있었는데, 좁은 콘크리트 밀실의 대형 철제 책상과 함께 숲이 깊은 남산의 기억이 되살아났다. 한없이, 순간순간이 영원히 계속되는 고문 아래 언덕을 굴러 떨어져 내리듯이 타락할 대로 타락해가면서 쓴, 굴복하면서 그 굴복한 스스로의 의사로 쓴 것이었다. 철제 책상이 아닌 커피냄새 감도는 테이블 너머에 추성준이 아닌 김동호가 웃고 있었는데, 지금과 남산의 시공을 변환하는 조작에 시간이 걸리는 바람에, 이마에 식은땀이 배어나오고 심장이 고동치고 있음에도 기분은 냉정했다.

작문, 종이 쪼가리다. 숲 깊은 남산에서 쓰인 작문, 픽션. 이것이 엄숙한 서약의 증명이 된다. 자칫하면 교도소, 사형에 이르는 길. 객관적인 증거도 날조로 제작한다. 한성삼은 진술서 복사본에서 손을 떼고, 음독을 한 것도 아닌데 갈증을 느껴 유리잔의 물을 마셨다. 목에 걸린다. 가볍게 목운동을 하듯이 얼굴을 옆으로 움직였을 때, 뭔가 멀리서 시선이 왼쪽 볼에 닿고 있는 것이 느껴져 비스듬히 왼편으로 시선을 던졌는데, 앗,

하고 소리를 지를 만큼 놀랐다. 넓은 통로와 로비를 구분하듯 늘어선 복수의 관엽식물 사이의 공간에, 정면 현관 쪽에서 들어와 한순간 멈춰 섰다 지나쳐간 통행인과 시선이 교차했다. 그 눈은 신호를 보내더니 관엽식물 뒤로 사라졌다. 김일담이다. 그쪽과 등을 돌린 위치의 옆자리에 앉은 서기관을 바라보고 무언가 고개를 끄덕이고 있던 영사는 한성삼의 놀라는 기색을 알아채지 못하고 있었지만, 거의 뛰어오를 것처럼 놀란 한성삼은 간신히 소리를 억누르고 있었다. 김일담과 나란히 서 있던 또 한 사람, 김일담보다 젊은 중년 신사는 누굴까. 일전에 말이 나온 신문기자 무라타일지도 모른다. 아니 이런. 김일담이 남산에서 온 영사가 있는 제국호텔 로비에 나타났다. 시각은 4시 반이 가까웠다.

한성삼은 유리잔의 물을 천천히 다 마시고 나서, 물병을 들고 와 옆에 서 있던 웨이터 쪽을 흘낏 쳐다보고, 가능하면 웨이터의 후방, 김일담 일행이 로비로 들어올지도 모를 프런트 쪽을 돌아보고 싶었지만, 그대로 펼쳐진 진술서의 복사본을 덮었다. 마치 백일몽, 꿈은 아니다. 김일담은 찰나의 눈짓을 보냈다. 한성삼은 복사된 서류를 원래의 반으로 접어 영사 앞쪽으로 방향을 바꿔 되밀었다.

"그래, 읽었나. 세월은 흘렀지만, 맹세는 사라지지 않아. 복사본이지만 한성삼의 진술서라는 것은 틀림없겠지."

"예-, 옛날 서류입니다."

"옛날 서류? 대한민국 국민에게 옛날이고 지금이 따로 있나. 충성국민의 입장은 변함이 없어. 조국 대한민국 앞에 엄숙하게 서약한 거야. 옛날 서류라서 이제는 쓸모없다는 건가. 지금은 한국 국민이 아니라는 말은 아니겠지."

"그런 건 아닙니다."

"여기 일본에서 북괴 공산주의와 대치하며 똑똑한 대한민국 국민으로서 사는 것은 한국 국민의 영예이자 의무 아닌가. 옛날이나 지금이나 그건 변함이 없겠지."

"예-." 한성삼은 고개를 끄덕였다. "전화로 영사님이 만나는 목적을, 만나는 것이 일이라고 말씀하셨습니다만, 오늘 여기 제국호텔에서의 대면이 저에게는 마치 심문 같은 기분이 듭니다."

"뭐, 심문? 오호, 이게 심문이라. 일본에서는 말의 의미가 변하나? 이쪽은 경찰이 아니야. 일본의 제국호텔 소파에 우리는 앉아 있지 않은가. 호오, 호, 잊고 있던 단어가 일본에서 튀어나오다니. 여기가 심문 장소란 말인가. 제국호텔이야. 난 주일본한국대사관 영사인데 무슨 심문인가. 이야기에는 출발점이 있어. 원천으로 되돌아가지 않으면 안 된다는 거지. 이야기의 순서를 밟고 있는 것이지 심문은 아니야. 심문, 그래 좋은 말로 고쳐서 심문이라고 한다면, 국가 앞에 서약을 하고, 그리고 진술서에 있듯이 1984년 4월에 한성삼은 출소했는데, 해외협조원 활동이 그에 해당되지. 한학동 등의 조직에 대한 내부정보 보고가 거의 이루어지지 않고 있어. 이건 당초부터 서약 임무의 포기, 태만한 것이 아닌가. 그러나 이러한 일을 지금 문제 삼자는 건 아니야. 심문이 아니라는 거지."

"일본에 와서 반년 간, 병으로 일체 외출을 하지 못했습니다. 그 후에는 한학동 관계의 보고는 민단을 통해서 영사관에 하고 있습니다."

"협조원 활동을 할 수 없는 병이라고 했는데, 왜 그런가?"

"왜 그러냐고……?" 영사는 한성삼의 눈과 왼쪽 볼에 흘낏흘낏 시선을 던지고 있었다. 가까이에서 상처를 아무렇지도 않게 쳐다보는 것은 의사 말고는 처음이었다. 상흔의 울퉁불퉁한 굴곡을 기어 다니듯이 움직이는 시선의 끝에 움찔하고 반응한 한성삼이 헛기침을 함과 동시에 시선에서 벗어났다. "전 남산에서 멀쩡한 몸으로 나온 것이 아닌데, 그런 보고의 기록은 영사관에 없습니까. 서울의 하숙집에서 잠시 머물다가 일본의 오사카로 돌아왔습니다만, 그대로 드러누워 6개월 간 집 밖으로 나올 수가 없었습니다……."

"음, 경찰이라든가 교도소에서 돌아온 뒤에는 있을 수 있는 일이지. 그러나 반년간이나 두문불출이라는 것은 한국에서는 없는 일이야."

"제가 있었던 곳은 교도소가 아니지 않습니까." 남산의 안기부라고는 말하지 않았다. "영사님은 아까부터 제 왼쪽 볼의 상처가 신경 쓰이시는 모양입니다만, 이 상흔이 뭔지 아십니까?"

"뭐냐고 해도 그건 그냥 왼쪽 볼에 생긴 상처인데, 대단한 상흔이로군…… 으-음."

으-음. 핫핫, 한성삼은 거의 웃음이 새어나올 뻔했다.

"예-, 모르시는 것 같군요……. 그래서 계속 쳐다보고 있었던 것이겠죠."

한성삼은 영사 앞으로 돌려준 진술서 복사본의 표지를 바라보며 말했다. 그리고는 옆에 있는 이등 서기관을 흘낏 바라보았다. 이 남자는 잊고 있다. 잊고 있다고? 그래, 선명하게 기억이 떠오른다. 그래, 난 출소 직전까지 붕대를 감고 있었다. 그 붕대를 풀고 수염을 깎고, 심야 11시에 남산으로 연행되었을 때와 마찬가지로 뒷문으로 나와 자동차에 태워졌다……. 그러나 지금의 상흔은 아니다, 구두 밑창으로 얻어맞은 직후, 얼굴 형태가 일그러진 피투성이 상처를 충분히 잔혹한 쾌감 속에서 보고 있었을 것이다. 잘 보고 있었음에 틀림없다. 침을 삼키며. 이 얼굴을 영원한 불구로 만든 일을, 한성삼의 눈앞에서 알아보지 못하다니. 한성삼 자신을 알고 있는 게 아니었던가. 삽이 아닌 구두 밑창으로 후려친 왼쪽 볼의 상처가 있는 한성삼을 모른단 말인가. 정말로 모르는 것일까.

146

"그 상처는 어디서 생긴 것이지?"

"예? 어디서?" 말문이 막혔다. "……어디서? 모르십니까. 그건 그 진술서와 관계가 있습니다."

"진술서……. 이거 말인가?"

한성삼을 노려보는 영사의 눈이 험악하게 빛났다.

"예-, 그렇습니다." 한성삼은 분명하게 고개를 끄덕였다. "……말씀 중에 죄송합니다만, 잠시 화장실을 다녀오겠습니다. 다녀와서 말씀 드리겠습니다……."

두 사람의 시선은 이끌리듯 말없이 일어선 한성삼을 바라보았다.

한성삼은 두 사람에게 등을 보이고 왼편의 부조로 된 큰 벽화 같은 벽면 쪽으로 시선을 던지며, 넓은 로비의 제각각 떨어져 섬처럼 거리가 있는 테이블 좌석을 둘러보았지만, 김일담으로 보이는 모습은 없었다. 각진 대리석 기둥의 커다란 그림자에 가려서 보이지 않는지도 모른다. 여기가 아니라면 호텔 어딘가에 있다. 그건 착각이 아니다. 그런 말도 안 되는. 착각치고는 너무나 편의주의다. 그래, 상대는 KCIA, 충분히 경계하고 있을 것이다. 이전에 김일담이 자리에서 일어날 때까지 공사 대리로 온 무언의 영사들과 2시간 동안 앉아 있었다는 자리는 어디쯤일까. 지금, 일등, 이등 서기관인 두 영사가 앉아 있는 곳이 그곳일지도.

낮은 계단을 올라가 프런트 밖으로 나와, 미덥지 못한 기억을 더듬으며 홀이 아닌 넓은 통로를 걷다가, 정면의 현관 앞에서 로비 후방의 복도를 오른쪽으로 돌아 안쪽 화장실로 들어갔다. 통로를 걸어오면서 사람들이 붐비는 틈새로 로비와의 사이에 놓인 관엽식물이 있는 낮은 벽 쪽에 늘어선 의자를 보았지만, 김일담은 없다. 왜 두 사람은 여기까지 온 것일까.

볼일을 마치고 인적이 없는 거울 앞에 서고는 세면대 너머로 상반신을 내밀어 왼쪽 볼을 거울에 바짝 대고 새삼스레 음미하듯이 상흔을 보았다. 흐, 흠. 잊어? 잊었나, 기억이 없다. 날 명, 명, 곤봉의 폭풍으로 인간 개를 만들었던 일을 잊었다……. 잊었다고 해도, 잊으면 그걸로 끝인가. 그 상처는 어디서 생긴 거냐? 흠. 과거에는 없었다. 잊은 과거는 그걸로 끝. 그렇다면 뭐 하러 7년 전의 진술서 복사본을! 1984년 4월, 4월 6일! 과거가 아니다, 그 망령인가. 상처는 진술서와 관계가 있다……. 무심코 말을 잘못한 것인가. 화장실에 갔다 와서 이야기하겠다. 음, 관계가 있다고 말한 이상, 이야기하지 않으면 안 된다. 영사가 흘려듣지는 않았을 것이다.

화장실을 나왔다. 그 사이에 말이 없는 이등 서기관은 설치한 녹음테이프라도 조절하고 있는 것일까. 녹음테이프는 설치해 놓았다고 보아야 할 것이다. 그렇다 하더라도 이 볼의 상처와 진술서의 관계에 대해 지금부터 이야기한다. 여기는 남산이 있는 서울이 아니다.

심호흡을 하고 프런트로 향하는 통로로 들어선 한성삼은 계단 옆의 관엽식물 그늘에 서서 도자기로 만들어진 큰 벽화처럼 광택이 나는 벽면을 보았다. 울퉁불퉁한 장식 벽돌을 몇만 개나 쌓아올린 듯한 모자이크 풍의 벽화에, 노랑, 빨강, 연두……의 원색이 난무하는 추상화의 거대한 태피스트리처럼, 바람에 흩날리는 단풍, 낙엽, 푸른 잎이 뒤섞인 가을의 숲. 바로 근처의 낙엽이 떨어져 쌓이는 히비야 공원의 숲이 눈에 떠오른다. 피아노 소리가 배후의 머리 위쪽에서 들려 돌아보자 프런트의 중 2층으로 보이는 발코니 풍의 난간이 있고, 그 안쪽에서 연주 가락이 들려오는 모양이었다.

한성삼은 계단을 내려갔다. 문득 시선이 뻗은 로비 안쪽 가까운 벽 쪽 소파에 앗, 분명히 김일담과 함께 있던 무라타가, 돌기둥에 일부 가려져 있지만, 김일담이 아니라 후두부와 등을 보인 여성과 마주앉아 있었다. 순간, 시선이 마주치며 엉겼다. 면식이 없는 무라타가 이쪽으로 시선을 던진 것이다. 내 얼굴을 알고 있는 모양이다.

생각지도 않은 원군, 위험은 사라졌다. 넓은 로비에 옆으로 늘어선 네댓 개의 테이블 좌석 상호간의 거리는 하나의 섬처럼 떨어져 있어서, 다소간의 토론하는 목소리도 다른 좌석에는 들릴 것 같지 않다. 영사 일행의 자리와 벽 쪽 무라타의 자리 사이에 세 사람의 손님이 마주하고 있는 테이블이 있어, 서로의 시선은 차단되어 있었다. 무라타는 의식적으로 가까운 자리를 택했는지도 모른다.

"도중에 자리에서 일어나 실례했습니다."

"누구 알고 있는 사람이라도 있나?"

한성삼이 소파에 앉자마자, 영사가 시선을 다른 곳으로 돌리며 말했다. 영사의 눈은 외교관이 아니다. 맹견의 눈이다. 동공이 끊임없이 움직이고 있다.

"아니, 아닙니다." 내가 무라타를 본 순간, 그런 반응을 하고 있었던 걸까. 중간에 손님이 있는 테이블 자리에 가로막혀 영사로부터 벽 쪽의 무라타에게는 시선이 닿지 않는다. "저쪽 벽을 보고 있었습니다."

영사와 이등 서기관의 눈이 큰 벽화와 같은 벽을 향했다.

"저 벽 말인가. 벽이 어때서?"

"가을의 숲 같은 기분이 들어서……."

"……가을의 숲. 저것이 가을의 숲? 무슨 가을의 숲이지? 핫핫, 저 벽은 제국호텔치고는 품위가 없어." 영사는 입술을 일그러뜨렸다. "이 진술서와 그 얼굴의 상처는 관계가 있다고 좀 전에 말했지 않나. 어떤 관계인지, 이야기를 들어보자고."

영사는 반으로 접은 복사본을 다시 펼쳤다.

"전 진술서를 쓰기 위해, 완성하기 위해서, 이 상처가 생겼습니다."

"뭐라, 진술서를 완성하는 것과 그 상처는 무슨 관계가 있지?"

"한참 전의 일입니다만, 당시 진술서는 서울의 남산에서 작문하라고 수, 수사관님들이 말한 대로, 심사를 통과할 수 있도록 작문한 것입니다. 남산에서 이 작문을 완성하는 도중에 제게 상처가 생겼습니다."

수사관, 오랜만에 입에 담는 말이다. 과거의 수사관 앞에서.

"……상처는 남산에서 생겼다고. 으-흠, 흠." 영사는 담배를 피우며 계속했다. 이등 서기관은 담배를 피우지 않는 것인지, 선배 앞에서 삼가고 있는 것인지, 담뱃갑을 밖으로 꺼내놓지 않는다. "지금 작문이라고 했나. 작문이 의미하는 바는, 작문, 작문은 진술서가 완성될 때까지를 말한다. 용의자들은 누구나 충분한, 만족할 만한 것을 쓰지 못하기 때문에, 몇 번이고 수사관들이 지도해서 고쳐 쓰기 때문에 작문이다. 마치 초등학생처럼 귀찮은 일이지만, 그것이 완성되었을 때는 작문의 단계가 끝나고 훌륭한 진술서가 된다. 그런데 그 작문과 얼굴의 상처가 관계라도 있다는 건가?"

"고쳐 쓰는 동안에 기합을 받기도 하면서 자신도 모르는 일이, 지금 읽어보니 쓰여 있습니다."

"기합? 군대용어는 사용하지 마, 엉. 그 기합에 의해 강제적으로 쓰게 했다는 말인가. 너, 너희들 용의자들은 모두 같은 말을 하는군. 자신의 책임하에 썼다고 남자답게 말하지 못하나. 그래서 작문인 거야. 작문이 필요하다. 그러한 김일성 사상을 승화해서 본래의 대한민국 국민정신으로 되돌아가 완성한 것이 진술서다. 진술서는 그 귀중한 자기반성과 인간갱생의 기록이자, 본인의 진심에서 탄생한 것이다. 음, 뭐라, 기합? 기합은 본인이 잘못했기 때문에 받는 것이겠지. 고마운 일 아닌가. 그 정도의 일은 어디서나, 대학의 군사교련에서도 이루어지고 있어. 군대가 진짜지. 그래서 진술서의 내용이 어떻다는 건가. 자신이 쓴 것이겠지. 알 때까지 천천히 생각해 봐."

"……그건 작문으로 쓰인 것입니다. 임의 진술이라고 되어있습니다만, 그건 만들어진 것입니다."

"옷호, 시끄러!" 영사는 강하게 억제된 목소리로 한성삼을 노려보며 말했다. "만들어진 것이라고. 누가 만든 것인데? 네가 쓴 작문, 자신의 손으로 쓴 자필 진술서다. 누군가가 한성삼의 손을 잡고 쓰게 만들기라도 했다는 건가?"

"그, 에-." 한성삼은 숨이 막힐 정도로 울컥 치밀어 오르는 것을 참으며 말했다. "영사님, 여기는 남산이 아닙니다. 일본의 수도에 있는 제국호텔입니다. 세계 각국 사람들이 출입하는 곳입니다."

"흠, 알고 있어. 그런데 일부러 내게 그런 말을……. 그렇군,

일본에 오래 있더니 한성삼도 변한 모양이군. 그래서 어떻다는 건가."

영사가 담배를 물자, 옆에 있던 서기관이 테이블 위의 라이터를 집어 들고 불을 붙였다.

"아니요, 말씀을 계속해주십시오."

"그러니까, 어험, 그 옛날의 입과 지금의 입이 달라진 건가. 임의도 임의가 아니다, 자필도 자필이 아니다. 무엇을 이제 와서, 왜 그때 같은 말을 하지 않았나. 아까도 말했듯이 남자답게 행동해. 이 자필 진술서를 쓴 것이 누구야. 이 자필 진술서의 반성과 서약을 토대로 남산을 나왔어. 안 그런가, 응." 영사는 진술서의 표지를 펼치고 페이지를 넘기더니, 오른손의 다부진 두 개의 손가락, 인지와 중지를 종이 위에 눌러 대고 소리를 내며 넘겼다. "이 자필 진술서를 부정, 책임을 지지 않겠다는 것인가. 핫핫하, 7년의 세월이 흘렀다고 무슨 말을 하는 건가. 과거를 잊었나. 교도소에도 가지 않고, 재판도 받지 않고, 엉, 우리의 판단으로 사형도 간단히 시킬 수 있단 말이야. 핫하, 이건 제국호텔에서 할 말은 아니로군. 물론 그건 그에 해당하는 반국가적 범죄가 있기 때문이야. 음, 지금, 거기, 여기에 있는 한성삼은 특혜로 이 진술서대로 조국 대한민국의 충성국민으로서의 서약하에 출소할 수 있었던 거야. 인간으로서 세상의 은혜를 몰라서는 안 돼……."

이런, 말이 통하지 않는다. 단단한 벽에 부딪쳐 튕겨 나올 뿐이었다. 오늘은 그저 상대의 이야기를 들어야만 했던 걸까. 그러나 눈앞에 피로 얼룩진 허위와 오욕의 노예적인 진술서 복사본을 들이밀었다.

지금 복사본의 내용에 들이대던 굵은 뼈마디의 손가락. 이 손가락이 진술서를 쓰게 만들었다. 몇백 번, 몇천 번, 손잡이를 접착테이프로 감은 곤봉을 내리치던 손. 남산의 책상이 하나 있을 뿐인 콘크리트 밀실의 좁은 공간이 보인다. 멍, 멍, 멍…….오싹하는 전율과 함께 침을 삼켰다.

영사는 손가락을 검붉은 입술로 적시고 복사본의 페이지를 넘겼다.

"……여기, 마지막으로 한성삼의 서명, 지장으로 진술서가 끝나고 있어. 어험. ……이번에 조국 대한민국에 용서받기 어려운 반역적인 행위를 한 자신이 당국의 관대한 조치에 의해…….공산주의 침략에 맞서 싸우고, 조국 대한민국의 충성국민이 되기 위해 최선을 다하겠습니다…….."

"그것은, 진술서는 과거의 옛날 일, 끝난 일이 아닙니까?"

"뭐라고, 옛날의 끝난 일이라고, 앗핫하, 같은 말을 반복하고 있군. 이건 전부 거짓말인가! 거짓으로 7년간을 살아온 건가." 영사는 타고난 낮은 목소리로 웃었다. 남산 같았으면 곤봉을 치켜들며 야수처럼 고함을 쳤을 것이다. "지금 현재도 과거도 변하지 않았어. 7년 전, 30년 전이라도 영원히 변하지 않아, 조국 대한민국은 영원하다. 설령 일본국에 살고 있다 해도 김일성과 그 지지 세력에게는 철두철미, 적으로서의 인식을 견지하지 않으면 안 돼. 이것이 애국심이라는 거야. 북괴는 우리나라의 주적이야. 반공 애국에 과거도 시효도 없어. 너, 한성삼을 이곳에, 여기 제국호텔이 아닌 남산으로 데리고 온 것은 사악한 북괴흑색사상을 씻어내고 제대로 된 대한민국 국민으로 만들어 유일무이한 조국에 충성을 다하는 인간으로 만들기 위해서였다. 그것이 본관의 엄숙한 임무이자 또한 책임이다. 그것은 지금도 변함이 없어. 어험⋯⋯." 영사는 연지의 넥타이를 다시 매듯이 양손으로 목덜미를 쓰다듬더니 자세를 바로 하고 국민의례처럼 가슴에 오른손을 대었다. 그는 제국호텔이라는 장소의 격을 의식하고 있는 것인지, 애써 품위를 유지하기 위해 입술 끝을 침으로 적시며 말투를 낮게 억제하고 있었다. 영사는 한성삼의 상흔을 노려보듯이 말했다. "그런데 그 상처는 어떻게 된 거라고? 진술서와 관계가 있다고 했는데. 남산에서 생긴 상처라고⋯⋯. 흥, 한성삼, 지금 이곳에서 무슨 옛날에 있지도 않은 이야기를 꺼내고 있는 거야. 무슨 일인가. 지금 여기에서 남산의 일을 문제 삼겠다는 건가. 난 수사관, 수사관의 임무를 짊어진 인간이다⋯⋯. 여, 여기는 일본의 제국호텔이다⋯⋯. 음."

영사는 남산과 호텔의 책상이 아닌 테이블 앞에 있는 자신과 시공이 뒤섞이는 것인지, 눈이 이리저리 움직이고 있었다. 테이블의 위치를 측정이라도 하듯이 로비의 공간을 둘러보고, 다시 확인을 하고 있는 것인지 품위가 없다고 막 헐뜯은 거대한 벽으로 시선을 던졌다. 한성삼도 따라하듯이 벽 쪽으로 얼굴을 돌리며, 무라타 일행이 있는 테이블을 흘낏 보았다. 양쪽 사이에 4인용 테이블 자리의 손님들 그늘에 충분하지는 않았지만, 거의 가려지다시피 무라타는 움직이지 않고 그곳에 있었다.

이런, 냄새가, 향수 냄새가 난다. 벽에서 시선을 돌린 영사가 상의 호주머니에서 손수건을 꺼내 커피나 물이라도 묻었는지 입가를 닦고 있었다. 향수는 공기에 닿은 손수건에서 풍기고 있었다. 좀 전의 홀에서 스쳐지나간 서양인의 공기처럼 얼굴을 스친 것과는 다른 산뜻한 향기. 지금 그 입가에 향수 냄새가 들러붙어 있을 것이다. 한성삼은 코 안쪽까지 전해져오는 냄새를 희석시키려는 듯이 유리잔의 물을 입에 머금으며, 갑자기 주위의 정경이 해체, 미간의 한 점에 응집되는 것처럼 장미, 아니 고문 방의 피와 장미가 뒤섞인 향수 냄새가 코를 찌르는 것을 한순간 눈을 감은 어둠속 공간의 빛 속에 느꼈다. 곤봉을 든 남자 수사관 앞에서 갱지에 진술서의 전 단계인 '자서전'의 문자를 메우는 볼펜을 움직이고 있을 때, 갑자기 어험, 하는 소리와 함께 뒤쪽 문이 열리며 들어온 것은, 핑크빛 넥타이를 맨 상사치고는 아직 젊은 수사관이었다. 들어오자마자 기분이 불쾌해질 정도로 강한 향수 냄새가 났다. ……남파 간첩이 불었단 말이다, 놈은 진짜야, 라든가, 여기는 재일간첩인가, 똑바로 해! 라는 등의 새된 목소리를 내지르더니 술 냄새를 풍기며 나갔다. 그 강한 향수의 잔향이 언제까지나, 여기는 재일간첩인가……라고 외친 좁은 콘크리트 방 안에 감돌고 있었다.

피비린내 나는 고문 현장의 향수 냄새, 술. 피를 뿜어내는 장미 냄새를 코에 들이대 맡으며 곤봉을 내려친다. 곤봉만이 아니다. 갑자기, 상사인 젊은 수사관이 들른 방의 그 책상 앞에서 지금 호텔의 테이블 앞에 있는 영사, 실제로는 수사관인 추성준이 벽에 곤봉을 세워놓고 한성삼을 심문하고 있었다. 곤봉의 남자……. 김동호……. 이곳은 거기 남산이 아니다. 피아노가 울리고 있는 제국호텔 로비다…….

조용한 멜로디의 피아노 소리 베일의 저편에서 멍, 멍……. 한성삼은 빈혈을 일으킨 것처럼 현기증이 가볍게 한 바퀴 돌면서 큰 벽화의 숲 속에 쌓인 눈 같은 낙엽 위에서 가련하게 쫓기는 개가 멍, 멍……. 그는 잠시 감았던 눈을 뜨고 머리를 흔들며 주위를 확인하듯이 큰 벽화의 원색이 모자이크 모양으로 난무하는 로비의 벽화를 한 번 돌아보고 나서, 현기증이 사라진 머리를 똑바로 세우고 정면을, 영사를 보았다. 그리고 갑자기 턱을 내밀어 추한 한쪽 얼굴을 상대의 눈 안에 집어넣을 것처럼 왼쪽 볼을 들이댔다.

"추성준 영사님……."

"뭐라고? 추…… 누구, 여기는 그런 사람 없어."

"김동호 영사님, 전 추성준 수사관님."

"이런, 어디를 보고 이야기를 하는 거야." 영사는 송충이 같은 눈썹을 세우고 얼굴을 찡그리며 말했다. "여기에 추성준은 없어."

"앞에 앉아계신 영사님, 이야기를 들어주십시오. 영사님은 정말로 이 상처가 기억나지 않습니까?"

"아까부터, 음, 무슨 같은 소리를 계속하는 거야. 그런 이야기를 하려고 여기에 왔나. 뭔가 도전적인 말투로군."

"당치도 않습니다. 그렇지 않습니다. 송구스럽지만 침착하게 제 이야기를 들어주십시오."

"침착하게……? 그게 누구한테 하는 소리야. 한성삼, 흐-음, 난 아까부터 침착하게 있었어."

웨이터가 물병을 들고 테이블 옆에 섰다.

"뭔가, 시키게."

"예-, 뭘로 하시겠습니까?"

"음, 레몬스쿼시."

"예-, 한성삼 씨는?"

"예-, 감사합니다. 레몬스쿼시로 주십시오."

서기관은 세 사람의 레몬스쿼시를 주문했다.

"이야기를 해도 되겠습니까? ……그럼 이야기하겠습니다. 부디, 제 얘기를 들어주십시오. 여기는 제국호텔입니다."

"뭔가, 그 말투는. 여기는 제국호텔? 그렇잖아, 아니지, 그렇군……." 영사는 전방의 프런트를 흘낏 보더니 말했다. "제국호텔이 어떻다는 건가?"

"서울의 남산이 아닙니다."

"남산이 아니다? 오호, 이상한 말을 하는군. 남산이 아니라서, 엉, 어떻게 할 건데! 난 남산과 관계가 없는 주일한국대사관 영사야. 핫핫, 세상이 변한 건지, 인간이 변한 건지. 여기가 남산이 아니라면, 아니 남산이 아니라서 멋대로 할 수 있다고 생각하고 있나? 엉."

영사는 좁은 이마 아래의 미간에 깊은 주름을 짓고 노기를 품은 관대한 어조로 말했다.

"아닙니다. 그런 식으로 받아들이신다면 취소하겠습니다. 그런 게 아니라, 남산이라면 말할 수 없는 것을 여기서는 이야기할 수 있다는 뜻입니다."

"뭐라, 남산이라면 말할 수 없어. 흐음, 어디 남산을 말하나? 흥."

영사는 한성삼을 맹견의 눈으로 계속 응시하며 말해보라는 듯이 턱을 움직였다.

"······저는 기억이 없습니다. 저도 기억이 없지만 아무래도 영사님도 기억이 없는 것 같습니다. 멍, 멍. 제가 개가 되어 도 망쳐 다닌 것을 영사님은 알고 있을 터인데, 기억이 없다고 하시니······."

"웃호, 뭐라, 인간이 개가 돼? 어느 나라의 우스갯소린가? 한성삼이 멍, 멍, 개가 되었다······? 핫핫하, 이건 들은 적도 본 적도 없는 얘기야. 응, 핫핫."

서기관은 기묘한 표정을 지으며 코로 웃고 있었다. 왼편의 넓은 통로와의 사이에 있는 벽 옆의 ㄱ자 모양으로 된 서너 명이 앉을 수 있는 자리에서 책을 읽고 있던 젊은 여성 한 사람이 이쪽을 흘낏 쳐다보았다.

"예-, 저는 어디에서 개가 되었는지, 그리고 왜 숲 속 벌판에 있었는지 알고 싶습니다. 한성삼이 개가 된 건 틀림없지만, 그 것이 숲 속이었다는 것, 제 기억으로서 머릿속에 떠오르는 것 은 그것밖에 없습니다. 그것이 이상해서, 그런 게 아니라, 그, 그건, 이 진술서가 그렇듯이 84년 4월이었다는 것을 오늘 알았 습니다. 가을이 아니라, 서울 Y대학 뒷산에 벚꽃이 만개한 4월 이었습니다. 낙엽 진 가을이 아닙니다. 그런데도 가을 숲 속 벌 판처럼 낙엽이 눈처럼 쌓여 있었고······. 저, 지금 저 큰 벽화의 숲을 보고 있자니······." 한성삼은 상반신을 틀어 오른쪽을 가 리켰다. "저 안에 멍, 멍, 개가, 한성삼이 있는 것을 봅니다. 저건, 저 안으로 들어가면 남산의 숲이 아닌지……."

이 남자, 미친 게 아닐까. 영사는 험악한 표정으로, 서기관은 진지한 얼굴로 듣고 있었다.

"으-흠, 이봐, 한성삼, 그만 해. 망상, 백일몽을 꾸고 있는 것은 아니겠지. 미친 소리는 그만 둬." 영사는 이등 서기관을 돌아보면서 손을 흔들어 제지했다. "저건 벽이야. 그냥 벽, 페인트를 마구 칠한 듯한 천박한 벽이다. 어디에 인간 개 같은 게 있을 수 있나. 음, 그런 얘기를 믿을 사람은 세상에 없어."

"저것이 벽이라는 것은 잘 알고 있습니다. 하지만 제가 멍, 멍, 개가 된 것은 사실입니다. 그리고 그걸 쫓아다닌 숲 속의 남자, 추성준 수사관입니다."

"아니, 이 사람이 미쳤나. 그만 해!"

영사는 노기에 찬 목소리를 억제하면서도 침을 튀기며 말했다.

"이봐, 한성삼 씨, 적당히 해!"

"오홋, 여기가 어딘 줄 알고, 음, 여기가 네 할아비 집이냐. 일본의 제국호텔이라서 그렇게 거만하게 구는 거야!"

"김동호 영사님, 진정하십시오. 이봐, 한성삼, 그만 해!"

오 이등 서기관이 한성삼을 노려보았다.

레몬스쿼시가 나왔다. 김 영사는 스쿼시의 잔을 들어 올리더니 빨대 소리와 함께 화가 난 것처럼 홀짝거리며 마셨다.

한성삼은 레몬스쿼시를 앞에 놓고, 새로 따른 유리잔의 차가운 물을 마셨다. 목소리가 조금 잠기고 가슴의 고동이 느껴졌지만, 기분은 평정, 스스로가 생각해도 이런 자리에 마주한 예상 밖의 대응이었다.

한동안 침묵이 테이블을 감싸고 있었다. 라이터가 울리고 불꽃이 일더니 영사가 물고 있는 담배에서 연기가 피어올랐다. 부드러운 피아노 소리가 천장 쪽에서 로비 전체를 감싸 안듯이 떨어져 내려온다.

한성삼은 갑자기 빈혈이 아니라, 머리에 피가 올라오는 것 같아 잠시 눈을 감고 뜨거워진 머리를 감싸려고 움직이던 양손을 그대로 두고 고개를 숙였다. 햇살에 빛나는 낙엽이 반짝반짝 어지럽게 날았다. 그렇다, 지금 기대고 싶을 정도로 무거운 상흔의 왼쪽 볼은 쇠 삽이 아니라, 가죽구두 밑창으로 얻어맞았다. ……제주 빨갱이 새끼야, 네가 개새끼라면 너를 만든 아비, 어미도 개새끼다……. 구두의 세찬 일격으로 벌러덩 뒤로 자빠진 것은 낙엽이 눈처럼 쌓인 양탄자 위가 아니라, 향수의 냄새가 나는 콘크리트 고문 방의 스프링이 튀어나온 피비린내 나는 침대 위였다. 저승, 저승, 죽음이다, 죽음. 지하실로 끌려들어가 격하게 한강을 향해 흘러가는 암흑의 지하수 통로로 떨어지는 수직의 지하 공간. 철제 의자에 묶여 매달린 공간 위에서 돌멩이처럼 떨어져 내리는 목소리. 저승, 저승, 죽음이다.

죽음. 죽음의 목소리가 되살아난다.

23

잠시 눈을 감은 한성삼의 눈꺼풀 뒤쪽 머리 공간에서 남산 지하실 암흑의 지하 동굴에 매달린 채 들었던 죽음의 목소리가 되살아난다. 저승, 저승, 죽음이다, 죽음. 한성삼은 머리를 흔들며 눈을 떴지만, 몸이 떠오르는 것처럼 현기증이 나는 바람에 눈을 감았다. 눈앞에 있는 것은 영사의 모습이지만, 머릿속에는 다른 영사, 저승이라는 목소리의 주인공인 추성준 수사관, 테이블, 작은 책상, 그 외에 사각형의 기하학 모양이 얽혀서 파도처럼 밀려온다. 주먹을 움켜쥐고 눈을 꼭 감은 채 참고 있었지만, 날카롭게 머리를 꿰뚫는 강철같이 강한 광선이 내달리자, 뚜껑이 터질 듯 부풀어 오른 머리가 좌우로 쪼개져 떨어질 것 같다. 거의 고함을 지를 뻔한 순간에 벌떡 일어나 비틀거리던 그는 눈을 크게 뜨고 커다란 벽화를 보았다.

숲이, 남산 숲의 환영이 날아가 버렸다. 그곳에 남산의 낙엽이 날리는 벌판은 없다. 직선으로 칸막이된 콘크리트 방이다. 추성준, 네가 구두밑창으로 이 얼굴을 후려갈겼다! 목소리로 나오지 않는 외침과 함께 테이블 너머의 영사를 되돌아본 그

때, 번쩍하고 시선이 격렬하게 부딪쳤는데, 벽 쪽 테이블 자리의 무라타가 이쪽을 노려보고 있었다. 앗, 그의 꿰뚫어 보는 듯한 시선에 정신이 퍼뜩 들은 한성삼은 그 시선을 무서운 김일담의 시선으로 의식하면서 패닉 직전의 제정신을 되찾았다. 심장이 격렬하게 춤추고 있었다.

그는 눈앞의 영사를 향해 뭔가를 외쳤음에 틀림없는 자신을 지탱하며 반사적으로 몸을 사리기라도 하듯이 한성삼을 되돌아보는 두 사람 앞에서, 손을 소파 팔걸이에 대면서 앉았다. 순간적으로 전신을 집어삼킨 큰 벽화를 무대로 시공을 완전히 뒤집어버린 환상의 회전이었다. 좌우로 쪼개져 떨어질 것 같던 머리가 원래대로 돌아왔다.

"미안합니다."

한성삼은 지금 막 만난 것처럼 두 사람을 바라보고 나서 물을 마셨다. 운동을 끝낸 직후처럼 목이 말랐다. 레몬스쿼시의 잔을 손에 들고 빨대를 입에 물었다.

"음, 한성삼은 저 벽화가 맘에 드는 모양이군. 어떤가. 몸이 좋지 않은 건가. 안색이 좋지 않아. 오랜만에 옛날의 반갑지 않은 인간을 만나서 기분이 언짢아진 겐가."

"아니, 아닙니다. 그렇지 않습니다. 어젯밤은 수면이 부족해서……." 한성삼은 등골이 서늘해지며, 무슨 수면부족인가, 머릿속에 나타난 혜순이 고개를 흔들며 부정했다. 바보 같은 소

164

리를 하는 게 아니야! "늦게까지 일이 있어서······."

실제로 7년 전의 서울 남산까지 빛의 속도로 왕복하는데 피로를 느꼈다.

"으, 음, 가게의 일이 바빠서, 그건 매우 좋은 일이야."

"예−, 감사합니다. 영사님, 지금, 앞으로의 예정이 있으십니까?"

"예정? 지금 이러고 있는 것이 예정이고, 그건 지금 진행 중이지 끝난 게 아니야. 만나는 것이 일이라고 했는데, 그 만나는 일이 아직 끝나지 않았어. 한성삼이 그 일에 대해 트집을 잡는 바람에 이야기가 남산까지 날아갔어······."

"결코 트집을 잡은 것이 아닙니다. 무슨 용건인가 싶었을 뿐입니다."

남산까지 날아가지 않아도 테이블 위에 내던져진 진술서는 남산의 것이 아닌가.

"내가 아까 말했듯이 오랜만에 만난 건데, 진술서를 읽고 새삼 확인했을 것으로 생각하지만, 대한민국 국민으로서의 의무와 영예를 짊어지고 충성국민이어야 한다는 거야! 그렇지 않으면 공산주의 사상의 영향하에서 비국민의 길을 걷게 돼. 그것이, 그렇게 되지 않도록 하는 것이 일이야."

"비국민······."

"그래. 비국민. 사랑하는 조국을 잃는다는 것이 얼마나 비참

한 생지옥을 살아야 되는지, 일제 식민지 지배를 받은 우리는 뼈에 사무치게 알고 있지. 진술서에도 명백히 쓰여 있듯이 공산주의 침략에 대해서 싸우는 조국 대한민국의 충성국민으로서, 적색분자가 세력을 뻗치고 있는 재일교포 사회의 유능한 중핵분자로서 한성삼은 모범을 보여야만 해."

"제가 비국민입니까?"

"옷호, 누가 그런 미친 소리를 하나. 빨갱이 사상에 젖으면 그렇게 된다는 거지."

"전 빨갱이가 아닙니다."

"그건 알고 있어. 물들면 그렇다는 것이야. 음, 그리고 일이라는 것은 김일담과 한번 만나고 싶다는 건데……. 어험, 한성삼은 담배를 피우지 않나?"

"피웁니다."

"음, 한 대 피우지 그러나."

영사가 테이블 위의 20개비 들이 양담뱃갑에서 한 개비를 반쯤 밖으로 빼내 한성삼에게 내밀었다.

"미안합니다."

한성삼은 그 한 개비를 빼내 입에 물었다. 옆의 서기관이 라이터의 불을 붙여 한성삼에게 가져갔다. 라이터의 불꽃이 왼쪽 볼의 상흔에 뜨겁다. 라이터가 멀어지고, 한 모금. 금연하다가 피우는 담배 맛이다.

담배 연기가 흔들리는 테이블 건너편에 있는 이 남자가 곤봉을 한 손에, 구두를 한 손에, 한성삼이 멍, 멍, 개가 될 정도로 이 왼쪽 볼을 후려쳐 박살을 낸 것이다. 그걸 모른다고 한다. 태생적인 상처인가. 담배를 피우며 긴장이 조금 누그러지고 차분해진 것인지, 방금 전까지 사라져 있던, 네 아비, 어미는 개새끼……라는 목소리가 머릿속의 지하실 공간에서 되살아나 다시금 침착함을 잃어버릴 것 같다. 그는 담배를 재떨이에 비벼 끄고 얼음이 녹아서 싱거워진 레몬스퀴시를 마셨다.

오늘은 보복의, 얼굴 상처의 증거를 입증할 기회를 놓친 것 같다. 그때 멍, 멍, 개가 되어, 병원이 아닌 남산의 치료실 침대에 묶여 타락할 대로 타락하면서 복수를 맹세했었다. 숲 속의 눈처럼 쌓인 낙엽의 융단……. 아니, 콘크리트 고문 방의 스프링이 튀어나온 침대 위다. 그곳에서 멍, 멍, 억, 이런, 숨이 막힌다……. 그것이 일본으로 돌아온 뒤, 이윽고 스스로 기억을 가사의 상태로 만들고 사멸되어 사라져 있었다. 그걸 갑자기 나타난 이 남자 자신이 불러 일으켰다. 복수……. 무슨 복수, 어떤 복수. 난 날조된 정치범으로 복역한 인간도 아니다. 날조에 굴복한 비겁한 인간, 쓰레기다. 그래도 뭔가의 복수를 맹세하고, 맹세하면서 그 복수심을 잊고 있었다. 그 복수, 우선은 이 볼의 상처를 인정시키는 일.

무라타는 여전히 자리에서 움직이지 않고 있다. 마침 고개를 갸웃거리는 동작을 하던 눈 끝에 그 모습을 포착하였다. 김일담과 만날 때까지만 해도 강박관념처럼 밀려오던 이 자리에 대한 패닉의 공포, 그에 대비하기 위한 정신을 무장하고 제국호텔에 왔지만, 그러나 의외의 무라타와 김일담의 출현이 없었다면 지금처럼 평온하게 있지는 못했을 것이다. 자신을 지켜보고 있는 보이지 않는 김일담의 시선을 강하게 느끼고 있었다.

시각은 5시를 지났다. 한 시간이 지나고 있었다. 미지의 불안과 증오가 뒤섞인 두꺼운 적란운 같은 시간이 지나고, 그곳을 빠져나온 것 같다.

"지금 시간은 몇 시인가?"

"5시 5분입니다."

서기관.

"벌써, 어두운 밤이군. 일본은 한국보다도 밤이 빨라."

험악했던 테이블 위의 공기가 다소 부드러워진 것 같다. 구 수사관의 태도가 외국에 주재하는 외교관으로 돌아왔다. 김일담을 만나고 싶다. 김일담이 만나 줄까. 북쪽의 앞잡이라든가 재일문화인이라는 자들 중에서도 가장 악질적인 사상의 소유자, 공산파괴분자 등으로 매도, 낙인을 찍고 있던 김일담과 만난다. 어지간한 강심장, 철면피가 아니다, 권력은 정의, 권력의 배경 없이 정의는 성립하지 않고, 그들에게 있어서 정의, 권력의 필요성 앞에서는 일체의 불필요한 신경이 차단되어 있는 것이다. 남산의 상급 수사관에서 오사카 총영사관 부총영사로 부임한 장 과장과도 조만간 만날 때가 있다……. 장 과장, 알았다. 인텔리풍의 사람을 꿰뚫는 듯한 가는 눈을 가진 남자. 지금도 기억하고 있다. 피비린내 나는 콘크리트 방의 고문 중에, 세상에 원인과 결과의 관계가 없는 인과관계가 있을 수 있는가? 세상이라고 하는 전혀 어울리지 않는 말을 고문 방에서 사용했던 것이다.

"전 오늘 영사님이 김일담 선생과 만나고 싶다고 할 줄은 전혀 생각하지 못했습니다. 그와는 어떻게 만날 생각이십니까?"

"오늘, 지금 여기서 결정을 하겠다는 건 아니야. 그런데 어떤가, 김일담 선생은 만나 줄까. 음, 난 인사 정도의 대면으로 끝날 건데."

"어째서 그렇습니까?"

"음, 정식으로는 오사카 총영사관 장 부총영사가 만나게 될 거야."

"예―, 김일담 선생이 어떻게 할지, 그건 저 역시도 모릅니다."

한성삼은 김일담 선생이라고 할 수 있는 것만으로도 기분이 풀렸다.

"그 사이의 일은 수고스럽겠지만 한성삼이 맡아 주게. 한국 입국 여행증명서는 빠른 편이 좋지만, 오사카의 장 부총영사의 일정도 있을 테니 내일이나 모레는 안 되겠지만, 이것이 한성

169

삼의 일이자, 내가 만나는 것이 일이라고 말한 의미도 거기에 있어."

"예-."

한성삼은 가볍게 고개를 끄덕였다. 김일담은 지금 이 제국호텔의 어딘가에 있다. 같이 온 무라타 기자는 앞에 있는 두 사람에게는 보이지 않아 뭘 하고 있는지 알 수 없는 곳에 있다. 한성삼은 제국호텔에 오고 나서 처음으로 빙긋이 웃음을 입가에 흘렸다.

"영사님, 오늘 이 제국호텔의 일은 끝났습니까?"

한성삼은 가볍게 웃으며 말했다. 연행, 납치라는 암운처럼 며칠이나 머리 위에 걸쳐 있던 두려움은 김일담의 말처럼 기우로 끝난 모양이다.

"오늘 제국호텔에서 만난 것은 흡족한 일이군. 슬슬 자리에서 일어나 볼까."

"한국대사관으로 돌아가시는 겁니까?"

"오늘은 대사관으로 돌아갈 필요는 없어."

"전화로 둘이서 식사라도 하자고 말씀하셨습니다만, 그때 처음에는 회식이라고 했다가 취소하셨습니다. 지금은 세 사람이니까 회식이 됩니다. 자리에서 일어난 뒤에 다른 예정은……?"

고려원으로 데리고 갈 생각은 없어져 있었지만, 지금 겨우 그 마음이 되살아났다.

"오늘은 한성삼을 만나는 일이 예정, 일의 전부야."

영사는 이등 서기관을 돌아보았다.

"예-, 어떻습니까? 특별히 예정이 없다면 신주쿠 쪽입니다만, 고려원에라도 가시지 않겠습니까?"

"고려원?"

"예-, 집사람이 하고 있는 한정식집인데 소박한 곳입니다."

"음, 오늘이 아니더라도 한 번은 가보려고 했는데, 어떨까?"

영사는 다시 한번 옆을 돌아보자, 옛, 서기관은 고개를 끄덕이며 대답했다.

"고려원에 가볼까."

"예-, 잠시 후에 신주쿠 쪽으로 출발할까요. 전 집사람에게 전화를 하고 올 테니."

"부인이 마담인가. 한성삼은 주인이로군."

"아니죠. 아내는 여주인 마담. 전 집사람에게 전부 맡기고 아르바이트 같은 존재입니다."

"핫하하, 아르바이트를 하는 남편이란 말인가……."

"예-, 그렇게 됩니다만."

"그럼, 본업은 뭐지?"

"예-, 본업이나 아르바이트나 같습니다."

"뭐?"

"글쎄요, 별 볼 일 없는 존재입니다."

한성삼은 왠지 기분이 서늘해지면서 영사의 차가운 웃음에 호응하듯 웃으며 자리에서 일어났다. 소설을 쓰고 있다고는 말하지 않을 것이다. 복수의 소설을.

한성삼의 움직임을 큰 벽화 쪽 자리의 무라타가 지켜보고 있을 것이다. 한성삼은 로비의 계단을 올라가 프런트에서 공중전화가 있는 곳을 물은 뒤, 큰 상들리에가 빛나고 있는 홀로 나가 좌회전, 홀이 아닌 일반 복도와 같은 통로를 걸어 동쪽 현관 입구가 있는 홀로 나왔다.

홀의 대각선 왼쪽 구석, 현관 옆의 벽 쪽을 따라 마련된 여러 개의 칸막이에 전화가 놓여있었다. 한성삼은 홀을 비스듬히 가로질러 가장 가까운 전화 앞에 섰다. 양쪽으로 튀어나온 칸막이 널빤지 사이에 상반신이 들어갈 뿐이지만, 소음이 상당히 차단된다. 5시를 조금 넘기고 있다.

예상 밖의 이른 전화에 혜순은 놀랄 것이다. 그리고 그것이 납치, 연행이 아닌 것을 증명하는 전화에 새삼 놀라고.

"어머나, 당신! 성삼이……."

"뭐야. 그 목소리는."

"전화를 기다리고 있었으니까."

"기다리고 있었다니, 전화는 7시까지잖아."

"그건 어쨌든 상관없어. 무슨 일이야?"

"이봐, 무슨 일이냐는 건 또 뭐야. 전화를 하기로 되어 있을 텐데. 신주쿠역에서 헤어질 때도 다짐을 받았었잖아. 이상한 얼굴을 하고서 말이지……."

"어쨌든, 그러니까, 아무 일도 없었던 거네요. 납치는 아닌 거죠."

혜순은 전화 저편에서 웃었다.

"그래. 아직은 잘 모르지만. 가게로 가기 전에 또 어떻게 될지. 그렇지는 않겠지. 하지만, 그때는 시한인 7시까지 전화는 안 될 테니까, 김일담 선생님 말씀대로 상담을 해주면 좋겠어. 아니, 이건 농담이야."

"농담이지만, 듣기 싫은 이야기. 알 수 없지. 가게에 모습을 보일 때까지는. 그래서 영사는 오기로 한 거야?"

"그렇다니까. 또 한 사람 동행이 있는데, 이등 서기관인 영사. 김동호 영사는 일등 서기관이야. 좀 있다가 출발할 거니까 6시 반은 넘지 않겠지. 그리고 김일담 선생님으로부터는 아직 전화가 오지 않았겠지만, 만일 7시 이전에 오거든 영사 일행을 포함해 셋이서 가게에 온다는 것, 내가 가게에 들어간 뒤에 걸려오면 내게 전화를 바꿔주면 돼."

"그 영사라는 사람은 어떤 인간이야?"

"외교관이야. 남산 출신이지만, 그래도 외교관. 어쨌든 여기서는 물을 떠난 물고기 같은 외교관이지."

"성삼이는 기세가 등등해졌네. 제국호텔에 가는데 마치 제2

의 남산이라도 가는 것처럼 말했잖아요. 믿을 수 없네."

"난 소설을 쓸 거야."

"무슨 소리야? 지금 쓰고 있잖아요."

"그건 찢어버리고, 아니, 처음부터 다시 쓰겠어. 지금 제국호텔에 와보니 알겠더군."

"전화 끊을게……."

수화기를 내려놓는 소리가 울렸다. 바쁜 모양이다.

한성삼이 로비의 자리로 돌아오자, 바로 두 사람의 영사가 일어나 코트에 팔을 집어넣으며 프런트 쪽으로 향했다. 뒤를 따라간 한성삼은 벽 쪽 테이블 자리에 무라타와 여성이 있는 것을 눈 끝으로 보았다. 김일담은 어디에 있는 것일까. 저 두 사람은 지금부터 어떻게 하려나. 아마도 세 사람의 행방을 뒤쫓을 것임에 틀림없다.

오 영사가 계산을 마친 뒤 홀을 지나 정면의 현관 밖으로 나오자, 눈앞에 밀려든 밤의 거대한 어둠을 히비야 공원의 울창한 숲이 메우고 있었다. 바람을 안은 밤공기가 차갑다. 코트가 없는 한성삼은 한기가 들었다.

세 사람은 현관 밖에서 잠시 멈춰서 있다가 포치에서 빈 택시를 탔다. 서기관은 앞쪽 조수석에, 뒤쪽 좌석에 영사와 한성삼이 나란히 앉았다. 납치, 연행 때의 좌석 배치가 아니다. 택시는 히비야 거리를 신주쿠 방면으로, 해자와 공원의 교차로

174

쪽을 향해 달렸다.

　김일담이 무라타와 함께 제국호텔 북쪽 현관 앞을 정면 현관
쪽으로 돌아 호텔로 들어간 뒤, 홀을 지나 왼쪽 로비로 접어들
었을 때, 칸막이벽처럼 늘어선 관엽식물 사이로 보인 한성삼의
놀란 시선과 마주친 지 한 시간이 지나있었다. 무라타는 로비
로 들어가고, 김일담은 북쪽 현관을 나와 우회전, 같은 호텔의
타워 빌딩 도로를 사이에 둔 건너편 영화관 끝에 붙어 있는 아
담한 찻집으로 들어갔다. 그리고 나서 이제 곧 한 시간.
　한성삼 일행의 뒤를 따라 바로 자리에서 일어난 무라타와 젊
은 동료 여기자는 호텔 현관문의 안쪽에서 세 사람이 평온하게
택시를 타고 히비야 거리를 달려가는 걸 지켜보다가, 호텔 쪽
벽의 화려한 마네킹 쇼윈도 아래의 보도를 걸어 김일담이 기다
리고 있는 JR 육교 쪽 찻집으로 향했다. 유라쿠초의 유리벽 찻
집에서 제국호텔로 온 뒤 호텔 안에서 헤어질 때 만날 장소로
약속해둔 곳이었다. 마주르카.
　김일담은 주방에 가까운 안쪽 벽의 현관을 바라보는 2인용
테이블 의자에 앉아 있었다. 벽도 테이블도 암갈색이라서 차분
하게 가라앉아 있었지만, 조명은 밝다. 조용히 배경음악이 흐
르고 있었다.

신문사로 돌아갈 예정인 여성 기자가 김 선생님에게 인사를 하겠다며 들렀다. 눈이 큼직하고 넓은 이마와 하얗게 총명한 얼굴의 그녀를 의자에서 일어나면서 맞이한 김일담은 옆의 빈 자리를 권하면서, 무라타 씨와 함께 신주쿠의 한식요릿집에 가지 않겠냐고 물었다. 흰 터틀넥 벌키에 검은 코트, 검은 숄더백을 걸친 그녀는 A지 사회부의 명함을 내밀고 회사로 돌아가는 길이라 실례하겠다며, 의자에 앉지도 않고 떠났다.

김일담은 테이블에 마주앉은 무라타의 이야기를 들으며 어디로 향하는지는 모르지만, 치외법권이 성립되는 불가침의 한국대사관 영역으로 가는 것은 아닐 거라며 안심했다. 하지만 알 수 없다. 대사관의 운전수가 딸린 자동차는 아니다. 택시 내부에서 앞뒤로 떨어져 앉은 두 영사가 납치와 같은 일은 할 수 없을 것이다. 한성삼이 출발 전에 가게에 전화를 했을 거라며, 김일담은 출입구 계산대 옆의 전화기로 갔다. 완전히 어두워진 거리의 야경이 된 문밖 사람들의 왕래, 아니 아니지 하얀 그림자, 흰 고양이가 한 마리 느긋하게 문의 유리창에 얼굴을 들이대고 둥근 눈을 반짝이며 가게 안을 들여다보는 듯한 몸짓을 하다가 떠났다. 시선은 마주치지 않았다. 웃음이 새어나왔다.

김일담은 전화기에 눈을 돌리고 고려원에 전화를 걸었다. 제한 시간인 7시보다 꽤 빨랐지만, 아직 한성삼으로부터 전화가 없다고 한다면 안심하기에는 이르다. 어쨌든 아직 안심할 단계는 아니다.

"……엣, 뭐라고? 6시 반쯤까지 영사 일행과 그쪽으로 간다고. 그 얘기가 정말인가? 이제 곧 6시 반인데."

"선생님, 제가 선생님께 그런 농담을 할 리가 없잖아요……."

김일담은 5시 반을 지나 제국호텔로부터 성삼이의 전화가 있었고, 두 사람의 영사를 안내해서 그쪽으로 간다고 했다는 이야기에 놀랐다. 무슨 일인가. 음, 놀랄 일은 아닌가. 어딘가 요정 대신에 고려원에 만족하기로 했다고 생각하면, 일은 지금 현재 평온하게 진행되고 있다는 것이다.

"혜순 씨, 전혀 생각지도 못 한 일이군."

"성삼 씨는 제국호텔로 갈 때부터 가게에 데리고 와도 좋겠냐는 얘기는 했었지만, 실제로 그렇게 되다니 깜짝 놀랐어요. 어쨌든 무사히 돌아오는 거니까요. 선생님, 정말로 선생님 덕분입니다."

"납치하는 쪽에서 고려원의 손님으로. 가게로 찾아와서 가게까지 함께 납치해가는 것이 아닐까."

"그래요, 선생님, 그때는 저도 함께 납치해가면 돼요. 선생님, 어떻게 할까요. 만일 자신이 도착하기 전에 전화가 오거든 다시 한번 전화를 부탁드려 달라고 했어요. 연락처가 그대로라면 이쪽에서 전화를 드려도 좋습니다만. ……예-, 알겠습니다. 자신이 가게에 도착한 뒤라면 전화를 받겠다고……."

"자 일단 안심하기로 하고 성삼이 일행의 접대를 제대로 해 봐요."

김일담은 나중에 전화를 하겠다며 수화기에서 귀를 떼었다.

"그렇다면, 어떻게 되는 건가. 신주쿠에 가는 것으로 해서 ……. 예상이 빗나가 무라타 씨에게는 면목이 없군. 소중한 시 간을 하루 종일 낭비한 것이 될 테니."

"아마도 상대는 저를 보지 못했을 거라고 생각합니다. 보았 다고 해도 혼잡함 속에서 스쳐 지나가는 한 사람, 기억하지 못 할 겁니다. 우리들이 제국호텔에 있었다는 것을 그 두 사람은 전혀 모를 겁니다. 그걸로 됐지요. 전 한성삼에게 고문을 한 인 간, 정보영사와 직접 얼굴을 마주하는 것도 일의 하나예요. 내 막을 알고 있는 만큼 이건 극적이로군요."

"극적……?"

"상상력의 문제. 서울 남산에서의 가학, 피학자가 우리들 앞 에서 직접 만나고 있으니까요."

"제국호텔에서 계속 만나고 있었던 게 아닌가."

"전 떨어진 곳에 있었을 뿐입니다."

"음……."

순간적으로 정신이 든 것처럼 김일담은 쇼팽의 곡, 처음부터 가슴 깊은 곳을 두드리는 단조 템포의 격정적인 물결이 비장하 게 울리며 나아가는 '혁명'을 잠시 숨을 멈추고 다 들었다. 2, 3

분, 아까부터 계속해서 쇼팽의 연습곡을 틀고 있었던 것이다. 김일담은 왠지 기운이 나는 걸 느끼며 자리에서 일어났다.

6시 반이 다 되었으니 한성삼 일행은 가게에 도착했을 것이다. 김일담으로부터 전화가 다시 걸려오기를 기다리고 있겠지만, 고려원에 말없이 가기로 했다.

밤의 밝은 시내를 히비야 거리까지 걷다가, 공원 쪽 보도로 가는 신호를 건넌 후 택시를 탄다. 미리 전화를 해서 마음의 준비를 하게 만드는 것은 좋지 않다. 한성삼 자신도 이 두 사람이 설마 고려원에 얼굴을 내밀 거라고는 생각지도 않을 테고, 상대인 남산에서 온 남자도 청천벽력일 것이다. 택시 안에서 두 사람이 갑자기 출연하는 것은 어떨까, 한성삼에게 폐를 끼치는 것은 아닌지 상의를 하였더니, 그냥 식사하러 들르는데 무슨 문제냐는 식의 결론을 내었다. 그곳에서 뭔가의 일로 만나는 것은 그때의 사정이고, 이쪽에서 신경 쓸 일은 아니다. 일어나는 일은 그에 맞게 대처하면 된다. 한성삼 부부도 깜짝 놀라겠지만, 전화를 하는 것은 오히려 좋지 않다. 느닷없이 가면 상대방이 책임질 일도 없는 거 아닌가. 이쪽은 전혀 다른 일반 손님이다…….

가게에서는 어떻게 할까. 영사는 깜짝 놀라겠지만 이쪽에서 무시하면 그만이다. 뭔가 말을 걸어오면 적당히 대응하기로 하자. 그들과의 동석은 있을 수 없는 일이다. 택시는 JR신주쿠역 동쪽 출구 육교 밑을 지나 교차로의 신호를 건넌 뒤 정차했다. 큰길에서 서쪽 출구 쪽으로 좌회전, 음식점이 늘어선 잡거빌딩 거리로 들어간다. 잠시 걷다가 왼쪽 빌딩의 3층으로 가는 승강기에 탔다. 이전에 온 게 언제였더라? 한국에서 왔다고 하는 신임 영사로부터, 아마도 남산의 남자일 터인 수수께끼의 전화를 혜순이 여러 차례 받고 두려워한다는 이야기를 처음으로 들었던 밤이다. 이미 열흘 정도 되었을 것이다. 히로시마에서 일부러 찾아온 고재수를 만나고, 아니 그 전에 시부야에서 동독 영화 『안녕, 혁명』을 보고 오는데, 영화의 마지막 장면도 비였듯이 우울하게 비가 내리는 날이었다. 지나간 혁명의 허무한 패러디. 웃지 못할 희극, 1989년 11월 9일 동독 사회주의 체제 붕괴, 2년 전의 바로 지금쯤이다. 그리고 나서 얼마 지나지 않아 소련 붕괴.

승강기를 나와 바 등이 늘어선 통로를 걸어, 오른쪽에 있는 자동문의 가게로 들어가자, 따뜻한 공기가 얼굴을 감싼다. 계산대의 여종업원이 인사를 하고, 마침 비어 있는, 이전과 마찬가지로 오른쪽 계산대 옆 칸막이벽 쪽의 2인용 테이블에 김일담은 벽을 등지고, 무라타는 통로 쪽을 등진 채 마주보고 앉았다. 열 개 남짓한 테이블은 거의 차 있었지만, 한성삼 일행은 아직 오지 않았는지, 입구에서는 벽에 가려 보이지 않는 안쪽 왼편의 칸막이에 두세 테이블이 놓인 자리가 있는데, 그곳에 이미 와 있을지도 모른다.

"아이고 선생님, 어쩐 일이세요?"

계산대와 출입구 통로의 벽을 가로막은 주방 쪽에서 혜순이 튀어나오듯이 나와 김일담을 놀라게 했다. 무라타가 일어서며 돌아본다.

"응, 배도 고프고 한잔 마시고 싶기도 해서 그냥 들렀어요. 인사하세요. A지의 무라타 씨에요."

"아이고, 어쩌면 좋아, 너무 당황스러워서. 여러 가지로 정말 감사합니다."

"안녕하세요, 무라타입니다……."

무라타가 조선어로 인사를 받으며 의자에 앉았다.

"어머, 안녕하세요. 선생님, 어떻게 하죠. 와 있어요. 안쪽 자리에 대사관의 영사 두 분이 와있어요. 계속 전화를 기다리고 있었습니다……."

여종업원이 뜨거운 물수건을 가지고 왔다. 김일담은 그녀에게 맥주를 주문했다.

"선생님, 어떻게 할까요. 성삼 씨에게는 알려야 할 것 같은데……." 마치 상복 같은 검은 복장의 혜순은 잠시 침을 삼키며 망연자실한 모습으로 우뚝 서 있었다. "저기, 선생님, 성삼 씨에게는 알려줘야……."

"응. 이쪽은 그냥 손님이니까, 대사관 사람들은 그들 나름대

181

로, 우리들은 이쪽 자리에서 그걸로 된 거 아닌가. 깜짝 놀라겠지만 성삼에게는 내가 왔다고 전하면 되고."

"옛."

혜순은 일단 바른 자세를 취하고 나서 테이블 곁을 떠났다. 그 검은 복장의 뒷모습을 바라보다가 두 사람은 맥주를 서로 따르고 잔을 가볍게 부딪쳤다.

"헤헷, 대사관의 선생들 깜짝 놀라지 않을까. 게다가 A지 기자가 함께 있다고 하면 주눅 들 거야."

혜순이 모습을 감춘 가게 안쪽의 쑥 들어간 칸막이 오른쪽 구석의 ㄱ자 모양으로 된 여러 명이 앉을 수 있는 자리에 두 사람의 영사, 테이블을 사이에 두고 한성삼이 마주 앉아 있었다.

긴장된 얼굴의 혜순이 한성삼의 배후에 서서 뭔가를 이야기하려는데, 마담도 함께 앉는 게 어떠냐……고 김동호 영사가 친근하게 취기가 밴 듯한 탁한 목소리로 말을 걸었다. 반시간 전, 한성삼의 안내로 두 영사가 가게로 왔을 때, 인사를 겸해 잠시 한성삼의 옆에서 맥주를 따르고 있던 혜순을 향해, 상당히 미인 마담인데 식당 여주인으로는 아깝다. 오늘은 어디 상가에라도 다녀오는 길이냐……고 영사가 말했다. 아닙니다. 이건 제 정장입니다. 영사님은 마음에 들지 않으신가요. 아니 아니오, 잘 어울려요. 영사님은 한국요정의 기생을 좋아하십니까. 여기는 기생 요정이 아니라서 죄송합니다. 음, 우리말을 잘

하는 걸 보니, 그, 조총련계 학교 출신인가. 아닙니다. 한국학원고교를 나왔습니다. 아하, 그런가, 어험…….. 영사는 혜순의 검은 복장의 접대가 마음에 들지 않는 모양이었다.

한성삼의 옆에 선 혜순은 허리를 조금 굽히고 김일담 선생님이 오셨어요, 라고 귓속말을 하듯이 알렸다.

"뭣, 뭐……. 김일담…….." 돌아본 한성삼은 놀란 표정으로 되물었다. "김일담 선생님이 오셨다고……?"

영사들에게도 들리는 목소리. 한성삼은 머리를 흔들며 일어나더니 이미 표정이 바뀐 영사들을 향해, 저, 저어, 지금 김일담 선생님이 가게에 오신 모양입니다…….

"뭐라고, 김일담? 김일담…… 선생이 오셨다. 여기에? 으-음, 어떻게 된 일이지?"

영사는 마시려던 맥주잔을 테이블 위에 내려놓으며 한성삼을 노려보듯이 말했다.

"A지 기자와 함께 식사하러 들렀다고 합니다."

"A지? 일본의 A지 기자와 함께 식사? 뭔가 취재라도 온 건가?"

영사는 옆의 이등 서기관과 얼굴을 마주보고 등을 펴면서 말했다.

"아니에요, 식사하러 들르셨습니다."

혜순이 대답했다.

"이건, 우연인가……?"

"완전히 우연. 그 외에는 있을 수 없습니다."

한성삼은 우연을 강조하고, 잠깐 실례하겠다며 자리에서 일어나 칸막이를 나갔다. 혜순이 그 뒤를 따랐다.

"선생님, 어떻게 되신 겁니까? 호텔에서 선생님을 얼핏 뵈었습니다. 심장이 떨어질 것처럼 놀랐습니다. 어떻게 이곳에?"

한성삼은 김일담 일행의 테이블 앞에 서서 놀라움보다도 기쁨의 웃음을 떠올리며 말했다.

"어떻게 왔냐고 할 거까진 없겠지. 지인의 한식당을 들렀을 뿐이야. 음, 성삼이, 웃고 있군. 나와 친한 듯한 인상을 상대에게 줘서는 안 돼."

"선생님, 놀랐습니다. 많이요. 김동호 영사는 일등 서기관, 다른 한 사람은 이등 서기관 영사입니다. 여기에서 한국대사관의 인간이 김일담 선생님과 마주치다니……. 저쪽도 많이 놀라고 있습니다. 일담 선생님을 뵙고 싶다고 호텔에서 막 이야기가 있었던 터라."

"흐-음……. 마침 잘 된 거 아닌가."

"정말로요?"

"난 그 때문에 무라타 씨와 온 건 아니지 않는가."

김일담은 웃으며 말했다. 한성삼은 무라타와 명함을 교환하고 인사를 나눈 뒤 머리를 숙이며 감사를 전했다.

"그럼, 선생님, 소개……가 아니지. 그게, 아니야. 선생님은 움직이실 필요 없습니다. 실례했습니다. 저쪽이 선생님을 만나고 싶다면 인사하러 와야지요. 아이고, 이건 어쩌다가, 선생님 묘한 자리가 되었습니다……."

"그쪽은 그쪽대로, 한성삼의 손님이지 않나." 김일담은 웃으며 말했다. "이쪽은 이쪽이야. 오늘밤 우리들은 한성삼의 손님이 아니야. 핫하, 우리는 가볍게 마시고 먹다가 갈 뿐이야. 오늘은 잘 됐어. 무라타 씨 덕분이지. 너무 마시지는 말게. 자리로 돌아가. 이쪽은 전혀 별개니까."

여종업원이 배추와 깍두기 김치, 나물무침 등의 밑반찬을, 그것만으로도 충분히 술안주가 될 만큼 가지고 왔다. 김일담과 마찬가지로 무라타도 맥주를 계속 마셨다. 혜순이 손님이 온다고 해서 준비해둔, 마침 선생님이 좋아하시는 수육이 있다며 적당한 크기의 두꺼운 살점을 타원형 접시에 스무 점 정도 두 줄로 나란히 담아, 초된장, 새우젓갈, 소금 등의 양념을 곁들여 가지고 왔다. 돼지고기를 김치나 삶은 배추에 싸서 먹는 것도 맛있다. 무라타는 오사카에 출장 올 때는 쓰루바시(鶴橋) 주변에서 수육을 먹을 수 있지만, 다른 곳에서는 먹을 수가 없다고 굉장히 기뻐하며 재빨리 젓가락을 손에 들었다. 살점 한 개를 새우젓갈에 적신 뒤 입안에 던져 넣더니 잠시 눈을 감고 천천히 잘게 씹는다. 한 점을 위속으로 내려 보낸 뒤 흐-음 하고 깊은 숨을 토해냈다.

말린 옥돔구이, 굴회 등을 크지 않은 테이블이 넘칠 만큼 가져왔다. 혜순이 김일담과 무라타에게 각각 술을 따르고 나서 선생님, 한국영사에게 상가, 장례식에서 돌아오는 길이냐는 말을 들었습니다. 검은색이 싫은 모양입니다……. 흐-음, 그런 말을 하다니. 난 좋은데. 기품이 있어서 다가가기 어려울 정도야. 이끌리면서도 다가가기 어려워……. 그들은 검정도 빨강도 다 싫어하는군. 어째서 그렇습니까. 잘은 모르지만 검정도 빨강도 같은 게 아닐까. 같이 싫어하니까. 이런, 그러고 보니 성삼이도 검은 바지로군. 반절을 혜순에게 맞춘 거 아닌가. 그럴까요……. 혜순은 빙긋 웃으며 대답하고는 테이블을 떠났다. 어서오십시오……. 문이 열리고 여러 명의 손님이 들어왔다. 오늘밤은 금요일, 손님이 많아져서 김일담의 옆 테이블에도 두 사람의 손님이 마주보고 앉았다.

"그런데요, 김 선생님, 마담의 늠름하고 기품 있는 오늘의 검정은 무슨 의미가 있는 건가요. 마담은 오늘밤 그들이 오는 것을 알고 있었던 게 아닐까요."

"으-음, 그건 또 무슨 소리?"

"검정으로 맞이한다는 거지요. 뭔가의 의미 표시로……."

"핫핫하, 모르겠군. 으-음, 신문기자의 후각인가. 그들은 마담의 복장이 맘에 안 든다는 걸까. 핑크 드레스라도 입고 맞이해주길 바라는 건가……."

김일담은 테이블의 물수건을 들고 양손 손가락을 닦고 나서 큰 접시에 담긴 말린 옥돔을 머리와 몸통으로 해체하기 시작했다. 검게 탄 곳도 있는 엷은 갈색으로 잘 구워진 머리를 좌우 두 개로, 다시 몸통 한가운데를 양분한 뒤, 바짝 구워진 꼬리 부분을 뜯고 몸체를 몇 갠가로 해체하여 자아, 먹읍시다, 라며 무라타에게 권했다. 꼬리와 눈구멍이 있는 두개골 부분, 그리고 튀어나온 아가미가 특히 술안주로 좋다. 머리 한쪽만 가지고 맥주도 좋지만, 청주 한 되는 충분히 마실 수 있을 것이다.

"무라타 씨는 청주는 안 마시나?"

"전 맥주가 좋습니다. 일담 선생님은 청주로 하시지요."

"나도 맥주가 좋아. 밖에서는 오로지 맥주만 마시지……. 음, 이건 청주를 생각나게 하는군."

"좀 전에 성삼 씨는 영사가 선생님을 만나고 싶어 한다고 말했습니다만, 영사급으로는 단독으로 김일담을 만나지 않지요. 뒤에 참사관, 공사급의 인물이 있습니다. 영사는 개막출연, 인기출연자는 뒤에서 대기하고 있습니다."

"어쨌든 이야기는 다 알고 있는 거야. 한 군이 사이에 있으니까 그로부터 별도의 이야기가 있겠지. 으-음, 오늘은 편치 않은 하루였지만, 무사히 끝나서 무라타 씨에게 감사하게 생각하고 있어요. 특종은 아니었지만, 본인들도 그렇겠지만 난 지금 한시름 놓았어. 고마워. 그러니까 정말, 일전에 U역에서 만나 밤까지 함께하면서 한잔했었는데, 그는 다시 회복하기 어려울 정도로 밑바닥에 가라앉아 있었거든. 지금부터 열흘 쯤 전에, 월초로군, 대사관의 남자로부터, 즉 남산인데, 부인이 전화를 받은 뒤로 한 군은 수면 아래의 패닉을 일으킨 것 같더군. 잊고 있던 7년 전 남산의 기억이 서서히 구멍을 넓히고 마침내 흘러 넘쳐 나온 거겠지. U역에서 만났을 때까지만 해도 자멸, 뭐라고 할까, 스스로 녹아내려 없어져 버릴 것 같은, 그런 느낌이었거든. 남산의 안쪽에서 나오지 못하고 있었던 게지. 그게 이상하게도 변했어. 오늘 하루 만에 변한 거 같아. 제국호텔에 다녀와서 변했다고. 무라타 씨도 한성삼의 얼굴을 가까이서 보았겠지요. 평생을 태양 아래 드러내놓고 산다는 건, 남 일처럼 말해서는 안 되지만 힘든 일이야. 쇠 삽으로 얻어맞은 상흔⋯⋯."

"쇠 삽으로?"

"음. 아니, 무얼로 당했는지 난 모르지만, 쇠 삽이든 뭐든 마찬가지지⋯⋯."

문득, 시선이 이끌리듯이 오른편 안쪽으로 향하자 먼저 일어선 한성삼이 보였다. 이어서 코트를 걸친 두 사람이 가방을 들고 칸막이에서 나왔다.

앞쪽의 남산에서 온 영사로 보이는 네모난 얼굴의 굳은 표정을 한 남자가 순간적으로 이쪽을 탐색이라도 하듯이 흘낏 바라

보더니 출구로 가는 통로를 걸어왔다. 돌아가는군, 김일담이
중얼거렸다.

24

출구 쪽을 향해 걸어오는 한국영사의 낌새를 알아챈 무라타
가 조금 돌아보다가 멈췄다. 몇 초 지나고 나서 선두에 있던 한
성삼이 김일담 일행의 테이블 앞에 멈춰 섰다. 이어서 두 사람
이 멈춰 섰다.

"김일담 선생님, 소개하겠습니다. 한국대사관의 김동호 영사
님입니다." 한성삼이 김일담을 똑바로 바라보며 말했다. 두 사
람은 앉은 채로, 무라타는 상반신을 비틀어 세 사람에게 얼굴
을 돌렸다. "지금 돌아가는 중입니다만, 우연히 여기에서 김일
담 선생님을 만나 뵙게 되어 꼭 인사를 드리고 싶다고 합니다."

꼭은 지나친 표현 아닌가.

김일담은 자리에서 일어나 한 걸음 통로 쪽으로 내딛었다.
영사는 미리 들고 있던 명함을 김일담에게 내밀었다. 김일담
은 그것을 받아들면서, 전 명함이 없어서 미안합니다, 라고 답
했다. 취기를 띤 얼굴의 상대는 조금 실망한 듯한 표정으로 예,
그렇습니까, 하고 고개를 끄덕였다.

김일담은 또 한 사람 젊은 영사의 명함을 받아들면서 마찬가지로 명함이 없다고 응했다. 예-, 알고 있습니다.

김동호 영사의 연지 넥타이를 맨 가슴 언저리에서 희미한 향기가, 향수 같은 냄새가 술 냄새에 섞여 흘렀다. 흐, 흠, 김일담은 가볍게 코를 킁킁거렸는데, 옆에 있는 테이블 위의 요리에서 나는 냄새를 뚫고 코에 와 닿는 이상한 냄새다.

"한성삼 씨에게도 이야기는 했습니다만." 영사는 무겁게 각지고 들뜬 어조로 말했다. "꼭 한번 주일한국대사관 공사대우 분과 함께 뵙고 싶다고 생각하고 있습니다만, 배려해주시면 감사하겠습니다."

영사는 일방적으로 인사를 하고 나서, 자리에서 일어나 이쪽을 향하고 있는 무라타에게도 이미 손에 들고 있는 두 장 째의 명함을 내밀고 무라타의 명함을 받으며, 예, A지 기자, 요로시쿠 오네카이시마스, 라고 탁음이 없는 일본어로 인사.

"안녕하세요, A신문 무라타입니다."

"아이고, 무라타 선생, 한국말 잘 하시는데……."

무라타는 이등 서기관과도 명함을 교환했다. 한국 정부는 박정희 대통령 3선을 위한 유신헌법 제정 이듬해인 74년 이후, 그에 대해 비판적이었던 일본의 A지를 오랫동안 수입금지한 경위가 있었다. 한국대사관 홍보 관계, 정보 관계자는 특히 일본의 언론계 대책에 부심하고 있기 때문에, 고려원에서 우연이지만 김일담과 동반한 A지 기자와의 만남은 단순한 우연으로 끝낼 수 없는 뭔가가 있다.

두 사람의 손님은 그들을 전송하고 바로 돌아오겠다며 앞장선 한성삼과 함께 가게를 나갔다. 혜순은 승강기까지 전송을 한 것인지, 가게로 들어오더니 바로 주방으로 들어갔다.

김일담과 무라타는 그들이 테이블 곁을 떠난 뒤 바로 자리에 앉았다. 두 사람은 맥주를 서로 따라주고 단숨에 잔을 기울인다.

"으–, 흐–음……."

맥주가 맛있어서 내는 탄식인지, 한국영사와의 순간적인 만남에 대한 한숨인지, 커다란 숨을 토해냈다.

"그 남자, 향수 냄새를 풍기고 있더군. 후, 후, 홍." 김일담은 다시 냄새를 맡기라도 하듯이 코를 킁킁거렸다. "얼굴에 어울리지 않는 냄새야. 남산의 향수인가. 구역질이 나는군. 학살된 사체에 향수를 뿌려라. 아아, 불쾌한 느낌……." 김일담은 침을 삼킨 뒤 잔에 남은 맥주를 비웠다. "무라타 씨는 여기에서 한국영사로부터 냄새가, 향수 냄새가 나던 걸 알고 있었나?"

"예, 희미하게 뭔가의 냄새가, 향수였습니까, 나고 있더군요."

"음, 남산의 냄새야. 숲이 깊은 남산에서 가지고 온 냄새요. 10월 초에 일본에 왔다고 하니까, 그 남자는 최근까지 남산에 있었던 거지. 그들은 남산에서 피의 냄새를 가지고 온 인간 아

191

닌가. 아까 한성삼의 얼굴을 가까이서 보았겠죠. 무라타 씨는 가학자와 피학자의 만남을 직접 볼 수 있는 것은 극적이라고 했는데, 바로 나가버리는 바람에 드라마는 탄생하지 않았군. 좀 전에 여기에서 고문자와 또 한 편의 한 군이 나란히 서 있는 것을 보고 있자니 기묘한 느낌이 들더구만. 설명하기는 어렵고 뭔지 알 수 없지만, 왠지 머리가 멍해지는 착각 같은 느낌이 드는 게……."

"으-음, 김 선생님, 저도 그랬습니다. 좌우 눈의 초점이 맞지 않는 듯한, 사정을 모르는 인간에게는 그저 일행으로 밖에 보이지 않겠지만, 기분이랄까요, 잠시 사고의 균형이 잡히지 않는 듯한 앞뒤가 맞지 않는 느낌이었습니다."

"음, 난 그 영사에 대해 걷잡을 수 없는 분노가 치밀어 오르더군. 삽인지 뭔지 모르겠지만, 한 군의 얼굴을 후려갈겨서 그 상흔을 가진 한 군이 7년이 지난 지금 이곳에서 폭로하고 있는 셈이지. 놈들의 얼굴을 똑같은 방법으로 뭉개버리고 싶구만. 에잇." 김일담은 자신도 모르게 취기가 돌면서 분노가 치밀어 올라 목소리가 커졌다. "빨강인지 연지 넥타이에도 향수를 뿌렸나. 전사자 등 많은 사체를 처리하는 담당자에게는 송장이 썩는 냄새와 약품이 뒤섞인 묘한 악취가 난다고 하는데, 남산에 전용 사체 처리장은 없다고 해도, 알 수 없는 일이지만, 그래도 건물 전체에 송장 썩는 냄새가 배어 있거든. 남산 지하실

은 죽음의 다른 이름, 이름만으로도 일본에까지 죽음의 냄새가
전해지지. 사람들이 알지 못하는 많은 사망자들이 그 숲 깊은
남산의 건물 속에서 만들어졌고, 한성삼에게도 그랬지만, 죽음
에 이를 정도의 고문으로 연행자를 송장으로, 혹은 반은 죽은
상태의 영원한 불구자, 정신적인 송장으로 만들어내고 있어서,
그들은 늘 죽음을 접한 살인자로서 살고 있어. 영혼의 살인자
이지. 훌륭한 양복을 입고, 정의라는 이름이 들어간 깔끔한 양
복을 입고. 그 숲 깊은 건물 안에서 처참하게 무수한 육체의 파
괴, 정신의 파괴라는 생사의 갈림길에서 죽음의 냄새를 풍기는
빈사의 인간을 대하고 있는 거야. 그들은 몸이 아니더라도 마
음에, 마음의 피막에 죽음의 냄새가, 애국자들의 희생에 의한
죽음의 냄새가 배어있지 않겠나. 마음에 밴 죽음의 냄새 말이
오. 음, 향수는 자신 내면의 시취를 지우는 조작이기도 하겠지.
향수로 포장된 피의 냄샌가. 그걸 여기 일본 신주쿠까지 가지
고 온 거란 말이지. 기분 나빠. 명함을 받으면서 이건 피 묻은
손이라는 생각을 했어. 이 남자가 곤봉을 휘두르며 고문을 한
놈이라고 생각하니 견딜 수 없더군, 눈앞에 있으니 말이야. 소
름이 돋더라고. 무라타 씨가 말하는 숙적일 터인 한성삼은 종
이지, 그 남자가 주인이고……."

  "그건 상대가 가게에 온 손님이라는 점도 있겠지요."

  "그렇겠지만, 옛날의 폭력 아래 성립된 개처럼 복종하는 관

계가 사라지지 않았어. 그 피로 얼룩진 남자들이 외교관, 영사 등의 명목으로 정보부의 일을 하는 거지. 한 군으로서도 어쩔 수 없다고 보네. 나와 U역에서 만났을 때도 과거 남산의 폭력에 완전한 패자, 정신적인 노예, 정신적으로 남산을 떨쳐내지 못하고 있었고, 그곳으로부터 자유롭지 못한 한 군을 느꼈거든. 정의로운 그가 불의의 힘으로 그렇게 된다네. 타락할 대로 타락해 나락에서 연명하는 낙오자라고 스스로 말하지. 허위의 전향, 폭력에 굴한, 권력 앞에서 정신적인 노예가 된 자신에 대해 타락한 자신이라며 자학적으로 책망하고 있어. 아무렇지도 않던 사람이 폭력을 당해서 못쓰게 된 자신을 스스로가 책망하면서 더 나쁘게 되는 거야. 묘한 이야기 아닌가……." 김일담은 웃으며 손에 든 잔을 기울였다. "근데 남산에서 온 영사, 여기에서 A지 기자와 마주치게 되어서 상당히 놀랐을 거야. 그에게는 A지가 '빨갱이' 신문이니까. 정말 만화 같구만……."

가게가 붐비면서 취기 섞인 손님들의 목소리가 소음이 되어 웅성거린다. 담배 연기가 파랗게 흐려지며 웅성거리는 소리와 섞여 움직인다. 이쪽은 계산대에 접한 가장 소음이 적은 자리인데도 소음으로 부풀어 오른 웅성거림의 두꺼운 공기가 밀려온다. 김일담은 상반신을 테이블 위로 쑥 내밀고 이야기했다.

"선생님, 죄송합니다."

밤공기에 한쪽 볼이 붉어진 한성삼이 돌아왔다.

"손님들은 무사히 돌아가셨나."

"예-."

"한성삼도 무사히 돌아왔군."

"예-. 왠지 이렇게 선생님, 그리고 무라타 씨와 함께 있는 것이 믿어지지 않습니다."

"지금 꽤 시간이 걸린 거 같은데."

"함께 역 서쪽 출구로 나가 택시를 타고 갔습니다만, 술이 들어간 탓인지 기분이 언짢아 보였습니다. 밖으로 나가자 갑자기 취기가 솟구쳤는지 고함을 치기 시작하더군요. 꼭 만나고 싶다고 해놓고서는 우연히 이곳에서 만난 것이 불쾌했던 모양입니다. 자신들이 있는데 어떻게 같은 시간대에 왔느냐. 우연치고는 너무 치밀하다, 뭔가 계획적이라고 생각하는 것 같았습니다……."

"쓸데없는 생각을 하는 인간들이군. 우연이 아니라면, 우리가 영사가 있는 걸 알고 오면 안 된다는 건가?"

"만일 그렇다면 미리 알려줬어야 한다는 겁니다."

"상당히 제멋대로 구는 인종이군. 그렇지만 계획적으로 온 게 아니고, 이쪽도 손님이야. 그래서 영사가 화를 내던가?"

"선생님에 관한 일이 아니라, 다른 일도 있는 모양입니다. 선생님과 함께한 무라타 씨가 한국어를 한다는 것에 충격을 받은 것 같습니다. 어떻게 한국어를 하는 거냐며 바보 같은 질문을 했습니다. A지의 조선 문제 담당이라고 하자 놀라더군요. 자신들이 감시당하고 있다고 생각한 게 아닐까요. 그런데 선생님, 다시 연락을 하겠다고 아까 영사의 인사말이 있었는데, 그들과 만나실 수 있으십니까?"

"그 얘기는 알고 있는 일이야. 지난달에도 대사관의 공사 대리라는 자와 만난 일도 있고, 만나는 것은 문제없는 거 아닌가. 서로 간의 속마음은 알고 있어. 만난다는 건 서로 이야기한다는 거니까, 만나는 건 상관없어. ⋯⋯그들 자신들이 감시당하고 있다고 생각한다는 건, 즉 반대가 아닌가, 재미있는 얘기야. 무라타 씨 어떻게 생각하나?"

"한국에서는 정부 측의 신문, 미디어 이외에는 적이라서 한편으로는 무섭습니다."

"남산에도 무서운 것이 있다는 거로군. 음."

"그래서 선생님, 다시 연락을 하겠지만, 선생님의 한국 입국 건으로 재신청을 하면 허가가 나올 거라는 말을 했습니다. 물론 신청서류 일체는 제가 대신 하기로 되어 있습니다."

"음, 그건 그들과 만났을 때 얘기하면 돼. 어쨌든 이제 와서 재신청할 마음은 없어. 일전에는 열흘간의 일정을 잡아서 8월 초에 신청, 목적은 지금 집필 중인 장편의 취재, 여러 명의 편집자와 동행. 그리고 가능하면 아직 달성하지 못한 부친과 조상들의 성묘를 한다. 그러니까 반 정도의 가능성을 생각하면서

최종적으로는 인정해줄 거라고 낙관적으로 생각했었는데, 1개
월 반 이상이나 기다리던 끝에 입국거부를 당했지. 그 사이에
가타부타 아무런 말도 없이……. 음, 잠깐 옆에 앉게."

김일담은 벽 쪽에 붙여놓은 옆자리 손님과의 사이가 한 사람
반은 충분히 될 것 같은 긴 의자의 빈자리를 가리키며 말했다.

예-. 한성삼은 옆자리 손님에게 머리를 숙이고 김일담의 오
른쪽에 앉았다.

"두 달 가까이 기다리다가 거부당한 거잖아. 기분이 아주 나
빠. 그래서 입국거부의 이유를 지인을 통해 요구했는데, 홍보
담당공사가 언제라도 만나서 정식으로 회답하겠다면서, 두 번,
세 번, 그렇게 애매모호한 태도로 이유를 명시하지 않은 채 막
을 내렸어. 나도 그렇고 동행하기로 했던 사람들도 지치고 우
울한 기분에서 좀처럼 벗어나지 못했지. 그건 일단 끝난 일이
야. 그쪽과 만나는 건 한성삼이 중간에 서면 그만이야. 어떤가,
한 잔만 쭉 마시게."

김일담은 자신의 잔을 한성삼에게 건네고 거기에 맥주를 따
랐다. 한성삼은 단숨에 잔의 맥주를 비우고 다시 잔을 권한다.

"선생님, 뭣하시면 자리에서 일어나지 않으시겠습니까."

"자리에서 일어나? 한 군은 이제 막 앉지 않았나. 자리에서
일어나 어디를 가려고. 테이블 위에는 진수성찬이 있어. 그럴
필요가 있나. 바쁜 것 같은데 한 군은 가게를 돕지 않아도 되나."

"예-, 필요할 때는 합니다. 앞치마를 걸치고 주방에도 들어가니까요."

"그럼, 밖에 나갈 생각은 말고 좌우지간 지금은 무사히 최근 열흘 정도 계속된 악몽 같은 것이 사라졌으니 조용히 지내는 게 좋아. 조금 흥분한 것 같구면."

"예-, 갑자기 정체불명인 영사의 전화에, 그것이 지금 어쩌다 이렇게 된 건지, 제국호텔까지 가기도 하고, 지금은 너무 이상해서 전혀 현실감이 없습니다. 무라타 씨와 여기에서 이렇게 만나는 것도 이상한 현실입니다. 뭔가 다리가 허공에 떠서, 잘 알지 못하는, 진행과정은 세부까지 분명하지만 아무래도 실감이 나지 않습니다. 굉장히 생생한 꿈속 현실을 회상하는 것처럼 비현실적인 느낌입니다."

으-음, 김일담도 무라타도 함께 고개를 끄덕였다.

한성삼은 여종업원에게 테이블의 빈 병을 치운 뒤 맥주 세 병, 그리고 잔을 가지고 오라고 했다.

한성삼은 김일담이 말한 것처럼 흥분하고 있었다. 영사 일행을 보내고 나서 머리에 이고 있던 무거운 덮개를 벗은 듯이 마음이 해방되면서도, 그 아래로 검게 뚫린 구멍으로부터 뭔가 단숨에 폭발할 것 같은, 게다가 묘하게 참기 어려운 심정에, 양쪽 눈두덩이 뜨거워지면서 눈물이 흘러넘치려는 걸 입술을 깨물며 참고 있었다. 세 병의 맥주가 나와 테이블 위에 놓였다.

한성삼은 한 병을 들고 먼저 김일담에게 따르고, 그리고 무라타에게 따른 뒤 깊이 머리를 숙여 감사의 인사를 하면서 겨우 눈물을 삼켰다. 무라타가 한성삼에게 맥주를 따른다. 세 사람이 잔을 부딪친 뒤 제각기 입으로 가져갔다.

"자아, 먹자고. 성삼이도 먹어. 영사들 앞에서는 먹지 못했을 거야."

겨자잎 등의 채소에 고추장, 식초를 듬뿍 넣은 양념으로 묻힌 굴회를 먹고, 삶은 배추에 수육을 싸서 두세 점 먹은 한성삼은 배부른 느낌이 들어 주방을 돕는 것이 아니라, 자리에서 일어나 밖으로 나가고 싶었다. 가게에서 손님과 함께 오래 술을 마셔서는 안 된다.

네가 공을 세운다, 공을 세워라! 그것이 조국의 은혜에 대한 보답이다. 충성국민! 취기가 도는 머릿속 공간에서 떠난 영사의 목소리가 울린다. 도망친 김일담을 다시 잡는 것은 그들 남산의 공이 된다.

"선생님, 잠시 후에 밖으로 나가시지 않으시겠습니까?"

"오늘은 나도 이걸로 돌아갈 걸세. 무라타 씨도 이대로 돌아갈 거야. 성삼이는 오늘 조용히 일이라도 돕는 게 좋겠어."

"예……."

마음을 차분히 하고 있으라는 것. 마음은 냉정하면서 흥분하고 있었다.

모든 것이 정지해 있었다. 바람이 멈춘 숲 속에 모든 것이 정지해 있었다. 공을 세워라! 소리가 없는 숲 속에 울린다.

영사는 승강기에서 내린 뒤 음식점 거리를 우회전, 역의 서쪽 입구 큰길로 나갈 때까지 김일담과 일본의 신문기자가 가게로 온 것은 우연이냐고 반복해서 물은 것 외에는 밤공기에 술 냄새 나는 숨을 토해냈을 뿐 아무런 말도 하지 않았다. 그리고 자동차의 헤드라이트와 경적이 교차하는 큰길로 나왔을 때, 강렬하게 얼굴을 비치며 커브를 돈 자동차 불빛에 순간적으로 화가 난 것인지, 통행인의 흐름을 피해 가로수의 그늘로 들어가더니, 갑자기 죽이고 있던 숨을 뿜어내듯이 소리를 질렀다. 이봐, 한성삼, 김일담 공작을 똑바로 해! 이번에 놓치면 넌 비국민이야, 누구 덕에 재판도 없이 출소해서 일본까지 무사히 돌아왔다고 생각하나. 엉! 한순간 남산의 콘크리트 방으로 되돌아온 것 같은 기세로 호통을 쳤다. 네 마누라의 태도가 손님을 맞는 예의에 벗어나 있어…… 영사는 왼쪽 볼의, 아마도 오가는 헤드라이트의 반사에 희미하게 빛나고 있을 상흔을 노려보며 밉살스럽게 말했다.

일하다 짬을 낸 것일 텐데, 혜순이 얼굴을 내밀고 직접 사과, 네이블오렌지, 배 등을 담은 향기가 감도는 접시를 테이블로 가져왔다. 재차 고맙습니다, 라고 인사를 하면서 김일담과 무라타에게 맥주를 따랐다.

"선생님, 이렇게 기쁠 수가 없습니다. 무라타 씨 정말 감사합니다."

"마담, 내게도 맥주를 따라주지 않겠나."

빈 잔을 내민 한성삼에게도 맥주를 따른다. 그녀는 어느새 청바지 작업복 차림을 하고 있었다. 얼굴에서 긴장이 사라져 한층 젊게 보인다. 김일담은 혜순에게 잔을 가져오게 하여 그녀의 잔에 맥주를 따른 뒤 넷이서 잔을 부딪쳤다. 김일담은 잔을 기울이며 이건 확신범이다. 실제로 장례식장이라든가 정장을 입어야 할 장소에 들렀던 게 아니라면 한국영사에 대한 대담한 데모일 것이다, 으-음, 맥주잔의 반 정도를 위속에 떨어뜨리고 나서 신음소리를 내었다.

"영사는 혜순의 검은 복장이 마음에 들지 않았는지 예의 없는 여자라 하더라고."

"핫핫하, 그래요……." 혜순은 머리카락을 출렁이며 의도적으로 웃었다. "여기는 식당이지 기생집이 아니라고 영사님 앞에서 말했어요. 예의를 모르는 남자야. 당신 얼굴에 상처를 만든 장본인이잖아. 사모님, 한성삼의 얼굴에 큰 상처를 남겨서 정말 죄송합니다, 라는 말이라도 한다면……. 내 손을 잡고 옆에 앉히려고 했다니까요. 불쾌하게. 교활한 미소가 뒤섞인 눈을 하고서. 눈에 검은색을 잔뜩 넣고 갔다면 좋겠어요. 선생님, 한국에서 온 사람들은 그런 사람이 많아요. 그는 외교관인데 말이죠."

혜순의 목소리는 자유롭게 들떠 있었다.

"으-응......."

김일담도 웃었다.

영사들이 모습을 감춘 지 1시간 정도 지나고 나서 김일담과 무라타는 자리에서 일어났다. 식대는 한성삼이 사인을 하면 된다면서 계산을 않는 혜순을 꾸짖어가며 김일담이 끝냈다. 혜순이 함께 승강기를 타고 현관까지 배웅했다. 한성삼은 영사들을 배웅했을 때보다 취객들의 목소리가 한층 더 오고 가는 같은 길을 역의 서쪽 입구 큰길까지 가슴이 두툼하게 뜨거워지는 걸 느끼며 걸었다.

큰길에서 무라타가 차를 세웠다. 도중에 전차로 돌아가면 된다고 사양하는 김일담에게 신문사의 택시 승차권을 건네고 있었다. 무라타는 자신이 고엔지(高円寺)까지 차로 간다며 택시에 올라타고 제각기 헤어졌다.

네온사인, 자동차 빛의 범람, 경적, 근처의 육교를 지나는 전차의 굉음, 여러 파친코 가게의 소음과 함께 회전하는 음악. 바쁜 인파의 움직임. 모든 것이 움직이고 있었다. 움직인다. 한성삼은 소용돌이치는 소음 속에서 한동안 쥐 죽은 듯이 조용한 정적 속에 있는 것처럼 망막한 생각으로 우뚝 서 있었다. 혼자였다. 그의 두 귀에는 아무 것도 들리지 않았다. 갑자기 눈물이 흘러넘쳤다. 눈꺼풀에 줄지어 맺힌 눈물방울에 빛이 몇 개나 연거푸 터졌다.

모든 것이 정지했다. 조용하다. 최근 열흘간, 남산의 날들로부터 망각 속에 잠들어 지내온 7년간, 남산에서 온 사자에 의해 깨어난 열흘간, 질풍처럼 계속 달려왔다. 남산의 검은 그림자인 영사를 그 바람으로 날려버리고, 지금 여기에서 모든 것이 정지했다. 충실, 김일담이 없다면 무너져버릴 무른 충실. 바로 그 밑바닥에 공허가 보이고 있었다. 충실과 공허가 일체인 밑바닥의 검은 구멍이 뚫려 있었다.

한성삼은 걷기 시작했다. 어딘가에서 최초의 한 걸음을 내딛듯이 걸었다. 역의 서쪽 출구가 아니라 손님들이 웅성거리는, 혜순이 일하고 있는 3층 가게로 난 지금 이렇게 걷고 있다. 영사 일행을 보내고, 김일담과 무라타를 전송한 같은 길을 이렇게 거꾸로 걷고 있다.

한성삼은 걸으면서, 한심해서 견딜 수가 없다. 열흘전과 지금. 정체불명의 한국영사라는 남자로부터의 전화 한 통으로 시작된 이 열흘간, 왜 이렇게 된 건가. 아무 일도 없이 무사히 끝난 일 자체가 이상하다. 질풍처럼 계속 달리며 휘둘린 결과가 지금. 걷고 있는 자신의 지금, 헛수고, 헛수고가 아닌 헛수고.

만일 김일담과 만나지도 않고 처음부터 혼자서 제국호텔 로비라는 장소에 나갔더라도 아마 납치되는 일 없이 끝났을 것이다. 그러나 그 자신과 지금의 자신과는 다르다, 확실히 크게 변한 자신을 걸으면서 느낀다.

"이봐, 오체만족이로군, 좋겠어! 골절투성이야, 이봐, 이놈아!"

갑작스런 고함에 걸음을 멈추고 왼쪽 골목 모퉁이를 돌아보자, 커다란 자동판매기 옆에 점퍼를 걸친 젊은 남자가 우뚝 선 채 이쪽을 노려보며 취기 섞인 목소리로 외쳤다. 한성삼은 발끈하여 뭐야, 이 자식! 하마터면 같이 호통을 칠 뻔한 자신을 움직여 지나가자, 이봐, 하는 소리가 뒤에서 쫓아왔다. 오체만족이라 좋겠군! 이봐, 이놈아, 도망치지 마! 무슨 의미인지 알 수가 없다. 골절투성이다, 분명히 그렇게 말했다. 주어가 없다. 누가. 젊은 남자는 꼿꼿하게 우뚝 서 있었다. 오체만족이라 좋겠군! 이봐, 이놈아, 도망치지 마! 승강기 천장에서 애달픈 목소리가 들렸다.

이봐, 이놈아, 오체만족이라 좋겠군! 승강기 문이 열렸다. 3층.

11시를 넘겨 고려원을 나온 한성삼이 전차로 집에 도착한 것은 12시가 가까워서였다. 현관 옆 방은 불이 꺼져 있는 것이 아들 유수는 잠들어 있었다. 발걸음이 무겁고 꽤 지쳐있었지만, 등에 짊어진 짐을 어딘가에 내려놓고 온 듯한 느낌이었고 상쾌한 바람이 가슴을 빠져나가는 것처럼 해방되어 있었다. 남산의 그림자를 짊어진 영사가 택시로 사라진 뒤의 충실과 공허. 그리고 이내 찾아온 헛수고, 헛수고가 아닌 헛수고 같은 기분. 축 늘어지는 피로감, 지하의 공간처럼 꿈틀대는 허무함.

그는 위스키 병을 꺼내놓은 테이블 앞의 소파 등받이에 짐을 내려놓은 뒤 등을 기대고 눈부신 불빛의 천장을 올려다보았다. 헛수고는 남산의 공포와 겹쳐진 납치의 소멸을 증명하는 것이었고, 그러한 점에서는 무한한 충족이자, 그에 이르는 열흘간의 여정은 결코 헛수고가 아니었다. 그래도 허무하다.

한성삼은 위스키를 잔의 2분의 1, 물병의 물을 채워 그 두 배로 만든, 얼음을 넣지 않은 술을 천천히 마신다. 그래도 목에 톡 쏘는 자극을 남기고 위에 떨어져 스며든다.

난 제국호텔에서 혜순에게 건 전화로, 소설을 쓰겠다, 찢어버릴까, 아니 다시 쓰겠다……며 큰소리 치듯 말했는데, 상대가 아내라고는 해도 어떻게 술기운에 기가 살아난 것처럼 창피한 줄도 모르고 허풍을 쳤던 것일까. 난 정말로 지금 백 장 가깝게 쓰고 있는 소설을 그대로 계속 쓸 수가 있을까. 지금 쓰고 있는 소설이 요구하고 있는 것은 무엇일까. 소설의 목적, 내가 쓰는 목적은 무엇일까. 논픽션에 가까운 사소설풍의 소설이지만, 지금은 한동안 붓을 멈춘 상태다. 계속 쓸 수가 없다. 아직 거기까지 들어가지 않은 남산의 내부, 남산, 숲이 깊은 남산은 김일담의 표현이지만, 이 숲이 깊은 남산에까지 소설이 이르렀을 때, 과연 고문의 장면이라든가 고문의 공포 속에서 영원히 계속되는 심신의 패닉을, 한없이 어딘가 허공의 암흑 같은 나락으로 쏜살같이 떨어져 가는 패닉, 파괴, 상실, 해체, 용해, 무(無)를 쓸 수 있을까. 고문에 의한 육체의 고통은 일정 부분의 기억을 앗아가 버린다. 공포가 극에 달하면 기억은 작용하지 않는다.

최근 열흘간의 남산에서의 공포와 파멸의 기억을 더듬는 것만으로도 그 자체가 패닉을 일으키고, 실제로 김일담과 U역에서의 대면이 없었다면 견딜 수 없었을 것이다. 그때의 김일담에 대한 고백, 그리고 김일담의 뺨을 내가 때리고, 김일담에게 뺨을 얻어맞음으로써, 난 쓰러진 땅바닥에서 다시 일어나듯 일어섰던 것이다……. 아니? 갑자기 눈물이 흘러넘쳤다. 뜨거운 눈물이. 뭔가, 이건. 그는 손등으로 눈물을 닦는다. 왼쪽 볼의 눈물은 흘러내리지 않는다. 이건 귀찮군, 그는 바지주머니에서 손수건을 꺼내 왼쪽 볼의 상흔에 가져다 대며 눈물을 닦아낸다.

한성삼은 위스키를 천천히 한 모금 머금고 목구멍으로 흘려보낸 뒤 자리에서 일어나, 냉장고에서 치즈를 둥근 케이스 째로 들고 와 테이블 위에 놓았다. 으-음, 그대로 발길을 서재로 옮긴 뒤 책상 위의 볼펜과 메모노트를 손에 들고 소파로 돌아왔다. 메모노트를 펼쳐서 볼펜과 함께 테이블의 잔 옆에 놓는다. 담배를 한 대 물고 라이터 불을 붙인 뒤 메모노트에 멍, 멍, 난 개가 되었다……라고 쓴다. 난 한성삼이 아니다. 김운배. …… 고문관은 무섭다. 고문관이 곤봉을 한 손에 들고 인왕처럼 선 순간, 곤봉은 뼈를 부수는 철봉으로 변하고, 순식간에 몸이 작게 오그라들면서 사타구니 사이로 깊숙이 꼬리를 끼어 넣은 개가 되어 그 자리에서 움직일 수 없게 된다. 절대자 앞에서 절대 복종, 고문관의 똥이든 뭐든 핥는 멍, 멍, 개가 되었다……. 개가 되어서도 곤봉으로 몸이 폭렬, 수천 개의 파편이 될 정도로 계속 얻어맞아도 멍, 멍, 개가 되어 주인 앞에서 헐떡이며 혀를 내미는 절대복종의 개가 되었다……. 어디에서? 숲이 깊은 남산의 산처럼 낙엽이 쌓인 벌판 위에서…….

한성삼은 볼펜을 놓고 위스키 잔을 기울인다. 밑바닥이 둥근 삼각형 치즈의 포장을 벗기고 입에 넣어 반쯤 물어뜯는다. 그래 멍, 멍, 한성삼은 틀림없이 개였다. 오사카로 돌아와서도 한성삼은 광기 어린 개가 되었고, 멍, 멍, 짖으면서 낙엽 위가 아닌 좁은 방 안을 네 발로 기어 돌아다니지 않았던가. 개다, 개, 개, 난 개다. 남산에서 온 남자의 출현이 날 잠에서 깨웠다. 그리고 사라져 있던 과거의 기억과 함께 복수심을 일깨웠다. 기억과 복수심의 재생, 복수의 소설을 쓰겠다고 자신에게 말했지만, 열흘간의 남산에서 완전히 적에게, 권력에 굴복, 개가 된 내가 과연 복수와 고발의 싸움을 쓸 수 있을 것인가. 그런 자격이 있는가. 자격. ……패배자, 꼬리를 감고 도망친 개, 패배자의 복수를 위한 자격? 얼굴의 상처, 등의 상처를 위한 복수……?

취한 모양이다. 12시 반이 지났다. 날짜가 바뀐 것이다. 영사들을 만난 건 어제의 일이다. 다시 만나기로 하지 않았다면 그건 어제의 일이 아니라, 망막한 시간의 안개와 같은 막이 그 사이에 내려 쳐진 저편 어딘가에 모습이 눈앞에 나타난 환영 같은 느낌이다. 영사들과의 폭력적인 재회 약속이 어제 그들의 존재를 현실감으로 되돌리는 것이 꺼림칙하다.

한성삼은 더 이상은 마시지 말아야겠다고 생각하면서도, 자신도 모르게 손이 위스키 병으로 뻗어 잔에 따르고, 다시 물병을 기울여 희석시킨 술을 입으로 가져간다.

눈이 따끔따끔, 위쪽 눈꺼풀이 가벼운 경련을 일으키며 무거운 것이, 졸음, 취중의 졸음을 재촉하고 있는 모양이다. 추격이라도 하듯이 이명이 부웅, 부릉, 한쪽 귀 밑에서 부웅, 부릉, 깊은 이명이 울리며 밖으로 새어나왔다.

한성삼은 소파에 몸을 눕혔지만, 바로 다시 일어나 뭔가 혼잣말을 중얼거리며 침실에서 모포를 가지고 나왔다.

취기의 흐름과 혈류가 함께 섞인 소리가 싸악, 싸악, 귀 안쪽의 어두운 공간에 울리고 있었다. 비가 섞인 격한 하천의 흐름. 여기는 어딜까, 아까 밖에서 돌아와 소파에 막 앉았는데, 지금 어디에 온 것일까. 바삭, 바삭, 깊은 낙엽을 밟으며 걷고 있었다. 멍, 멍, 숨을 헐떡이며 네발을 재빨리 움직여 눈처럼 쌓인 낙엽 위를 등 뒤에서 다가오는 검은 구름덩어리 같은 그림자에 쫓겨서 낙엽, 갈색으로 퇴색된 핏빛 같은 낙엽을 걷어 차내며 네발로 죽어라 뛰고 있었다. 바삭, 바삭, 아마도 곤봉을 대신하는 검은 구름 덩어리 같은 생명체가 쫓아와 커다란 날개를 펼치고 덮치려 한다. 멍, 멍, 산처럼 쌓인 낙엽에 코끝을 쑤셔 박고 헤쳐 다니며 호흡곤란, 도망치려 하지만 낙엽에 발목이 잡혀서 나아가지 못한다. 욱, 우욱, 덜커덩하며 몸 어딘가의 톱니바퀴가 빠진 것 같은 소리가 나더니 갑자기 전신이 경직, 경련을 일으키면서 옆으로 푹 쓰러졌다. 낙엽의 융단 위에서 네발을 막대기처럼 쭉 뻗은 채, 꿈의 희미한 공간이 점차 액체처럼 짙어지더니, 공기가 희박해지는 가운데 욱, 욱, 숨이 막히고 목소리가 막혀서 몸을 움직일 수가 없다.

멀고 먼 그때, 숲 속에서 개의 형태, 개 안에 들어가 있었던 것이다. 멍, 멍. 멍, 멍. 숲 속의 벌판을 뒤쫓아 오는 무서운 곤봉으로부터 도망쳐 다니는데 벌판이 파도를 치며 바다처럼 흔들리고 있다. 눈알이 튀어나오는 공포. 죽음, 죽음, 죽음으로부터 도망치고, 죽음을 향해 도망친다. 숲 속의 바위 틈새로 도망쳐 들어갔을 때, 발을 헛디뎌 낭떠러지에서 떨어지듯이 바위틈의 구멍 하나에 몸이 쏙 들어가 끼었다. 구멍에서 뒷걸음질 치며 나오자, 개, 사람 키만 한 황개, 누렁개가 되어 있었다. 곤봉 아래 주인의 명령에 절대복종하는 개다.

개가 된 한성삼은 고열을 내며 가위에 눌리고 있었다. 경직 된 몸을 죽도록 움직여 네발로 기는 두 개의 앞발 속에서, 두 개의 팔을 잡아 빼려고 몸부림치며 헐떡였다. 딱 들어맞는 무 두질한 가죽 가면을 쓴 것처럼 코끝이 튀어나온 얼굴에서 쿵, 쿵, 또 하나의 얼굴을 잡아 빼, 자신이 들어 있는 가짜 봉제인 형의 질척거리는 덩어리 같은 몸속의 어두운 터널에서 필사적 으로 자신을 끌어내자, 어머니 같은 여자의 강한 그림자가 뒤 쪽에서 듬직한 힘을 보태며 도왔다. 으악, 악.

아앗, 앗, 질식한다, 숨이 막혀온다. 가슴이 파열한다. 검은 그림자 덩어리가 날개를 펼치고 뒤덮은 채 몸을 내리누르고 있 었다. 여보, 당신⋯⋯. 으악, 으악, 목이 터져라 외치고, 움직이 지 않는 몸을 버둥거리며 얼굴을 덮어씌운 그 검은 날개를 물 고 늘어졌을 때, 날개가 사라지고 열린 두 눈에 밝은 빛이 쏟아 져 들어왔다. 터질 듯한 심장을 양손으로 누르고 헐떡이는 숨 을 이어가며 희미하게 비친 그림자를, 아앗, 이런, 벌벌 떨면서 보았다. 여보, 당신⋯⋯.

그건 혜순이었다. 아아, 혜순⋯⋯. 혜순은 성삼의 어깨에 손 을 댄 채 흔들고 있었다. 가게에서 막 돌아온 혜순이 문을 연 순간, 거실 쪽에서 나는 성삼의 신음소리를 듣고 뛰어 들어온 것이었다. 아들인 유수는 모친이 돌아온 것도, 각각 두 개의 방문으로 차단되어 있었지만, 옆방에서 부친이 신음소리를 내고 있는 것도 알지 못한다. 성삼은 숲 속의 벌판도 아니고, 소파 위도 아닌, 그 소파에서 굴러 떨어져 바닥의 양탄자 위에 쓰러져 있었다. 혜순은 성삼이 소파에서 떨어진 것을 모른다.

개구리의 뒷발을 잡고 바닥에 내동댕이친 것처럼 사지를 벌린 채 거친 숨소리를 내며 뒤로 벌렁 나자빠져 있었다.

"여보, 성삼이, 괜찮아⋯⋯?."

몽롱한 그는 자력으로 상체를 일으켜 양탄자 위에 고쳐 앉으며 볼에 손을 대고는 놀랐다. 울퉁불퉁한 상흔이 사라지고 매끈매끈한 이전의 얼굴로 돌아와 있었다. 아이고, 이게 어떻게 된 거지, 기적이 일어났다. 성삼은 상체를 비틀거리며 양손을 볼에다 대고 외쳤다. 아아, 난 인간이다, 개가 아니란 말이다⋯⋯.

"여보, 성삼이, 지금 뭐라고 한 거야⋯⋯?"

깨지 않은 취기가 머릿속에서 빗소리가 되어 수런거리고 있었다. 한성삼은 매끈매끈한 볼을 쓰다듬으며 다시 한번 외쳤다. 난 개가 아니다, 인간이다⋯⋯. 그리고 그대로 옆으로 털썩 쓰러져 잠이 들고 말았다.

혜순은 성삼을 깨우지 않았다. 모포 위에 이불을 겹쳐 덮고는 한동안 그대로 두었다.

혜순은 아들이 혼자서 식사를 마친 테이블과 부엌을 정리한 뒤 샤워를 끝내고 나서 성삼을 여러 번 흔들어 일단 잠을 깨웠다. 그렇게 많이 마시지는 않았다. 마치 만취한 것처럼 잠에 떨어져 있었다. 어떻게 된 걸까, 몸이라도 안 좋은 걸까, 전신이 땀으로 속옷까지 흠뻑 젖어 있었다. 한성삼은 최면술에 걸린 것처럼 반은 잠에 빠져서 허물이라도 벗듯이 알몸이 되어, 전부 다 벗어던지고 나서 새 속옷으로 갈아입고 침대로 들어가더니, 그대로 가라앉듯이 잠에 떨어졌다.

만취상태에서 하룻밤이 밝아 숙취가 깨고 겨우 몸의 컨디션이 원래대로 돌아갈 때, 심신 모두 타락할 대로 타락해 죽을 것 같던 상태에서 새롭게 태어난 듯한 재생의 느낌에 젖을 때가 있다. 알코올에 젖은 늪에서 대기 속으로의 해방.

어젯밤의 액체 같은 꿈의 공간을, 헤엄을 쳤는지 걸었는지 해서 나온 것처럼 눈을 뜬 한성삼의 상태가 바로 그랬다.

어젯밤은 그렇게 많이 마시지도 않았고, 숙취도 아닌데, 죽음에 가까운 만취로부터 재생한 것처럼, 커다란 피로로부터의 해방을 느끼고 있었다. 엄청난 피곤함. 엄청난 짐을 계속 짊어지고 있다가 내려놓은 뒤의, 남산에서 온 남자가 고려원에서 사라진 뒤의, 그리고 진한 액체 같은 꿈속에서 가위에 눌리며 개로부터 탈피한 진통의 괴로움이 사라진 뒤의, 피곤함의 여운, 회복으로 향하는 무(無)로부터 재생하는 기쁨을 동반한 엄청난 피곤이었다.

파자마를 입은 채 서재 베란다로 나온 한성삼은 양손을 크게 벌리고 심호흡, 산소를 흐릿한 머리의 혈관으로 보냈다. 머리는 숙취처럼 멍하고 몸도 나른하지만, 두통은 없고 기분도 나쁘지 않았다. 마음에는 산소가 흐르고 있는 듯하다.

베란다 난간에 양손을 올려놓고 전방을 바라보자 공원 주변의 키가 큰 은행이랑 가지를 크게 펼친 대부분의 나무들이 떨구는 낙엽이 햇살에 잠시 금색으로 반짝이고 있었다.

한성삼은 눈을 깜박이며 뭔가를 떠올리려는 듯이 목을 빼고 공원 위에 겹쳐지는 아득한 전방을 응시했지만, 인가와 빌딩, 도로를 달리는 자동차와 사람의 움직임, 있을 것이 있을 뿐, 공원 위의 공간에는 아무 것도 없다. 그뿐이었다.

베란다에서 보이는 공원 위에 겹쳐지듯이, 금색으로 빛나는 낙엽이 눈처럼 쌓인 벌판. 개가 낙엽을 차내며 달리고……. 숲에서 나온 남자가 곤봉을 닮은 채찍을 휘두르고……, 서울 Y대학 뒷산 숲 속의 낙엽이 묻힌 풀밭……. 한성삼은 눈을 크게 뜨고 눈 아래 저편을 건너다 보았지만, 공원의 낙엽이 햇빛을 반사하면서 한 장, 두 장, 춤추며 떨어지는 것이 눈을 스칠 뿐……. 일주일 전에 김일담과 은하에서 마신 다음날, 몇 년 동안이나 없었던 오랜만에 만취한 가사상태에서 일어나 베란다에 섰을 때,

213

몽롱한 숙취의 눈 아래 저 멀리에 또렷이 보이는 현실. 가상현실. 환각, 꺼림칙한 환각이었다. 마음의 신기루.

지금은 투명하게 맑은 가을 하늘 아래다.

멍, 멍, 개가 되어 도망 다닌 숲 속. 낙엽이 눈처럼 쌓인 숲 속의 벌판. 어제 저녁 제국호텔 옆의 보도에서 보았던, 자동차가 오가는 히비야 거리 너머에 있는 공원의 숲 위에 신기루처럼 떠 있던 환영은 없다. 보이지 않는다.

한성삼은 창가의, 왼쪽 벽 구석에 붙인 책상 앞에 앉아 한동안 유리창 너머 베란다 저편에 펼쳐진, 햇살의 반짝임을 빨아들일 것 같은 깊은 창공을 바라보다가, 흐-음, 후-……, 기쁨인지 슬픔인지 알 수 없는 한숨을 쉬었다.

인간은 이렇게 살아가는 것이다. 난 지금 이렇게, 어젯밤까지 여러 가지 일이 있었고, 그리고 지금 이렇게 있는 것이 살아 있는 것이다. 지금 살아있는 것……, 하찮은 일도 멋진 일도 지금 살아있는 것……. 어찌 보면 하찮은 생각이지만, 하찮은 일이 그렇다……. 이봐, 이놈아, 오체만족이라 좋겠군……! 이봐, 이놈아, 도망가지 마! 그건 무엇일까. 그렇게 하면서 살아간다.

그는 책꽂이에 꽂혀 있는 책자와 서류 속에서 한 권의 노트와 원고지를 꺼내 책상 위에 올려놓았다.

25

작은 원고지는 소설 원고였다. 50장 묶음으로 또 한 권이 있다. 김일담이 얼마나 썼냐고 물었을 때는 50장이라고 대답했지만, 두 권 합쳐서 100장에 가깝다. 밝은 초록의 표지에는 빨간 펜으로 '부활'이라는 제목이 쓰여 있다. 최근 한 달은 전혀 손을 대지 못하고 있고, 남산에서 온 남자의 전화가 있고 나서는 책상 앞에 앉아 원고를 꺼내볼 생각도 없었다.

'부활', 왜 '부활'이라는 제목을 붙인 것일까. 쉽게 생각하고 있었다는 걸 알게 되었다. 아직 결말로 가는 과정은 보이지 않지만, 어떻게 부활한다는 것인지, '부활'의 내용은 무엇인지. 현재는 주인공인 김운배가 서울로 유학을 가게 되는 여정의 도중이고, 남산으로 연행될 때까지는 아직 멀었지만, 원고가 진행돼 가는 세계를 어떤 식으로 할 것인가……. 막연한 상태였다.

어젯밤 희석시킨 위스키를 마시면서 소파 테이블에서 메모했던 메모노트를 열어보았다. 멍, 멍, 난 개가 되었다……. 으-음, 그래, 이 한성삼은 개가 됐었다. 개. ……고문관이 곤봉을 한 손에 들고 인왕처럼 버티고 선 순간, 곤봉은 뼈를 부숴버리는 철봉으로 변하고, 난 순식간에 몸이 작게 오그라들면서 가랑이 사이로 깊숙이 꼬리를 끼워 넣은 개가 되어……. 절대자 앞에서 절대복종하는, 고문자의 똥이든 뭐든 핥으며 멍, 멍,

개가 되어……. 개였다. 실제로 남산에서 네발로 기는 개가 되었으니까……. 놈들 앞에서 멍, 멍 짖고 외치며 목숨을 구걸했다……. 먼, 먼 옛날의 일. 그래서 개가 된 남자 한성삼이 아닌, 이름이 김운배인 그 부활이란 어떤 것일까. 물론 지금까지 보이지 않고 있지만, 패배자가 상처를 핥듯이 안으로 향해 가는 것일 게다. 어떻게 한다. 백 장 남짓한 곳에서 막혀버린 것은, 지금은 필연인 듯한, 알 것 같은 느낌이 든다.

남산에서의 주인공 김운배를 쓰지 않으면 소설은 성립되지 않는다. 아직 그 문 앞까지는 가지 않았지만, 그걸 쓸 수가 없다. 이윽고 보이게 될 지옥의 입구에 서 있는 듯한, 그 한참 앞에서 멈춰 선 채 다가갈 수가 없다. 그곳에 가지 않으면 주인공의 존재를 포착할 수 없는데도, 소설이 남산의 숲에 다가감에 따라 아직 눈에 보이지도 않는 그 문을 지나갈 수가 없다. 한참 앞에서 움직이지 못하고 있는 것이다. 그러나 소설은 그곳에 들어가지 않으면 성립되지 않는다. 어떻게든 들어가게 될 것이다. 주인공이 아니라, 작가가 들여보낼 것이다. 그리고는 아마도 신문기사처럼 표면적인 것밖에 쓰지 못할 것이다. 예감이 든다. 남산의 내부까지 들어가는 것은 힘들다. 어떻게 하면 남산의 내부로 들어가, 그 속에 주인공 김운배를 위치시킬 수 있을까.

남산의 기억과 함께 복수심이 재생된 지금, 그 부활의 위치는? 한심한 패배자로서의 자신을 응시하면서 참회의 길을 걸을 것인가. 남산에 대한 투쟁을 뺀 멀리에서 개가 짖는 것처럼 되는 게 아닐까. 패배한 몸으로부터의 재기—과거의 사실을 추인하는 사소설적이고 다분히 푸념이 섞인 이야기……. 난 멍, 멍, 실제로 개가 되었다. 혼자서가 아니라, 곤봉 앞에서, 남산에서 열흘 만에 개가 되었다. 콘크리트 밀실에서의 고문, 곤봉으로 난타를 당하면서도 반격하지 못하고 짓밟힌 채 버러지처럼 죽어간다. 무의미한 죽음. 아무 것도 없는 죽음. 일어나 놈을 죽이고 죽어라! 그렇지 않다, 생사라는 순간의 긴 경계의 공포. 죽음 바로 앞에서 살아 있는 공포. 공포만의 허무한 공포. 허무조차 없는 듯한 무섭게 공허한 공포……. 흐-음, 흐-윽.

한성삼은 창밖의 하늘, 몸과 함께 시선을 어디까지고 빨아들일 것 같은 깊고 검푸른 하늘을 올려다보며 깊은 숨을 토해냈다.

맑게 갠 하늘의 끝없는 저편에는 무엇이 있을까. 무한한 허공. 바늘 끝보다도 못한 존재……. 그것이 부풀어 올라 순식간에 인간의 존재가 되더니, 아아, 여기는 남산이 아니다. 소용돌이치는 머리, 갑자기 머리의 중심을 두드리며 쏴, 쏴, 세찬 비가 내리고, 섬광을 발하는 원뢰로 흔들리는 머리를 감싸 안은 K는 앗, 양손을 들어 올리며 일어서더니 어디선가 본 적이 있

217

는 방을 가로질러, 복도를 지나 문밖으로 나간 뒤, 비상계단을, 양손을 펼치고 있는 허공으로 뛰어내리는 것이 아니라, 그 앞의 좀 더 뛰어내릴 가치가 있는 지상의 어딘가를 향해서, 계단을 몇 단이나 뛰어 내려가, 8시의 밤거리를 쏜살같이 달려간다. 패닉이 뒤쫓아 달려간다. 여기는 어딜까, 달리고 본다. 남산 밖의 거리인가. 여러 자동차의 경적이 머리 뒤쪽에서 시끄럽게 울리며 내몬다. 불안. 머릿속에서 심장이 격하게 고동을 치고, 두개골의 벽을 계속 두드리는데, 아아, 여기는 어딘가, 어디냐. 빛나는 빨간 신호, 파란 신호를 달려가 건너자, 그곳은 철도 위를 달리는 자동차들을 지탱하는 커다란 육교. 라이트를 마구 비춰대는 자동차와 나란히 긴 육교 보도를 달린다. 공포. 머리에서 쏴, 쏴, 폭풍이 분다. 바람이 지나간다. 죽음에 대한 불안, 머리 뒤에서 계속 두드리는 불안한 큰 북. 천둥소리. 죽고 싶다, 당장이라도 빨리 죽고 싶다. 죽음이 쫓아온다. 죽음을 향해 달린다. 아아, 드디어 왔다. 숲이 깊고 낙엽이 눈처럼 쌓인 벌판을 지나, 드디어 어딘지 모를 여기에 왔다. 여기는 어딘가. 여기는 도쿄 한복판의 육교 위. 육교 위의 한가운데쯤. 눈 아래로 몇 갠가 노선의 무수한 레일이 은색의 뱀처럼 하얀 빛을 발하며 뻗어 있다. 심장이 춤추듯 뛰는 가슴을 난간에 밀어내듯 대고 양손을 짚은 채 심호흡을 한다. 상체를 내밀어 육교 아래를 내려다본다. 눈 아래를 전차가 굉음을 내면서 통과한다. 이곳에서 뛰어내려 허공에 떴다가 깊은 바다 속으로, 물이 없는 허공의 바다 속으로……. 아아, 제대로 죽을 수 있을까. 죽음의 공포로부터 도망치는 죽음. 눈 아래에는 여러 개의 가선이 쳐져 있다. 도중에 가선에 걸리면……. 걸려서 허공에 매달리면 감전, 불꽃을 튀기며 감전사, 싫다……. 아아, 반은 떠 있는 발밑의 지면이 가라앉는 것처럼 몸이 떠올랐다가 그대로 지면에 무릎을 꿇고 주저앉자, 땀이 분수처럼 뿜어져 나오며 축 늘어진다…….

한성삼은 아아, 싫다, 볼펜 끝을 노트에서 떼었다. 핫핫, 싫다, 나도 싫다. 하늘을 올려다보았다. 하얀 구름이 떠 있다. 거의 빛이 없다. 담배에 불을 붙였다. 깊이 한 모금 들이마셨다 토해냈다. 니코틴이 머리를 너무 자극하여 현기증이 나는 바람에 잠시 눈을 감았다.

K는 이처럼 발작적으로 패닉을 일으키는가 하면 충동을 억제하지 못해 어딘가로 달려 나가, 죽고 싶다, 당장이라도 죽고 싶다, 암운으로 시커먼 죽음의 구멍을 향하는, 뒤쪽으로부터 죽음에 내몰리는 일이 있다. 앞뒤로 죽음의 틈바구니에 낀 질주. 죽음의 공포로부터 도망치면서 죽음을 향한다. 이상한 이야기. 이곳에서 나오지 않으면 소설이 요구하는 것은 쓸 수 없다. 그것이 지금까지 쓴 것을 다시 쓰고, 그리고 새롭게 써 나가는 길, 그런 기분이 든다.

절대복종⋯⋯인 개로부터의 부활이란 무엇인가. 재생된 복수심과 개가 된 남산에서의 기억이 하나가 되는 것. 복수? 성삼이는 그 남자에게 테러 행위라도 할 건가? 김일담. 타락할 대로 타락해 폐인이 되어 남산에서 출소, 그리고 살아온 것. 자신이 철저한 정신적 생사의 경계이자 그 틈새의 밑바닥으로 타락해갈 때까지는, 지금까지 써온 것과 큰 거리가 있다. 멍, 멍, 나락에 떨어진 자신이 되지 않으면 그것은 쓸 수 없다.

　지난 7년간의 재일 생활의 정신상태. 과거의 망각과 침묵, 잠복하는 패닉. 어떻게 하면 지금 자유로워질 수 있을까. 열흘 전까지는, 남산에서 온 남자로부터 전화가 있을 때까지는 소설의 주인공이 개가 되는 확실한 이미지는 없었다. 멍, 멍, 개. 마음의 평온이 무너지고 패닉이 마음의 피막에 육박한다. 지금 그 이미지가 저쪽에 보이기 시작했다. 한국대사관 영사의 전화벨이 울리고, 그 전화로 과거의 기억이 머릿속 남산에서 개시됨에 따라 도중에 막힌 집필의 양상이 또렷이 보이기 시작했다.

　오랜만에 펼치는 원고지의 처음 서너 장을 넘기다 몇 줄인가를 읽어본다. 서울 유학 후의 김운배가 남산으로 연행되는 곳까지, 150~200매 정도가 되는 그곳까지 진행되면 김일담에게 보일 참이었지만, 이제까지처럼 쓴다면 더 이상 앞으로 나아가지 못하던가, 쓴다 해도 지금 떠올리고 있는 이미지하고는 상당히 다르다. 아니, 완전히 다른 내용이 되어 버릴 것이다. 그대로는 계속 나아갈 수가 없다. 쓸 수 없다.

"……자네는, 운배는 운이 좋아. 그러니까 혜택 받은 만큼의 것을 해. 한국적이니까 유학도 하고, 그만큼의 것을 하면 돼……."

친구이자 조선적을 가진 진(陳)은 '북'을 지지하지는 않지만, 한국 유학을 바라고 있었는데, 이를 위해서는 국적 변경이라는 벽이 있었다. 주위에서는 2세인 네가 국적에 매달리는 것은 이상하다. 필요하다면 자유롭게 유학을 갈 수 있는 한국적으로 바꾸는 게 당연하지 않느냐. 동정 어린 눈으로 바라보는 것이 싫은 진은 저항감이 있다.

재일의 조선적은 원래 국적과는 관계없이 전후의 일본 정부가 재일조선인이 일본 국민이 아님을 증명하는 기호로서 제정한 것인데, 그것이 이후의 남북 분단정부 수립에 의해 민단계를 중심으로 조선적에서 한국적으로 변경하게 되었다. 처음부터 한국적이 별도로 있었던 게 아니다. 한국적으로 바꾸지 않으면 박사논문의 자료수집이라 해도 한국 입국이 불가능한 현실이 한심하다. 남·북, 어느 쪽인가의 선택을 강요당하는 상황이 역겹다.

"나나 너나 남·북 분단이 아닌, 조국통일에 대한 이념, 목표는 같잖아. 하지만 여기에서 두 사람의 길은 나뉘고 마는 거야. 그러니 운배야, 넌 주어진 조건을 백 퍼센트 이용해야 돼. 난

내 길을 갈 거야. 무엇이든 재일은 정치에 속박되어 있어. 갓 태어난 갓난아기까지 그래. 어쩔 도리가 없는, 마치 거미줄에 걸려 잡힌 것 같은 존재야……."

김운배는 같은 재일의 상황 속에서, 한 사람은 한국 유학을 단념, 그리고 쉽게 유학할 수 있는 자신에 대해 뒤가 켕기는 것을 느끼고 있었다.

실제로 한성삼이 그랬다. 부친이 한국적으로 변경하는 바람에 자동적으로 한국적이 되어 있던 그는 자신이 한국적으로 한국에 자유로이 출입할 수 있는 사실에 뒤가 켕기는 기분을 지울 수 없었다. 한국에 가고 싶으면 조선적을 버리고 한국적으로 바꾸면 된다, 과연 그럴까. 그렇게 명확하게 결론을 내리고 있는 현실에 한성삼은 자신과 한국적의 인간이 자유롭게 드나드는 일에 자유를 느낄 수가 없었다. 개중에는 그 조건을 한국 국민이기 때문이라고 자랑스럽게 생각하고 있는 유학생도 있다. 민단 간부의 자식들, 이제 와서 한국적으로 변경하는 주제에, 그거 보라는 식의 민단계 문화인 관계자들의 총련계 관계자들에게 보내는 시선이 천박하다.

한성삼은 오랜만에 소설 첫머리의 국적 부분을 다시 읽어보니 마치 잊고 있었던 것처럼 인상이 선명해진다. 국적, 조국 대한민국 국민……. 당초에는 자신의 작품이면서도 전혀 다른 이미지로 다가온 것을 인정하면서, 음, 이 정도면 됐다는 생각을 한다. 후유, 하고 조금 안심했다. 이건 이대로 쓸 수 있다.

'부활'을 쓰기 시작했을 때, 남산의 일을 잊고는 있었지만, 깊은 곳으로 밀려들어가 기억이 거의 매몰. 언급하고 싶지 않았던 것이다. 제목이 부활이라서 언젠가는 언급하지 않을 수 없겠지만, 그것을 지금 원고를 앞에 놓고 깨닫게 된 모양이다. 깨닫게 되었다……. 남산에서 온 남자의 전화가 없었다면 소설은 그대로 진행되었을 것이다. 아니, 그렇지 않다. 그건 이미 막다른 곳에 막혀 있었다. 소설은 남산에서 온 남자의 전화를 기점으로 확실히 나뉘어져, 그 이전과는 결별한다.

국적……. 대한민국, 으-음, 신물이 난다. 충성국민! 비국민! 어제 제국호텔에서 남산의 남자가 비국민이라는 말을 몇 번이나 입에서 토해냈던가. 향수 냄새를 섞어서. 이봐, 한성삼, 김일담 공작을 똑바로 해! 이번에 놓치면 넌 비국민이야, 누구 덕에 재판도 없이 출소해서 일본까지 무사히 돌아왔다고 생각하나. 엉! 아아, 그건 숲 속의 눈처럼 쌓인 낙엽이 있던 벌판의 현실. 실제가 아닌데도 현실처럼 상상되면서 기억할 수 있도록 벌판의 낙엽 위에서 멍, 멍, 개를 쫓는 고문관의 절대충성, 이 새끼, 개새끼! 너를 만든 아비·어미도 개새끼, 제주 빨갱이새끼! 곤봉으로 얻어맞고 있던 한성삼은 이빨을 드러내며 맹렬히 고문관에게 덤벼들었던 것이다. 이 개새끼야! 그리고 쇠 삽이, 거대한 구두가 얼굴을 구타, 부숴버렸다. 야수의 포효가 메아리치는 벌판으로부터 하얀 벽의 의료실 침대로……. 지금까지 7년 동안 그것밖에 기억나지 않는다. 그리고 제국호텔 로비의 추성준 앞에서 생각해냈다. 벌판의 노란 낙엽이 쌓인 융단이, 콘크리트 방의 스프링이 몇 개나 튀어나온 피비린내 나는 낡은 침대였다는 것을. 침대 위에서 실신, 반은 죽은 혼수상태에서 혼이 빠져나가 숲 속의 벌판을 도망쳐 다녔다는 것인가.

난 그리고 나서 비국민이 되지 않기 위해, 충성국민이 되기 위해 개, 개가 되었다……. 한성삼은 자신도 모르게 양손을 책상에 짚고, 그 반동으로 일어섰다. 추한 웃음을 떠면서. 비국민, 개……. 핫핫하, 개, 개!

꿈의 기억과 마찬가지로 허공에 상감되는, 숲 속의 낙엽이 쌓이는 벌판의 환상은 기억으로 남고, 환상은 엊그제 히비야 공원 숲 위에 보인 신기루로 끝났다. 귀신이 떨어져 나간 것처럼, 창밖의 공원 저쪽을 바라보아도 숲 속의 벌판은 보이지 않는다. 더 이상 있을 수 없다고 단언하듯이 아무것도 보이지 않는다.

개, 개, 난 분명히 개였다. 인간 개. 늘 절대자를 무서워하는 개였다.

한성삼은 자신의 내부가 아닌, 개가 멍, 멍, 소리를 내며 도망 다니는 다른 공간, 낙엽이 융단처럼 쌓인 벌판이 자신의 밖에 있음으로써, 그 머리 공간에서 미처 날뛰는 절대자의 폭력으로부터 갈팡질팡 도망쳐 다니는 한성삼을, 그 별천지로 쫓아냄으로써, 자신의 밖에서 그걸 봄으로써 자신 내부의 분열이 이어져왔다는 것을 느끼고 있었다. 내부의 분열을 열린 외부로 전화하면서 찢어진 틈새로 스프링이 몇 개나 튀어나온 콘크리트 방의 낡은 침대로부터 숲 속의 벌판이라는 장소로 옮겨 그것을 타자처럼 보고 있었던 것이다. 남산에서의 기억을 잊고 속이는 것, 숲 속 벌판의 환상을 만들어냄으로써 자신의 인격 분열, 붕괴의 패닉을 모면해왔다는 것을 느낀다.

제국호텔 로비의 거대한 벽화, 모자이크 모양의 단풍, 낙엽, 푸른 잎의 원색이 섞인 가을 숲의 거대한 태피스트리 같은 벽화. 태피스트리, 막이 열린 그 너머에는 백지의 무대, 숲 속 벌판의 환영은 사라진다.

한 마리 새의 그림자가 맨션 전방의 상공을 비스듬히 스치며 날아간다. 천천히 날갯짓을 하면서 선회, 똑바로 하늘 높이 허공을 향하여 점으로 사라졌다. 시선도 함께 사라졌다. 한성삼은 몸이 투명해지면서 바깥공기, 물 같은 대기와 융합되는 자신을 느낀다. 뭔가 커다란 귀신이라도 떨어져 나가듯이 몸이 기체처럼 뜨는 기분이 들었다.

날 괴롭혀온 숲 속 낙엽이 쌓인 벌판의 환영은 날 구하고, 난 그 그늘로 도망가 있었던 것이다.

개, 개는 내가 아니다. 길을 걷고 있는 개가 진짜 개다. 절대자 밑에서 오로지 충성국민, 절대충성에 애쓰고, 국민의례에 직립부동인 고문관이 인간 개다. 시대가 변하면 그렇게 된다.

숲 속 벌판의 환영은 사라지고, 책 속 페이지의 활자로부터 생기는 이미지처럼 기억으로서 남는다. 이 환영을 소설의 어딘가에 사용하는 거다. 소설을 쓸 것. 쓰다만 소설을 폐기하고 폐잔, 패배적이지 않은 긍정적인 소설을 쓸 것. 그리고 어떻게든 한 권의 책으로 만들어낼 것.

전화가 울렸다.

한성삼은 책상을 떠나 옆의 거실에서 현관으로 가는 문 쪽의 전화기로 간다.

김일담이었다. 황송해하면서 다시 한번 감사 인사를 했지만, 지금 오후 2시인데도 상당히 숙취가 배어 있는, 감기라고 착각할 정도로 알코올 냄새가 나는 목소리였다.

"선생님, 어떻게 되신 겁니까, 그 목소리. 그 뒤로 더 드신 건가요?"

"뭐야, 술 냄새가 나. 성삼이는 코가 좋구만. 어젯밤이로군, 그 뒤에 바로 집에 돌아왔어. 많이 마신 건 아니었는데, 일단 마시고 나면 집에 돌아와도 일은 할 수 없잖아. 그래서 마셨어."

"혼자서요?"

"혼자가 아니면 누가 또 있나. 이상한 질문이로군, 집사람은 술도 안 마시지만, 상대도 안 해."

"예-, 죄송합니다."

"성삼이는 혜순 씨와 함께 마주보고 마시나?"

"예-."

"그거 좋군. 혜순 씨, 성삼이 집사람은 대단해. 혜순 씨는 훌륭해. 의연하단 말이야. 어젯밤의 손님들, 앞으로도 시끄럽겠지만, 우선은 일단락되었어. 혜순 씨가 하는 말을 잘 들어야 돼. 도대체가 인간은, 이처럼 아무런 연고도 없는 일에 휘둘려야 한단 말인가. 음, 어떤가, 성삼이는 괜찮은가?"

"예-, 어제는 무라타 씨도……. 정말, 죄송했습니다."

"이런, 목소리가 좋구먼. ……성삼이의 목소리가 좋다는 거야. 최근 며칠 중에서 가장 좋아."

"예-, 어제까지의, 제 자신도 잘 몰랐던 느낌의 커다란 짐을 내려놓은 것 같아서 기분이 편안합니다……."

"기분이 편하다, 음, 부상한 게로군. U역에서 만난 날은 천근의 무게로 땅속에 가라앉은 것 같았는데. 어제까지 본인은 머릿속에서 남산의 지옥을 왔다 갔다 하며 힘들었겠지만, 그러나 참으로 어이없는 일이야. 어이없는 일이라기보다는, 상대는 그런 일은 모를 테고, 달리 생각지도 않겠지. 평상시처럼 사무적으로 움직였을 뿐이야. 어젯밤인가, 김일담과 무라타를 만나 깜짝 놀랐겠지만. 7년 만에 전화 한 통으로 사람을 이렇게까지 만들어 놓다니, 참으로 죄 많은 자들이야. 어쨌든 현재로서는 한 건 일단락 지었어. 그러나 상대와는 관계없이 한 건 일단락 지었다는 얘기야. 그게 기분이 좋지 않아. 그래도 일단락은 지었어. 음. 성삼이는 어젯밤에도 조금 느꼈는데, 어제 하루 만에, 제국호텔에 다녀와서 변한 것 같다고 무라타 씨와 얘기했었네. 그게 지금 모습은 보이지 않지만 목소리만으로도 한성삼은 어제와는 다른 사람이 된 것 같아."

"예-. 감사합니다. 저만의 주관이 아니라고, 제 자신이 그렇게 느끼고 있습니다. 뭔가 체중이 가벼워져서 발이 떠 있는 것 같은 게, 기분이, 기분에 중량이 있는 건지는 모르겠습니다만, 가볍습니다."

"기분에, 마음에 중량이라. 있을 거야. 무겁다든가 가볍다든가 느끼고 있으니까. 스스로 변한 것을 알아차린다는 것도 대단한 일이야. 괜한 걱정, 헛고생 같은 것도 있겠지만, 그래도 성삼이가 변했다고 한다면 큰 사건이야. 핫하, 나도 기쁘다네. 그 제국호텔이 하루 만에 사람을 바꾼 것인가."

"선생님, 지금 선생님과 전화로 얘기를 나누고 있자니 더 이상 무서울 게 없다는 기분이 듭니다."

"아니 이 사람아, 그건 좀 비약하는 거 아닌가……." 수화기 너머에서 그동안 취기가 빠진 것인지 상당히 절제된 목소리로 김일담은 크게 웃었다. "자, 그런데 전화를 한 것은 일전에 말한 히로시마의 고재수에 관한 일이야. 지금 도쿄에 와 있는 모

양인데, 나와는 내일 저녁 신주쿠에서 만나기로 했어. 나와 만
난 뒤에 한성삼과 함께 만나는 게 어떠냐고 했더니, 꼭 그렇게
하고 싶다는군. 성삼이는 어떤가, 만나 볼 텐가. 그는 말하자면
남산 측의 은혜를 입은 사람이고, 한성삼과 완전히 반대로 묘
한 상황이 된 남자인데, 한성삼과 남산의 일은 전혀 모르고 있
어. 성삼이가 일전에 고재수의 일을, 있을 수 없다, 알 수 없다,
믿을 수 없다고 한 그 당사자로서 실재 인물과 만나게 되는 거
야. 함께 만나겠나?"

"예-, 저도 꼭 고재수 씨를 만나고 싶습니다. 일전에 그 이야
기를 선생님으로부터 듣고 깜짝 놀랐지만, 그 뒤에 어떻게 되
었는지도 알고 싶습니다……."

김일담은 내일 오후 5시에 신주쿠역 동쪽 출구의 찻집 Z에서
고재수와 만나기로 했는데, 1시간 정도 늦은 6시경에 오라고
말하고 전화를 끊었다.

이상한 이야기다. 바로 지난 달, 10월에 제주도 현지에서 실
제로 있었던, 남산에서 돌아온 한성삼과 비교할 필요도 없이
참으로 이상한 이야기, 사건. 고재수. 전 조총련 간부인 그가
조선적인 채로 여권도 없이 한국·제주도에 입국. 밀입국이 발
각되어 체포. 거물 북한간첩이라도 되는 양 서울에서 날아온
남산 간부의 심문을 받은 뒤 국가보안법 위반, 간첩용의로 남
산에 연행될 줄 알았는데, 그 다음날 석방, 불법입국에 의한 강

제송환의 형태로 일본에 무사히 돌아왔다. 그 장본인이 내일 온다고 한다. 한성삼은 뭔가, 어제까지의 거의 우스꽝스럽기도 한 자신의 일을 생각하자, 이유도 없이 몸서리가 쳐졌다. 흐-음, 흐-음, 목을 좌우로 흔든다.

김일담 선생님……. 왜? 전 소설을 쓰고 있습니다. 응, 뭐라고. 원래 쓰고 있었잖나. 예-, 그래도 쓰겠습니다……. 뭐라고……? 뭐지, 이 대화는. 그래도 쓰겠습니다. 한성삼은 좀 전의 전화 도중에 김일담에게 지금 마음속에서 꿈틀거리고 있는 생각을 한마디 하고 싶었지만, 그만두었다. 쓰고 있었잖나. 그래, 난 쓰고 있다……. 쓰고말고. 그래도 쓴다.

내일, 고재수와 만나는 것도 즐겁다.

책상으로 돌아온 한성삼은 다시 써야 할 '부활'의 막힌 곳을 펼친 뒤 새로운 전개가 될 거라는 생각과 함께 좌우로 펼쳐진 원고지를 덮고는 표지를 톡톡 두드리며 '부활'이라는 빨간 제목을 들여다본다.

……혜순 씨는 대단해, 혜순 씨는 훌륭하다고. ……혜순 씨가 하는 말을 잘 들어야겠어. 취기가 밴 전화 목소리가 묘하게 귀에 남아 있었다. 으-음, 모친의 말씀을 잘 들으라는 것처럼. 김일담의 눈에 그런 식으로 비치고 있는 걸까. 나도 분명히 훌륭하다고 생각하고 있고……, 이봐, 혜순, 난 너의, 당신의 아들인가. ……핫핫하, 혜순 씨가 하는 말을 잘 들을 거예요. 그는

자리에서 일어나 유리문을 열고 다시 오후의 햇살로 가득한 베란다로 나갔다.

고재수. 자세한 이야기는 듣지 않았지만, 무슨 부처님도 아닐 텐데 자비로운 조치, 출입국관리법 위반으로 무죄 석방. 일본의 가족 품으로 무사 송환이다. 알 수가 없다.

난 앞으로 새로운 짐을 짊어지게 된다. 어제까지의 무거운 짐은 상대와 관계가 없는 마치 혼자서 하는 씨름, 끝나고 보니 유령을 상대로 한 짐이었지만, 이번에는 정말로 구체적인 짐을 짊어지게 된다. 아니, 다음 회합은 약속이 끝난 상태. 일시를 정하는 일만 남았다. 이미 서로 간에 확인된 커다란 짐이 눈앞에 있다.

이번에야말로 어떠한 일이 있어도 김일담을 배신하거나 팔아서는 안 된다. 할 수 없다. 하지 않을 것이다. 여기는 서울이 아닌, 일본이다. 그리고 난 복수의 칼을 간다. 아니, 칼이 아니다. 되살아난 복수심을 가는 것이다. U역에서 만난 날, 내 기억과 함께 재생된 복수심을 들은 김일담은 그것이 개인적인 일은 아닐 터라고 다짐하듯 브레이크를 걸었는데, 일대일의 테러 행위는 불가능하고, 만일 가능하더라도 전 가족의 파멸을 초래한다. 만일 그것이 은밀하게 가능하다면 칼을 갈아 품에 감추고 다닐지도 모른다. 그리고 그 전에 한성삼의 왼쪽 볼에 영원히 지속될 추한 상흔을 각인한 것이 누구인지를 알려주게 될 것이다. 무한대의 허공을 올려다보면서 심호흡을 하고 복수심을 연다. 사라져 있던 과거가 들어온다. 그것이 부활에의 길이다.

너를 만든 아비, 어미도 개새끼! 제주 빨갱이 새끼야! 내 아버지와 어머니가 개 같은 짐승! 추성준은 살기등등한 눈으로 분명히 그렇게 외쳤다. 어딘가에, 숲 속의 낙엽이 쌓인 벌판으로 사라졌을 터인, 콘크리트 고문 방에서 명, 명, 곤봉으로 난타당하며 비명을 지르고 도망쳐 다니던 한성삼이 하늘을 우러러보면서 열린 복수심 속으로 들어온다.

아비, 어미, 개새끼! 맹렬한 기세로 어금니를 드러내며 일어선 한성삼이 이 개새끼야! 곤봉을 치켜 올리는 틈을 노려 고문관에게 달려들었다. 허를 찔린 상대가 뒤로 벌렁 나자빠지자 한성삼은 고문관의 목덜미를 물고 양손으로 목을 조이며 이 새끼, 죽여 버리겠어—필사적으로 일어난 추성준이 벗겨진 한쪽 구두로 한성삼의 왼쪽 볼을 삽 같은 힘으로 후려갈겼다. 볼이 찢어져 피가 분출했다. 달려온 여러 명의 감시원이 바닥 위를 구르며 헐떡이고 있는 피투성이의 한성삼을 돌아가며 발로 찬 뒤, 여러 개의 스프링이 찢겨진 틈새로 튀어나온 피비린내 나는 침대에 내던졌다. 긴 시간이 흘러 눈을 뜬 그곳은 저승의 희미한 어둠이 아니라, 밝고 흰 벽의 방 침대 위였다…….

숲이 깊은 남산.

태양은 서쪽으로 이동하고, 떠 있는 구름에 햇살이 보였다.

상록수와 노랗게 변한 나무들에 둘러싸인 공원 아득히 저편에 있던 낙엽이 쌓인 숲 속 벌판의 환영은 사라졌다.

　장편 연재의 마감도 임박해 있어서, 숙취로 다음날까지 누워 있는 일이 없도록 주의해야 한다. 김일담은 고재수와 만나기 위해 외출을 하면서 자신을 훈계한다. 외출했다가 제법 취하면 집으로 돌아온 뒤 심야라도 반드시 술을 마시는 습관이 있어서, 다음날 침상에서 이따금 밤까지 일어나지 못한다.

　이미 도쿄에 와 있던 고재수는 엊그제 김일담이 제국호텔 쪽으로 외출한 동안에, 그리고 어제의 전화로 고재수 자신이 막 알게 된 새로운 정보를 놀라면서 이야기를 했다. 한 달 전인 10월 중순, 제주 불법입국으로 체포되었을 때, 급거 서울에서 내려와 고재수를 심문한 손님이라 불린 남산의 간부급 남자로부터, 며칠 전에 한국·오사카 총영사관 부총영사로 부임했다는 전화가 직접 걸려왔다는 것이다.

　오늘 김일담과 만나고 돌아가는 내일은 남산에서 온 손님 장만규와 만나기로 되어 있다고 한다. 으-음, 음, 드디어 올 것이 왔군. 아니, 이거 상당히 빠르다.

　고재수와는 일전에 도쿄에서 만난 뒤 일주일 이상 지났지만, 히로시마로 돌아간 직후의 전화에서, 민단 간부를 동반한 히로시마 영사관 사증담당 영사로부터 국적 변경을 요구받은 일에 상당한 불쾌감을 드러내며 이야기한 그 상담을 겸한 오늘의 재회가 되겠지만, 어제의 전화 목소리가 상당히 밝고 차분했던 것은 어찌된 일일까. 그 영사에 의한 국적 변경의 권유, 요구의 이야기와, 이번에 장 부총영사로부터 걸려온 전화 이야기가 더해진 상담이 되겠지만, 아마도 같은 일일 터인데 전, 후자에 대한 고재수의 반응에 보이는 뉘앙스 차이는 무엇일까. 부총영사와의 대화 내용은 아직 알 수 없지만, 상당히 긍정적인 느낌이 들었다.

신주쿠로 나왔다. 일전에는 비가 오는 중에도 아직 밝은 오후 4시였지만, 역의 동쪽 출구 지하도에서 지상으로 나왔을 때의 이번 하늘은 박명 같은 투명한 물빛으로 물들고, 어스레한 빛이 지면에 떨어져 반짝이는 거리의 불빛을 돋보이게 만들기 시작하고 있었다. 어슴푸레 저무는 빛이 배어든 불빛이 왠지 감상적으로 신선하게 비친다. 역 앞 큰길의 신호를 건너, 인파를 빠져나온 역으로부터 멀지 않은 번화가 빌딩 1층, 모퉁이 양쪽이 전면 유리로 된 찻집 Z에 도착한다. 문을 밀고 들어가자 만원이 아닌 가게 안의 바로 왼편 유리벽 쪽의 이전과 같은 자리에서 양복 차림의 고재수가 일어나 머리를 숙이고 김일담을 맞이했다. 김일담은 손을 뻗어 악수를 교환한 뒤 코트를 벗고 함께 소파에 앉았다.

"고 동무는 꽤나 바쁘군."

"예ㅡ, 선생님께서도 바쁘실 텐데, 죄송합니다."

웨이트리스가 오자 두 사람은 커피를 주문한다.

"한성삼 씨는 옵니까?"

"6시경에 올 거요. 오랜만인가 보군."

"예ㅡ, 벌써 2, 3년, 오랜만입니다."

"그에게는 내가 얘기했는데, 이번 고재수 동무의 제주도에
서 있었던 일을 알고 있어요. 나도 그렇지만, 그는 자세한 일은
알지 못하면서도, 고 동무가 조선적으로 여권도 없이 입국을
하고, 그러면서도 강제송환으로 돌아온 것은 믿을 수 없다고
말하더군. 내가 그 얘기를 한 것은, 그럴만한 이유가 있어서."
김일담은 말을 끊고 유리잔의 물을 마셨다. "그의 입에서 그 얘
기가 나오겠지만, 그가 두 번째로 유학을 간 84년 봄, 그는 남
산에 연행되어 심한 꼴을 당했어요. 물론 아무것도 없는 날조
지. 그런데 말이오, 이런 걸 청천벽력이라고 하나, 그 당시의
남산 남자가 이번에 한국대사관의 영사가 되어 일본으로 왔고,
그리고 엊그제 한성삼이 그 '오래된 지인' 남자와 만났어요. 고
동무가 전화를 했을 때는 나도 그곳에 가 있었지……."

"선생님께서도……." 턱을 들어 올린 김일담을 본 고재수는
얼굴에서 핏기가 가시며 한순간 어안이 벙벙한 듯이 눈의 초
점을 잃고 있었다. "그 일로, 그렇습니까. 그건 어떻게 된 일입

235

니까?"

"나중에 얘기가 나오겠지만, 한 군에게는 갑작스런 일이 일어난 셈이요. 그 한 군이 고 동무의 제주도의 일을 듣고 놀랐지요. 믿을 수 없는 일이라고……."

"예-."

고재수는 깊게 고개를 끄덕였다.

"으-음, 선생님, 그가 유학 갔던 한국에서 일본으로 돌아와 3년 정도 지났을 때 어떤 곳에서 만날 기회가 있었습니다만, 그때 아마도 왼쪽 볼에 커다란 상흔이 있었습니다. 서로 간에 언급하지는 않았습니다만, 전 혹시나 하는 생각을 했었습니다. 저건 남산에서 당한 상처라고. 남산의……."

그는 유리잔의 물을 마시고 좋은 향기가 피어오르는 커피가 나오자, 일전에도 그랬지만, 블랙으로 마셨다.

"선생님, 담배를 피우겠습니다."

고재수는 상의 호주머니에서 담뱃갑과 라이터를 꺼내 불을 붙이고 나서 눈앞의 통행인이 이쪽으로 시선을 향하고 있는 유리 창문 쪽으로 얼굴을 돌리고, 두세 번 천천히 피웠다.

일전에 만났던 날의 이 시각은 유리창 밖에 비가 내렸다. 비에 젖은 건물의 좁은 골목은 검은색에 섞여 화려한 색깔의 우산을 받은 통행인으로 혼잡해 있었다. 고재수는 무사히 강제송환된 이상함에 쫓겨, 이상함에 이끌리듯이 초대면인 김일담과

236

만나기 위해 도쿄로 찾아왔다. 이상함의 해결보다 김일담의 이
상함과 대조하여 이상함의 정체를 알기 위해서였다. 그리고 김
일담의 이상함은 사라지고, 자신이 제주도에서 가지고 온 이상
함은 장 부총영사의 출현으로 용해되려 하고 있다.

　고재수는 지금 남산에 연행되었던 한성삼이 조선적인 자신
의 한국 불법입국과 관련하여 하루 만에 석방, 송환되었다는
것은 이상하여 믿을 수 없다고 한다는 이야기에, 김일담과 상
담해야 될 일의 말문이 막혀 버렸다.

　남산에서 온 손님 장만규의 부총영사 부임에는 놀랐지만, 지
금 84년 당시의 남산 관계자, 요원이 영사로서 대사관에 부임,
그 남자와 한성삼이 이틀 전에 만났다는 것도 놀라움이었다. 도
쿄와 오사카로 동시에 남산에서 찾아왔는지도 모른다. 자신도
내일 오사카 총영사관을 찾아가 그 장만규와 만날 예정이다.

　부총영사와 만나서 어떻게 할 것인가. 이미 수일 전에 그로
부터 걸려온 전화 통화로 정해져 있었다. 국적변경의 이야기가
나온 것은 아니지만, 다음의 방한 때까지 국적을 변경한다. 그
렇게 될 것이다.

　일주일 전에 F시로 돌아온 다음날 히로시마역 지하상가까지
나가서 만난 사증담당 영사는, 이번에 고재수가 관할 영사관에
사전 연락도 없이 불법입국을 한 일 때문에(사전 연락을 해서 한
국에 갈 수 있을 리가 없지 않은가) 담당 영사가 본국 정부 및 도

쿄의 대사관으로부터 얼마나 문책을 당했는지, 거의 고재수를 힐난하다시피 국적변경을 압박했다. 두 번째의 방한, 고향 방문 때는 국적변경이 결정되어 있었던 것을 무시, 더구나 여권도 없이 불법입국을 했으니 그것은 당연한 일이었지만, 고재수는 상대의 고압적인 태도에 화를 내며 그대로 자리에서 일어나 찻집을 나오고 말았다.

그로부터 이삼일 지나 제주공항 지하 3층에서 심문에 임했던 서울에서 온 손님이 서울로부터가 아니라, 일본·오사카에서 부총영사로서 직접 전화를 걸어왔던 것이다. 제주도에서의 강제송환 조치도 생각해보면 분명히 이상했지만, 그 당사자가 한 달 뒤에 오사카에서 전화를 걸어온다는 것은 믿기지가 않는다. 반복해서 되묻던 당시의 심문관, 서울에서 온 손님이라는 것을 확인했을 때는 놀라움으로 한동안 말이 나오지 않았다. 아이고, 세상에, 무슨 일이 일어날지 알 수 없다.

고재수가 기자를 그만두고 조선총련 조직을 떠난 것은 먼 옛날이고, '북'에 대한 절망이 커다란 요인이긴 하지만, 조선적을 고집할 이유는 없었다. 모국, 조국방문단으로 제주도에 갔다 오고 나서는 제주도에 자유롭게 드나들 수 있는 방법을 생각해야만 했다. 도대체 자신의 고향 출입을 방해하는 것은 무엇인가. 그것이 정당한 일인가. 출입은 자유롭지 않으면 안 된다. 그 첫 번째 좌절이 지난번의 조부모 성묘였다. 그것이 불법

입국으로 체포, 하마터면 간첩용의로 남산에 연행될 수 있는 상황이었음에도 무사석방, 일본에 송환이라는, 본인도 후일 주위 의견과 마찬가지로 분명히 이상하다고 생각했지만, 관대하고 고마운 조치로 끝났다. 애초에 직접 만난 적도 없는, 과거 조직의 적이었던 김일담에게 편지를 보내 면회를 부탁한 것은 이 같은 이상함에 대한 의견을 듣기 위해서였다. 김일담이 『논계』에 발표한 「재일을 근거로 한 일대 간첩 사건」이라는 날조의 실패를 폭로한 글을 다시 읽고 나서였는데, 왜 국가권력이 실패할 만한 일을 했는지, 그 손에 걸리면 못 할 일이 없을 터인데, 이 '사건'의 날조 실패가, 그것이 이상해서 견딜 수 없었다. 내용은 전혀 다르지만, 이상함과 이상함이 두 개 나열된 듯한 느낌이 든 고재수는 다른 용무를 겸해서 '간첩 사건'의 주모자로 되어 있는 김일담을 만나기 위해 일주일 전에 도쿄로 와 얻은 그 답은 간단한 것이었다. 잘 모르겠지만, 국가권력치고는 거짓말하는 법, 날조의 방법이 서툴러. 그리고 조선적으로 불법입국 한 고재수가 국가보안법 위반 용의로 남산 주변으로 끌려가지 않은 것이 아무래도 이상하다고 고개를 갸웃거렸다.

　……고재수 선생, 그래도 이렇게 오셔서는 곤란하지 않습니까. 예-, 그렇습니다. 고재수 선생, 다시 한국에 와주십시오. 예-, 감사합니다. ……고 선생님, 대단히 고생 많으셨습니다. 또 한국에 오시겠습니까? 오--·아이·섈·리턴! 제주공항의 제

트기 트랩에 불어대는 제주의 해풍. 예-, 예-, 꼭 다시 고향인 제주도에 와주십시오. 다시 뵙기를 고대하고 있겠습니다. 고맙소, 아이·섈·리턴! 트랩에서도, 그리고 기내의 좁은 창으로 멀어지는 제주도, 한라산을 향해 아이·섈·리턴! 여권 없이 입국을 한 것은 정치적 목적이 있어서가 아니다. 오로지 고향인 제주도에. 고향에 돌아가는데 무슨 여권이 필요할까…….

고재수는 강제소환으로 하루 체재했던 제주도를 떠날 때, 다음의 입국을 위한 국적변경으로 마음이 크게 기울어 있었다. ……고재수 선생, 한국에 또 와주십시오. 예-, 감사합니다……. 그때 무언의 국적변경을 약속하고 있었던 게 아닐까. 아이·섈·리턴! 바다 위 저 먼 섬의, 한라산의 모습이 다시 고재수를 부르고 있었다. 눈물이 나왔다.

일본으로 강제송환된 이상함은 이상함이 아니었다. 그 대답은 장 부총영사로부터 직접 걸려온 전화에 있었고, 그와의 공항 지하 3층이 아닌, 지상의, 일본 지상에서의 재회는 국적변경의 확인이었다. 그렇게 될 것이다.

26

담뱃불을 재떨이에 비벼 끈 고재수는 연기에 사레들려 잔기

침을 반복하면서, 선생님, 죄송합니다······라며 겨우 입을 열었다. 한성삼이 남산에서 왔다는 영사와 엊그제 만났다는 이야기에, 김일담에게 알리기 위해 가져온 말이 갑자기 실어증에라도 걸린 것처럼 막혀서 나오지 않는다.

"일담 선생님, 지금 집필 중이시라 바쁘실 텐데 정말 죄송합니다."

이건 진심이면서, 지금 막힌 말을 연결하는 역할로서, 어색하면서도 반복해서 계속 나왔다.

"난 가까운 곳에 살고 있소. 히로시마에서 올라오는 건 큰일 아닌가. 달리 또 일이 있다고 해서 만나기로 한 건데, 나와의 만남만을 위해서였다면 거절했을지도 모르고. 고생 많소. 내일 돌아갈 때는 오사카에 들른다고······?"

"예-."

"어제 전화로 제주도에서 경찰 심문에 입회했던 남산의 인간이, 뭐였지, 으-응, 손님, 서울에서 온 손님이라고 했었나. 그 남산의 인간이 일본에 와 있다고 했는데, 내일 그 사람과 만나는 건가?"

"예-, 그렇게 되었습니다······."

"음, 그렇게 되었다······."

"일전에 도쿄에서 돌아간 뒤 바로 선생님께 전화를 드려서 상담을 하고 싶다고 한 것도 국적에 관한 일이었습니다만, 그때는 히로시마의 영사와 만난 직후로, 한국적으로의 변경에 최종적인 결단을 내리지 못하고 있었습니다. 솔직히 말씀드리면, 전 특히 이번에 제주도에 다녀온 뒤로 조선적을 고수하겠다는 기분이 사라져 있었습니다. 그러면서도, 이런 일로 총련 조직과 관계가 없는데도 조선적을 고수하고 계신 선생님께 말씀드리는 것은 실례가 되겠습니다만, 영사와의 트러블도 있고, 그리고 김일담 선생님께 다시 한번 상담을 해야겠다는 생각으로 도쿄에 왔습니다."

"근데 말이지, 난 조선적을 고수하겠다는 생각은 없네. 난 당연하고, 자연스런 일이야. 나의 경우는 조선적과 총련 조직은 관계가 없어. 무슨 총련이라든가 북쪽의 공화국을 생각해서 조선적으로 있는 게 아니야. 만일 그게 같은 것이라면 난 바로 조선적을 그만둘 거요. 아까도 말했듯이 그것만을 위한 상담이라면 전화로도 충분한 일, 일부러 도쿄까지 올 필요는 없겠지."

조선적, 재일에게는 실체가 없는 픽션. 일본 정부에 의한 기호. 김일담에게는 사상으로서의 기호.

"아닙니다, 전 달리 일이 없어도, 이 일만으로도 옵니다. 그것이 영사와 결렬되고 나서 이삼일 뒤에 장만규 씨로부터, 오사카 부총영사로부터 갑자기 전화가 걸려와, 정말 믿을 수 없는 일입니다만, 한 달 전에 제주도에서 절 취조한 인간인 겁니다. 깜짝 놀랐습니다. 그와의 전화 통화로, 그 국적에 관한 약속을 한 것도 아니고, 뭔가 그 변경에 관한 이야기가 나온 것도 아닙니다만, 좌우지간 만나게 되었습니다. 그것이 내일입니다."

"내일? 내일은 월요일인데, 총영사관에서 만나는 게 아닌 모양이군."

"예-, 그렇습니다."

"그래서 내일 만나면 국적변경 이야기도 나올지 모른다는 것이로군."

"예-, 아마도 그렇게 될 겁니다."

"고 동무는 그렇게 되면 국적을, 조선적은 국적이 아니지만, 어쨌든 한국적으로 변경한다는 것이겠지. 이른바 한국적 취득이라는 것이로군."

"예-." 고재수는 잠시 말이 없었지만, 큰 숨을 조용히 내쉰 뒤 잔을 손에 들고 식어서 씁쓸해진 커피가 혀에 달라붙는 것을 느끼며 마셨다. "그래서 오늘 선생님을 뵙는 것은 상담이라기보다 일종의 보고 같은 것입니다."

"그건 이해해요. 한 걸음 전진했다는 건가."

"전진이라고요?"

"후진, 후진인가? 조선적이 총련 조직에 근거를 두고 있다면 그것이 전진, 후진의 판단, 판정하는 위치에 있겠지만, 그런 게 아니잖아. 조선적이 곧 총련은 아니야. 따지고 보면, 일본이 전후 처리를 여태 하지 않고 있는 점, 북조선과 국교정상화를 하지 않고 있다는 사실에 있는 건데, 음. 반세기야. 식민지 침략의 역사 청산을 하지 않고 있는 건 일본 정도가 아닌가. 전 세계에서. 그건 그렇다 치고, 그래서 뭔가 고 동무에게 도움이 되는 거라면 전진이 아닐까 하는 거지요. 이것이 박정희나 전두환 등의 군사독재 시대라면 내가 이처럼 말할 수는 없겠지만."

"예-, 감사합니다. 선생님, 기분이 가벼워집니다."

"날 기준으로 삼을 건 없어. 보고, 상담이라고 했는데, 그것도 마찬가지야. 상담은 국적변경에 관한 것일 테고, 난 그 일을 고 동무로부터 상담을 받는다고 해도 반대할 수 있는 입장이 아니에요. 뭔가 정치적인 뒷거래를 해서 변경을 하는 것도 아니고, 제주도에 한 번 갔다 온 뒤 재차 나이든 양친과 함께 고향에 자유로이 드나들고 싶다는 것일 테니, 내게 상담해도 아마 반대하지는 않을 거요. 보고면 충분해요. 다만 생각해 보면 재미있는 것이, 일주일 쯤 전에 고 동무를 만난 것은 제주도에서 여권이 없는 조선적으로 체포, 그리고 남산에서 온 남자의 심문, 그리고 다음날 석방, 무사송환이라는 조금 흔치 않은 이상함을 고 동무가 짊어지고 왔을 때였지. 그리고 일주일이 지난 지금 그 이상함이 풀린 듯한 기분이 드는군. 내일 오사카로 가서 그 장 부총영사와 만난 뒤의 일이 되겠지만, 적어도 지금, 고재수의 마음속에는 이상함이 점차 풀리고 있다는 거지. 전화를 걸어온 부총영사와 실제로 만난다는 것은 핫핫하, 그런 게

244

아닐까. 으-음, 나로서도 이런 움직임에 감탄하고 있어요. 무슨 수수께끼 같지 않은가. 대단해…….”

“예-.”

고재수는 잠자코 고개를 끄덕였다.

“이거야말로 이상함, 이상한 자력이로군. 그것이 이상함을 풀어. 이상함이 이상함을 풀고 이상함이 사라져. 생각해보면 크지도 않은 나라가 둘로 갈라져 A국적, B국적, 그걸 바꾼다느니 바꾸지 않는다느니. 한심한 일이지만 그것이 현실, 현실 아닌가. 제각각 한 편의 조각으로서의 국적이 되어 있으니 말일세. 인간의 생활, 생존까지 지배하고 있어. 그러면서 더구나 재일의 경우는 조선적이 무슨 실체가 있는가? 무국적인 거잖나.”

“이번 일로 선생님께는 처음부터 이상하게 폐를 끼치고 걱정을 드리게 되었습니다. 죄송합니다. 마음이 아픕니다. 그때의 서울에서 온 손님과 오사카에서 만날 거라고는 생각지도 못한 일입니다만, 저도 이상함이 거기에 걸려 있던 안개가 걷힌 것처럼 풀려서 이상한 느낌입니다. 그런데 그 짙은 안개 같은 이상함을 날려버린 현실에 장만규 부총영사가 있었다는 이상함이 아닌 사실입니다. 마음이 제대로 정리되지 않고 있습니다.”

“미안해 할 건 아무것도 없어. 내 일로 마음 아파할 것도 없고. 그건 좋지 않아. 내가 무슨 비꼬는 말을 하는 게 아니고. 고재수와 난 이상함이 매개되어 만난 거니까. 그것이 사실, 생각지도 못한 곳에서 이상함이 풀렸는데, 그뿐이야. 풀린 뒤에 보이는 현실에 고재수 동무가 마주하면 되는 거 아닌가…….”

크게 고개를 끄덕인 고재수는 아앗, 하고 문 쪽으로 고개를 돌리며 일어섰다. 김일담이 돌아보자 관엽식물의 푸르름 뒤에서 이쪽으로 다가오는 넥타이를 맨 양복 차림의 한성삼이 보였다.

“아이고, 한성삼 동무, 음, 동무는 좋지 않을 테니 씨로 해야겠지. 한성삼 씨…….”

“아니, 동무도 괜찮아요. 고재수 씨, 오랜만입니다. 건강하시네요…….”

두 사람은 악수를 나누고, 고재수는 김일담과 마주보고 있던 유리창 벽 쪽으로, 한성삼은 코트를 벗고 고재수의 왼편 통로에 접한 소파에 앉았다.

“선생님, 감사합니다…….”

한성삼은 새삼스럽게 김일담에게 인사를 하고 머리를 숙였다. 음……. 김일담은 알았다는 듯이 적당히 받아넘겼다.

한국에서는 원래 친구를 의미하는 아름다운 말인 동무가 동지와 동의어인 빨갱이 용어로 금지어. 김일담이 고재수에게 동무라고 하는 것도 동지의 의미는 아니다. 젊은 사람끼리도 서로 동무라고 하지만, 연장자가 연소자에 대해 친근감을 담아 사용하는 관용구라서, 불편 불쾌한 일이지만 한국적의 연소자

246

에게는 동무를 사용하지 않는다. 번거로운 이야기다.

한성삼은 웨이트리스에게 커피를 주문하면서 새삼스레 유리
벽 밖 인파의 흐름을 보았다. 낮이라면 통행인의 얼굴이 서로
간에 훤히 들여다보이는 보도 측의 유리벽과 접해 있었다. 이
미 영사 앞에서 공작 대상인 김일담과 만났다. 고재수도 요주
의 인물은 아니다. U역에서 만날 때 김일담은 미행을 조심하라
고 다짐을 했지만, 지금은 해금. 아니, 지금은 두렵지 않다. 한
성삼은 각오가 되어 있었다.

두 사람은 마지막으로 만난 것이 도쿄의 어느 결혼식장이었
으니까 3년 만이 아니냐는 등, 대학시절에 유학동, 한학동의 합
동문화제를 몇 번인가 개최한 사이라서 특별히 개인적인 친분
이 있었던 것은 아니었지만, 오랜만에 만나다 보니 옆자리에서
반갑다는 듯이 이야기를 나눴다.

"김일담 선생님이 안 계셨다면 오늘 이렇게 만날 수 없었겠
지요. 여기는 특별한 장소네요. Z……. 김일담 선생님, 감사합
니다. 한성삼 씨, 난 말이죠, 최근 일주일 전쯤에 처음으로 김
일담 선생님을 뵈었어요. 억지로 말이죠."

"으-음, 나도 그래요. 난 억지 정도가 아니지만요."

"두 사람이 나란히 앉아 있는 것을 보니, 제각각 뭔가 단순
하게 술친구가 오랜만에 만나는 것과는 달리, 시대의 그늘이라
고나 할까, 무거운 그늘을 제각각 짊어지고 있군. 우리들 모두.

난 두 사람의 사정을 조금은 알고 있는 만큼, 개인적이기는 하지만 두 사람이 짊어지고 있는 역사의 배경에 가슴이 메는군."

"그렇게 말씀하시면 일담 선생님은 어떻게 되십니까. 우리들이 살고 있는 시대가 그런 걸요. 그러나 선생님을 뵙는 것으로 자신의 존재가, 보이지 않았던 것이 비쳐 보입니다."

"성삼 씨, 난 조선대학교를 나와 조선신보의 기자가 되었는데, 당시에 아는 것이 없기도 했지만, 총련조직으로부터 적대분자로서 공격받고 있던 김일담 선생님을 그들과 함께, 어쩔 수 없는 일이었지만 비판했어요."

"그렇게 하지 않으면 조직에 있을 수 없었겠지요."

"선생님은 F부대에 미행당한 적이 있으시지요."

F부대는 조선대학생을 중심으로 조직된 공화국, 총련 중앙에 절대충성하는 비밀 그룹으로, 반총련분자, 조직 내 불순분자, 비충성분자의 탐사, 때로는 납치, 감금이라는 실력행사도 했다.

"고 동무, F부대에 있었나?"

"아니, 그렇지 않습니다. 저는 그 정도 엘리트는 아닙니다만, 대강은 알고 있습니다. 말도 안 되는 시대였습니다."

"옛날 일은, 내 이야기는 그만들 하시게."

"예ᅳ, 그만둘 참입니다." 고재수는 웃으며 말했다. "선생님께 들었습니다만, 성삼 씨는 84년에 남산에서 고생한 모양이더군요. 나도 성삼 씨가 유학을 중지하고 이쪽으로 돌아왔다는 것을 알았을 때, 그런 말을 서로 할 수는 없었지만 그런 기분이 들었습니다. 정말 큰일을 겪으셨네요."

"아니, 아닙니다. 나 같은 건 문제가 아닙니다. 이제는 전혀 문제 삼지 않고 있어서, 그런 말을 들으면 대답이 궁해집니다. 그렇게 말하지 않았으면 합니다. 정말로 듣고 싶지 않습니다." 한성삼은 얼굴을 고재수 쪽으로 돌리면서 항의하듯 말했다. "지금도 옥중에 있거나 얼마나 많은 유학생들이 수난을 당하고 있습니까. 나 같은 건 얘깃거리도 아니지요. 그런데 재수 씨는 이번에 제주도를 여권도 없이 다녀왔다면서요. 재수 씨는 조선 적이지 않습니까. 아이고, 대단한 일을, 마치 무서운 모험 같군요. 예삿일이 아닙니다. 용케도 그런 일이 가능하다고 감탄했습니다. 그러고서도 무사히 일본으로 강제송환이라는 형태로 돌아왔다면서요……."

"음, 글쎄요, 그렇기는 한데, 나중에 생각해보니 주변의 말대로 내 행동이 이상하지만, 난 특별히 내 양심에 걸리는 것은 아무것도 없어요. 자신의 고향에 가는데 무슨 증명서가 필요합니까. 그쪽이 이상한 거지요. 에-, 정말입니다. 다만 제대로 입국할 수 없었지만, 제주공항 게이트를 멋지게 통과하여 조금만 더, 서너 걸음만 더 가면 되는데, 흐-음, 뒤쪽에서 이봐, 하고 불러 세웠으니까요. 법이 있다는 것은 이해를 합니다만, 그래도 내 경우는 이상해요. 그건 상대방 사정 아닙니까. 그러니까 달갑지 않은 그 법망을 빠져나가기만 하면 되는 것인데, 그게 말이죠, 잘 되지 않더군요. 난 나쁜 짓을 한 게 아닙니다."

고재수는 웃었다.

"그건 알고 있습니다. 왠지 재미있는 얘기지만, 그렇게 끝날 일이 아니죠, 으-음, 호걸이군요. 호걸, 경찰도 깜짝 놀랐겠는데요."

"글쎄, 깜짝 놀라는 정도로 끝나서 다행이지. 한 군은 이쪽 내 옆으로 오는 게 어떤가. 나란히 있으면 대화가 어렵잖아."

"예-, 괜찮습니다."

커피가 나왔다.

"내 밀항 실패가 김일담 선생님을 뵐 계기가 되었어요. 재밌는 일이지요. 계기라기보다도 내가 선생님을 뵈어야겠다고 결심하고 요전 7일이었습니다만, 처음으로 마침 이곳 Z에서, 이 소파입니다. 지금과 같은 위치네요……."

고재수는 자신의 제주도에서의 일을 듣고 믿을 수 없다고 놀란 한성삼이 엊그제 대사관 영사와 만났다는 이야기에, 김일담과 상담하려 했던 말이 막혀서 나오지 않았다. 무슨 일인지는 모르겠지만, 내일 그 제주도에서의 당사자, 남산에서 온 남자, 부총영사를 만나는 일과 얽혀 있는 듯한 기분이 들었다. 왠지 아무래도 이상하다고 고개를 갸웃거린 김일담도 알아버린 일이라서 한성삼에게 그 일을 감출 생각도 없지만, 지금 그걸 화제로 삼고 싶지 않았다. 믿을 수 없을 만큼 놀라운 무사 강제 송환과 국적변경의 연결이 분명해지는 것은 지금으로서는 싫었다. 그것은 더 이상 놀랍거나 이상한 게 아니다. 남산에 의한 공작의 결과로서 납득하게 될 것이다. 고재수는 그에 응한 공작 대상자인가. 결과로서 그렇게 되어버린 것인가.

고재수는 한성삼이 엊그제 남산에서 온 남자와 만났다는 것을 알고 왜 그렇게 놀라고 충격까지 받은 걸까. 특별히 이유라 할 만한 것은 없다. 그저 같은 시기에 거의 동시에 남산으로부터 제각각 왔다는 것일 게다.

"재수 씨는 언제 히로시마로 돌아갑니까?"

수증기가 피어오르는 뜨거운 커피를 한 모금 마신 한성삼이 말했다.

"내일 돌아갑니다."

고재수는 가슴이 덜컹하며 대답했다.

"그럼 오늘은 이걸로 이별이군요."

"내일 오사카에서 잠깐 어딘가에 들렀다가 그 길로 돌아갈 겁니다."

잠깐 다른 곳에 들르는 일인가.

"오사카? 그렇게 해서 내일 히로시마에 돌아갈 수 있습니까?"

"충분히 돌아갈 수 있어요. 막차로⋯⋯."

고재수는 마주앉은 김일담을 보았다. 김일담은 호응하듯 고개를 끄덕였다. 내일 고재수는 오사카에 볼일이 있는데, 그게 묘하게 남산에서 온 인간이란 말이지⋯⋯라며, 고재수를 대변할까 생각했지만, 잠시 기다리기로 했다.

고재수는 동석하고 있는 김일담도 알고 있는 일을, 오사카에 잠깐 들른다고 말해놓고서 얼버무리는 것이 마음에 걸렸다. 지금 한성삼에게 말해도 되지 않을까. 기왕에 일이 이렇게 되었고, 게다가 자신이 원하고 있는 일이니까. 그리고 나중에 알게 될 일이다. 아니, 그렇지 않다 하더라도 후일에 이 자리에서 있었던 이야기의 결과를 알려야 한다.

"실은 말이죠." 고재수는 고개를 조금 옆의 한성삼 쪽으로 기울이고 시선을 비스듬히 떨구며 계속했다. "난 좀 전에 선생님께 성삼 씨가 남산에서 왔다는 대사관 영사와 엊그제 만났다는 얘기를 듣고 깜짝 놀랐는데요, 그러니까 뭐가 뭔지 순간적으로 착각을 해서, 그저 뭔가 웃음이 나올 것 같아요, 이상한건 아니지만, 내일 나도 남산에서 온 인간과 만나거든요."

"음, 뭐라고요⋯⋯?" 한성삼은 반사적으로 고개를 비틀어 오른편의 고재수를 들여다보았다. "남산에서 온 인간이라고요, 안기부? 으-음."

"바로 이번 사오일 전에 갑자기 연락, 전화가 와서 말이죠

……."

"전화……? 안기부?"

"그래요. 이제는 안기부가 아니고, 얼마 전에 오사카로 부임해왔다고 합니다. 그 전에는 안기부지요."

"도쿄가 아니라, 오사카입니까? 오사카는 총영사관이잖아요."

"그렇습니다."

"오사카 총영사관, 남산으로부터. 그런 인간, 그런데 뭘로 왔습니까? 직함……."

한성삼은 손에 든 잔을 기울여 커피를 한 모금 쭉 마셨다.

"부총영사로 온 모양입니다. 그게 내가 제주도에서 체포되었을 때 서울에서 날아와 취조한 심문관이에요. 아니, 아직 만나지 않았지만, 전화로 주고받은 목소리, 바로 그 인물입니다……."

"누구라고요. 심문관……. 영사가 아니라 부총영사? 심문관, 남산에서 온 수사관이군요……." 한성삼의 머릿속에 부총영사관, 안기부 장 과장, 상급 수사관의 얼굴이 불빛을 받으며 떠올랐다. 엊그제 제국호텔에서 김동호 영사로부터 들었던 인물이다. "아이고, 부총영사 장 아무개……."

한성삼은 튀어 오르듯 허리를 들어 올리며 놀랐다.

"장만규. 한성삼 씨는 알고 있습니까?"

놀란 고재수는, 두 사람은 눈을 크게 뜨고 서로 옆에서 마주
보았다. 설마 남산에 같은 인간이 두 사람 있을 리는 없을 것이
다. 고재수는 한성삼의 놀라는 모습을 보고 다시 놀랐다.

한성삼은 자세가 불편한지 자리에서 일어나, 좀 전에 김일담
이 지시한 대로 그 옆의 소파로 가서 고쳐 앉았더니 커피 잔을 자
신의 앞으로 옮겨 입에 대고 다 마셨다. 그리고는 유리잔에 손
을 뻗어 물을 마신다. 으-음, 머리를 흔들었다.

"재수 씨, 도대체 어떻게 된 걸까요. 오랜만에 만나자마자 이
렇게 되는군요. 남산에 맞닥뜨릴 줄은. 지금 이름을 장만규라
고 했지요. 장 과장, 예전 안기부의 인간이라고 생각하는데, 지
금 오사카 부총영사라니……. 이거 놀랍습니다."

아니, 확실히 그렇다. 한성삼은 앗 하고 소리를 지를 뻔했다.
이마에 바람이 지나가고 식은땀을 느꼈다. 음, 정식으로는 오
사카의 장 부총영사가 만나게 될 거야……. 제국호텔에서 김동
호 영사의 말. 꼭 한번 주일한국대사관 부총영사님과 함께 만
나고 싶다고 생각하고 있습니다만……. 고려원에서. 남산의 상
급 수사관, 김동호 영사의 상사다. 일시는 미정이지만 가까운
시일 안에 김일담과 만나게 될 주일한국대사관 부총영사라는
인간. 84년 봄, 남산에서의 심문자, 수사관. 이 남자가 도쿄로
찾아와 김일담과 한성삼을 만나는 것이다. 콩닥 콩닥 심장이
울리고 있다. 도대체 일이 어떻게 돌아가고 있는 걸까. 한성삼

은 얼마 남지 않은 유리잔의 물을 비우고 목소리로 나오지 않
은 말을 삼켰다.

"왜 그러십니까?"

"내가 알고 있는 인간입니다."

"성삼 씨가 알고 있다? 만난 적도 있고……?"

한성삼은 말없이 고개를 끄덕였다. 삼사 초, 소용돌이치는
듯한 침묵이 혈류와 합쳐지며 한성삼의 몸을 한 바퀴 돌았다.
물병을 한 손에 든 웨이트리스가 테이블 옆에 서서 각각의 유
리잔에 물을 따랐다. 한성삼은 테이블 위의 유리잔에 손을 대
고 물을 받은 뒤 차가운 물을 한 모금 마셨다.

"음, 한마디로는 얘기할 수 없는데……."

"아―, 음, 남산이로군. 성삼 씨, 이제 됐어요, 그 이야기는.
그런 이야기는 그만 둡시다……."

김일담은 멍하니 두 사람의 대화하는 모습을 보고 있었다.
일본과 한국의 시공을 오가는, 뭔가 혼돈스런 이야기. 현재가
아닌, 예전의 안기부, 남산의 남자는 곧 현재의 오사카 부총영
사의 과거와도 얽혀 있는 것이다. 숲이 깊은 남산의 지하실로
도 통하는 터부의 이야기다…….

고재수는 담배를 물고 라이터 불을 붙여, 화려한 밤의 번화
가 거리를 사이에 둔 유리창 벽 쪽으로 얼굴을 돌리고 천천히
피우면서 통행인의 흐름을 바라보았다.

"선생님, 실례하겠습니다."

한성삼도 따라서 담배에 불을 붙이고 관엽식물이 있는 통로 쪽으로 고개를 돌려 두세 번 피우다가 재떨이에 유리잔의 물을 조금 붓고는 불을 비벼 껐다. 물을 빨아들인 하얀 동체는 무참하게 더러워지며 무너진다.

시각은 7시에 가깝다.

"일담 선생님."

"응." 김일담은 멍하니 있다가 턱을 내밀었다. "왜?"

"자리에서 일어나지 않으시겠습니까. 재수 씨도 내일 돌아가고……."

"응, 그렇게 하지."

고재수가 돌아보며 담배를 재떨이에 껐다.

"고려원은 어떻습니까?"

"좋지."

"예-, 재수 씨, 자리에서 일어나 밖으로 나갑시다."

고재수가 손을 뻗기 전에 한성삼이 가까이에 있는 전표를 들고 일어났다. 고재수는 코트를 입은 뒤 소파 옆에 놓아둔 보스턴백을 들고 자리를 떠났다.

세 사람은 소음에다 빛이 밝은 거리의 밤바람을 맞으며 김일담이 앞섰다가 두 사람이 앞섰다가 하며 역의 동쪽 출구에서 서쪽 출구 방향으로 육교 밑을 지난다. 도중에 한성삼이 공중

전화 박스에서 가게로 전화를 걸었다.

세 사람은 잠자코 인파 속을 걸었다. 김일담은 어제 처음으로 만난 한국영사가 꼭 한번 대사관 부총영사님과 함께 만나고 싶다고 한 그 남자가, 내일 고재수가 오사카에서 만날 예정인 남산에서 온 남자라는 걸 모른다.

고재수는 내일 오사카에서 만나기로 한 장만규 부총영사가 '공작'을 위해 김일담과 만나는 것을 모른다.

악몽 같은 열흘간의 가위에 눌리는 듯한 긴장을 질주로 날려버린 뒤에 짊어지게 될 커다란 짐의 상대가, 고재수가 내일 만난다는 부총영사, 84년 당시 남산의 간부 수사관이라니! 인텔리풍의 의외로 부드러운 느낌이 들지만, 날카롭고 가는 눈을 가진 남자, 세상에 원인과 결과의 관계가 없는 인과관계가 있느냐. 차분한 목소리까지 기억하고 있다. 콘크리트 방 철제 책상 옆에 뻣뻣한 머릿결의 사나운 곤봉 남자 추성준, 현재의 김동호 영사가 서 있었다.

한성삼은 걷고 있는 세 사람의 머릿속을 남산 남자의 그림자가 얽히며 오가는 것을 느끼고 있었다.

"……선생님께서는 조만간 한국에 가시는 거 아닙니까?"

김일담과 나란히 걸으며 고재수가 말했다.

"가고 싶지만, 좀처럼 받아주지를 않는군요."

"일담 선생님께서 『논계』에 쓰신 글이 영향을 미치고 있는

257

게 아닐까요?"

"그 영향도 있겠지만, 이유가 되진 않아. 그건 방귀를 뀐 놈이 성을 내는 거나 마찬가지고, 비자를 내주고 안 내주고는 그쪽 맘이지만, 이유는 될 수 없지."

"그러나 국가권력으로서는 모양새가 안 좋은 이야기입니다. 상대를 잘못 골랐네요."

"핫하, 생각해보라고. 도대체 뭐냐 말야, 재일을 근거로 한 일대 간첩 사건이라는 둥, 게다가 김일담이 그 주모자라니 만화라 해도 현실성이 없잖아. 이런 식으로 날조한 국가 음모가 이따금 성공할 때도 있긴 해. 아니, 많은 재일유학생들과 그 밖의 간첩 사건은 성공하고 있으니까. 웃음이 나오는 것도 목숨이 붙어 있어 가능한 건가. 그 나라에서는 현실적으로, 북쪽도 마찬가지지만, 인간인 사람들이 모두 그곳에 살고 있단 말이야."

"예……. 선생님, 제주 4·3연구소가 생겼지요."

"응, 재작년에 발족한 거 아닌가."

"힘들었겠지요."

"그렇지, 겨우 거기까지 왔으니까, 아직 규모는 작은 모양이지만, 몇 년 전까지만 해도 4·3을 입 밖에 냈다가는 체포되었으니까 큰 진전이지."

"소장이랑 중심 멤버는 일담 선생님과 아는 사이 아닙니까?"

"그렇지, 일본에도 유학한 바 있으니까. 다들 고문을 당했던 사람들이지."

"고문……."

"고문."

"예……."

"다들 온순한 인간이야. 그러면서 고문에는 강해."

"예-, 한국의 학생들은 강하더군요. 저는 이번에 갈 때는, 제주도에 갈 때는 4·3연구소를 방문하고 싶다는 생각을 하고 있습니다. 그때는 저를 소개해주셨으면 좋겠습니다. 다시 의논드리러 올라오겠습니다만……."

"조금 성급한 이야기로군. 그때는 그렇게 하도록 하지."

김일담은 국적변경을 결심한 듯한 고재수가 이미 4·3연구소에 얼굴을 내밀 계획을 세우고 있다는 것에 놀랐다. 그곳에 출입하는 사람은 당연히 당국으로부터 감시당한다.

"고 동무는 제주도에 가고 싶은 게로군……. 으-음."

"그렇습니다. 못 갈 이유가 없지 않습니까. 당연한 일을 그렇게 할 수 없기 때문에, 이번에는 여권을 가지고 당당히 자유롭게 갈 겁니다……."

긴 전차가 달리는 소음으로 머리 위에서 떨어져 내릴 것 같은 육교 밑을 지나 세 사람은 역 서쪽 출구 쪽에 있는 교차로로 나왔다. 신호를 기다린다.

"이 신호를 건너면 바로입니다."

"그러고 보니 생각이 납니다. 이전에 한 번 온 적이 있어요
……."

세 사람은 신호를 건너 고려원이 있는 음식점 거리 쪽으로
걸어갔다.

승강기로 3층에. 한성삼이 부탁해 놓은 대로 가게 안쪽 왼편
으로 들어간 칸막이 자리가 준비되어 있었다. 손님은 만석은
아니지만, 꽤 붐비고 있었다. 젊은 커플 손님이 많다. 여러 명
이 앉을 수 있는 테이블 벽 쪽에 김일담과 고재수, 격자 모양
칸막이벽으로 구분된 입구 쪽 의자 중 하나에 한성삼이 마주보
고 앉았다.

혜순이 테이블로 다가와 김일담에게 그리고 고재수를 기억
하고 다시 한번 인사를 한 뒤 물러갔다. 맥주가 나오고, 채소와
김치 등의 밑반찬, 늘 정해져 있는 수육, 대구찌개가 맛있다고
해서 우선 그걸 주문한다.

한성삼이 김일담에게 맥주를 따르고, 멀리에서 온 손님에게
라면서 고재수에게, 고재수가 따라 준 거품이 이는 맥주잔을
서로 부딪치며 세 사람은 건배를 한다. 다시 서로에게 따라 주
고 한동안 먹고 마시며 담소.

찻집에서 서로 중단했던 이야기. 내일 오사카에서 고재수가
만난다는 부총영사가, 한성삼이 알고 있는 남산의 남자, 당연
히 84년 유학시절 당시의 남산 남자일 거라는 이야기는 하지

않았다. 한성삼은 제주도 경찰에서 고재수를 심문했다고 하는, 지금은 부총영사라는 그 남산에서 온 남자와 왜 만나는 걸까, 알 수가 없다. 설마 비밀공작, 그런 일을 위해 오사카를 간다면 말했을 리가 없다. 그건 좋지 않은 억측이다. 만일 국적변경이라면, 그거 말고는 없겠지만, 그 한국적 취득을 위해서라면 의외라기보다 놀라움이었다. 여권 없이 당당하게 제주공항에 내렸다고 하는 조선적의 고재수가. 한국적이 그렇게 좋단 말인가. 지금 자신이 진절머리를 내고 있는 한국적, 충성국민 국적이 되다니. 비국민······.

테이블에 탁상용 가스풍로가 놓이고, 거기에 또 한 명의 여종업원이 가져온 커다란 대구찌개 냄비를 올려 불을 붙인다. 반쯤 익혀져 나온 찌개에 고추장을 풀자 향기롭고 진한 국물 냄새가 볼을 쓰다듬는 수증기와 함께 퍼진다. 여종업원은 긴 젓가락으로 끓기 시작한 냄비 속의 재료를 제각각 한쪽으로 밀어놓으며 이대로 잠시 기다려주시면 나중에 다시 오겠다고 말하고 그 자리를 떠났다.

서로의 잔에 술을 따르며 잡담을 나누었는데, 고재수는 벌써 10년이나 되었고 80년대 초지만, 이라며 한성삼이 참가했던 동인지 『해협』에 관한 이야기를 꺼냈다. 그때 단편을 쓰고 있었지요, 지금도 소설을 쓰고 있냐고 물어 한성삼을 난처하게 만들었다. 그냥······. 그는 고개를 끄덕인다. 그래, 난 쓰고 있다.

써야 한다. 쓴다. 당시에 동인지가 주최한 모임에서 김일담 선생님이 강연한 제주도 4·3사건에 관한 내용의 기록을 읽은 기억이 있다고 말하는 바람에 한성삼의 내부로 과거를 가지고 왔다. 그 당시에 『해협』을 보내줬어요. 으-음, 그랬었구나…….

남산 콘크리트 방의 심문에서 어떤 식으로 조사를 했던가, 『해협』과 즉 한성삼과 김일담의 관계를 추궁한 것은 아까 Z에서 이름이 거론되었던 오사카의 부총영사 장만규, 시종일관 냉정하고 침착, 날조된 진술서를 애초에, 서명은 추성준으로 되어 있는 조서를 만들어낸 남자였다.

여종업원이 다가와 일단 풍로의 불을 끈 뒤 먼저 김일담의 접시를 손에 들고 냄비에 국자를 넣어 조용히 젓더니 잘 익은 대구의 커다란 살점, 채소 등을 담아 테이블 위에 내려놓고, 차례로 옆에 있는 고재수, 그리고 한성삼의 접시에 담아 각자의 앞에 놓았다. 고재수도 이야기를 중단하고 맥주를 비우더니 대구찌개를 먹는다. 김일담은 밖에서는 맥주만, 고재수도 맥주, 한성삼도 맥주잔을 조심스럽게 기울인다. 가오리회 등도 나온다. 테이블이 가득 찼다.

"……『해협』의 그 강연기록에 정뜨르 비행장 지하에 묻힌 그 수를 알 수 없는 무수한 학살 사체의 이야기, 지상으로 파내야 한다는 이야기가 나옵니다……."

고재수는 손수건을 꺼내 찌개와 알코올로 이마에 배어나온

땀을 닦으며 계속했다. ……김일담 선생님은 88년 40년 만에, 그러니까 42년 만의 고국방문으로 서울에서 제주도로 가는데, 그 지하에 학살 사체가 잠든 제주공항 활주로에 제트기로 내려서는 게 싫어서 본토 남단의 완도에서 배로 제주도에 들어갔다는 이야기가 기행문에 쓰여 있습니다만, 전 이번 한 달 전에 후쿠오카에서 출발 제주공항 활주로에 제트기로 내려서면서 땅속에서 부서지는 무수한 뼛조각이 뿌드득 뿌드득 삐걱거리는 소리를, 그건 환청입니다만, 그래도 확실히 들었습니다…….

음, 환청을 듣는다는 게 대단해. 한성삼이 말참견을 하고, 김일담은 일전에 Z에서 고재수를 만났을 때, 물론 환청이지만, 그 착륙할 때의 굉음 속에서 귀 안쪽 공간은 숲 속에서처럼 정적이란 말인가. 땅속 뼈들의 욱신거림, 뿌드득, 뿌드득, 삐걱거리는 소리가 들리다니.

고재수는 유리잔의 맥주를 한 모금 기울이고 나서 계속했다.

"저어, 일담 선생님, 성삼 씨……. 제주공항 건물이 있지 않습니까. 지상 2층 건물입니다. 거기에 지하실이 있는 걸 알고 계십니까?"

"……?"

"지하실이 있습니다. 3층입니다."

"3층?" 김일담도 한성삼도 놀랐다. "지하 1층이라면 공항건물이라도 있을 것 같긴 한데, 그것도 전혀 생각해본 적이 없군.

263

3층이라니 놀라운데. 제주도인데 말이죠. 거기는 뭐하는 곳입니까?"

"그곳으로 연행되었습니다."

"뭐, 그곳으로 연행됐어? 경찰에서 조사받은 게 아니고?"

"아닙니다. 살풍경한 콘크리트 벽의 깊은 계단을 내려간 3층이었는데, 거기에 심문실이 있어서 경찰과 당일 마지막 비행기로 날아온 남산의 남자에게 심문을 받았습니다."

"으-음……." 김일담은 맥주잔을 손에 들고 신음소리를 내었다. "지하 3층이라, 그거 처음 듣는 소리군. 거기는 뭘 하는 곳일까. 심문실? 지하 3층의 심문실. 안기부 대공분실의 별실은 아니겠지. ……심문만 있었고, 고문은 당하지 않았나?"

"예-. 서울에서 온 손님은 제법 신사적이었습니다."

"신사적?"

"취조니까 현지의 관계자들은 거친 자들도 있었습니다만, 고문은 없었습니다. 전 고문을 당할 이유는 전혀 없습니다."

"뭐라고? 고문당할 이유가 없다. 허허, 그야 그렇겠지. 재수동무는 아주 태평한 인간이군. 그들은 없는 것을 만들어 내거든. 이유가 없는데도 날조해서 고문을 한다는 거야. 그 나라에서는."

김일담은 잔을 들고 쭉 들이켠 다음 손 등으로 입술을 닦았다.

"예-. 정말 그렇기는 합니다만, 제 경우는 없었습니다……."

"그래서 밤에는 어떻게 했나?"

"그곳에서, 유치장에서 일박했습니다."

"유치장, 거기에 유치장이 있어요? 감옥인가. 지하감옥…….
거기에서 잤다……. 대단하군. 으-음, 제주, 제주국제공항의 지
하, 정뜨르 비행장의 지하인데. 게다가 3층, 고재수는 땅속 깊
은 그곳에서 묵은 셈이군……. 이런, 핫핫하……. 아……, 건
배, 참, 내 잔에 술을 따라 줘. 그 땅속 깊은 3층에서 다음날 일
본으로 돌아온 거로군……."

한성삼이 맥주병을 손에 들고 김일담의 잔에 따랐다. 김일담
은 그걸 천천히 기울인다. 그리고 커다란 숨을 내쉬었다.

"고재수 동무, 대단한 밤을 보냈군. 심야, 그곳에서 죽은 자의
목소리는 듣지 못했나. 정뜨르의 지하, 죽은 자들과 함께 밤을
보낸 거야. 핫핫하……. 이거 정말, 대단한 얘기를 들었어……."

가게의 소란스러움 속에 그곳만이 격리된 칸막이 자리에서
한순간 김일담의 공허하게 울리는 웃음소리에 빨려 들어가듯
이 두 사람 모두 잠시 할 말을 잃었다. 맥주를 서로 따르는 유
리잔 가장자리에 병의 목이 닿는 소리가 난다.

정뜨르의 지하. 땅속으로 내려온 인간의 숨결에 닿기 위해,
살아 있는 인간의 냄새를 맡기 위해 죽은 자들이 지하 3층 옆에
까지 모여들지 않던가…….

정뜨르 땅속의 죽은 자들의 목소리……

공항 건물 지하 3층 밖에 펼쳐진 정뜨르의 땅속, 죽은 자들의 세계. 그 너머는 바다 속. 뿌드득, 뿌드득, 저승에서 들려오는 부서진 뼛조각이 뼛조각을 밟는, 뼛조각이 얽히고 서로 겹쳐 희미하게 삐걱거리는 소리. 땅속 뼈 무리의 숨결. 자물쇠가 벗겨져 열린 채로 있는 유치장의 문 밖은 지하 공간으로 이어지고, 다시 그 건너 박명에 들여다보이는 어둠. 땅속의 저승 공간……. 고재수는 죽은 자들의 목소리를 듣고, 죽은 자들과 이야기하고, 죽은 자들의 행진을 보았던 것이다…….

"유치장에서 묵었습니다만, 죽은 자들의 목소리는 들리지 않았습니다."

"음, 제트기가 착륙할 때처럼 뿌드득, 뿌드득 하는 환청 같은 것도 없었단 말이지."

"예……."

"음, 대단한 경험을 했군. 아니, 아니지, 이야기가 엉뚱한 방향으로 가버렸네. 자아, 한잔 마시고……."

"저는 제주공항에 지하 3층, 그건 지하로 가는 동굴입니다. 깜짝 놀랐습니다. 무엇 때문에, 언제 만들어졌는지. 3층에는 유치장 외에도 방이 여러 개 있는 것 같고……. 일담 선생님, 전유치장에서 잠들지 못하는 밤, 부친의 남동생, 삼촌을 생각했습니다. 4·3 당시 20대 전반에 돌아가신 삼촌의 일은 절대 터

부라서 부모님 모두 일체 얘기하지 않았습니다. 어릴 적, 조부
의 제삿날에는 작은 다른 제상을 차려놓고 그 삼촌 앞에 예를
올리게 했습니다만, 아무래도 4·3 당시 게릴라로 참가해서 행
방불명이 된 듯한데, 어른이 되면서 알게 되었습니다. 정뜨르
주변에서 살해된 게 아닐까, 지금은 그런 느낌이 있습니다만,
부친 앞에서는 절대 얘기할 수 없습니다. ……그 삼촌의 일을
공항 지하에서 생각하기도 하고…….”

　“아이고, 재수 동무, 재수는 4·3의 유족 아닌가……. 이봐,
재수 동무…….”

27

　김일담은 손을 내밀어 당황하면서도 손을 뻗는 상대의 손을
잡고 세게 악수를 했다.

　“유족이었군, 전체 섬이 감옥이면서 죽음에 이르는 침묵을
강요당해온 유족이야.”

　“유족이라고 해도 전 실감이 나지 않습니다. 일본에서 자랐고
얼굴도 모르는데다 언제 어디서 죽었는지 확실하지 않습니다.”

　“그건 재수 동무의 삼촌만이 아니야. 행방불명되어 학살된
장소도 확실치 않은 사람들이 많이 있어. 정뜨르만 해도 몇백,

몇천이 있는지 알 수 없어. 아버지들이 설사 알고 있다고 해도 절대로 입 밖에 내지 않아."

"예-, 그렇습니다. 벌써 반세기 가깝게 흘렀는데도, 아버지는 그런 일이 없었던 것처럼 입을 열지 않습니다. 아버지는 지금도 삼촌의 제사를 음력 3월의 조부 제삿날에 맞춰 다른 제단을 만들어 지내고 있습니다. 벌써 40년이 되었지만, 삼촌의 제사인데도 일체 삼촌의 얘기는 하지 않습니다. 그저 가족들에게 무릎을 꿇고 예를 올리게 할 뿐입니다."

"음, 40년을 계속해서 죽은 남동생의 제사를 지내고 있는 것이로군. 아버지가 입을 열지 않는다, 이야기를 하지 않는다는 건 입이 기억이 땅속 깊숙이 죽은 자들과 함께 얼어붙어 있기 때문이야. 열려고 해도 열리지 않지. 유족들은 그 죽은 자들을 위해 슬퍼할 수도 울 수도 없어. 목소리를 내지 못한 채 지금까지 반세기가 흘렀어. 정뜨르의 망자들을 파내야 함과 동시에, 제주도의 주민들은, 우리들은 동결되고 살해된 가사 상태의 기억을 풀지 않으면 안 돼. 좀 전에 겨우 4·3연구소가 생겼다는 얘기가 나왔는데, 조만간, 아직 먼 얘기겠지만, 정뜨르의 망자들을 지상으로 발굴해낼 날이 올 거야. 오지 않으면 안 돼. 그리고 태양의 햇살이 내리쬐는 지상으로 망자를 소생시킨다……."

"예-, 일담 선생님, 전 앞으로 제주에 자유롭게 드나들 수 있게 되면, 친척들도 기억이 얼어붙어 이야기를 하지 않겠지만,

그래도 삼촌의 행방을 알 수 있는 단서를 찾으려 합니다. 4·3
연구소를 찾아가겠다는 것도 그 때문입니다."

"음, 4·3연구소……."

김일담은 크게 고개를 끄덕였다. 그리고는 잔을 들어 올려
혼자서 건배하는 시늉을 하고 천천히 기울였다. 두 사람도 마
찬가지로 잔을 들어 올려 입으로 가져간다. 김일담은 고추장
맛을 살린 커다란 회 한 점을 양념으로 잘 묻힌 쑥갓과 함께 입
에 넣고 씹어 삼키자, 목으로부터 콧구멍에 식초로 억제한 암
모니아 냄새가 기분 좋게 찌르듯이 올라온다. 계속해서 수육
살점을 취기가 밴 입에 넣고 치아를 움직이자, 이 또한 맛있다.

혜순 자신이 해삼과 멍게 회를 담은 접시를 들고 와 테이블
위의 적당한 곳에 놓았다. 일본식 고추냉이 간장으로 먹는다.

"재수 씨는 오늘밤 어디서 묵는 건가요?"

한성삼이 물었다.

"그러니까, 호텔, 우에노, 이케노하타(池之端) 주변 호텔에
묵습니다. 그리고 내일 점심때를 지나 오사카로, 오사카에 도
착한 뒤 다시 저녁때는 히로시마행을 타고, 이런 일정입니다."

"으-음, 그렇게 해서 충분히 히로시마에 돌아갈 수 있군요."

"예, 돌아가죠. 반드시 예정대로 돌아가야만 합니다. 저어,
성삼 씨, 전 말이죠, 한 달 전에 주변 사람들에게 폐를 끼치고,
내가 분명히 무모한 짓을 하는 바람에 제주공항에서 체포당하

고 말았지만, 그건 두 번 다시 가능하지 않다는 걸 알고 있습니다. 그래서 난 역시 이번에 국적변경을, 한국적으로 바꿀 생각입니다……. 그래서 김일담 선생님께도 대단히 폐를 끼치게 되었지만, 난 앞으로 제주도에 왕래할 겁니다. 자유로이 드나들 생각입니다……."

"재수 씨, 알고 있습니다. 이미 아까부터요……. 처음에 그 오사카 부총영사를 만난다고 들었을 때는 깜짝 놀랐지만, 지금은 충분히 이해하고 있어요……. 좌우지간 조심해서 히로시마로 돌아가세요. 그리고 당당하게 고향인 제주도 땅을 밟으세요. 자, 한잔해요."

세 사람은 잔을 부딪쳤다.

"고 동무는 뭔가, 다른 술을 마시는 게 어떤가." 잔을 기울이며 김일담이 말했다. "그리고 호텔에 가서 푹 쉬면 돼. 국적 이야기, 재밌는 일이야. 조선, 한국, 뭘까 이건. 국적 이야기는 이걸로 끝내지."

"예-, 감사합니다."

"감사와는 관계없어."

김일담.

고재수는 돼지수육을 김치에 싸 먹고 나서, 소주, 한국 것이 아니라 뜨거운 물로 희석시킨 감자소주를 주문했다.

"일담 선생님, 선생님께서 좀 전에 정뜨르의 망자들이 지상으로 발굴될 날이 온다, 그리고 망자를 지상의 햇빛 속에 소생시킨다, 고 말씀하셨습니다만, 그렇습니다. 정말로 그렇습니다. 선생님, 전 힘이 솟아납니다."

"핫핫하, 그게 언제쯤일까. 아직 알 수 없지만, 그래도 그건 실현되어야 할, 실현시켜야 할 일이야. 반드시 말이지. 재수 동무도 앞으로 제주도에 출입하게 되면, 그 실현시킬 힘 속으로 들어가는 게 아닌가. 그쪽 현지에 있는 사람들은 아직 큰 목소리로 이야기할 수는 없어. 반세기 얼어붙은 침묵을 깨고 겨우 제주 4·3연구소가 지상에 얼굴을 내밀었으니까……. 핫핫하……. 제주 4·3연구소일세……."

고 동무는 지하 3층에서 망자의 목소리를 듣지 못했나. 정뜨르의 지하에서 망자들과 함께 잠을 잔 걸세. 핫핫하……. 그때의 동굴 속 울림처럼 허망한 웃음과 목소리가 지금은 달라져 있었다.

아아, 정뜨르의 지하, 땅속에 내려온 인간의 숨결에 닿기 위해, 살아 있는 인간의 냄새를 맡기 위해 망자들이 지하 3층의 옆까지 몰려들지 않았나. 망자들의 목소리를 듣지 못했나.

벽의 저쪽은 땅속, 그 너머는 바다 속. 유치장 밖의 지하 공간으로 이어지는 동굴 그 너머 박명에 비친 어둠. 땅속의 끝없는 공간에 피라미드 모양을 한 반원형 분묘의 무리. 고재수는 미로 같은 산소 사이로 빠져나와 많은 산소에 둘러싸인 광장으로 보이는 곳에서 망자들의 행렬을 보았다. 행렬은 망자들이 산소에서 나온 형태가 없는 그림자 형태……. 고재수는 희미해져가는 게릴라 유령의 행진을 바라보면서 삼촌을 불렀다. 삼촌, 삼촌님……. 땅속에서의 자신의 목소리를 또렷이 기억하고 있다. 사라져가는 유령들의 행진을 쫓으며 영원한 가위눌림의 상태로 우뚝 멈춰선 채 외쳤다. 삼촌님…….

취기는 내부와 외부의 경계를 무너뜨린다. 내부가 외부로 흐르고, 외부가 내부로 들어와 하나가 되어 기억을 만들고, 기억은 비현실을 현실로서 기억한다. 정뜨르의 땅속. 지하 3층으로 연결되는 저승의 세계. 땅속에 무리지은 분묘……. 꿈속에서나, 환각에서도 또렷이 새겨져 남아 있다면 자신 속의 기억으로서 현실인 것이다.

그 지하의 환상 같은 기억의 공간 속에서 고재수는 지금 왼쪽의 김일담, 맞은편의 한성삼과 이루는 삼각형의 위치에서 취기의 냄새가 자아내는 열기로 흔들리는 테이블을 둘러싸고 앉아 있었다.

테이블 중앙에서 국물과 재료를 더 넣은 대구찌개 냄비의 수증기가 흔들리고, 따뜻한 물로 희석시킨 소주를 세 잔 마신 취기가 흔들리고, 눈에 박명의 연무가 끼면서 흔들렸다.

272

망자들의 목소리를 듣지 못했나.

"공항건물 지하 3층…… . 그 위치로부터는 꽤 북쪽에 있으니까, 망자들은, 물론 그건 뼈지만, 지하 건물 주변에는 없을지도 모르겠군…… ."

혼자서 맥주 세 병을 마신 김일담은 머릿속에 취기의 흔들림을 느끼며 말했다.

"어느 곳이 학살 현장입니까?"

"그건, 그 범위는 꽤 넓지 않을까. 비행장의 북쪽, 해안 쪽으로 울타리가 계속 뻗어 있잖아. 활주로에서 그 주변 일대가 그렇다는데. 확실한 건 알 수 없어. 정뜨르 마을의 생존자들은 알고 있겠지만, 그 중에는 사체를 비행장의 파헤쳐진 구덩이로, 참호로 운반한 사람도 있을 테고, 참호를 판 사람도 있을 테지만, 그때 얼어붙은 입은 열리지 않아. 그래도 언젠가는 다시 파내야 해. 공항, 제주국제공항 건물의 지하 3층…… . 나도 가보고 싶군. 그곳에서 고재수처럼 하룻밤 묵고 싶어."

김일담은 웃으며 말했다.

"일담 선생님은 가려고 생각하면 가실 수 있습니다. 한국에 가실 때 조건으로서 신청하면 어렵지는 않을 거라고 생각하는데, 그렇잖습니까. 그러나 무슨 일인지 이상하게 생각하겠지요. 고재수에게 들었다는 것은 알고 있을 거라고 생각합니다만, 특별히 비밀 장소도 아니니까요. 김일담 선생님이 가시면 땅속 망자들의 목소리가, 중얼거림이 들릴지도 모르겠습니다."

"……흐-음, 그럴까. 망자의 중얼거림이라……."

"저도 다시 한번 지하 3층에 간다면, 아무 일도 없는데 유치장에 재워달라고 할 수는 없지만, 망자들의 목소리가 확실히 들릴 것 같습니다."

"유치장에서 삼촌을 생각하기도 했다……. 아까 그렇게 말했었지. 유족이야. 아버지는 여기 일본에서 40년간 동생의 제사를 지내오셨지만, 가능하다면 그곳에서 제사를, 땅속에서 제사를 지내고 싶군. 망자들과 가장 가까운 곳에서……. 그리하여 모든 사람들에게 땅속 망자들의 목소리가 들리게, 도달하게 해야 되는데……."

"정뜨르 땅속에서의 제사……. 예-. 망자들과 가장 가까운 곳에서 제사를……."

꿍, 땅, 꿍땅, 꿍땅, 땅땅. 벌어진 대지 틈새로 땅속 깊이, 땅속의 태양 빛을 배경으로 빨간 입술연지를 바른 무당이 흰옷의 긴 두 소매를, 신장보다 몇 배나 되는 유명을 잇는 흰 천의 띠를 휘날리며, 꿍, 땅, 땅, 꿍땅, 땅땅. 바위 모서리가 튀어나온 언덕길 아래 바위투성이 물가에서 무당이 춤을 추며, 이야기를 할 수가 없어요, 말이 몸에서 떨어지지 않아, 말이 아파서 괴로운 몸과 하나가 되어 몸에서 떨어지지 않아. 놈들에게 당한 일을 입으로 이야기하려 해도 몸이 너무 떨려서, 죽을 것처럼 아파서 말이 나오지 않아. 아이고-, 아이고-, 살아 있는 인간의 꿈에 나타나겠어요, 깊고 깊은 지하의 수면에 무당의 말이 구르듯 나아가며, 이 세상에서 나오지 않는 말을 꿈에서 하겠어요. 꿈에서만 진실을 말할 수 있습니다……. 몸의 안쪽 깊숙이 땅속 깊숙이 얼어붙은 말은 살아 있는 사람의 꿈에서만 할 수 있습니다……. 이윽고 넓은 물가에 파도가 너울대며 일고, 파도가 너울을 일으키며 향하는 저편은 땅속의 깊은 호수, 이윽고 안개 모양을 한 바다 향이 흐르는 땅속의 바다. 땅속의 태양 빛 속에서 갑자기 검은 그림자가 달리는가 싶더니, 한 마리의 까마귀가 무당의 어깨에 앉았다. 무당이 휘날리는 길고 흰 천의 너울대는 큰 파도 끝에서 까마귀가 세 번 춤을 춘 뒤, 빨간 입술연지를 바른 무당의 손에서 한 송이 동백꽃을 받아 물고 높이 날아올랐다. 까마귀가 나는 바다 위는 하늘이었다. 까마귀는 넓은 바다를 동쪽으로 날아갔다…….

빨간 입술연지를 바른 무당이 기원의 춤을 추고……. 망자들의 목소리를 듣지 못했나. 자아, 한잔해요! 땅속의 망자들에게 가장 가까운 곳에서 제사를, 망자들의 제단 앞에서, 건배. 가게 안쪽으로 들어간 칸막이 방의 몸을 감싸는 액체와 같은 시간 속에서 흔들리고 있었던 걸까. 꿍, 땅, 땅. 한잔하자! 망자들에게 술잔을 올리고……. 세 사람은 완전히 취해버렸다. ……망자들의 목소리는 들리지 않았나. 정뜨르의 망자들이 땅속으로 내려온 인간의 숨결을 만나기 위해, 살아 있는 인간의 냄새를 맡기 위해 지하 3층의 옆에까지 모여들지 않았던가. 예-, 망자들의 목소리를, 중얼거림을 들었습니다……. 고재수는 중얼거린다. 몽롱한 뱃멀미처럼 흔들리는 눈에, 담배 연기가 떠다니고 어스레한 가게 내부에서 유리잔과 술병을 손에 들고 흔들리는 짙은 그림자가 된 사람들의 테이블 사이를 세 사람이 빠져나오자, 흰 옷에 빨간 입술연지를 바른 무당이 아닌 혜순이 따라왔고, 밖의 복도 끝에 문이 열린 승강기를 탔다. 지상 3층에서 내려가 2층, 1층, 다시 지하로, 덜컹하고 흔들리더니 멈춘 그곳은 지상 1층.

밤의 도로로 나와 지상의 차가운 밤바람을 쐰다. 선생님, 내일 만나게 되는 오사카의 일은 다시 보고드리겠습니다.

성삼 씨, 한성삼 씨의 말에 용기를 얻고 난 돌아가요. 두 사람 앞에서 막혀 있던 말이, 두 사람 앞에서 새처럼 밖으로 풀려나, 난 지금 가슴을 펼치고 도쿄를 떠나고, 이윽고 당당하게 제주도에 갈 겁니다. 감사합니다…….

김일담과 혜순은 3층 가게로 돌아가고, 한성삼은 역의 서쪽 출구까지 고재수와 걷다가 택시를 탄 그를 전송했다.

가게 안쪽의 칸막이 방으로 돌아온 김일담은 혜순이 따라준 유리잔의 맥주를 가볍게 마셨다.

고재수를 밤공기가 느껴지는 아래층까지 바래다주고 오자, 마치 썰물이 빠지듯이, 고재수가 들고 사라진 것처럼 취기가 깨어 있었다. 맥주 서너 병, 그다지 마시지 않았지만, 4·3학살 유족이라는 걸 처음 알게 된 고재수의, 정뜨르 지하에 방치된 묘지에 접한 지하 3층의 땅속 이야기에 취해 있었다. 방에 뭔가 투명한 증기가, 눈에 보이지 않는 기운이 서려 있는 것처럼 흔들리고 있었다. 그 취기가 자리에서 일어나 밖으로 사라진 고재수의 모습과 함께 떨어져 나간 것일까.

9시가 지났다. 칸막이벽 너머로 취기에 젖은 갑작스런 웃음소리가 들린다.

혜순은 종업원에게 돼지고기, 김치 등은 남기고 테이블 위에 있는 나머지 찌개 냄비와 풍로 등을 치우게 한 뒤, 김일담의 의향을 묻더니 맥주, 무절임과 과일을 시켰다. 혜순은 벽 쪽의 김일담과 마주보는, 한성삼이 자리 잡고 있던 의자에 앉아 김일담에게 맥주를 따른다.

"여기는 됐으니까, 들어가 일을 봐요."

"예−, 잠깐은 괜찮습니다. 선생님, 다시 한번 감사드립니다. 선생님이 싫어하시는 건 알고 있지만, 선생님을 뵈면 그렇게 되네요. 조만간 괜찮아지겠죠. 성삼 씨는 최근 열흘간, 악마 같은 열흘간이었어요. 계속 겁을 먹고 있었거든요. 밤에는 끊임없이 심한 가위에 눌렸고, 젖먹이처럼 자다가 소리를 지르기도 하고, 나중에는 죽은 듯이 축 늘어지기도 하고, 스스로 참고 또 참는 것 같았지만, 갑자기 얼굴에 쥐가 나더니 아래 위에서 눌러 찌부러뜨린 것처럼 비스듬히 일그러지며 패닉을 일으킬 듯이…… 그럴 때는 책상을 치거나, 뭔가를 외치면서 양손을 천장으로 치켜 올리거나, 의자에서 벌떡 일어나 방 안을 뛰어다니는 거죠. 그러던 것이 제국호텔로 나가고, 제국호텔로 혼자 간 것도 선생님을 뵙고 나서의 일입니다. 그곳에서, 제국호텔입니다만, 한국 유학 때의 남산 남자, 한국영사와 한참 만나고 있을 때, 선생님, 그 사람 성삼이는, 지금부터 그쪽으로 간다고 전화를 해놓고 갑자기 난 소설을 쓸 거라고 흥분한 목소리로 말을 하는 거예요. 지금 쓰고 있지 않느냐고 했더니, 그건 찢어버리고 처음부터 다시 쓸 거야……라고."

"흐-응, 그런 전화를 걸어왔다고. 제국호텔에서……. 재미있군, 의외로 태평한 인간이로구먼. 쓰지 않을까. 쓰겠지요."

"선생님, 감사합니다……."

"엇 허허, 지금 본인이 막 이야기하지 않았나. 혜순이, 감사라는 말은 적당히 하세요. 술맛이 떨어져요……."

"예-, 알겠습니다. 감사……. 선생님, 하하하, 죄송합니다. 한국영사와 만나고 있는 제국호텔로부터예요. 무슨 일이 있었나 보다 라고 생각했을 정도입니다. 그리고 밤 7시경에 영사 일행을 데리고 이쪽으로 왔지요. 거기에다 선생님과 A지의 무라타 씨도 오셔서……. 정말로 깜짝 놀랐습니다. 나중에 성삼으로부터 들었습니다만, 제국호텔에서 분명히 두 분을 뵈었다고 하더군요. 그것이 제국호텔에 혼자 있던 성삼에게 큰 힘이 되었던 모양입니다. 그날부터, 엊그제입니다만, 성삼이는 변한 것 같아요. 하루 사이에……. 이런 일이 있을 수 있는 건가요. 어딘가에 가기 전과, 갔다 온 뒤에. 변신한 것처럼……. 정말로 이상할 정도였어요."

혜순은 입술연지를 바른 모양이 좋은 입술에 상냥한 웃음을 띠며 말했다.

"응, 그 말이 맞아. 나도 그렇게 생각해요. 어제의 전화 목소리가 그랬고, 본인 자신도 그렇게 느끼고 있다고 하니까, 그게 대단해. 어쨌든 억제해온 무서운 기억이 과거가 아닌 현실로 분출되는 것을 한껏 누르며 옛적 남산의 인간을 만나기 위해 제국호텔로 나간 것이고……."

"하지만 선생님, 선생님과 그 전에 U역에서 만나지 않았다면, 그는 도저히 가지 못했을 거예요. 제가 함께 동행할 생각이었습니다……."

"핫핫하, 에이. 부부 동반이었다면 영사가 크게 놀라지 않았을까. 그쪽이 더 재미있었을지도 모르겠는 걸. 글쎄 나도 처음에는 그에게 절대로 혼자서는 가지 말라고 했으니까. 한성삼은 큰 짐을 내려놓은 것처럼 기분이 편하다고 하더군."

"오늘은 선생님, 점심을 먹은 뒤 고재수 씨와 만난다고 콧노래를 부르며 베란다에 나가 있었어요. 그리고 집에서 그리 멀지 않은 곳에 공원이 있는데요, 이전에 그곳에서 무슨 일이 있었는지, 더 이상 공원 위에는 아무것도 보이지 않는군, 이라고 뭔가 이상한 혼잣말을 하고 있는 거예요……."

"음, 뭔가 신경 쓰이는 일이 공원의 나뭇가지에라도 들러붙어 있었던 게 아닐까……. 가볍게 한잔하지."

김일담은 한성삼의 빈 잔에 맥주를 따르고, 잔을 마주치듯이 자신의 잔을 들어 올렸다. 혜순은 얼굴을 조금 돌리고 양손으로 든 잔을 기울인다.

"나와는 우연히 성삼이가 영사와 만나기 전에 U역에서 만나게 되었는데, 그렇지 않더라도 혜순 씨와 둘이서 제국호텔에 갔다면 그건 어떻게 전개되었을지 알 수 없지만, 별일 없었을 거라고 생각되는군요. 혜순 씨가 그를 받쳐주고 있고, 그 혼자서는 어쩔 수 없었을 거라는 생각이 들어요."

"하지만 선생님, 성삼 씨가 최근 열흘간 가라앉은 패닉 상태로 있으면서 상공회, 민단계입니다만, 그 회의에 출석했었고, 은행도 돌아다니고 있었어요."

"그건 대단하군. 그게 그의 일인가 보네. 으-음, 인간이란, 뭔가 지금과는 전혀 관계가 없는 일은 가능한 모양이야."

"주방에도 들어가요. 성삼이는 식칼 다루는 솜씨가 매우 좋아 장인 수준이에요."

"뭐라고, 식칼을 다뤄, 그게 어떻다고, 성삼이가……?"

"아카바네 근처 도살장에서 내장이랑 지육을 부위별로 운반해온 소와 돼지를 가공하는 공장이 있는데요, 성삼이는 그곳에서, 5년 전에 이 가게를 열고 바로 견습생으로 그곳에 들어가 4개월 정도 실습을 한 적이 있어요. 손을 부상당해 그만두었지만, 힘든 일이었던 모양예요. 정식사원이 아닌 견습생은 아침 7시부터 밤 8시까지 중노동을 하거든요."

"아침 7시부터 밤 8시? 아니, 13시간……. 으-음, 그런 일을 하고 있었다니, 처음 듣는 얘기로군."

"예-, 10킬로나 20킬로 단위의 부위별 고기를 제각각 구분 가공해서 진공 팩에 담아 각 정육점에 도매를 하는 건데요, 그때까지의 공정이 계속 서서 일하는 중노동이었던 모양입니다."

"음, 성삼이는 훌륭하군."

"일을 그만둔 뒤에도 한동안 냄새가 체취처럼 배어서 빠지지 않았어요. 해체 공장에서의, 물론 그때는 작업복으로 갈아입고 하지만, 소나 돼지고기를 만진 냄새입니다. 자신은 느끼지 못하고, 목욕을 해도 빠지지 않았어요. 그런데요, 선생님. 84년에 한국에서 돌아오고 나서 계속 이어지던 우울증 같은, 주위의 일에 무관심, 무기력하고, 아이가 병이 났을 때도, 어머니가 입원했을 때도 아, 그래, 라는 식의, 정말로 폐인 같은 상태에서 빠져나왔을 때인데요. 그것이 상당히 힘든 노동이었지만, 성삼이가 그때까지의 상태에서 회복하는 데 도움이 되었던 모양예요. 밖에 나가 일을 하는 것이 그 사람의 재기에 도움이 된 거죠. 지금도 조리장, 주방에 들어가면 식칼 다루는 솜씨는 좋습니다. 물론 주방장에게는 도저히 상대가 안 되지만요……."

"……식칼 다루는 솜씨? 으-음."

김일담은 크게 고개를 끄덕이고 혜순이 따른 잔의 맥주를 기울이며 감탄하고 있었다. 식칼 다루는 솜씨……. 묘하게 반짝하며 선명하게 빛나는 식칼을 손에 들고 주방에 선 한성삼의 모습이 머리를 스치고 사라졌다.

"식칼도 처음에는 사용하지 못하게 하고, 사용할 때는 외래종으로 연습을 시킨 모양인데요, 그래도 마쓰사카(松阪)의 외래 교배종인 구로게(黑毛)소 같은 고급 품종은 숙련된 장인 이외에는 손을 댈 수가 없거든요. 성삼이는 한국에서 돌아온 지 3년 가까이 지나 있었는데요, 뭔가 그 일에 몰두하지 않으면 자신의 발밑이, 균형이 무너지기라도 하는지 일을 하고 있었죠. 선생님, 정말로, 한국에서 돌아온 직후는……, 정말, 정말로 무서울 정도로……." 혜순은 고개를 숙이고 있다가 목소리가 잠기자 양손으로 잔을 들어 올려 가볍게 기울이고 나서 계속했다. "선생님, 한성삼은 이제 영원히 일어서지 못할 거라고 생각했습니다. 엊그제 밤, 한국영사가 와서, 마침 선생님이 지금 계신 자리에 앉아서 절 옆에서 시중들게 하려고 했어요. 그때, 냄새가, 역겨운 향수 냄새에 갑자기 구역질이 올라왔는데요, 아아, 이 인간은 무섭구나, 매우 잔인한 인간이다 생각했어요……."

"뭐라……?"

김일담은 응, 턱을 내밀며 이야기를 재촉했다.

"잔인, 잔혹한 인간이라고 느꼈습니다."

"왜 그런가. 향수의 냄새와 잔혹한 인간의 관계는?"

김일담은 도발적으로 물었다.

"……선생님, 성삼 씨 얼굴의 상처, 그건 한 번 수술을 했지만, 아시는 대로예요. 선생님께서도 대충 눈치 채셨겠지만, 성삼이는 결코 남산에서 당한 상처라고는 일체 말하지 않습니다. 당시의 임시학생군사훈련에서 그렇게 되었다는 설명 외에 지금까지 한마디도 없습니다. 선생님도 아마 예상하실 거라고 생각하지만, 온몸에 심한 상흔이 있습니다. 전 엊그제 처음으로 남산에서 온 영사와 만났을 때, 그리고 그 향수 냄새가 나는 옆에서 소름이 돋는 것을 느끼며 앉아 있을 때, 달콤하지만 역겨운 냄새에 잔인함을 느꼈습니다. 자신에게는 자상하고 좋은 냄새, 향기가 날 테니까요. 비천한 인간, 불결하고 썩은 향수 냄새였습니다."

"호-음. 혜순 씨의 코는 거기까지 맡는군. 혜순이, 성삼이의 상처와 그 남자의 향수는 관계가 있다는 거지……?"

그녀에게 어울리지 않는 잔인, 잔혹한 말 뒤에는 한성삼의 왼쪽 볼에 뒤지지 않을 만큼, 김일담에게는 보이지 않는 온몸의 울퉁불퉁한 상흔이 떠올라 압박하고 있었다. 피비린내 나는 향수 냄새.

"예-. 그런 사람은 자신의 가족이나 분신 같은 사람들에게는 자상하지 않을까요. 자신의 연장이니까. 그 신분을 보장해주는 남산의 상사 등에 대해서는 온순하고 자상하며, 충실하게……."

여종업원이 쟁반에 담은 맥주, 무절임과 과일을 가져왔다. 사과의 상큼한 냄새.

혜순은 새로 가져온 맥주를 김일담에게 따랐다. 그리고 김일담이 따라주는 술을 받는다.

"아이고 이거, 눈이, 눈이 아니라 취기가 깨는군. 핫핫하, 혜순 씨는 엄청난 말을 했어요……."

"한 번 보았을 때, 그리고 옆에 잠깐 앉았을 때 그렇게 느꼈습니다. 선입견은 없지만요. 부인은 어떤 사람일까 생각해봤어요……."

"으, 음……."

김일담은 고개를 끄덕였다. 부인은 어떤 사람일까…….

한성삼이 얼굴이 빨개져서 돌아왔다.

혜순이 그와 교대하듯이 자리에서 일어나 일하러 간다.

김일담이 한성삼에게 혜순이 마시던 같은 잔에 맥주를 따라 주고 가볍게 잔을 부딪친다. 한성삼은 무절임을 식초간장에 찍어 한입 먹고 나서, 선생님…….

"고재수는 기뻐하더군요. 그는 두 사람을 만나 이런 기분으로 도쿄에서 히로시마로 돌아갈 줄은 몰랐다면서요. 전혀 예상하지 못했던 모양입니다. 내일 오사카에서 장 부총영사와 만나는 일을, 그리고 국적변경에 대해 도쿄에 온 자신이 두 사람에게 숨기지 않고 이야기할 수 있어서 마음이 해방되었다며 기뻐했습니다."

"……왜 '국적' 하나로 우리들은 이렇게도 고뇌하거나 휘둘려야만 하는 걸까. '국적'이라는 이름 아래 인질로 잡혀 있는 거지. 권력이야. 정치……. '국가'라는 이름의 권력."

"인질이란 말씀입니까?"

"그래. '북'의 경우는 '귀국'동포, 총련 활동가들의 가족 등. '남'쪽도 마찬가지로 유형무형의 담보를 잡고 있어."

"담보란 말씀입니까?"

"그런 게 아니면 뭔가."

"예……. 고재수가 제주도에 갔다가 체포된 것이 한 달쯤 전이지 않습니까. 그는 그 공항 지하 3층 유치장에서 심야에 망자들의 목소리를 들었다고 했습니다……."

"뭐? 뭐라고, 망자들의 목소리? 목소리를 들었다? 언제 어디서 그런 이야기를……."

"방금 전에 그가 돌아갈 때입니다."

"돌아갈 때? 방금 전에 그가 돌아갈 때란 말이지. 그거 정말
인가?"

"예-, 들은 모양입니다. 그렇게 말했습니다. 중얼거림으로
시작되는 목소리를……."

"뭐라고. 핫핫, 이봐, 성삼이는 그걸 참말이라고 들었단 말인
가? 중얼거림으로 시작되는 목소리를……. 아니, 이상하지 않
은가. 그는 다시 한번 지하 3층의 유치장에 재워준다면, 이번에
는 망자들의 목소리를 또렷이 들을 수 있을 것 같다고 했단 말
이야. 그건 뭔가. 이야기가 전혀 다르잖아."

"전 왜 아까 김일담 선생님 앞에서 그 말을 하지 않았느냐고
물었습니다. 왠지 모르게 심하게 취해, 선생님으로부터 망자
의 목소리를 듣지 못했냐는 질문을 받는 순간, 누군가가 목 언
저리를 조이는 것처럼 말이 나오지 않았던 모양입니다. 게다가
방의 공기가, 거기 구석 칸막이 방이라는 건 바로 여기입니다
만, 뭔가 비행기가 상공으로 올라갔을 때의 고막을 찢어버리는
듯한 공기의 압력을 느꼈고, 목소리도 밖으로 나오지 않았다고
합니다. 망자의 목소리를 이전에 들었던 만큼, 오늘 여기서 선
생님이 알아차리신 것처럼 그 이야기가 나오는 바람에 놀라고
흥분해 있었던 모양입니다. 그리고 망자의 목소리를 지상으로

불러내고 싶다는 말도 했습니다."

"지상으로 불러내고 싶다? 망자의 목소리를. 믿을 수 없군, 마치 무당과 같은 말을 하고 있어, 에이."

"그는 완전히 술이 깨어 있었는데, 바깥 공기를 쐰 탓으로 취해 있던 것이 갑자기 깼는지, 여기서 마셨을 때의 취기는 술보다는 뭔가에 대해 흥분한 듯한 취기였나 봅니다. 정뜨르의 이야기에 취한 것일까요. 흥분해서."

"으—음, 나도 그렇다네. 아무래도 흥분해 있었던 모양이야. 다 같이 밖으로 나갔다가 고재수의 모습이 사라진 뒤 돌아오니 이상하게도 취기가 빠져나간 듯한 기분이 들었어. 이 방이 조금 더웠던 건지, 아무래도 이상하지만, 지금은 아무렇지도 않아. 성삼이는 고 동무의 망자의 목소리를 들었다는 말을 믿나?"

"믿는다기보다도 본인이 그렇게 말을 하고 있습니다. 선생님께서 그런 식으로 그에게 물으셨지 않나요."

"내가 유도했다는 건가? 정뜨르 지하실에 있었다고 하니까 나온 말이고, 실제로 내가 망자의 목소리를 생각해서 한 말은 아니잖아. 그가 선생님 같으면 망자들의 중얼거림이 들렸을지도⋯⋯라고 한 건, 그건 또 뭔가?"

"그는 도중에 잠시 멈춰 서서 신묘한 얼굴로 중얼거리듯이 말했습니다. 뭔가 실제로 있었던 일이기 때문에, 자신의 경험으로 그렇게 말한 것⋯⋯."

"뭐라고, 실제로……? 그건 무슨 소린가?"

"그가 제주도에서, 공항 지하에서 들었기 때문에, 일담 선생님의 이야기에 유도되듯이, 자신도 모르게 선생님께 그런 말을 한 것이 아닌지."

"들었다고……? 망자의 목소리를 들어? 이봐, 무서운 소리는 하지 말게. 망자의 목소리를 들었다……. 무슨 목소린데. 목소리만? 망자와 이야기를 나눈 건가. 무수한 망자가, 해골이 된 망자가 있어. 한 군은 묘하게 그의 이야기에 편을 드는 거 아닌가?"

"고재수는 진지하게 이야기를 했습니다."

"으-음, 그는 무당인가?"

"……무당이라면 망자들과 이야기를 합니까?"

"그래, 무당은 말을 하고, 듣고, 말을 걸지. 그가 무당이었다면, 아니, 그가 실제로 지하에서 뭔가 그 소리를 들었다면, 망자들과 무슨 이야기를 했는지 알고 싶군. 음, 환청일지도 몰라. 제트기로 공항에 착륙할 때 뼛조각이 부서지며 삐걱거리는 소리를 들었다는 그 환청 같은 것도 지하 유치장이 아니라고 했었지 않나. 그러다 갑자기 망자의 중얼거림, 목소리라니. 음, 지금 쫓아가서 그를 잡아올까. 핫핫……."

"잡아서 어떻게 하시려고요?"

"음, 자백을 하게 해야지……. 안 되겠지."

"선생님, 지금은 제 정신으로 이야기를 하고 있습니다만, 술에, 뭔가 다른 것에, 이야기가 뱃멀미를 하듯이 흔들리는 것 같아서, 오늘은……."

"난 술이 깨기 시작하는 것 같군. 취한 것 같은데 그렇지 않아. 술 탓이 아닌, 지하의 유령, 그게 아니라 망자의 목소리 이야기에 취해 있는 걸까. 나도 제 정신으로 이야기하고 있어. 이야기, 말에 유령이 들어와 이 방 여기저기에서 흔들리고 있는 게 아닐까." 김일담은 웃으며 보이지 않는 유령의 형태라도 찾고 있는 것처럼 둘러보았다. "유령은 내 머릿속에서 흔들흔들 움직이고 있어. 머릿속의 땅 밑에서……. 에잇, 머리를 흔들어 망상을 떨쳐내야지. 한잔하자고." 두 사람은 소리 나게 잔을 부딪쳤다. "고재수는 지금쯤 택시로 가고 있겠지. 재미있는 남자야. 아까 성삼이는 마음이 해방되었다며 그가 기뻐하고 있었다고 말했는데, 장 부총영사와의 대면에 꽤나 긴장하고 있었던게 아닐까."

"긴장하면 무당처럼 되는 겁니까?"

"그건 아니야. 관계없는 일이지만, 그로서는 대단한 만남이겠지. 오늘 우리들을 만나서 그 나름 마음의 준비가 되었을 거야. 아마도 만나기 전까지는 그렇지 않았겠지."

"마음의 준비……. 예-, 정신적인 무장, 선생님이 U역에서 만나던 날 저에게 하신 말씀입니다."

"그렇지, 그는 마음의 준비, 무장이 필요해. 성삼이와는 내용이 달라. 한성삼은 허위의, 곤봉에 의한 '전향' 사실에, 그들이 물고 늘어질 허위의 사실에 지지 말라는 거였어. 그 '전향'을 전제로 재판 없는 석방, 대가로서의 김일담 공작이 있었지. 그게 지금 발목을 잡고 있는 것일 테고. 고재수의 경우는 다르지만, 그러나 두 사람 모두 남산을 대하고 있는 건 마찬가지야."

"예ー, 그는 국적변경을 하겠지요."

"간단하게 하는 건 아니야. 갈등이 있겠지. 그렇지 않다면 초대면인 나와 만나기 위해 도쿄까지 올 일은 없지 않겠나. 그는 장사를 하는 보통의 인간이 아니야. 몇 년 전까지는 총련 조직의 간부였던 활동가, 의식분자일세. 처음부터 한국 국적인 사람과는 달라."

"예ー, 알고 있습니다."

"예를 들어 한국적의 인간이 지금 조선적으로 변경한다면 어떻게 되나?"

"……무슨 말씀이진지?"

한성삼은 분명히 알아들었으면서 되묻듯이 말했다. 한국적의 인간이 조선적으로……? 가슴이 철렁 내려앉으며 심장이 고동치는 바람에 손에 들고 있는 맥주잔을 테이블에 내려놓았다.

"한국적인 자가 조선적으로 변경하는 경우를 말하는 거야. 요즘에 그런 어리석은 자는 없겠지만."

"뭐라고요? 그게 어리석은 자입니까."

한성삼은 기계적으로 바보 같은 대답을 했다.

"핫핫하, 이상한가."

"……그런 사람이 있을까요?"

"알 수 없지. 가령 있다면 어떻게 되나. 어리석다고 한 건 좀 심했나. 여권 없이 한국에 입국하는 고재수 같은 사람일까. 실제로 그런 사람이 있을 경우, 그 나름의 마음의 갈등, 모순과 싸우지 않으면 안 되겠지. 고재수는 나이 든 부모와 고향에 자유롭게 출입하고 싶다는 당연한 이유가 있지만, 이 일이 아까 말한 국적변경, 한국 국적의 취득이 담보되고 있는 걸세. 말하자면 고재수는 적에게 항복하는 거나 마찬가지야. 긴장되겠지. 하지만 오늘 우리와 만난 것이 그의 마음을 해방시키고 힘이 되어 준다면 기쁜 일이야. 정말로. 건배할까."

김일담은 자신의 유리잔에 맥주를 따른 한성삼의 잔에 맥주를 따라주고 가볍게 부딪쳤다.

"선생님은 취하지 않으셨습니까?"

"뭔가, 그 말투는. 술 말인가?"

"이야기가 전혀 술 취한 사람의 얘기가 아닙니다."

"이봐, 이런, 사람을 웃기지 말게. 크게 취하지는 않았지만 취했어. 지하의 망자 목소리 얘기를 들으니 가볍게 현기증 같은 취기가 돌아오는군. 왜 그가 여기에서, 내 앞에서 그 이야기를 하지 않은 건가. 응. 난 이제 더 이상 마시지 않겠네. 슬슬 돌아가야지. 바쁘군. 내일 숙취로 누워있을 수는 없어."

"선생님은 그렇게 말씀하시면서 자주 늦게까지 드시지 않습니까."

한성삼은 웃으며 말했다.

"그건 경우에 따라서 그렇고, 오늘은 마시지 않아."

"예-, 죄송합니다. 저도 마시지 않겠습니다. 그런데 선생님 ……." 한성삼은 의자를 당겨 고쳐 앉듯이 자세를 바로 하고 말했다. "지금 오사카의 장 부총영사의 이야기가 나왔습니다 만, 엊그제 밤 여기에서 한국영사와 만나시지 않았습니까. 김동호라는 영사가 돌아갈 때 선생님께 인사한 일을 기억하고 계십니까?"

"응, 무슨 말인가 했었지. 명함을 주면서 이쪽 명함이 없다고 하자, 이상한 얼굴 표정을 하지 않나."

"가까운 시일 안에 다시 뵙고 싶다고 했습니다. 재일대사관 공사대우인 분과 함께 뵙고 싶으니 배려해 달라고 했습니다."

"뭔가, 그 에두른 말투는. 공사면 공사라고 하면 될 텐데……."

"현직 공사는 아니라는 것이겠죠."

"으-음, 뭔가, 그건……?"

"그 공사대우라는 인간이 내일 오사카에서 고재수가 만나게 될 장만규 부총영사입니다."

"뭐라고, 어떻게 된 건가? 장만규는 재일대사관이 아니지 않나. 오사카 총영사관이야."

"예-, 그렇습니다. 오사카에서 만난다 해도 동격인 공사대우의 인간이라는 겁니다."

"그 오사카의 남자가 공사대우? 그래서 그 인간과, 그 장만규와 함께 영사가 만나고 싶다고……. 그건 무슨 말인가."

"선생님, 그러니까, 오사카의 장 부총영사가 내일 고재수와 만날 예정인 사람입니다만, 한 달 전의 제주도에서 불법 입국한 그를 취조한 남산의 인간입니다. 그러면서 한편으로는 엊그제 남산에서 온 영사의, 84년에 제가 연행되었을 당시의 남산남자의 상사로, 저를 심문한 상급 수사관입니다."

"……알 것 같으면서도 알 수가 없군. 현재의 장 부총영사가 84년 당시 남산에서 한성삼을 심문한 수사관, 으-, 음, 그러니까 당시의 곤봉 남자가 일전에 만난 영사라는 것이고, 그 상사가 된다는 건가. 그것이 한 달 전에 고재수를 제주도에서 취조하고 석방한 남자……. 음, 아, 핫하, 이해하기 어려운 것 같으면서도 이해가 갔네. 그 인간이 공사대우이고, 김동호 영사와함께 나를 만나고 싶다…… 알았어. 제국호텔에서 한성삼이 김영사와 만난 것은 그일 때문이었나. 알겠네. 상대방이 만나고싶어 한다는 성삼이의 말은 결국 이거였구먼. 간단한 일이군.흐음."

김일담은 크게 숨을 토해냈다.

                                    28

 돌고 돌아 장 부총영사와 만난다. 열흘쯤 전에 멀리 숲이 깊
은 남산의 옛적 남자로부터의 전화에 한성삼이 열흘간의 패닉
에 쫓겨 다니다 도착한 제국호텔에서 나온 말은 김일담과 장만
규가 만나는 일······. 한 달 전에 제주도에서 체포된 고재수를
전대미문의 석방으로 일본에 강제송환. 그 이해하기 어려운 이
상함을 짊어지고 멀리에서 김일담을 찾아온 고재수와 내일 오
사카에서 만나는 이상함을 만들어내고 이상함을 풀 남자······.
흐-음, 커다란 숨을 토해낸 김일담의 손이 뻗은 유리잔에 한성
삼이 맥주를 따랐다.
 유리잔 속에서 맥주의 흐름이 끊겼다. 한성삼은 여종업원을
불러 맥주를 부탁했다. 김일담은 아무 말도 하지 않고 맥주를
기다린다.
 "배가 조금 고픈데."
 "식사를 하시겠습니까?"
 "식사는 필요 없어. 그렇지, 뭔가 부침개라도 먹어볼까."
 맥주를 두 병 가져온 혜순이 김일담에게, 그리고 한성삼에게

294

술을 따른 뒤, 부침개를 만들어 달라는 한성삼의 말을 듣고 자리를 떠났다.

"선생님, 더 마셔도 괜찮으시겠습니까?"

"한두 병쯤이야, 별일 있겠나. 그 영사라는 자가 한성삼을 통해서 만나자고 한 것은 자신이 아니라 그 오사카 부총영사를 말하는 거로군."

"예-."

"그래서 그 영사가 옛적 상사와 함께 나온다는 거지." 김일담은 기울인 유리잔을 꿀꺽 한 입 크게 목구멍으로 흘려 넣었다. "한잔해, 난 많이는 마시지 않을 거니까." 그는 한성삼의 잔에 맥주를 따랐다. "그런데 말이야, 만나는 건 좋은데, 이쪽은 한성삼이 동반해야 한다는 것이겠지."

"예-, 그렇습니다……."

"예-, 그렇습니다……라. 흠, 흐-음……."

만나는 건 좋지만, 만나서 어떻게 할 것인가. 겨우 지금에 와서 7년 전의 '전향' 석방의 빚으로서 부친인 한봉수가 하지 못한 김일담 공작의 서약 이행을 재일 안기부가 한성삼에게 접근해 압력을 넣어왔다는 말이다. 즉 만나는 것은 좋지만, 김일담이, 즉 내가 그들의 요청에 응하지 않는다면 한성삼이 큰 짐을 짊어진 채 그에 압살당하기 쉽다. 김일담이 한국 측의 요청을 거절하는 것은 한성삼에게 뭔가의 누를 끼치게 되는 것이다.

인질이다. 아무래도 그 시기가 지금 다가온 것 같다.

"성삼이……." 김일담은 자신에게 따른 잔의 맥주를 한 모금 천천히 마시고 나서 계속했다. "그쪽과 내가 만나는 것은 상관없는데, 그렇지만……."

"……"

"성삼이가 나와 함께 만나는 건데, 성삼이는 어떻게 되나?"

"……뭐가 말입니까?"

"영사가 아니라, 그와 함께 오는 장 부총영사와 만나는 것은 그들의 공작이야. 성삼이는 알고 있겠지. 내가 어떻게 하면 되지?"

"……"

"내 말을 알아듣겠나."

"예-."

"한 군의 아버지가 하지 못한 일을 성삼이가 직접, 그러니까 중개의 형태로 하게 돼. 한 군은 큰 짐을 짊어지게 되는 거야. 그렇지 않나."

"예-."

"한 군의 아버지 봉수 선생이 하지 못한 일, 내가 거절한 일을 성삼이가 하게 되는 것이지. 영사로부터 전화가 온 이후 제국호텔까지의 힘든 일은 서막에 불과해."

"예-, 그렇습니다."

"그렇습니다? 어떻게 할 거야. 새로운 짐을 어떻게 할 거냐고. 만나는 것은 좋지만, 난 상대의 요구를 받아들이지 않아, 실제로는 무슨 얘기인지, 구체적인 것은 만나보지 않으면 알 수 없지만, 난 응하지 않을 걸세. 그러면 성삼이는 어떻게 되느냐 하는 거야……."

"예-, 그건 아직 만나지 않았으니 알 수 없지만, 김일담 선생님이 한국 측의 요청을 받아들일 거라고는 전 전혀 생각하고 있지 않습니다. 당연히, 이런 말씀을 드리는 것은 부끄러운 일입니다만, 아버지가 했던 것처럼 선생님께 부탁드릴 생각은 추호도 없습니다. 다만 선생님께서 그들과 만나주실 의향이 있으신지 하는 점입니다. 저로서는 만나주셨으면 합니다. 영사와 만나서 이야기를 하는 것은, 그때는 장 부총영사의 이야기는 나오지 않았습니다만, 이전에 선생님께서는 받아넘기시듯 좋은 일이라고 말씀하셨는데요, 그거면 충분합니다."

"그건 뭐 만나고 안 만나고 할 것도 없어. 만나지 않을 수도 없는 일이잖나. 그게 문제는 아냐."

"그건 알고 있습니다. 감사합니다. 잘 부탁드립니다. 그것만으로, 만나는 것만으로 좋습니다."

"그건 또 뭔가. 마치 공기 빠진 바퀴 같구만."

"공기가 빠져도 바퀴는 바퀴입니다. 전 양자를 만나게 하는 안내, 중개역이고, 뒷일은 상대방과 선생님의 문제라서, 그들은 직접 김일담 선생님을 만나는 것입니다. 어디까지나 선생님의 자유의사로 결정할 문제입니다."

"으-, 음, 핫하, 그걸로 끝나겠는가. 참으로 낙천적인, 태평한 말을 하는군."

"다행히 선생님께서 그들과 만나주신다고 하시니, 그걸로 제 역할은 끝납니다."

"흠, 물론 그래야지. 이치, 도리는 그렇지만, 제3자, 객관적인 현실은 그렇지 않아. 성심이는 정말로 그렇게 생각하고 있나? 응. 이번에 그들과 만나는 것은 어디까지나 김일담의 자유의사라고 성삼이는 말했는데, 잔혹한 말이 되겠지만, 만나서 아무런 효과도 없다면…… 하는 거야. 없다면 처음부터 만날 필요가 있겠는가. 만일 김일담이 만나기를 거부한다면 어떻게 되나?"

"옛? 선생님, 그게 정말입니까?" 한성삼의 표정이 경직, 핏기가 싹 가시듯이 안색이 변했다. "……그건, 선생님께서 그러시다면 그걸로 괜찮습니다. 상대에게 그렇게 전하면 그만입니다."

"뭔가, 그 말투는. 선생님이 그러시다면……. 그래서 일이 끝나나."

"……"

"그 뒤는 어떻게 되는데?"

"알 수 없습니다만, 그때가 되면 알게 될 거라고 생각합니다

......"

어떻게 알 수 있나? 알 수 없다. 그리고 어떻게 되는데? 그걸로 일이 끝나나, 한성삼의 일이다. 한성삼은 이마에 바람이 불면서 식은땀을 느꼈다.

"이봐, 성삼이! 알 수 없지만, 그때가 되면 알게 된다고? 어떻게 알 수 있나. 다른 사람 일처럼 말하는군. 어린애 취급하는 거나 마찬가지잖나. 정말 그걸로 끝날 거라고 성삼이는 생각하나. 중개역은 끝났다는 건가. 한 군은 제3자가 아니야. 중개역의 위치지만, 당사자, 그들과 한편인 당사자야." 김일담은 잔에 손을 뻗어 맥주를 입으로 가져갔다. "이봐, 성삼이, 난 상대측 당사자인 한성삼을, 자네를 인질로 잡히고 있는 거나 마찬가지 입장이야."

"옛, 인질······?"

"그와 마찬가지라는 것. 그래서 말인데. 언제 그들과 만나게 되나?"

"예-, 죄송합니다. 그만 진심이신 줄 알고······."

"진심이라면 그런 말을 해도 되나. 그래서······. 이야기를 계속해봐. 사무적인 일이야."

김일담은 한성삼이 낙천적으로 생각하고 있다는 기분이 들었다. 이 사람은 일의 중대함을 모르고 있을 리가 없을 터인데, 정말로 중개역 만으로 끝날 거라고 생각하고 있는 건가.

"영사관 쪽에서 오사카의 부총영사가 대사관과의 공무로 상경하는 날에 맞춰서 이쪽의 사정을 물어올 거라고 생각하고 있습니다."

"그 공무로 상경할 때 내 일정과 맞지 않으면 어떻게 되나?"

"예……상대편이 사정에 맞추지 않을까요."

"그럴까. 상대는 결코 부탁한다는 입장은 취하지 않아. 해준다는 식이지. 나도 부탁한다는 입장은 취하지 않아. 좌우지간 그렇게 하자고. 그때는 사무적으로 일을 추진하고, 서로 간에 만나게 된다면 그때부터 생각하면 돼. 그리고 일이 움직인다."

"예-."

"상대방과 연락을 취한 후에 혹시 우리와 만나기 전에 한 군데 혼자서 그들과 만나는 일이 없도록 해. 그때는 먼저 나에게 알려주도록 하고. 알았지."

"선생님께서 말씀하지 않으셔도 그 정도는 알고 있습니다……."

"알고 있었나. 어떤가. 그럴 가능성은 있는가?"

"있지 않을까요."

"어떻게 할 거지?"

"……지금 선생님께서 혼자서는 만나지 말라고 하셨지 않습니까."

"으-음, 생각해보자고. 그때의 상대는 김동호 영사인가. 그는 한성삼을 곤봉으로 길들인 부하로 여기고 있어."

"……. 예-, 아마도 부총영사가 상경하기 전에 그와 만나게
될 거라고 생각하고 있습니다."

"음, 한잔하지. 좀 있다가 난 돌아가는데……." 한성삼이 김
일담의 잔에 맥주를 따르고 나서 자신의 잔에 병을 기울였다.
"같은 말을 반복하지만, 내가 상대방의 요청을 거절했을 경우
성삼이는 어떻게 되나. 자네가 말한 것처럼 중개역만으로 끝날
거라고 생각하나? 상대는 자신들을 대변하는 당사자라고 생각
하고 있겠지."

"예-, 전 그들의 입장에 서 있는 인간입니다."

"후후, 마치 김이 빠진 맥주 같은 얼굴을 하고 있군 그래. 그
렇지, 김일담 편이 아니야."

"예-, 그렇습니다."

"상대는 그런 한성삼의 애매한 입장을 이용하고 있는 것인
데, 성삼이……." 김일담은 잔을 손에 들고 상대를 재촉하면
서, 한성삼이 들어 올린 잔과 짠, 작은 소리가 날 정도로 부딪
치고 나서 꿀꺽 단숨에 기울였다. 한성삼도 이를 따라한다. "성
삼이에게 좀 묻고 싶은 게 있어. 열흘 쯤 전에 남산의 남자로부
터 전화가 온 뒤 패닉 상태에 빠졌을 거라고 생각하는데, 지금
은 기억이 아닌, 그 기억을 짊어진 현실로서의 남산의 부활, 남
산 남자들의 출현에, (공포를……이라고 말하려다) 아무런 느낌

301

도 없나."

"선생님, 여기는 한국, 서울이 아닙니다. U역에서 선생님을 뵐 때까지만 해도 그랬듯이, 제국호텔로 갈 때까지는 납치의 공포도 있었습니다만, 지금은 단단히 각오를 하고 있습니다. 자네는 상대방의 입장이라고 말씀하셨습니다만, 그쪽은 김일담 편이라고 생각하고 있습니다……."

"흐, 흐-음, 그럴 테지. 내 말은 성삼이가 남산에서의 서약 아래, 석방을 담보로 김일담 공작을 명령받았다는 거야. 성삼이가 상대의 입장이라는 건 그걸 말하는 거야. 그러면서 김일담의 편에 있겠지. 그러니까 인질로 잡혀 있는 거나 마찬가지지. ……그들과 만나서 나올 결론은, 나에 관한 일이야. 그건 눈에 보이듯 뻔한 일이지만, 그때까지는 아직 시간이 있어. 으-음, 알 수 없어, 알 수가 없군. 어쨌든 됐어. 오늘은 이 정도로 하자고……."

한성삼은 뒤를 돌아보더니, 김일담에게 양해를 구하지도 않고 통로에 나와 있는 여종업원에게 맥주 한 병을 가져오라는 신호를 했다.

맥주가 다시 나오자, 한성삼은 양손으로 김일담의 잔에 따르면서, 선생님, 이걸로 끝내겠습니다, 라고 양해를 구했다.

"그렇게 하자고. 성삼이는 아까 단단히 각오를 하고 있다고 말했나. 핫하, 무슨 각오인지는 모르겠지만, 난 기쁘군. 싸움 아닌가. 좌우지간 만나봐야겠지."

"예-. 그 전에 영사 쪽으로부터, 일담 선생님께서는 일단 끝
난 일이라고 말씀하셨습니다만, 선생님의 입국 건으로 다시 신
청하라는 이야기가 나올 거라고 생각합니다."

"음, 그 일이 하나 있군. 입국 건은 끝난 일이지만, 전혀 끝나
지 않은 일이 있어. 처음부터 아무런 일도 없었던 것처럼 말이
야. 제국호텔에서 만났을 때, ……내가 말이지, 내가 제국호텔
에서 만났을 때, 당일에 홍보담당 공사가 나오기로 되어 있었
는데, 그 대신에 젊은 영사가 나와 2시간을 대면하면서 거의 아
무 말도 하지 않고 얼굴만을 내밀고 돌아가더군. 자네도 알고
있는 재일을 근거로 한 일대 간첩 사건 말이야."

"예-, 그건 상대방이 변명할 수 없는 일 아닙니까."

"그건 그렇다 치자고. 나를 사형으로 몰고 갈 정도의 날조 음
모에 대한 해명도 하지 않은 채, 입국신청은 한 달 이상이나 끌
다가 거부하더군. 재신청……? 어떻게 될까? 어쨌든 만나고 볼
일이야. 그들과 만나면 이야기가 나오겠지."

김일담은 잔의 맥주를 기울이고 나서, 성삼이는 담배를 피우
지 않나, 나도 담배를 한 대 피우고 싶다고 말한 뒤, 한성삼이
담뱃갑에서 빼낸 한 개비를 입에 물었다. 한성삼이 소리를 울
리며 불을 켠 라이터의 뜨거운 불꽃에 얼굴을 가져다 대었다.
한 모금 천천히 빨아들인 뒤, 다시 한 모금 빨자, 니코틴이 녹

은 취기의 흐름에 현기증이 빙그르르 한 바퀴 돌면서 머리가 공중에 떠오른다. 김일담은 머리를 흔들고 일어서서 문득, 성삼이는 식칼 다루는 솜씨가 보통이 아니라며, 라고 말을 하려다 그만두었다. 아카하네 근처에 있는 식육가공 공장에서의 노동, 지금은 말하지 않는 편이 좋다. 시각은 10시 반.

"성삼이."

취기가 배었으나 위엄 있는 목소리다.

"옛."

한성삼은 깜짝 놀라며 고개를 들었다.

"오늘은 대단한 날이야. ……음, 고재수가 4·3사건 유족이라는 점. 그리고 그는 정뜨르의 지하 깊은 곳에서 망자들의 중얼거림을, 목소리를 들었다는 점. 망자가 살아 있는 거야. 살아 있으니까 목소리를 내고 중얼거리는 거겠지. 그는 혼자 지하의 유치장에 있으면서 망자들에게 빙의, 옮겨 붙은 게 아닐까. 그리고 일본의 신주쿠인 이곳으로, 정뜨르 지하의 숨결을 가지고 와준 것이지. 난 고마워. 핫하, 아니, 정말로 지하 3층에서 하룻밤을 보내고 싶어……."

잠시 눈을 감고 머릿속의 취기에 부풀어 오른 흔들림에 상반신을 맡긴다. 제주 정뜨르 땅속 망자들의 숨결. 그렇다, 망자들의 중얼거림을 한성삼에게 전한 고재수가 여기에서 떠난 것이다. 언제? 김일담은 눈을 뜨고 자신의 오른쪽 옆에 있는 빈자리를 본다. 한 시간쯤 전? 아니 한참 전에, 시공을 초월한 이전의 시간이다. 여기에 앉아 있었던 것은 고재수의 그림자, 모양과 색을 갖춘 그림자다. 그는 어디로 갔나……?

어험……. 김일담은 일어섰다. 머리에 취기의 가벼운 소용돌이가 일어나며 상반신이 흔들렸다.

"앗핫, 조금 취했군……."

"이, 이제 돌아가시겠습니까?"

"돌아가야겠어. 지금 몇 신가……. 그래, 그렇군, 10시 반을 지났……군."

칸막이 자리 밖으로 나온 뒤, 취기의 수런거리는 열기가 얼굴을 스치는 테이블 객석에는 일체 시선을 주지 않고 통로를 출구 쪽으로 향한다. 먼저 나온 한성삼과 함께 주방에서 혜순이 꽤 놀란 듯한 아름다운 표정으로 선생님, 벌써 돌아가시게요?

세 사람은 3층에서 1층, 지하 3층에서 1층이 아닌, 지상으로 승강기를 나와 건물의 현관까지 김일담을 전송한 혜순은 가게로 돌아가고, 한성삼은 역의 서쪽 출구 앞길로 볼에 닿는 밤바람에 취기의 열을 식히며 김일담과 나란히 말없이 걸었다. 거리로 나와 택시를 세울 때까지 말이 없었다. 가슴을 부풀게 하는 무언. 김일담은 일찍 전차로 돌아갈 예정이었지만 택시를 타기로 하고, 한성삼이 택시를 세운 뒤 운전석을 향해 1만 엔 지폐를 건네려 하자 취기의 여세로 호통을 치며 물리쳤다. 적당히 해야지! 오늘의 고려원은 한성삼이 계산을 끝냈다. 열린 문 옆에 선 김일담은 손을 뻗어 한성삼과 굳은 악수를 한다. 선생님, 감사합니다…….

제국호텔에서 남산 남자와 대면, 그날 밤 고려원에서 남산 남자와 김일담 일행의 맞닥뜨림. 이틀 뒤의 히로시마에서 온 고재수와의 대면, 4·3사건 유족이라는 그의 고백, 그리고 정뜨르 지하 3층에서 땅속 망자들과의 교신. 이 이삼일 간의 시공을 초월한 눈이 어지러울 정도로 움직이는 혼돈을 발판으로 새롭게 짊어지게 될 커다란 짐이 한성삼의 눈앞에 닥쳐왔다.

어떻게 할 것인가. 한성삼은 자신 나름의 각오를 하고 있었다. 상대의 태도는 예상하고 있지만, 그러나 지금부터 그 현실에 직면하면 사태는 움직인다. 서로 간에 만날 것, 그러면 일이 움직인다, 라고 김일담은 말했다. 낙천적이고 태평한 생각을 하고 있다거나, 마치 어린애 같다거나, 김일담은 쉽게 여기고 있다고 생각하고 있는 모양이지만, 결코 그렇지는 않다. 절벽에 선 기분이다. 가슴이 철렁하는 절벽 위에 몰려 서 있는 듯한 기분이 가벼운 현기증을 동반하여 머리를 스치지만, 머리를 흔들어 떨쳐낸다.

숲이 깊은 남산의 밀실에서 폭력에 의한 극한적인 심신의 파괴. 불복종에 대한 살해에 이르는 고문. 머리 위에 매달려 있는 단두대의 망상. 그곳으로부터의 연명을, 훅 하고 기억의 실 하나가 끊어지면 모든 것이 눈앞에서 소멸할 것 같은 오늘, 현재.

휘어지는 곤봉 매질의 소리. 곤봉의 폭풍. 에잇, 이 제주 빨갱이새끼! 네 아비 어미도 빨갱이새끼! 그때 칼을 손에 들고 맹렬한 기세로 이빨을 드러내며, 그건 맨손이었지만, 고문관에게 달려들었다. 기억의 단단한 뚜껑을 열자 뿜어 올라오는 뜨거운 기세에 숨이 막히고, 쿵 하며 가슴이 땅에 떨어진다. 가슴의 통증을 밀어내고 불꽃을 일렁이며 소생하는 복수심. 이것이 걸음을 재촉한다.

7년이 지난 지금, 과거 남산의 수사관 및 그 상사와의 재회. 한국 밖의 일본이지만, 전향, 석방의 담보, 서약을 한 김일담 정부초빙 입국공작. 88년 김일담 입국허가 뒤의 그가 행한 반한적 언동. 모처럼 잡았던 고래를 놓친 실패를 수복하고, 다시 잡아 영원히 복종하게 만드는 거다. 고문에 의한 살해의 연장으로서의 공작은 단순히 사무적인 것은 아니다. 알 수 없다. 혼돈 속에서 한 사람의 주인공의 행동으로 수렴해가듯이, 점토 덩어리에서 소상으로 형상되듯이, 그곳에 이르는 현실을 향해 혼돈스런 자신을 정리해 가야만 한다. 그때까지는 어떻게 될지 알 수 없다. 가족의 일, 부모의 일…… 어떻게 되나? 인질, 난 자네를 인질로 잡히고 있는 거나 마찬가지야. 날 인질, 담보로 김일담을 공략한다……? 이 말이 날 궁지로 몰아넣는다. 인질, 뜨거운 말이 고맙다.

생각하지 못한 건 아니었지만, 며칠 뒤의 오후, 오사카의 부친으로부터 전화가 걸려왔다.

창가의 책상 앞에 앉아 연필을, 내친김에 빨강과 파랑을 포함해 몇 갠가를 깎고 있던 중에, 옆의 거실에서 전화벨이 울리는 바람에 돌아보자, 혜순이 수화기를 들고 있었다.

"예, 예-, 안녕하세요. 어머니도……."

혜순의 황송한 목소리 저편에는 부친이 있었다. 이내 아버지라며 재촉하는 바람에, 날 끝이 날카롭게 빛나는 나이프를 책상 위에 올려놓은 뒤 거실을 가로질러 문 쪽의 전화기 테이블로가 전화기를 건네 받았다. 건강하시지요……라고 인사를 하자, 옛날 남산의 인간들이 일본에 와 있는 모양인데……라며 말을 꺼냈다. 예……. 어젯밤에 오사카 총영사관의 부총영사와 만났는데, 난 놀랐다. 네가 당한, 아마도 그렇지 않을까 싶은 인간도 도쿄에 영사로 와서 이미 너를 만났다고……? 아버지는 억제는 하고 있었지만, 과거의 남산 남자에 대한 증오와 분노가 담긴 어조로, 넌 왜 그 일을 나에게 알리지 않은 거냐? 한성삼은 얼굴의 상흔이 남산에서 당한 고문의 결과라고 일체 밝히지 않았지만, 그에 의한 상흔이라고 확신한 아버지는 보복의 수단으로서 아들을 설득하여 장본인이 특정된다면, 한국의 민주파 인권

변호사와 상담, 안기부를 상대로 재판을 일으키려 한 적이 있다. 그 과거의 가해자에 대한 증오가 되살아난 모양이다.

부친에게 알린다고 해서 일이 어떻게 되는 것도 아니다. 예-, 아버지, 어젯밤에 부총영사와 만났다면 알고 계시겠습니다만, 가까운 시일 안에 그 사람들과 만나게 될 터인데, 그걸 지금부터 아버지께 뭘 알리겠어요? 아직 만나지도 않았잖아요. 그보다 아버지는 무슨 일로 부총영사를 만나셨습니까?

부친은 흥분이 가라앉은 목소리로 계속했다. 총영사관에서 전화가 걸려와 장 부총영사라는 사람으로부터 부임 인사를 받았는데, 한번 만나고 싶다고 해서 그 장만규 본인, 다른 영사 한 사람과 신사이바시(心齋橋)의 총영사관 근처 한국요정에서 식사를 했다. 네가 멀지 않은 날에 일담 선생과 함께 장만규를 동반한 김 영사와 만난다고 하던데, 두 사람 모두 서울 남산으로부터 최근에 부임해온 인물이다. 김 영사라고 하는 자가 아마도 널 고문한 인물이 아니더냐. 알고 있다. 으-음, 그런데 말이다, 아버지는 아무런 부탁이나 요청을 받지 않았다. 그 대신에 네 차례가 되었다는 것이겠지. 상대 당국은 한국 초빙을 간단한 것으로 생각하는 것 같아. 김일담이 조총련도 아닌데 조선적을 고수하는 것이 이상하고, 조총련에게 그만큼 비판, 두들겨 맞으면서도 조선적을 고집하는 걸 이해할 수 없다는 거야. 무슨 생각을 하고 있는지 알 수가 없다는 것이지. 집필 취재 등을 위해 스스로 나서서 입국허가 신청을 해놓고서, 정부 초빙이라는 고마운 처우와 특혜를 받아들이려 하지 않는데, 좀 더 자유로워질 수는 없는 거냐며 웃더구나. 특별히 지금 당장 국적을 바꾸라는 건 아니야. 대장편 집필에 도움이 되도록 배려하겠다는 생각이 강해. 일담이 상대의 요청에 응하지 않을 텐데, 그럴 경우 네 입장은 어떻게 되는 거냐. 걱정되지만, 조심해서 하거라.

부친은 김일담에 대해 당국의 초빙에 응하도록 부탁하라고는 말하지 않았다. 당연히 그럴 수밖에 없을 것이다. 그냥 신임 부총영사와 만났다는 사실을 알려주는 거라고만 했다. 그 사실만으로도 압력이 된다. 그리고 오사카의 부총영사라는 존재는 재일안기부의 간부이자, 간사이(關西) 지방 서쪽의 책임자로서 오사카총영사보다 상급인 실력자라고 덧붙였다.

예-, 아버지, 잘 알겠습니다. 걱정 마시고 맡겨주십시오. 이미 김일담 선생님과도 상의를 끝냈다며, 자신이 생각해도 이상할 정도의 침착한 목소리로 자신 있다는 듯이 부친에게 전하고 전화를 끊으려 했다.

"일담과도 상의를 끝냈다고? 그건 무슨 소리냐?"

"앞으로 김일담 선생님과 상의를 하면서 일을 처리해갈 거라는 겁니다. 전화 끊겠습니다……."

"혜순을 바꿔라."

"예……."

몇 분 만에 전화는 끝났지만, 혜순은 그저 예, 예…… 하고 대
답만 하는 정도이고, 특별한 이야기는 없는 것 같았다. 부친은
아들인 성삼이 유학 갔던 서울에서 돌아온 뒤 오늘까지 폐인으
로 끝나지 않고 재기할 수 있었던 것은 혜순의 힘이며, 그녀가
아들의 방패이자 보호자처럼 생각하고 있었다. 그건 그렇다.
그러면 됐다. 전화도 그러한 다짐, 앞으로도 확실히 지켜달라
는 부탁일 것이다.

한성삼은 김일담이 혜순은 훌륭해. 혜순 씨가 하는 말을 잘
들어야 한다는 등, 마치 모친의 말을 잘 들으라는 것처럼 말하
고 있던 것을 떠올렸다. 전화로 그런 말을 듣고 퍼뜩 정신이 들
었지만, 다른 사람의 눈에는 그렇게 보이는 걸까. 분명히 혜순
의 노력 없이는 현재의, 한국에서 돌아온 뒤의 난 없었을 것이
다. 만성인 패닉의 증상도 '남자의 횡포'도 그녀의 커다란 품
안에서, 치마 안에서 파열되고 감싸 안겼다.

아버지는 이전에 자신이 김일담의 한국초빙 건으로 접촉한
일이 있어서 이번에는 일체 관여하지 않겠다고 공언했지만, 한
성삼에게는 어차피 짐이 되는 일이었고, 아버지로부터의 전화
는 새삼 가슴을 무겁게 내리누르는 압력이 되었다. 아버지는
일담에게 이번의 초빙을 받아들이라는 말은 일체 않겠다고, 한
성삼이 애당초 전혀 바라지도 않고 필요도 없는 말을 어색하게

311

덧붙였다. 그래, 이런 식으로 모든 것이 하나가 되어 어깨를 내리누르기 시작한다.

"아버지는 뭐라고 하시던가?"

"신변을 조심하라고요."

혜순은 테이블을 사이에 두고 마주앉아 대답했다.

"흐-음, 부모란 누구나 다 마찬가지야. 이렇게 사람을 몰아붙인다니까."

"성삼이 당신, 무슨 그런 말을. 보통 걱정이 아니잖아요. 여태까지도 신변에, 납치 등을 생각해서 조심해 왔잖아요. 아버지는 뒷일을, 대사관 사람들을 만난 뒤의, 그 뒷일을 걱정하시는 거고……."

"앞이건 뒤건 아직 그때는 오지 않았어. 지금부터 거기까지 걱정할 거 있나? 다른 말씀은 없었고?"

"과거의 일은 지나간 악몽이지만, 이제 와서 또 다른 악몽을 꾸는 듯한 기분이 든다고. 일정이 정해지면 보고하라고 하셨어."

"흐-음, 적당히 하시라고 말하고 싶어. 악몽이라니, 겁주는 거잖아."

"아버지는 과거의 일이 있어서 그래요."

"과거의 일이라니, 그게 뭔데? 악몽, 악몽, 내가 또 남산에라도 연행될 거라고 생각하고 있나?"

"우리가 아직 오사카에 있을 무렵이에요. 아버지가 성삼 씨와 함께 도쿄까지 가서서 김일담 선생님을 뵈었잖아?"

"아아, 그일 말인가, 내 대신 해주신 일이었지. 그때는 흐, 흠, 난 유령처럼 존재감이 없을 때였어. 남산에서 나온 지 반년 쯤 지나 있었나? 그게 안 좋았기 때문에 그 영향이 다시 아들에 게 미치고 있다는 건가. 그런 거겠지. 김일담 공작. 흠, 이게 무 슨 말이겠어. 그게 잘 안 돼. 성립되지 않을 거라는 걸 아버지 는 알고 계셔. 아직 그때는 오지 않았는데. 지금부터 그 결과를 생각한 전화란 말인가. 너무 소란을 피워서 이쪽 마음을 어지 럽히지 않았으면 좋겠어. 신변을 주의하라는 건 또 뭐야, 그때 가서 그렇다는 건가. 벌써부터, 흐-음……."

"그러니 성삼에게는 직접 전화를 안 하시는 거겠죠."

"마찬가지 아닌가! 당신에게도 잠자코 있으면 되잖아."

"……"

"지금은 그 일이 중요한 게 아니야. 아버지가 생각하고 있는 건 그 한참 뒤의 일이잖아. 난 그때까지 할 일이 있어. 혜순과 도 상의를 좀 해야 되고……."

"상의를 해야 된다니, 그게 뭐지? 에둘러서 말을 다 하고."

"아직 어떻게 될지 알 수 없다는 거야. 결론은 알고 있는 만 큼, 실제의 일이, 그때의 현실이 어떻게 전개될지 알 수가 없 어. 어쨌든 영사로부터 연락이 오면 먼저 그와 만나게 될 거라 고 생각하는데, 그러면 움직임을 파악할 수 있을 거라 생각해.

313

나도, 우리들이로군. 어떻게 될까. 어떻게 움직여갈까 하는 거야. 결론이, 결과를 알고 있는데, 그것이 그 뒷일을 알 수가 없어. 그 일에 관한 상의야. 아직 움직임을 알 수 없어…….”

“결과를 알고 있다는 것은 서로 간에 결렬된다, 잘 진행되지 않을 거라는 말이잖아요? 그걸 알고 있는데 왜 만나는 거야?”

“그래서 움직이는 거지. 만나서 서로 이야기하고 움직이지 않으면 확실한 그 결과의 모습이 어떤 것인지 보이지 않게 돼.”

“이해가 안 가네. 지금 안 되는 일인 줄 알면서 그 일을 향해 가다니. 어떻게 될 거라고 생각하니까 움직여가는 거 아닌가?”

“그러니까, 알 수 없으니 움직이는 거야. 그럼 어떻게 하라고. 만나지 않을 수 없으니 만나는 건데. 그만둘 수가 없어. 모르는 소리 하지 마.”

“……영사와 만나는 건 당신 혼자?”

“물론 그렇지. 아버지는 오사카에서 부총영사를 만나 무슨 이야기를 했는지는 모르지만, 꽤 객관적으로 거리를 두고 있는 것 같아. 그래서 고마워. 지금 아버지는 당사자는 아니야. 일체 참견해선 안 돼. 아무런 도움도 안 되니까. 걱정하지 마. 일단 김동호 영사를 만나고 볼 일이야.”

한성삼은 소파를 떠나 창가 책상으로 돌아왔다. 이 이상 혜순과 이야기를 해본들 어떻게 될지 알 수는 없다. 아니, 결과는 알고 있는데 알 수 없는 이야기를 계속하고 싶지 않다. 계속할 수 없었다. 돼가는 대로 내버려두려는 것은 아니지만, 움직임에 맞춰 움직여갈 수밖에 없다.

담배를 물고 불을 붙여 창밖을 바라보면서 한 모금 피운다. 연기가 춤춘다. 맑게 갠 가을하늘이 펼쳐져 있다. 만추.

공원의 저쪽 하늘에, 멀리 현해탄을 건넌 하늘에 Y대학 뒷산 숲의 그림자가 떠올랐다.

4월 봄의 캠퍼스 뒷산에 내리쬐는 햇살 아래 빛나는 노란 세계가 펼쳐진다. 개나리 화단. 훈풍에 향기를 풍기는 진달래가 하얗고 빨갛게 만개. 호화로운 흰색과 핑크빛 모란꽃. 뒷산에 하얗게 피기 시작한 신록의 가지를 크게 펼친 벚꽃나무들. 산들바람에 치마를 일렁이며 꽃밭의 좁은 길을 산책하는 여학생들. 그리고 그날, 윤상기와 아벤트를 나와 헤어진 뒤, 대학을 따라 이어진 넓은 도로를 언덕 위의 하숙집을 향해 걸어가던 중, 사복형사들에게 붙잡혀 검은색 승용차에 밀려들어가 남산의 숲 속으로 들어갔던 것이다.

공원 너머 Y대학 뒷산은 지금까지의 신기루와 같은 환상으로서가 아니라, 눈에는 보이지 않는 이미지로서 머릿속에 떠올리고 있었다.

검은색 승용차는 남산 자락의 완만하게 굽이치는 아스팔트 도로를 한성삼을 포함한 네 사람의 압축된 침묵을 태우고 계속 달렸다. U자, 역U자 형으로 끊임없이 계속해서 굽이치는 숲 속

315

의 도로. 똑같은 곳을 빙글빙글 시간을 들여 중턱 부근까지 계속 달리는가 싶다가 정신을 차려보면, 처음에 달려온 원래의 산기슭 도로로 돌아와 다시 굽이치며 달린다. 이윽고 잠깐 서울 시내가 내려다보이는 남산 북쪽 기슭의 숲이 빽빽한 무인의 도로를, 목적지가 위치하고 있는 듯한 전방을 향하고 있었다. 한성삼은 몸의 수분이 점차 얼어붙어 고체로 굳어져 가는, 그러한 공포에 전신이 폐쇄되는 가운데, 자동차는 타이어 소리를 경쾌하게 회전시키며 달려갔다.

숲이 깊은 남산. KCIA, 한국중앙정보부. 있을 수 없는 일이 일어나고, 그런 일이 있을 수 있었던 곳, 과거사가 되어 다른 모습으로는 있을 수 없는 탁자의 거울에 얼굴을 비춘 지금의, 창가에서 담배를 피우고 있는 한성삼이 있다.

한성삼은 담배를 재떨이에 비벼 껐다. 난 무얼 하고 있었던 걸까. 소설 초고용 노트가 옆에 있지만, 소설을 쓰고 있었던 것은 아니다. 숲이 깊은 남산 지옥의 문 앞까지, 소설은 발을 들여놓을 수가 있을까. 한성삼은 남산 북쪽 기슭의 어디 있는지 알 수 없는 그 지옥의 문을 실제로 빠져나온 것이다. 자동차는 어디를 어떻게 빙글빙글 돈 것일까. 거대한 수목의 그늘에 있는 작은 가건물을 통과하자 나온 녹색 잔디 너머에 서 있는 6층짜리 백아의 건물, 거기에 일본에까지 소문이 난 지하실, 죽음의 지하실이 있었다. 지하실에는 한강으로 기세 좋게 소리를 내며 흐르는 급류의 지하수도로 이어지는 깊은 수직 구멍이 있다. 한성삼은 그 암흑의 죽음 구멍에 매달려 있었다. 암흑의 공간에 울리는 주문 소리. 저승, 저승, 저승, 죽음, 죽음, 죽음······!

소설이 지옥의 문 앞에 서 있는 것은, 그리고 그 문을 빠져나가는 것은 과거 남산의 남자들을 만난 뒤의 일이다. 김일담은 싸움이라고 했는데, 정말 그렇다. 그들과의 대결이다. 그 X데이, X데이가 아니다, 얼마 안 있어 그날은 확실해진다. 그리고 어떻게 될지 알 수 없지만, 알고 있다. 잘 안 될 거라는 것을. 그 결과는······? 어떻게 될지 알 수 없는 곳으로 들어가, 알 수 없는 채로 그곳을 나왔을 때는, 소설은 남산 지옥의 문으로 한 걸음 내딛을 수가 있을 것이다. 그건 사소설이 아니다. 남산 속에서의 자신, 자신이 실제로 체험한 일을 토대로 쓴다 해도 그걸 써냈을 경우, 그건 사소설이 아니다. 상당한 세월이 흐른 지금, 과연 쓸 수가 있을까. 어찌되었든 그날이, 대결의 날이 지나면 소설은 숲 깊은 남산 속으로 들어갈 수 있을 것이다. 뭔가 알 수 있을 것 같은 기분이 든다.

한성삼은 감고 있던 눈을 뜨고 책상 위를 보았다. 그렇지, 아까도 그랬던 것처럼 노트 옆에 나이프가 놓여 있다. 볼펜 등이 어지럽게 놓여 있는 폭이 넓은 펜 접시에서 빨강색을 포함해 몇 개 집어든 연필을 깎고 있던 중이었다. 그때 부친으로부터 차분하지만 무거운 목소리의 전화가 걸려왔던 것이다.

나이프의 갈색 칠이 벗겨진 나무 손잡이 부분을 잡고 빨강과 검정 가루 찌꺼기가 남아 있는 날 쪽을 바라보았다. 휴지로 더러워진 부분을 닦아낸다. 부드러운 휴지에 빨강과 검정 연필의 분말가루가 스며들어 번진다. 자루 부분이 약 10센티. 펜 꽂이의 투명한 셀룰로이드 30센티 자를 손에 들고 날 부분에 대보니 8센티, 한쪽 면이 검은 강철로 된, 칼날 폭 6센티의 묵직하고 쓸 만한 나이프다. 날카로운 삼각형의 끝은 비스듬히 3미리 연마. 손의 방향을 거꾸로 돌려 끝부분을 양쪽 눈 사이로 가까이 가져다 댄 채 한 손에 돋보기를 들고 확대해 보니 새의 날카로운 부리 같다. 이대로 힘껏 미간을 찌른다면 어떻게 되나. 날 끝을 앞으로 더 밀어 미간에 살짝 대고 눈을 감았다. 홋호호, 작게 원을 그려본다. 간지럽다. 이것만으로도 안면의 신경이, 왼쪽 볼의 상흔이 땅기듯 욱신거리며 긴장한다.

그때. 남산에서 네 아비·어미도 빨갱이 개새끼! 라는 야수의 외침에 곤봉의 폭풍을 뚫고 이 개새끼! 맹렬히 고문관에게 달려들어 상대를 쓰러뜨렸을 때, 내 수중에 칼이 있었다면 바로 찔러 그 자리에서 죽여 버렸을 것이다. 구두 밑창으로 얼굴을 구타당해 함몰되기 전에 말이다. 하지만 그랬다면 지금 여기에 앉아 있는 한성삼은 존재하지 않는다. 후후, 네 아비와 어미는 개새끼! 그때, 목소리는 공기의 진동과 함께 사라진 말이다. 한성삼은 나이프를 조용히 칼집에 넣어 펜 꽂이에 꽂았다.

전화벨이 울렸다. 뭐야! 한성삼은 벨소리에 저항을 느꼈다. 벨이 몇 번인가 울린 뒤, 깎은 연필을 펜 접시에 내려놓고 돌아보니 전화를 받은 혜순이 예, 예-, 목소리의 상태가 다르다. 한국대사관인가 하는 생각이 들었다. 혜순이 일본어로 영사관임을 알렸다.

의자에서 일어난 한성삼이 전화가 있는 곳으로 올 때까지 기다렸다가 수화기를 넘겼다.

교환대를 통해 연결된 남자의 목소리가 주일한국대사관 영사 오진구라고 말한 뒤, 한성삼 씨냐고 확인했다. 예-, 그렇습니다……. 김일담 선생님의 재신청을 위한 한국입국 신청용지를 모레 오후 2시에 한국대사관 영사실로 받으러 왔으면 좋겠다. 그때 김동호 영사와 면담하게 된다. 형편이 되겠냐고 물었다. 모레, 11월 22일 금요일 오후 2시……. 괜찮을 겁니다. 그 입국재신청 건은 제가 당사자가 아니라서, 아직 확인해보지 않아서 알 수 없지만, 어쨌든 당일에 영사관으로 가 김동호 영사와 만나겠다고 대답하고 전화를 끊었다. 일방적인 통보였다. 입국허가 재신청은 김일담이 할지 말지 알 수 없지만, 아마도 하지 않겠지만, 모레 김동호와 만나면 주로 오사카 부총영사의 상경 일정 등의 협의가 이루어질 것이다.

29

"한국영사관에 혼자 가도 괜찮아요?"

전화를 받고 있는 한성삼 옆에 서 있던 혜순은 함께 소파로 돌아와 앉으며 말했다.

"무슨 소리야? 제국호텔처럼 혜순이 따라갈 생각인가?"

"제국호텔과 영사관은 다르잖아요. 영사관은 한국대사관과 마찬가지로 일단 안으로, 그 영역에 발을 들여놓으면 치외법권의 장소잖아요."

"그런 걱정은 필요 없어. 지금 나한테 영사관 내에서 뭘, 그런 일이 가능하겠어. 남산 건물 안으로 가는 게 아니야. 지금 일, 그들의 일이 진행 중이라고. 그곳에서 이유도 없이 체포해서 구속할 수 있을까? 말도 안 되는 소리야. 가까운 시일 안에 오사카 부총영사와 만나게 되는데, 그 일정도 정하게 되겠지. 일이 모두 끝난 뒤에는 모르겠지만, 그때까지는 어떤 일도 있을 수 없어. 일이 어떻게 될지. 그게 문제야. 모레 영사관에 가서 영사와 만나는 것은 앞으로의 일이, 현실이 움직이기 시작하는 출발점이지. 그 움직임에 맞춰서 난 움직일 거고."

"일담 선생님께는 연락하실 거죠."

"물론 일담 선생님은 김동호와 만날 때는 혼자 가지 말라고 하셨지만, 입국 신청용지를 가지러 간다고는 생각하지 않고 있어. 그리고 서로 간에 회담 일정을 조율해야 돼. 이건 김일담 선생님이 직접 나오시게 되겠지만, 영사관에는 일담 선생님이 갈 필요는 없어."

"재신청 같은 거 당신 멋대로 움직였다가는 선생님이 화를 내시지 않을까?"

"아니, 괜찮아. 그건 선생님이 재신청을 하지 않으면 그만이야. 신청용지는 영사관이 날 부르기 위한 구실이기도 하고. 어쨌든 그렇게 일은 시작되는 거니까. 음, 움직이면 어떻게든 되겠지. 싫더라도 뭔가 하지 않을 수 없잖아. 혜순이, 내가 한국 영사관 건물 안으로 들어가고 싶다고 생각하는 건가. 음, 대한민국, 대한민국영사관……."

한성삼은 등을 똑바로 펴고 일어나더니 서재로 발을 움직였는데, 갑자기 발작이라도 일으키듯이 문지방을 넘어선 순간 소리를 질렀다. 절대충성, 충성국민. 앗핫하, 뭐가 대한민국인가. 잠시 숨을 고르는가 싶더니, 난 그만뒀다. 그만둬!

"당신, 왜 그래?"

"절대충성, 충성국민, 이런 일본어가 있을까. 옛날 제국주의 시대의 일본어라고. 절대충성……. 남산에서 억지로 주입시킨, 몸에 각인된 일본식 한국어. 노예의 말, 주문……."

"그만두다니, 뭘 그만둬?"

한성삼은 책상 앞의 회전의자에 털썩 소리를 내며 앉더니,

빙그르 혜순 쪽으로 방향을 돌려 노려보듯 바라보며 계속했다.

"뭘 그만두냐고? 음, 대한민국, 그 국민을 그만두는 거야. 정말 가소롭기 짝이 없어. 아니, 왜 내가 놈들 앞에서 주문을 외우고 새삼스레 충성을 맹세해야 하느냐 말이야! 어쨌든, 괜찮아, 걱정하지 마. 모레 영사관에 가서 오사카 부총영사 일행과 만나기로 하고, 일담 선생님과 함께 만나면 돼. 모든 것은 지금부터야. 절대충성, 충성국민으로 뭘 맹세하고, 모토로 삼을 것인지. 철저반공, 반북한, 타도 김일성, 이것이 충성국민이지. 제국호텔에서 만났을 때도 남산에서 가져온 얼마나 많은 주문이 나왔는지 모를 거야."……사악한 북괴 흑색사상으로부터 조국 대한민국을 지키고, 공산주의 침략에 대항하여 싸워서, 조국 대한민국의 충성국민으로……. 제국호텔에서 테이블 위에 꺼내놓은 과거의 자필진술서 복사본. 한성삼은 말하지 않았다. "……난 북한 지지도 아니지만, 남산에서 강제로 주입한 주문을 모토로 재일로 사는 것은 사양하겠어. 그들은 이 말을 구실 삼아, 절대충성을 구실로 뭐든 할 수 있지. 이 주문 앞에서는 살인도 예사고, 살인이 충성. 그리고 절대충성이 아닌 것은 비국민, 국가반역. 제국호텔에서도 비국민이라는 말을 들었어. 대한민국 국민이 아니라는 거겠지. 흐-음. 걱정하지 마. 영사관에 무슨 대한민국을 그만두겠다는 말을 하러 가는 건 아니잖아."

혜순은 소파에서 일어나 멍하니 있었다.

"당신······."

한성삼은 다리에 힘을 주듯 일어섰다. 피가 올라오면서 머리가 뜨거워지는 동시에 수증기가 차오르는 듯하여 의자에서 벗어나 반쯤 열려 있는 유리문을 활짝 열어 제치고 베란다로 나왔다. 싸늘한 바람에 달아오른 볼을 느낀다. 두꺼운 쇠파이프 난간을 움켜잡고 저편 공원의 녹음, 노랗게 변한 숲 너머로 펼쳐진 창공을 올려다보았다.

지금까지 몇 번을 이곳에서, 방을 뛰쳐나온 기세로 난간을 뛰어 넘고 싶은 충동에 시달렸던가. 마치 베란다 바깥의 공기층이 눈에 보이지 않는 부드러운 매트리스라도 되는 것처럼. 패닉 상태에서 밤길을 질주, 육교 난간에 매달려 상반신을 내민 한성삼의 눈 아래, 수많은 전차 가선 밑으로 굉음을 내며 지나가는 열차······.

가슴에 손을 대자 격한 운동이라도 한 것처럼 심장이 춤추고 있다. 지금 난 뭘 하고 있는 걸까. 왜 심장이 고동을 치는 것인가. 하나, 둘, 셋, 넷······, 고동이 심장이 춤추는 바람에 가슴이 답답해져서 창가 책상 앞을 떠나 베란다 쪽으로 몇 걸음인가 움직여 나왔을 뿐인데, 갑자기 혈류가 빨라진 듯하다. 잠시 우뚝 서 있었더니, 심장의 고동이 가라앉고 숨쉬기가 편해졌다. 숨쉬기가 편해진다. 숨이. 갑자기 부정맥이라도 생긴 것일까.

이렇게 생명이, 목숨이 살아있다. 숨쉬기가 편해져서. 40여

년 한시도 쉬지 않고 심장이 계속 움직이고 있다. 일본에서 태어난 이래 40여 년간, 심장이 계속 움직이고 있다. 만취해서 인사불성으로 벌러덩 드러누워 있는 동안에도 움직이고 있다. 서울에서 유학을 하고 있을 때도, 남산……에 있는 동안에도 움직였고, 지금도 움직이고 있다. 심장의 움직임을 잊은 채 살고 있다. 살아 있다는 게, 내가, 인간이 여기에, 베란다에 있을 뿐이라는 것. 하늘에 흰 구름이 천천히 움직이고 있는 것처럼, 새가 날아가는 것처럼, 뭔가를 하고 있는 게 아니다. 베란다에 서 있는 것이, 호흡을 하고 살아 있는 것이다. 그런 것, 그뿐이다. ……뭔가, 뒤통수에 서서히 그리고 똑바로 다가오는 뾰족한 압력이 무형의 광선처럼 느꼈다.

깜짝 놀라 돌아보니, 혜순이 책상 옆에 서서 자신을 가만히, 움찔할 정도의 뜨거운 시선, 빨려 들어갈 듯한 검은 눈동자로 응시하고 있었다. 혜순은 다물고 있는 입술을 조금 일그러뜨리며 웃었다. 한성삼은 꿀꺽 침을 삼키고 있었다.

"왜 그래? 혜순이……."

속이 빤히 들여다보이는 들뜬 질문이었다. 아니, 왜 그래, 그런 곳에 우뚝 서서……. 그는 베란다에서 고무 슬리퍼를 벗고 방으로 들어가더니, 거실 소파로 돌아가는 혜순을 쫓아가듯이 그 한 손을 잡고, 심장 고동이 격해지는 것을 의식하면서, 갑자기 소파에 벌렁 쓰러뜨렸다. 앗, 뭐하는 거예요! 그는 한쪽 발을 양탄자 위에 늘어뜨린 채 덮어 누르며 블라우스 안으로 손을 밀어 넣고, 브래지어 위에서 젖가슴을 손바닥으로 잡았다. 혜순은 억제된 비명을 지른다.

"왜 이래! 대낮이라고."

"혜순이는 왜 이러나……. 가만있어."

혜순의 입을 막듯이 입술을 포개고 입술 사이로 혀를 넣은 뒤 세차게 빨자, 서로의 혀가 엉키면서, 그래, 바로 이거다, 깊숙이 혜순의 입안을 도려내듯이 움직임을 계속했다.

그는 혜순의 하반신으로 손을 가져가 청바지를 벗기기 시작했다. 안돼. 여기서는 안 돼. 벌써 대낮이야……. 대낮이 어때서. 유수가 돌아오나?

"으, 응……."

두 사람은 소파에서 일어나, 혜순이 현관 자물쇠를 확인한 뒤 방으로 돌아왔다. 한성삼은 베란다 쪽 유리문의 커튼을 치고 옷을 벗어 던진 뒤 침대로 들어가면서, 벗어.

혜순은 상반신을 벗은, 팬티만으로 침대로 들어와 이불을 덮었지만, 바로 이불을 걷어 제치고 젖가슴에 손을 대는 성삼의 애무에 몸을 맡겼다.

난 지금 여기에서 원래부터 추하게 태어난 것처럼 되어버린, 젊은 시절의 상처 없던 기억을 밑바닥에 가라앉힌 보기 흉하게 울퉁불퉁한 왼쪽 볼을 혜순의 아름다운 오른쪽 피부에 밀착시킨다. 혜순은 머리를 들어 올려 되밀어 내면서, 양팔에 힘을 주고 커다란 상흔의 기복이 지도처럼 펼쳐진 등을 세게 껴안는다.

성삼은 볼을 마주 대고 있자니, 왼쪽 볼의 상처가 사라지고 그대로 혜순의 부드러운 피부에 녹아들어 밀착된 것처럼 느낀다. 얼굴을 떼고, 혜순이, 혜순이에게 이렇게 하고 있으면 상처가 어디론가 사라진 것 같아. 그대로 있잖아, 여기에. 이봐요, 그러면 어때. 어린애 같은 소리하지 마. 난 어느 쪽 볼도 다 좋아, 이쪽이 더 좋아, 눈물이 날 정도로 좋아. 혜순은 왼쪽 볼의 상처에 두 개의 입술을 꽃잎처럼 벌리고 부드럽게 밀착시킨 뒤 얼굴을 움직인다. 돼지에 진주, 장미의 입술. 그렇지 않다, 돼지가 진주가 되어, 진주와 진주인가. 아니, 혜순이……. 지금 뭐라고 했지? 돼지와 진주……. 그게 뭐지, 무슨 소리야? 이런 거예요……. 웃, 욱, 입술이 포개진다. 상처가 없었다면 혜순의 이러한 애무를, 사랑을 받지 못했을 것이다. 커다란 힘. 난 혜순의 몸속 깊은 곳에서 솟아나는 샘 같은 원기를 몸에 넣고, 숲 깊은 남산의 그림자를 지워 없애는 힘을 얻는다.

지금 이렇게 있다. 이렇게 서로 껴안고, 기쁨의 포옹을 하고 있는 것이다. 이렇게 존재하는 것이다.

베란다에서, 여기에 서 있을 뿐인 것. 그것이 사는 것, 생명. 지금 여기에서 이러고 있는 것, 살아 있는 생명. 베란다에서 서 있었던 것처럼.

"성삼이 당신 지금 무슨 말을 한 거야?"

"뭐, 무슨 말을 했다고? 혜순에 관한 게 아닐까?"

"혜순의 무슨 일?"

"지금 이러고 있는 것⋯⋯. 말할 거 없어⋯⋯."

성삼은 혜순의 입을 빨고, 서로 빨고, 침을 뒤섞는다. 부풀어 오른 양쪽 가슴을 문지르고, 젖가슴을 입안 깊숙이 넣어 빨다가 딱딱하게 솟아오른 젖꼭지로 올라가고, 혜순의 매끄러운 등으로 팔을 크게 돌려 잘록한 허리에서 둔부로 손바닥을 뻗어 팬티를 벗기자, 혜순은 한쪽 팔과 발을 움직여 팬티를 벗어던지고 성삼의 손이 움직이는 대로 따라간다.

어둑한 방의 침대 위에서 저녁 무렵의 초원에 발을 들여놓듯이, 부풀어 오른 언덕의 수많은 모근을 세차게 밀치며 수풀 속으로 들어온 여러 개의 손가락이 제각각 움직이다가, 다시 더 깊은 안쪽으로 미끄러져 들어간다. 습지대. 손가락이 이리저리 헤매다가 샘으로 이어지는 어두운 골짜기 주변에서 계곡을 오른다. 으, 응⋯⋯. 아니, 아니야⋯⋯. 아, 그래요⋯⋯, 거기! 혜순의 목이 아래위로 움직였다. 아-, 거기⋯⋯. 손가락의 움직임, 손바닥의, 손의 움직임이 격해지자, 혜순의 정지해 있던 상반신이 참지 못하고 곡선을 그리는 허리를 끌고 도망쳤다가 다시 치켜 올라오기를 반복하며 억제된 소리를 지른다. 성삼, 성삼⋯⋯. 어딜 가는 거야. 난 어디로 가는 거지, 다리가 하반신이 얼음처럼 차갑고 뜨겁게 저런 게 떨어져 나갈 것 같아. 하반신이 없어졌는데, 어딜 가는 거야. 혜순은 혈류가 역류해 춤추는 성삼의 경직된 사타구니의 물건, 기적의 부활을, 성삼의 등에서 뗀 손으로 꽉 잡고 그곳으로 뻗는 성삼의 손을 뿌리치며 계곡의 샘으로 끌어들인다.

산골짜기 계곡을 내려가고 있어. 먼 계속 물소리 같은 경련으로 떨리며 흐느끼는 소리. 급류의 바위를 휘감는 물보라 소리. 바위에 깨지며 흩어지는 물보라의 외침. 숲을 꿰뚫고 울리는 심벌즈 소리. 작렬하는 외침이 심벌즈에 흡수되어 사라진다. 간헐적으로 반복해서 울리는 심벌즈. 여기는 깊은 수풀, 숲 속.

어머니의 커다란 자루 같은 치마 속은 어두운 밤, 낮이 없는 눈꺼풀을 덮은 요람 속. 어린 시절, 어머니 치마 속의 바지를 입은 가랑이 사이로 머리를 푹 집어넣었다가, 치마를 걷어 올린 어머니에게 맨 엉덩이를 얻어맞은 일이 있는데, 치마 속에 펼쳐진 공간은 우주의 내부. 요람의 수면. 혜순의 하반신을 덮은 이불은 혜순의 치마 속. 혜순의 낙하산 같은 커다란 치마 속은 자궁의 흔들리는 양수의 내부……. 숲보다 깊은 혜순의 치마 속. 정적. 숲의 정적.

"아까, 전화가 울렸는데, 누구일까."

"전화, 전화가 울렸다고?"

"성삼이, 당신도 전화벨이 울리는 것 같다고 했잖아요. 하지만, 받지 않았어……. 모른 체했잖아."

"아아, 그랬었나……. 밖은 폭풍이라서, 폭풍 속에서는 들리지 않았어……."

숲 속을 부는 바람. 물보라를 날리는 계곡물 소리. 전화벨 소리가 들릴 리 없다. 새들의 소리였는지도…….

"무슨 폭풍?"

"모든 것을 날려버리는 폭풍……. 전화벨이 울렸다면, 히로시마의 고재수일지도. 엊그제 오사카에서 부총영사를 만날 예정이었어. 하지만 누군지는 모르지."

"그래요, 용무가 있다면 또 걸려올 거예요. 그런데 성삼 씨, 아까 혜순에게 상의하고 싶은 게 있다고 했잖아요. 그건 무슨 말이야?"

"……"

"이제 그만뒀다, 그만둘 거라고 했는데, 그 대한민국 국민을 그만둔다는 거 말이지?"

"음, 그래, 그 일이야."

"그건 무슨 소리야? 갑자기 왜 그래? 국민을 그만둔다. 당신, 그게 그렇게 간단한 일인가?"

"아직 결정된 건 아니야. 그래서 상의는 좀 있다 할 일이지. 간단, 복잡, 그건 관계없어. 그것과는 별개의 일이니까. 지금은 아니야. 모레 영사관에 가는 게 지금 할 일. 상의는 갔다 와서 할 일……. 아까 그 전화 영사관에서 온 게 아닐까?"

"왜요?"

"미덥지 못한 영사였는데, 뭔가 잊은 게 있어서 그래서 추가
로……. 어쩌면 오사카의 아버지일지도…….."

"용무가 있다면 다시 걸어 올 거예요."

"으-음, 나중에 오사카에 한번 전화 걸어봐."

오후에 한성삼은 원고 마감이 임박해 있을 김일담에게 전화
를 걸어 모레 오후에 영사관에 간다고 이야기했다. 김일담의 재
신청용 입국허가 서류를 받는 일, 그리고 도쿄에서 오사카 부총
영사와의 회담 일정의 협의가 있다고 이야기한 뒤, 선생님께서
는 혼자 가지 말라고 하셨습니다만, 혼자서 갈 예정입니다…….

"몇 시에 가려고?"

"오후 2시입니다. ……혜순은 일담 선생님의 승낙도 없이 멋
대로 신청서류를 받으러 가는 것은 좋지 않다고 합니다만, 상
대방의 이야긴데 어떻게 할까요?"

"혼자 간다면서?"

"예-, 문제는 없을 거라고 생각합니다. 회담 일정은 아마도
다음 달이 될 거라고 생각합니다만, 선생님은 언제쯤이 좋으신
가요?"

"달이 바뀌면 12월인데, 언제든 상관없어. 가능하면 10일까
지 상순으로 해서 조절해주면 좋고."

"예-, 알겠습니다. 그런데 히로시마의 고재수로부터는 연락
이 없었습니까?"

"엊그제 부총영사와 만났을 테니, 뭔가 구체적으로 결정된
일은 없지 않을까. 국적변경은 상대가 바라는 일이라 문제없겠
지만, 아마도 다른 얘기가 있을 거야. 어쨌든 조만간 연락이 있
겠지. 성삼이한테는 무슨 전화라도 있었나?"

"선생님께 없었는데 제게 있을 리가 있겠습니까. 선생님께
전화나 편지를 보낸 뒤에 연락이 있겠지요. ……선생님은 제가
무단으로 입국허가 신청서를 받으러 가는 것에 화가 나신 거
아닌가요?"

한성삼은 느닷없이 침대의 포옹 장면이 머리를 스치는 바람
에 목소리가 떨렸다. 역시 오전 그때의 전화는 고재수가 아니
었다.

"뭐, 화가 나? 핫하하, 화낼 일은 아니지."

"혜순이가 그렇게 멋대로 행동하면 일단 선생님이 화를 낼
거라며 핀잔을 쳤습니다."

"화낼 일은 아니지. 입국허가 신청서는 수중에 지니고 있으
면 언제든 사용할 수 있으니 방해가 되는 물건도 아니잖아. 허
가를 하거나 하지 않는 것은 신청서 탓도 아닐 테고."

모레 영사관에서 볼일을 마치고 나면 전화하기로 하고 수화
기를 놓았다.

오전의 전화가 고재수는 아니었다는 건 확실해졌지만, 만일 영사관으로부터 예정변경 등의 급한 전화가 왔다면 어떻게 되나. 다시 전화를 걸어오지 않는다면 모레 영사관에 가본들 허사가 될 것이다.

신경이 쓰여서 혜순에게 오사카에 전화를 걸게 했더니, 오늘 아침에 전화했는데 무슨 전화를 또 하느냐, 이상한 전화가 아니라면, 잘못 걸려왔거나 부동산 매매 광고전화일 것이다, 중요한 용무라면 다시 전화가 올 것이다, 도대체가 전화벨이 울리고 있었는데 나중에 알아차린다는 건 또 뭐냐. 둘 다 뭘 하고 있었던 게냐, 대낮부터…….

"……저어, 아버님, 죄송합니다. 성삼 씨는 베란다에, 전 목욕탕 청소를 하고 있다 보니 바로 알아차리지 못하다가 전화기로 달려갔을 때는 이미 전화가 끊겼습니다……." 혜순은 얼굴이 빨개지고 목소리를 떨면서도 침착하게 대응했다. "예-, 예-, 아버님, 안녕히 계세요."

"무슨 일이야?"

"무슨 일이라니, 본인이 전화를 하면 될 일을 날 시켜가지고, 에이 참……."

혜순은 울 것 같은 목소리다.

"무슨 일이냐니까?"

"남자들은 왜 이리 뻔뻔스러울까."

"뭐가 뻔뻔스럽다는 건가……."

"전화벨이 울리고 있는데 둘 다 뭘 하고 있었느냐, 대낮부터
……라니요. 아아, 충격이야. 아버님이 어디 곁에 계시지 않았
나 싶어, 몸이 확 달아올라 깜짝 놀랐네. 가슴이 지금도 두근거
려……."

"무슨 말도 안 되는 소리를 하는 거야. 대낮부터……라는 건,
그러니까, 전화벨이 울리고 있는데 둘 다 있으면서 뭘 하고 있
었냐는 강조일 뿐이야. 아침에 전화를 받아놓고서, 이쪽에서
다시 전화를 걸어오니까 무슨 일인가 깜짝 놀라시지 않았을까.
그건 도대체 무슨 전화였지. 앞으로 전화는 받아야겠군……."

"말은 잘해서. 성삼 씨가 받지 말라고 했잖아요."

"정말로 전화벨이 울리고 있었나?"

성삼은 웃으며 말했다. 혜순도 웃으며, 이제 그만해요.

"그래, 필요하다면 다시 걸어오겠지. 그때 만일 전화를 받았
다면 혜순, 가장 좋은 일이 무참히 부서졌을 거야. 그건 베란다
에서 울던 새 소리였어……."

이틀 뒤, 한성삼은 조금 일찍 점심을 먹고, 12시가 넘어 넥타
이를 맨 정장차림에다 즈크가방을 들고 집을 나섰다. 성삼이
당신, 설마 영사관에서 대한민국 국민을 그만두겠다고 하는 것

은 아니겠죠. 아니 이런, 난 영사관에 술을 마시러 가는 게 아니야. 일이 끝나면 전화할 게. 그리고 신주쿠 가게에 들를게……

S역에서 출발하여 다음의 JR다카다노바바에서 갈아탄 뒤 시나가와(品川) 바로 앞의 다마치(田町)까지 가려면 1시간은 걸릴 것이다.

열흘 전 쯤, 김일담을 만나기 위해 U역에 가던 도중 환승역의 혼잡이, 당하고 있을지도 모를 미행을 따돌리는 데 도움이 되었는데, 지금은 그런 불안, 그리고 나중에 제국호텔로 향할 때와 같은 패닉의 공포는 없었다. 그저 만날 필요가, 영사관까지 갈 필요가 있을 뿐이다. 그리고 만나서 앞으로, 그 뒤에 어떤 결과가 될지언정, 움직여야만 한다. 지금은 계획이 세워져 있어 패닉 같은 게 들어올 여지도 없었다. 무엇보다 제국호텔 이후 한성삼이 변했다는 것을 스스로 자각하고 있었다. 그리고 혜순의 육체 냄새 풍기는 기력이 몸 안에 들어와 있는 것을 느낀다.

언제나 불안한 밤. 밤이 부풀어 오르는 숲의 수런거림 속에서 뭐가 뛰쳐나올지 알 수 없는 분위기의 밤 공간. 언제쯤 숲의 깊은 밤으로부터 빠져나갈 수 있을까. 밤의 안쪽으로 용해되지 않고 이쪽으로 기어 나오는 것만도, 힘. 남산의 깊은 숲을 빠져나온 지상에서 고동치는 심장을 갑자기 뻗쳐온 누군가의 손이 빼앗아가려고 하는 어두운 바다와 같은 불안. 남산은 서울 중심부에 솟아오른 숲이 깊고 온화한 산. 중앙정보부, 안기부는 그 안 어딘가의 하얀 건물. 숲이 깊은 어둠 속에 만들어진 하얀 건물. 저승, 저승, 죽음의 지하실. 성고문을 당하는 여성의 콘크리트 벽을 잡아 찢는 절규. 숲이 깊은 남산. 불안이 소용돌이치는 밤의 시간을 포옹이, 혜순이 그 몸 안에 안고 들어가 이를 가로막은 뒤 해방시켜 준다. 밤만이 밤은 아니다. 낮이 밤이 된다.

미간에 조금씩 다가오는 뜨거운 초점이 생기고, 뭔가 날카로운 것, 빛나는 나이프의 새 부리 모양을 한 끝부분이 다가와, 갑자기 나이프 손잡이를 거꾸로 쥐고 찌르는 순간, 새빨간 수박처럼 얼굴이 미간에서 두 개로 쪼개져 피를 뿜어내며 아래로 굴러 떨어졌다. 미간에 바싹 다가온 나이프로 찌른 상대인 자신은, 눈앞에서 얼굴 없는 인간이었다. 악, 그는 소리를 지르며 일어나, 아니 이런 한성삼은, 아니 나다, 난 눈을 뜨고 지금 일어난다……. 한성삼은 달리고 있는 전차의 좌석에서 일어났다. 전차 안이다. 발밑을 보았지만, 방금 두 개로 쪼개져 구른 목은 떨어져 있지 않았다. 그 한순간의 일이다. 창밖으로 시선을 던진 눈이 미간 양쪽에 붙어 있는 것이 내 목이다. 앞에 서 있던 두 남자가 빈자리에 서로 엉덩이를 밀어 넣으려 부딪쳤다.

한성삼은 잠들어 있었던 게 아니다. 가방을 무릎 위에 올려놓고 눈을 감고 있는 사이 옆에 있는 꿈의 영역에 한발자국 끌려들어갔을지도. 그는 전차를 내리지 않았지만, 만원이 아닌

차 내부를 이삼 미터 이동하여 앉아 있던 자리에서 벗어나 반대편 손잡이를 잡고 멈춰 섰다. 창문은 야마노테센(山手線)의 내측 방향이었다. 전차는 도쿄역을 출발하여 다음은 유라쿠초다. 빌딩 사이로 히비야 공원의 울창한 숲이 보였다. 푸른 잎, 노랑 잎, 단풍잎이 뒤섞인 가을의 숲. 제국호텔 로비의 거대한 모자이크 모양의 벽화. 제국호텔로 가는 도중에 히비야 거리 너머로 본 공원 상공의 멍, 멍, 낙엽이 쌓인 벌판을 개가 도망 다니고, 곤봉을 든 남자가 쫓아가는 구도의 환상 같은 신기루는 없다. 정차한 전차가 승객들의 출입을 마치고 움직이기 시작하더니, 제국호텔 타워 빌딩의 밋밋한 벽 옆을 스치듯 통과해 지나간다.

다마치역 하차, 서쪽 출구로 나온다. 택시로 혼잡한 역 주변을 빠져나와 10분 뒤에 영사관 앞. 건물의 간판은 대한민국대사관이지 영사관은 아니다. 본관은 아자부(麻布)에 있다. 1층은 민단 사무실로 사용하고 있는 모양이다. 2층으로 올라가 왼쪽 카운터에 있는 몇 개의 창구에는 사람들이 줄을 서 있었는데, 여권신청이나 연장수속 등으로 혼잡했다. 다른 창구에서 오진구 영사를 만나고 싶다고 요청한다. 용건과 이름을 물은 뒤 여사무원은 수화기를 들고 전화를 걸더니, 잠시 기다려주십시오, 앞의 통로 쪽 벤치를 가리키며 말했다.

벽 쪽의 긴 의자 끝에 앉아 담배를 피운다. 여기에 찾아온 것은 벌써 몇 년이나 전이다. 남산에서 맹세한 재일한학동 등의 활동조사보고서를 제출하고 있었던 것이다. 엊그제 침대에 있으면서 받지 못한 전화는 영사관이 아닌 것 같아 안심했다. 잘못 걸려왔거나, 부친이 말한 것처럼 무슨 광고 전화였을지도. 폭풍 속의 새들이 지저귀는 소리 같은 전화벨의 울림……. 그 자리에서 버티며 쓸데없는 전화를 받지 않길 잘했다.

문득 얼굴을 돌리자, 작은 아이가, 이상한 얼굴……이라며 건방지게 슬쩍 쳐다보더니, 왼쪽 볼의 울퉁불퉁한 곳을 무심하게 거의 발돋움을 하다시피 들여다보았다. 한성삼은 입에 문 담배를 손에 들고 자상하게 아이를 마주보며 웃음을 지어보였지만, 시선에는 촉각처럼 간지러운 느낌이 든다. 뭐해, 이리와……. 젊은 엄마가 아이의 손을 잡아끌고 통로의 사람들 사이로 사라졌다.

바로 옆의 3층으로 이어지는 계단을 내려온 여사무원으로 보이는 젊은 여자가 한성삼에게 신분을 확인한 뒤, 이쪽으로 오라며 3층으로 안내했다.

계단을 올라간 복도의 오른쪽에 늘어선 방 중 하나로 들어갔다. 직사각형의 꽤 넓은 방에 긴 의자가 두 개, 오른쪽 벽에 붙인 긴 의자와 마주보고 놓여 있었다. 안쪽은 오른쪽 반절이 흰 커튼으로 구분되어 있다. 병원 대합실의 한쪽 모퉁이 같은, 안에 간호사라도 있는 무슨 대기실인가.

문득 남산의 고문 폭풍을 빠져나온 뒤, 긴 잠의 어둠에 잠겨 있던 양쪽 눈에 빛이 비쳐 들어온 주위의 하얀 벽, 흰 커튼, 빨간 입술연지의 하얀 간호사가 있는 1층 치료실 침대 위의 한성삼이 머리를 스쳤다. 그 흰 커튼 너머를 스친 것 같기도 했다.

한성삼이 코트를 벗고 벽 쪽의 긴 의자에 앉자마자, 마치 복도 쪽의 방 같은 맞은편 문이 열리고 오 영사가 서류봉투를 손에 들고 모습을 나타냈다.

그는 긴 의자의 한가운데 쯤에 한성삼과 마주하고 앉더니, 커다란 갈색봉투에서 꺼낸 서류를 손에 들고 한 장씩 확인을 한 뒤에 한성삼에게 건넸다.

주의사항. 조선적(자) 여권 신청시 필요양식, 4장. 그 외 필요서류.

여권발급신청서(재외공관용). 상세한 항목에 걸친 번거로운 서류다.

이유서.

신청자 경력서.

가족관계서(일본. 한국 거주 연고자. 북조선 거주 연고자).

외국인등록 완료증명서 1부.

외국인등록증(앞뒷면 복사).

컬러사진 2장.

수수료 ××엔.

"이걸 반드시 김일담 선생께 전해주시오."

반드시라고 강조하지 않아도 될 일을.

한성삼은 서류를 봉투에 다시 넣은 뒤, 두세 권의 책과 노트, 타월 등이 들어 있는 사무용 즈크가방을 열고, 접은 주름이 생기지 않도록 비스듬히 둥글게 넣었다. 영사는 김동호 영사가 올 때까지 잠시 기다려달라고 말한 뒤 자리를 떠났다.

출입국관리사무소에 가야만 되는 일본으로의 재입국허가서는 지난 번 한국 입국신청을 할 때 취득하고 있겠지만, 거주지 시청에 본인이 얼굴을 내밀어 외국인등록 완료증명서를 떼거나, 사진관까지 찾아가 사진을 찍거나 하는 일을 매우 싫어한다는 걸 한성삼은 김일담 자신의 입으로 말한 적도 있어서 알고 있었다. 벌써 그것만으로도 김일담은 재차 입국허가 신청을 하지 않을지도 모른다.

긴 의자 사이에 내객을 위한 높은 받침대가 붙은 재떨이가 있다. 한성삼은 담배를 꺼내 입에 물고 불을 붙인다. 아무것도 없던 공간에 부드럽게 팽창하는 연기가 생겼다가 무너지듯 흐른다.

지금 형태를 갖춘 것으로서의 입국신청서는 내 가방 속에 있다. 이렇게 해서, 이것이 움직여 김일담이 있는 곳으로 간다. 수중에 있으면 언제든 쓸 수 있으니까 방해되는 물건은 아니다. 김일담은 전화로 그렇게 말했고, 부총영사들과 만날 때까지의 연결고리도 될 것이다.

한성삼은 움찔하며, 김일담이 재신청을 해준다면, 그렇게 된다면 결정적인 결렬까지는 한 단계 여유를 둘 수 있게 될 것이다, 한 단계 여유만이 아니다……. 순간 마음이 움직였지만, 그건 앞으로의 일에 대한 무기력, 자신과의 타협, 싸움의 포기라고 고쳐 생각하고 머리를 흔든다. 그래, 당연한 일이다. 김일담도 싸움이라고 말했다.

지금은 사람이 없지만, 이 대합실에 내객이 있을 경우 커튼으로 구분된 저쪽에서 대응하는 것일까. 다시 그 너머에, 이 방의 가장 안쪽인 듯한 그곳에도 칸막이만 된 사무실이 있는지, 아까부터 전화 통화를 하는 남자 목소리가 들리고 있었다. 얼굴을 들고 꽤 높은 천장의 어두운 구석 주위를 살폈다. 감시 카메라가 있는 게 아닐까.

맞은편의 문이 깜짝 놀랄 정도로 기세 좋게 열리더니, 김 영사가 들어왔다. 한성삼은 재떨이에 담배를 비벼 끄면서 일어났다.

"어서 앉으시오."

연지색 넥타이를 똑바로 맨 뻣뻣한 머릿결의 영사는 긴 의자 모퉁이를 돌아와 다리를 크게 벌리고 등을 꼿꼿이 편 채 앉았다. 힐끔 무례하게 마치 상처를 확인이라도 하듯이 눈길을 던졌다가 돌렸다. 좀 전의 2층에서 이상한 얼굴이라고 말한 어린이의 무심한 시선과는 감촉이 다르다. 옛날 숲 깊은 남산에서의, 제국호텔에서는 모르는 일이라고 부정했던 고문에 의한 상흔이라며 확인하고 있을 것이다. 모를 리가 없다. 그 얼굴의 반쪽, 뭉개지는 게 당연하다는 듯한 표정이다. 이 상처가 뭔지 알겠습니까. 알지 못하는 것 같군요. 그 상처는 어떻게 생긴 것인데? 그 진술서와 관계가 있습니다. 진술서……. 이거 말인가……?

"방금 전에 오 영사로부터 재신청을 위한 입국신청서를 받았을 것으로 생각하는데, 그건 김일담 씨가 일반인의 경우와는 다른 취급사항이 있어서 본국 정부에 조회하는 데 시간이 걸리기도 했고, 약간 착오도 있었어. 그래서 늦어진 것은 사실이지만, 거부한 것은 아니야. 그 사이에 본인 자신이 취하했을 뿐이고, 재신청을 하면 여권발급은 가능하다. 재신청서류는 한성삼이 본인 대리로 당 영사관에, 2층의 일반창구가 아닌, 창구접수를 통해서 당 사무실에 제출하면 수리된다. 그리고 음, 김일담은 오사카 총영사관 장 부총영사와 만나는 걸 승낙했나?"

"예. 일시가 정해지면 참석하겠다고 합니다. 장 부총영사는 언제 도쿄로 오십니까?"

"다음달, 우리가 만나는 것은 12월 초순, 5일경의 예정인데, 장소 등은 임박해서 연락하겠지만, 김일담 씨 쪽은 어떨까?"

"12월 초순의 하루라면 좋다고 합니다. 5일경이 아니라, 5일로 확정해도 좋겠습니까?"

"응, 그래도 좋겠지. 장소 등은 임박해서 알려주기로 하지. 그리고 그 입국신청서는 당일 본인이 지참해도 상관없어……."

"예……."

느닷없이 복도 쪽 문이 노크도 없이 열리고 누군가 얼굴을 들이밀어 들여다보고는 당황하여 다시 문을 닫았다.

영사는 문을 노려보다가, 그런데…… 하며 계속했다.

"이번에 장 부총영사님을 모신 회합의 그 일에 한성삼은 대한민국 국민의 자긍심과 충성국민의 서약 아래 임해야만 돼. 자필 진술서를 기억하고 있겠지. 일전에 제국호텔에서 보여준 거 말이야. 음. ……당국의 관대한 조치에 감사하고, 공산주의 침략에 대항해 싸움으로써, 조국 대한민국의 충성국민이 되기 위해 최선을 다하겠습니다……. 7년 전의 조국 대한민국에 대한 서약이다. 한국 국민인 것은 7년 전이나 지금이나 변함이 없다. 그것은 구체적으로는 김일담에 대한 한국 초빙방문의 실현이라는 임무다. 이 서약 아래 한성삼은 교도소에도 가지 않고, 재판도 받지 않고, 우리의 결심 하나로 사형도 간단히 시킬 수 있지만, 조국에 대한 충성국민으로서의 서약 아래 출소한 것을 잊어서는 안 돼. 그렇지?"

영사는 두 줄의 옆주름이 지나가는 좁은 이마 아래 붙어 있는 두껍고 짧은 눈썹을 움직이며 주의 깊은 시선을 던졌다.

"예."

영사는 고개를 끄덕이며 상의 호주머니에서 담배를 꺼내 한 개비 문 뒤, 담뱃갑을 한성삼 쪽으로 내밀며 한 대 피우라고 권했다. 한성삼이 한 개비 꺼내 들자, 영사는 라이터를 울려 빨갛게 흔들리는 불꽃을 한성삼에게 가져다 댔다. 강압적인 말투 뒤에 담배 연기인가.

"감사합니다."

감사합니다. 한성삼은 마음속에서 반복한다. 감사합니다. 귓가에 남는 소리의 울림. 한성삼은 한 모금 빨고 나서 재떨이에 불을 꺼 올려놓으며, 왼손을 볼의 상처에 대고 두세 번 쓰다듬었다. 상대의 시선이 닿은 것도 아닌데 간지러운 느낌이 들었던 것이다. 영사의 시선이 움직여 왼손 등에 닿았다. 한성삼은 손을 내렸다.

"김일담은 한성삼의 아버님인 한봉수 씨에 의한 한국 정부 초빙, 게다가 은밀하게, 일반인이 알 수 없도록 비밀리에 전세기 편으로 특정 공항에서 탑승하고, 돌아올 때도 물론 전세기 편으로 송영하게 될 그 명예로운 특별 초빙을 거절하면서, 88년 봄에 입국신청을 했어. 그것도 공식적인 정부 초빙으로 받아들인다는데도 이를 거부하고, 그해 11월에 반정부단체인 문학조직의 초청으로 입국했다. 게다가 한 달 가까운 체재 중에 반한적인 언동을 마음대로 하고 다녔다. 음, 한국 정부의 여권

으로 입국해놓고, 그건 용서하기 어려운 배신행위인데도 정부
당국이 관대하게 그 경과를 지켜봐왔는데, 여전히 그러한 버릇
이 고쳐지지 않고 있어. 인간에게는 응당 지켜야 할 체면이라
는 게 있잖나, 음. 현재의 한국 현실을 전혀 알지 못하는 인간
이야. 포항제철소를 비롯해 한국이 얼마나 근대화, 발전해 있
는지, 전혀 보고 듣지도 못한 인간이 반정부운동분자, 학생들
만을 만나고 일본으로 무사히 돌아왔다. 이상한 일이야. 한국
의 인식을 새롭게 하고 건설적인 언동을 해야만 한다. 그래서
이번에 한국 입국신청을 했었지만, 똑똑한 인간이라면 한국 정
부의 깊은 배려에 감사, 긍정적으로 응하지 않으면 안 될 것이
야. 음."

"……예."

한성삼은 영사가 조금 지적이라고 생각했다.

"음, 그렇다. 이번의 회합은 그런 장소가 될 테니까, 잘 헤아
려서 일을 해. 그 입국신청서는 당일에 김일담 자신이 지참해
도 좋아. 이상, 어때, 알겠지."

"예-, 알겠습니다."

여기에 온 목적은 무엇이었나, 알겠습니다, 이거다. 아까부
터 뭔가 잊어버린 것 같아 한쪽 호주머니에 손을 넣어보았지
만, 그렇지 않다. 코다. 흐, 흠, 향수 냄새가 나지 않았다. 영사
로부터 향수가 빠져 있었다. 흐, 흠.

30

어험, 영사는 헛기침을 했다. 담배를 재떨이에 비벼 끄면서 일어나 가볍게 인사를 하고는, 자리에서 막 일어나려는 한성삼에게 등을 돌린 채 긴 의자를 떠났다. 구둣발 소리를 울리며 몇 걸음 걸은 뒤 눈앞 밋밋한 벽의 문을 열고 모습을 감췄다.

한성삼은 잠시 앉아 있다가 코트와 가방을 들고 자리에서 일어나 가늘고 긴 방을 나왔다. 2시 반도 되지 않았다. 계단을 내려와 아직도 여전히 여러 줄의 행렬이 이어져 있는 2층 계단을 내려와 영사관을 나왔다. 바깥 공기 속으로 들어가자 어깨의 잡동사니 짐을 내려놓은 느낌이다. 상황에 따라서는 앞으로 큰 짐을 짊어지게 된다. 그건 짐이라기보다 일이다. 좋든 싫든 움직이는, 주관이 개입되지 않는 동력이 움직여서 물리적으로 일이 움직여가는 듯한 느낌. 그렇지, 지금부터 혜순에게 전화를 하고, 김일담에게도 전화를 해야 한다. 그것이 일이다. 교통편이 별로 좋지 않다. 마침 지나가던 택시로 JR의 역까지 나와, 역 구내의 공중전화 박스로 향했다. ……교도소에도 가지 않았고, 재판도 받지 않았다. 우리의 판단으로 사형조차 간단하게 시킬 수 있다……. 7년 전의 일인데도 그걸 너무나 간단하게 긴 의자에 앉아 입에 담는다. 이것이 치외법권의 영역인가. 여기는 남산이 아니다, 남산의 출장소인가. 아니, 제국호텔에서도 그걸 신문기사라도 읽듯이 입에 담았다. 일개 하급관리가. 실제로 그 나라에서는 그와 같은 일을 법이라는 이름 아래, 날조된 법의 이름 아래 자행해왔다. 교도소에도 가지 않고, 재판도 받지 않고, 사형이라도 시킬 수 있었어……. 일개 고문관의 목소리가 아니다, 절대자의 목소리. 사형……. 한성삼은 머리 한쪽 공간에서 소리가 메아리치는 바람에 순간적으로 현기증을 느끼면서 공중전화의 문을 열고 안으로 들어갔다.

2시에 가게로 나와 있던 혜순은 전화기를 들자마자, 왜 이렇게 빨라? 별일 없었어? 라며 안부를 묻는다. 지금 다마치역이야. 물론 한 사람, 자유로운 나 혼자뿐이야. 지금부터 가게로 갈 참인데, 다음달 12월 5일에 오사카에서 상경하는 부총영사와 만나기로 되어 있어……. 그렇지, 네 명이 만나는 거야. 이렇게 사무적으로 일이 진행되는 거고 회담의 내용은 그 훨씬 뒤의 일이니까(아니, 아니지. 훨씬 뒤가 아니다. 12월 5일, 얼마 남지 않았다.), 지금부터 걱정할 건 없어. 혜순은 언제부터 그렇게 걱정이 앞섰나. 태평한 소리는 그만하고 어서 전차를 타세요. 지금부터 김일담 선생님께 전화를 해야 돼…….

한성삼은 전화를 끊었다. 전화수첩을 꺼내 번호를 확인하고 김일담에게 전화를 한다. 음, 한 군은 혼자 가도 괜찮다고 했는데, 그 말대로였군, 김일담은 웃으며 다음 달의 회합을 승낙. 그리고 히로시마의 고재수로부터 전화가 있었다고 말했다. 국

적변경은 예정대로이고, 그 밖의 이야기가, 꽤 중요한 이야기
가 있었던 모양인데, 극비는 아니니까 만나서 이야기하자. 이
삼일 뒤에 원고가 끝나면 신주쿠로 갈 테니 그때 만나자.

한성삼은 표를 사는 곳에서 입국신청 용지를 받았다고 이야
기하는 걸 잊었다고 깨달았지만, 다음 주 만날 때 가지고 가면
된다. 김일담이 재신청을 할지 어떨지, 생각해보니 이건 중요
한 일이다. 재신청을 하지 않게 되면 그걸로 회담의 첫걸음은
차질이 생기는 게 아닌가. 회담의 성패를 좌우하게 된다⋯⋯.
가방 속의 신청용지가 갑자기 무거워지는 느낌이 들어, 한성삼
은 가방을 고쳐들면서 개찰구를 통과했다. 회담의 성패? 라는
건 뭔가, 어떤 성패를 말하는가. 한성삼은 움찔하며 계단을 올
라가, 난 김일담이 재신청해줄 것을 내심 바라고 있다. 그는 침
을 내뱉고 싶은 기분으로 플랫폼 위에 섰다.

다음날, 히로시마의 고재수로부터 봉투가 도착했다. 한글로
쓰인 편지였다.

한성삼 대형

일전에는 존경하는 김일담 선생님과 함께 뵙고, 정말 진정한
조언과 새로운 힘을 얻게 되어 깊이 감사드립니다⋯⋯. 헤매
는 양과 같은 입장의 소생이 고려원에서 생각지도 못한 4·3사
건의 유가족이라고 고백하고, 그리고 얼마나 큰 힘을 얻었는지

모릅니다. 평생 잊지 못할 날이자, 사건이었습니다. 대형은 한국 국적의 선배입니다. 오사카에서 대한민국 국적취득을 확인하고, 다음 주 히로시마 영사관에서 수속을 마칩니다.

한국 국적의 선배이신 한성삼 씨. 조선적에서 한국적으로. '국적'은 다르지만, 같은 민족, 한겨레라는 것으로 자신을 얼버무리며 위로합니다. 재일로서의 한국 국적이고, 당연히 본국인은 아닙니다. 그것이 재일의 조건입니다. 한국국적을 가진 인간으로서 할 일을 하겠습니다. 4·3의 길을 찾는 것도 그 일환입니다. 앞으로 도쿄에 갈 때는 미리 연락을 드려 만나 뵐 수 있기를 희망합니다…….

한국 국적의 선배라. 현기증이 일어난다. 기분이 언짢아졌다. 대한민국 국적취득이라는 문자는 있지만, 대한민국 국민이라고 쓰여 있지 않은 것이 편지를 읽으면서 그나마 다행이라고 생각했다. 당연하지만 본국인은 아니다, 재일의 조건. 어쨌든 대한민국 국민으로서의 충성을 맹세하게 될 것이다.

주초인 월요일 오후, 한성삼은 일단 신주쿠 서쪽 출구의 가게로 나갔다가, 약속한 8시에 가부키초 코마 극장 뒤쪽의 복잡한 골목 하나에 있는 술집 J로 향했다. 서너 번 김일담을 따라간 적이 있다. 처음 온 손님은 사절하는 가게. 김일담의 단골인 조용한 선술집이다.

접은 주름이 생기지 않도록 가지고 돌아온 대형 원고용지 크기의 한국입국허가신청서양식을 넣은 갈색봉투를 다시 두 겹으로 말아 고무줄로 고정시킨 뒤, 백화점의 쇼핑백에 넣고 나왔다. 걸어서 10분 정도의 거리다.

귓속이 터져버릴 듯한 가부키초 입구 환락가의 파친코, 게임센터 등의 엄청난 음악에 반응하듯 격렬하게 네온이 점멸하는 가게 앞의 혼잡한 거리를 빠져나와, 이윽고 어둑하고 조용한 옆 골목으로 들어간다. 술집 중 한 곳의 위쪽 반절이 유리로 된 가벼운 문을 열고 좁은 목조계단을 손님들의 목소리가 들리는 2층으로 올라가자, 오른쪽에 스탠드가 있는 가늘고 긴 가게의 깊숙한 벽 쪽 자리에 앉아 있던 김일담이, 자신의 왼쪽 옆에 앉으라며 맞아들였다.

연재소설의 원고를 건네받은 편집자가 이 자리에 앉았을 터였다. 계단에서 마주치지 않은 걸 보면 일찍 자리를 떴을 것이다. 편집자는 술을 마시지 않기 때문에 잠시 필자와 잡담, 협의가 끝나면 성삼이를 만나기 전에 자리를 뜰 것이라고 김일담이 말했었다. 술을 마시지 않기 때문에 사무적인 일에 관한 이야기가 끝나면 헤어지는 편집자인 모양이다. 그래도 7시에 만났을 테니까, 1시간 가까이 있었던 셈이 된다. 한성삼이 있는 줄에는 서너 명의 손님이 앉아 있어서 스탠드는 거의 만석에 가깝다. 안쪽에 한 평이 채 안 되는 다다미 자리가 있었다.

김일담은 다시 가져온 맥주를 한성삼에게 따르고, 그리고 한성삼이 다시 김일담에게 따르자 서로 잔을 부딪치고 나서 입으로 가져갔다.

한성삼은 카운터에 올려놓은 쇼핑백에서 둥글게 말아 놓은 입국신청서류를 꺼내, 이거 영사관에서 가져온 겁니다……. 오호, 수고 많았어. 그는 고무줄을 벗겨낸 갈색봉투에서 여러 장의 겹쳐진 용지를 꺼내 똑바로 펴면서 흘낏 쳐다보고는 다시 봉투에 집어넣은 뒤 말지 않고 반으로 접었다. 그리고 뒤쪽 벽에 걸어둔 코트 호주머니에 집어넣더니 종이가방을 카운터 너머의 마담에게 건네며, 귀찮겠지만 처리 좀 해달라고 부탁했다.

마담은 웃으며 일담 씨, 이런 건 귀찮은 일도 아니에요……. 하얀 피부의 두 눈이 커다란 고집이 있어 보이는 미인. 무뚝뚝하지만 마음 씀씀이가 자상한 마담. 그녀는 막 구워 맛있는 냄새가 나는 고등어 소금구이를 김일담의 앞에 놓았다. 참마와 곤약 조림 밑반찬이 나와 있었지만, 한성삼은 무얼 드실까? 저도 고등어 소금구이.

"삶은 무가 맛있군."

"삶은 무, 후로부키(ふろ吹き)가 맛있어요."

한성삼은 그걸 주문한다.

취기로 볼이 조금 발그레한 김일담은 신청서를 코트 호주머

350

니에 집어넣은 채 입국신청에 대해서는 언급하지 않았다. 한성삼도 굳이 물을 것도 없었지만, 영사관의 부탁, 신청은 12월 5일에 본인이 지참하든가, 그때까지 한성삼이 서류 일체를 갖추어 대리 신청을 하라는 것이었지만, 그러나 본인이 신청하지 않을 경우는 필요 없는 일이다.

"……고재수로부터 편지가 왔습니다. 예, 한글 편지입니다만, 거기에 한국적 선배라고 쓰여 있습니다."

"뭐라고, 음, 대단한 일에 선배를 붙이는군. 그에게는 가장 가까운 선배가 되는 거야."

"한겨레라든가, 같은 민족이라든가 하면서 자신을 얼버무리고 있다고 써 있습니다."

"얼버무리는 건 아니지. 실제가 그렇지 않은가. 정직한 고백이야. 어쨌든 그러다 한국적에 익숙해질 거야. 익숙해지지 않으면 인간은 살아갈 수 없어."

"선각자, 영예 한국 국민입니까?"

"뭐랄까, 적극 한국 국민이겠지. 일종의 전향이야. 우선 같은 민족이라는 걸로 합리화시키고 있어. 이것이 일제 강점기였으면, 일본국가, 천황에 귀의하는 것이니 반민족적, 친일이 확실해진다네. 그에 비하면 이건 경계가 없으니 안전, 그 눈에 보이지 않는 경계를 넘을 수 있어. 그렇게 되나. 음, 그렇게 되는 거지."

말과 함께 술이 냄새가 되어 울렸다. 김일담은 껍질을 벗겨
내놓은 땅콩을 씹는다.

"······선생님께서는 일전에 전화를 하셨을 때, 고재수는 국
적변경 이외에 뭔가 중요한 이야기가 있었던 모양이야, 다음에
만나면 말해준다고 하셨는데, 그건 무슨 말씀입니까?"

"응, 극비는 아니지만, 공개해서는 안 될 얘기야. 김일담 공
작에 관한 건이 있었고, 그리고 다음 달에 일단 상대방과 만나
게 되는데, 고재수의 경우도 한 군이 알고 있는 것처럼 공작이
었어. 다만 남산 안에서와 같은 절대 입 밖에 내서는 안 되는
함구령이 없을 뿐이야. 물론 고문이라든가 협박 등이 있었던
건 아니지만, 대단한 공작의 시작이더군. 그 이상은 알 수 있는
일도 아니고 어떻게 될지 알 수도 없지만, 꽤 많은 일을 짊어지
게 되었다는 느낌이 들어. 김일담 공작의 중개역을 맡고 있는
한성삼보다도 꽤 무거운 일이 될 거야. 으-음, 어떻게 될까, 안
기부가 바라는 대로 될까······. 어험."

김일담은 계속한다. 고재수는 조선대학교 1×기생이고 그
게 1970년대인데, 동기생 중에 상당히 우수한 인재가 배출, 그
걸 KCIA, 안기부가 파악하고 있었다더군. 조선대학교 졸업 후
에 미국 유학, 박사학위를 취득하고 현재 A대학 조교수를 하고
있거나, 중견 출판사 경영, 요코하마(横浜)에서 일류 호텔 경영
등, 그밖에 총련 중앙간부 중에도 유력한 인물이 여럿 있는데,

그들도 고재수의 동기동창인 모양이야. 제주도에서 체포되어 심문을 받을 때, 메모도 보지 않고 이들 1×기생들의 이름, 그 동향 등의 이야기가 나와 고재수를 놀라게 했다는군. 장 부총 영사는 한편으로 민단조직이 고등학교 하나 제대로 경영하지 못한다고 한탄한 모양이야. 장 부총영사는 총련 간부를 제외하고 다른 동기생들을 개별적으로 소개해달라는 말을 했다는군. 거래일세……

"제주도에서 말입니까?"

"그렇겠지."

"예-, 고재수는 어떻게 했을까요?"

김일담은 한성삼보다 꽤나 무거운 일이라고 했는데, 수가 많다는 것인가. ……이번 회합은 그와 같은(중요한) 자리가 될 테니, 잘 생각해서 일을 해. 알았지.

"몰라. 그래서 어떻게 되는 건지는 묻지 않았어. 그건 내게 상의할 일도, 내가 대답할 수 있는 일도 아니야. 그는 인사로서 그간의 사정을 전했을 뿐이고, 그 이상은 있을 수 없어."

"그 정도 일이기 때문에 함구령이 없다는 건가요. 공작의 시작이지 않습니까."

"그 정도라면 일반적인 일이고, 표면화되어 큰 소동을 일으킨 유당 사건의 경우는 총련 조직의 현역 중앙간부를 빼내어 서울로 보내려던 적대조직에 대한 공작이었으니까 극비였지만, 조직 밖의 인간으로 본인이 신경 쓰지 않는다면 특별히 비밀로 할 건 없어. 고재수의 1×기 동창생의 경우는 현재, 재수 본인도 그렇지만, 조직 계열 밖의 사람이라서 본인들이 원하는 경우 이외에는 특별히 비밀로 할 필요는 없겠지. 작전상의 지장이 없는 한 케이스 바이 케이스로 처리하면 돼. 그렇지 않다면 고재수가 그런 일을, 더구나 전화 등으로 긴 시간 내게 얘기할 리가 없어. 그는 조선대학교 정경학부 출신으로 총련 조직의 엘리트층이야. 과거의⋯⋯. 음, 이봐, 성삼이, 우리는 술집에서도 이렇게 정치, 정치, 모든 게 정치에 관한 얘기야. 지긋지긋해, 지긋지긋해도 할 수 없어. 저쪽 손님은 여자 이야기로 웃음꽃이 피고 있어. 뭐, 만지면 1만⋯⋯, 그리고 뭐가 3만⋯⋯. 일본 사람은 술집에 가면 여자 이야기, 조선 사람은 정치 이야기, 구제받기 어려워. 어느 쪽⋯⋯? 우리들이지⋯⋯." 김일담이 한성삼이 따라준 잔을 손에 들고, 둘이서 잔을 부딪친다. "그런데 지금, 무슨 이야기를 하고 있었지⋯⋯? 좀 취했나 본데."

"비밀이라면 고재수가 전화로 긴 얘기를 할 리가 없다고⋯⋯."

"그, 그렇지. 그 제주도에서 그의 이례적인 무죄석방은 상세한 자료에 토대를 둔 심문과정에서 조선대학교 동기생들에 대한 일정한 공작을 염두에 둔 것은 아니었을까. 동기생들을 개별적으로 소개해달라는 얘기가 나오고서야 자신이 정말 둔했음을 느낀 거지. 그는 충격을 받은 모양이야. 고재수의 석방,

강제송환이 하나의 포석이었다는 거겠지. 흥, 일망타진을 위한 포석. 무섭달까, 대단하다는 생각이 들더군."

"예-, 그 고재수의 1×기 동창생들에 대한 공작이 진행된다면, 이건 음, 보통일이 아닌데······. 일망타진······."

김일담은 잔을 손에 들고 성삼이, 한잔해. 한성삼을 재촉해 잔을 부딪치고는 가득 차지 않은 맥주잔을 비웠다. 충동적이었다. 잔을 놓은 한성삼이 맥주를 김일담의 잔에 따르고, 그리고 자신의 잔에 자작하려는 것을, 김일담이 맥주병을 빼앗아 들고 상대의 잔에 넘칠 만큼 따랐다.

한성삼은 한 모금 마셔 가득 찬 잔의 맥주를 줄이고, 선생님, 담배 피우시겠습니까? 아아, 좋지, 한 대 피우자고. 한성삼은 담배와 라이터를 꺼낸다. 담배를 피워도 좋겠냐는 사인이다. 그는 김일담이 문 담배에 라이터 불을 붙이고 나서, 자신도 한 개비 물고 불을 옮겼다.

속이 깊은 흰 바탕에 감색의 당초문양을 그려 넣은 접시에 담긴 둥글게 썬 무가 부드럽고, 아삭한 맛 또한 깊다. 한성삼은 삶은 무의 깊은 맛에 입맛을 다신다. 흰 무즙을 첨가한 고등어 소금구이가 나왔다. 청결한 느낌이다.

"선생님······." 한성삼은 젓가락을 놓고 오른쪽 옆의 김일담을 보고 말했다. "저어, 입국신청을, 이건 제가 드릴 말씀은 아닙니다만, 상대방의 의향으로서, 만일 신청을, 만일이라는 것은 제 말입니다만, 신청할 경우, 본인이 12월 5일 지참해도 좋고, 그 이전이라면 서류가 갖춰지는 대로 제가 대리로 영사관에 제출해도 좋다고 합니다."

"……으-음." 김일담은 한성삼을 노려보듯이 말했다. "자네는, 한성삼은, 내가 신청을 할지 말지 망설이고 있다면, 신청을 하라고 결단을 재촉하고 있는 거로군."

"아니요, 그렇지 않습니다." 한성삼은 강하게 말을 되받았다. "그런 일은 있을 수 없지 않습니까. 너무 외람된 말씀입니다."

"외람의 문제가 아니야. 한성삼의 입장이 그렇지 않나. 자네는 중간에 서면 당연하지만 필연적으로 상대방의 입장이 되는 거야. 안 그런가. 자네는 지금 상대측의 인간으로서 김일담을 만나고 있는 거야."

"……그것과 지금 선생님의 말씀은 다르지 않습니까? 제가 왜 선생님의 결단을 재촉하겠습니까. 일담 선생님, 말씀이 지나치십니다."

한성삼의 볼이 붉어졌다.

"이런, 알았네. 알았어. 한잔해……."

김일담은 손에 들고 있던 잔을 테이블에 그대로 남아 있는 한성삼의 잔에 가져다 댄 뒤 입으로 가져가 기울였다. 마셔…… . 한성삼도 따라서 잔을 기울인다.

"입국신청, 재신청을 하겠어."

"뭐, 뭐라고요? 재신청, 입국신청을 선생님이 하신다고요. 정말입니까? 어째서요?"

한성삼은 가슴이 철렁 내려앉았다.

"필요하니까. 한 군이 대리로 두 번씩 걸음을 할 필요는 없겠지."

"그리고 한국에 가시는 겁니까?"

"허가가 나오면 가야지. 내주겠다는 거 아닌가. 바로 출국하지 못하더라도 반년 간 유효할 테니까, 입국할지도. 모처럼 입국허가가 떨어졌는데, 그대로 방치할 건 없겠지."

"예-. 그렇습니다……."

그렇습니다……. 참으로 그 자리를 모면하기 위한 말이다. 한성삼은 감사합니다, 라는 말이 나오려는 것을 억제하고 있었다. 한성삼은 김일담의 신청하겠다는 한마디에 가슴이 뜨거워지며 감동하고 있었지만, 왜 감동인지, 왜냐고 반문한다.

"12월 5일이잖나. 그때 재신청을 하면 돼. 뒷일은 그때 생각하고. 회담의 결말은 알고 있지만, 그것이 어떤 형태로 구체적인 문제가 될지는 그때가 되어보지 않으면 알 수 없어. 상황에 따라 대처해야지."

"선생님, 보통 일이 아닙니다. 사진관이랑 시청 등에도 가야만 되지 않습니까. 그런 곳에 가는 일을 생각만 해도 신청하고 싶지 않다고 일전에 말씀하셨습니다."

"가려고 한다면 못 갈 것도 없지. 가겠어. 대수롭지 않은 일이야."

"예⋯⋯."

한성삼은 손가락 두 개로 땅콩의 얇은 껍질을 벗겨 입에 넣어 씹고, 차가운 맥주가 목구멍을 지나 내려가는 감촉을 기분 좋게 느낀다.

12월 5일을 앞두고 그때까지 다시 한번 만나 뭔가의 대책을 논의하려고 생각했지만, 그런 불안은 사라지고 이대로 당일의 회합에 임할 수 있을 것 같다. 재신청을 한다. 이걸로 하나의 대책, 한 단계 여유가 생기게 된다. 어쨌든 양자 회담은 결렬될 것이다. 여유가 생겼다고 해서 꺼림칙하게 생각할 것은 없다. 가능한 한 당일의 시한폭탄의 시한을 벌고 싶은 것이다.

"일담 선생님⋯⋯."

한성삼은 잔의 맥주를 기울이고 말했다.

"왜?"

"전 한국 국민입니다만, 그 한국 국민을 그만둘 생각입니다."

"뭐? 한국 국민인데, 국민을 그만둬? 지금 그렇게 말했나?"

"예-."

"이상한 소리 하지 말게. 왜 그러나?"

"싫습니다."

"싫어? 흐-음. 싫어서 국민을 그만둔다. 국민을 그만둔다는 건, 한국적 이탈을 말하는 건가?"

"그렇습니다."

"그래서, 그런 다음에는 어떻게 할 건가?"

"미정입니다."

"미정······. 국적 이탈을 하고, 미정. 떠돌이로군. 으-음, 그런 일이 있을 수 있나?"

"선생님, 전 농담을 하는 게 아닙니다."

"알고 있어. 진지하지만 뭔가 이상해. 한국이 싫은 사람은 한국에도 많이 있을 테고, 싫고 뭐고 간에, 음, 일본인도 일본 국민이 싫어도, 싫다고 하면서도 일본 국적을 지니고 있는 사람도 많이 있어. 싫다고 끝날 문제가 아니잖아."

"뭐가 이상하다는 건가요?"

"이상하다기보다 시류, 세상의 흐름에서 벗어나 있어."

"그건 알고 있습니다. 선생님이 한국을 싫어하는 것과, 제가 싫어하는 것은 다르니까요······."

김일담은 가만히 한성삼을 마주보았다.

"이런, 잠깐 기다려······. 자리를 바꾸자고."

그는 일어나면서 마담, 미안하지만 자리를 안쪽으로 옮겨요. 잔의 맥주는 비우고 새로운 맥주를 부탁해요······.

두 사람은 제각각 코트를 들고 테이블에 앉은 손님들의 등에 닿을락 말락하는 좁은 통로를 지나 계단 막다른 곳의 층계참과

격자 벽으로 구분된 자리로 갔다. 신발을 벗어야만 한다. 김일담은 작은 좌식 탁자의 안쪽으로, 한성삼은 격자 벽에 등을 진 채 앉았다. 마담이 맥주병, 새로운 잔, 그리고 요리 등을 차례로 옮긴다.

마담이 두 사람의 잔에 맥주를 따른 뒤 카운터로 갔다. 김일담은 상대를 재촉해 잔을 기울였다.

"좀 전의, 그러니까 한국민을 그만둔다는 게 정말인가?"

"……정말입니다."

"혜순은 알고 있는 거지."

"예-."

"그녀는 뭐라고 하던가?"

"아직 충분히 상의하지 않았습니다만, 반대는 아닙니다. 이해하고 있다는 것이겠지요."

"오사카의 아버지는 모르고 계실 텐데, 으-음, 간단한 일은 아니야." 김일담은 한봉수가 아들의 한국적 이탈을 안다면, 김일담 그자의 영향이라고 생각할 것이 틀림없다고 생각했지만, 말은 하지 않았다. "봉수 선생의 일만이 아니야. 여러 가지 일이 있을 텐데……."

"물론 아버지도 알게 되시겠지만, 주위의 일을 생각하면 더 이상 아무것도 할 수 없게 됩니다."

"그럴 테지. 무슨 일이건 다 그래. 그래서 한국민을 그만두고 어떻게 할 건가. 난 지금 처음 듣는 얘긴데, 자네가 한국민이 싫어서 그만둔다는 그 기분은 알 수 있어. 알지만 그만두고 어떻게 할 참인가?"

"……" 한성삼은 눈을 감으며 고개를 숙이고 머리를 옆으로 흔들었다. 조선적으로 바꿀 생각이라고는 말하지 않았다. "모르겠습니다."

일전에 김일담이 고재수의 국적변경의 이야기를 하면서 한국적인 사람이 지금 조선적으로 변경한다면 어떻게 되나……라며 농담처럼 말했을 때, 한성삼은 꽤나 낙담하면서 대답을 했는데, 김일담이 재차 그런 어리석은 자는 없겠지, 여권도 없이 한국에 입국하는 고재수 같은 인간이거나……라고 했던 것이다.

"모른다고? 아직 그만둔 건 아니야. 그만두면 결과가 나와서 알게 되나? 혜순 씨도 알고 있겠다, 오늘 내일의 문제도 아니지만, 잘 생각해서 해. 상의할 일이 있으면 말하고."

"예-, 감사합니다."

김일담은 잔을 손에 들고 쭉 들이켠 다음 손등으로 입을 닦았는데, 그 순간 머릿속에서 생각이 번뜩인 것인지, 이봐, 성삼이, 갑자기 어투를 바꿔 말했다.

"자네는 설마 당일에 그들 앞에서 그런 말을 하는 건 아니겠지?"

"옛, 당일, 어떻게 그런……. 12월 5일은 그런 일과 관계없는 회담입니다. 전, 접니다……."

한성삼은 움찔하며 말을 얼버무렸지만, 쓸데없는 말이었다.

"전, 접니다……. 그렇겠지, 알았어. 난 나다……."

알았다고 했지만, 알 수가 없다. 한국민을 그만두고 싶다는 것과 그만두는 것은 다르다. 김일담은 가게에서 혜순이 이야기한 아카바네의 식육가공 공장에서 견습생으로 일하던 때를 한성삼에게 묻고 싶었지만, 한국적 이탈의 선고라는 충격이 그걸 날려버리고 말았다.

알았어……. 한성삼은 맥주를 한 모금 마시고 땅콩 한 알을 씹으며, 가령 내가 회담장에서 한국 국민을 그만둔다고 선언한다 해도, 그것이 나의 파멸이라고 해도, 그것이 적어도 김일담 선생님에게는 누를 끼치는 일은 없다……. 김일담을 배신하는 일은 아니다.

그들과의 회합은 영사관으로부터 장소와 시간의 연락을 기다린다. 그리고 김일담에게 전화, 당일에 어디선가 만나 동행하기로 하고 자리에서 일어났다. 10시가 지났는데, 한성삼이 오고 나서 맥주 대여섯 병이 나왔을 테니, 그렇게 많이 마신 건 아니다.

한성삼은 혼자서라도 다음 술집을 찾아갈 것 같은 김일담과 헤어져 다시 거대한 소음이 부착된 만화경이 작렬하는 듯한 환락가의 혼잡한 거리를 빠져나와 서쪽 출구의 고려원으로 향했다. 등을 북풍이 밀쳐냈다.

열흘 뒤인 회합의 장은 어떻게 전개될까. 한성삼은 대한민국 국민의 자긍심과 충성국민의 맹세 아래 임해야 한다. 잘 생각해서 일 해, 어때 알았지! 어떻게 될 것인가. 그리고 어떻게 할 것인가. 난 그 자리에 김일담을 안내해서 참가하는 것뿐이다. 일은 너희들이 하는 거겠지! 전, 접니다……. 그렇겠지, 알았어.

가게에서 집으로 돌아온 것은 12시가 지나서였다. 12시 폐점, 혜순의 귀가는 1시에서 2시가 된다. 유수는 잠들어 있었다. 부엌의 개수대는 밝았지만, 거실의 전등을 켜고 나서 코트를 벗고 소파에 앉았다. 김일담은 아마도 지금쯤 어딘가의 술집에서 맥주를 기울이고 있을 것이다. 잘도 마시는 사람이다.

회담 현장에서 뭘 가지고 결렬할 것인가. 김일담의 한국 초빙입국 건에 달려 있을 것이다. 그것과 그의 입국신청과는 연결되는 게 아니다. 그러나 신청 없이는 연결되지 않을 것이다. 한 번 놓친 고래. 재일문화인 포섭 작업의 마지막 아성.

그는 담배를 물고 개수대 위의 선반에 있는 위스키 병을 꺼내기 위해 부엌으로 갔다. 위스키를 꺼내 일단 스테인리스 개수대 위에 올려놓으며, 문득 씻어 놓은 식기 등이 엎어져 있는 건조 철망바구니에 뭔가 움직이고 있는 것이 있다. 이런, 식기 사이에 날이 위로 끼어 있는 식칼에 민달팽이가 올라타고 칼날

위를 직선으로 기어가고 있는 것이었다. 손잡이 쪽을 향해 5, 6 센티 길이의 점액이 빛나는 엷은 갈색의 생명체가 좌우 균형을 잡고, 작은 등을 상하로 너울거리며 천천히 움직이고 있었다. 몇 센티인가 기어오른 하얗게 긁힌 은색의 자국이 남아 있다. 한성삼은 식칼에 닿을락 말락하게 가져다 댄 안면에 작은 소름이 쫙 돋아나는 것을 느끼며, 뿔처럼 툭 튀어나온 후방의 커다란 한 쌍의 촉각 끝에 달린 눈으로 보이는 검은 점을 응시했다. 쌍방의 시선이 마주친 것인지, 민달팽이는 촉각을 세운 채 움직임을 멈췄다. 이윽고 칼날에서 머리를 돌리더니 식칼의 단면을 기어 내려가기 시작했다. 한성삼은 심호흡과 함께 침을 삼키고 있었다. 대단하군. 어떻게 칼날 위에서 부드러운 복부를 보호할 수 있을까. 그는 식기로 건너가려는 것을, 살그머니 민달팽이가 떨어지지 않도록 식칼을 들어 올려 개수대에 놓았다. 그리고는 배수구의 망을 들어낸 뒤 수돗물로 민달팽이를 씻어냈다. 살 수 있을까. 소금을 뿌리는 것보다는 나을 것이다.

담배는 개수대 위에서 반쯤 타다가 꺼져 있었다. 그는 식기가 들어있는 그물바구니를 개수대로 옮겨 물로 다시 씻은 뒤 원래의 자리에 돌려놓고 식칼의 날을 아래로 하여 바구니 끝쪽에 꽂았다.

흐-음, 으-음. 그는 부엌에서 조끼 잔에 위스키를 조금 따라 냉장고의 얼음을 넣고 물을 섞은 뒤 소파로 돌아왔다.

식칼의 칼날을 기어오르는 민달팽이. 두 개의 커다란 촉각 끝에 달린 점 같은 검은 눈. 갑자기 조용해지면서 주위의 깊은 정적을 느꼈다. 민달팽이는 움직이고, 그리고 개수대의 배수구로부터 곧장 어두운 공간으로 떨어져 간다.

12월 5일 전야. 난방은 필요 없지만, 베란다 쪽 유리문을 열자, 밤공기가 차갑다. 한성삼은 즈크가방에 중단한 채로 있는 소설원고, 그리고 볼펜, 연필 등을 넣은 검은 가죽의 펜 주머니에 다시 나이프를 집어넣었더니, 칼집의 날카로운 끝부분이 튀어나오는 게, 큼직한 나이프만으로도 주머니는 가득 찬다. 가방 구석에 펜 주머니와 나란히 눕혀놓았다. 그 외에 수건 등을 넣어 내일에 대비한다.

한성삼은 나이프를 가방에 넣기 전에 예리한 삼각형의 목제 칼집에서 빼내 방의 불빛에 날카롭게 직선의 빛을 반사하고 있는 칼날 부분에 살며시 인지 손가락을 대고 밀어보았다. 그리고 다시 원래대로 가방에 넣으며 열흘 전의, 김일담과 헤어져 귀가한 뒤의, 식칼 위로 기어 올라와 있던 민달팽이를 떠올렸다.

그때 줄을 그은 듯한 자국을 남긴 은색의 점액이 움직이는 민달팽이와 칼날의 밀착된 부분의 완충막 역할이라도 하고 있던 것일까. 절묘하게 균형을 잡은 움직임이 한순간 무너지면 한가운데로 칼날이 들어가 갈라지면서 동체가 세로로 두 동강 나는 게 아닐까. 그리고 피 대신에 뭔가가 흘러나올 것이다. 식 칼 위의 민달팽이의 움직임은 몸길이와 같은 수 센티였는데, 그 사이에 두 개의 촉각을 똑바로 세우고 나아가는 모습은 생 명에 대한 어떤 존엄함마저 느끼게 했다. 그 촉각 끝의 검은 점 같은 눈. 얼굴을 바싹 가져다 대었을 때, 민달팽이의 두 개의 눈이 날 응시하고 있었다. 흐-음, 그걸 개수대 배수구의 어두 운 공간에 수돗물로 씻어 내렸다. 베란다 화분의 잎사귀 위에 라도 올려놓아야 했던 것일까. 그러면 다시 집 안으로 들어오 려고 유리문에 자국을 남기며 기어 올라올지도. 열흘 쯤 전의 일이다.

12시가 지났으니, 내일의 이른 새벽에 이르는 심야의 시간이 다. 다시 저녁이 되면 한국대사관의, 이전 남산의 남자들과 만 난다. 왜 나이프를 가방에 넣는 것일까. 노트를, 그리고 미완의 소설원고를, 원고지를. 그리고 난 이 가방을 들고 어디로 가는 걸까. 남산의 남자들과 만나는 장소로 간다. 그들과의 회담에 임하는데 이런 소지품은 필요한 게 아니다. 필요한 서류, 입국 신청서는 김일담이 가지고 갈 것이다.

나이프를 만진 탓인지도 모르지만, 왜 식칼의 날을 기어가던 민달팽이를 떠올린 것일까. 이상하다. 밤이 아직 밝지 않은 내일에 대한 알 수 없는 불안이 고개를 들어 올리자, 나이프와 칼날을 기어가던 민달팽이가 그 불안을 밀쳐내 주고 있는 듯하다. 지금 한성삼은 불안을 밀어내고 마음을 누그러뜨려 주는 그 나이프로 설마 상대를, 불특정한 상대를 찌른다? 그건 망상이다. 한성삼, 여기의 난 현실사회에 살고 있다. 고문은 환상이 아니다. 죽음에 이르는 현실. 이 정적의 밖은 꿈틀대는 혼돈의 현실이다. 그런 어리석은 파멸의 방법은 쓰지 않는다. 그건 복수의 방법이 아니다.

복수, 복수다. 난 복수를 생각한다. 과거의 꺼림칙한 기억과 동시에 소실되어 있던 복수심의 부활, 재생. 그 복수의 날이 내일은 아니다, 오늘 밤이 새고 마침내 또 다시 밤이 되면, 그때가 찾아온다. 나이프는 결코 복수를 위한 도구는 아니다. 호신용인가. 무슨 호신용, 누군가가 날 찌르나? 무엇보다 그런 일은 없을 것이다. 어쨌든 호신용으로 하자. 그리고 가방에 넣어두면 된다. 그러면 왠지 모르게 마음이 차분해진다. 다른 부속물은 액세서리. 뭔가 사건이 일어나 가방을 조사당했을 때의 나이프는 연필 등을 깎기 위한 도구이지 흉기는 아니라는 증거이고, 연필과 노트는 일상생활의 일부로서 집필을 위한 도구.

12시 반에 가깝다. 혜순은 가게를 정리하고 전표의 정리, 매상의 계산, 내일 들여올 재료의 메모 등. 일을 끝내고 돌아올 때는 가게 앞까지 와주는 호출 택시를 이용하는데, 지금까지

강도를 당한 적은 없다.

혜순은 한국적을 이탈한다는 한성삼의 뜻에 동의했다. 성삼과 마찬가지로 한국민인 것이 싫은 이상 다른 방법은 생각할 수 없었다. 십자가를 짊어지듯이 한국적에 구애될 필요는 없다. 그리고 인간으로서의 정신이 자유로워진다면 성삼의 행동을 지지해요. 재일로서 부부가 조선적, 한국적으로 나뉘고, 부모와 자식이 제각각 다른 경우가 드물지 않지만, 그렇다 하더라도 현재 한국적에서 조선적으로 바꾸는 일은 없어요. 당신, 한성삼뿐이에요. 아버지는 한참 전에 조선적에서 한국적으로 변경했지만, 그러니까 그것만으로도 성삼 씨가 하는 일이 부친에 대한 반항도 되겠지요. 하지만 한국민을 그만두는 이상, 일본 국민이 될 수는 없는 노릇이고, 정말이지, 이렇게 재일은 일본 사회의 차별만으로도 지겨운데 조선적이라든가 한국적이라든가, 총련과 민단은 적대시하고……. 그래도 재일은 살아가고 있어. 한성삼이 말이죠, 한국민을 그만두고 조선적이 된다고 세간에 알려지면, 조선총련은 크게 기뻐할 거야. 조선신보 등에서는 대대적으로 보도할 텐데, 당신은 절대로 취재 등에 일체 응해서는 안 돼……. 바보 같은 소리는 그만해. 내 조선적은 총련이나 조선계의 그런 게 아니니까. 그래도 그렇게 이용될 거예요…….

그렇겠지. 그렇게 되지 않도록 하면 돼. 일담 선생님이 말씀하셨는데, 요즘에 그런 인간이 있다면 얼간이라고. 선생님께서는 한국적 이탈에 대해서만 말했는데, 조선적으로 바꾼다고 하면 어떻게 나오실까. 선생님은 내 심중을 꿰뚫고 있을지도 몰라. 한국민을 그만두고 그 다음엔 어떻게 할 건데, 미정이라고? 떠돌이가 되는 건가? 알 수가 없어……. 현실적으로는 일본 국민이 되거나(일본 국가가 허가한다고 할 때), 일본 국외로, 미국이나 어딘가 멀리에라도. 그런 길 말고는 없다. 전, 접니다……. 이렇게 입에서 나오는 대로 한 말이 내 각오의 표현이었을지도. 난, 나다…….

오후 4시를 지나 넥타이를 매고 가방을 든 한성삼이 집을 나왔다. 위스키를 가볍게 희석해서 한 잔 마셨는데, 바깥공기 속으로 나서자, 속에서 달아오른 볼에 닿는 바람이 부드럽다. 머플러를 하지 않은 목덜미에 불어든 바람의 흔적이 스며들었다.

김일담과는 JR신바시역 개찰구에서 5시 30분에 만났다. 지하철에 익숙하지 않은 김일담과 신바시에서 택시로 가기로 한다. 회담장소가 롯폰기(六本木) 주변의 불고기집이라는 것은 조금 의외였다. 김일담에게 전화를 했을 때도 그랬지만, 지난번처럼 일단 제국호텔에서 만난 뒤 장소를 옮기든가, 혹은 한국대사관 관계자가 자주 이용하는 아카사카(赤坂) 주변 기생이 시중을 드는 고급요정일 거라고 생각했는데, 향월관(香月館)은 전통 있는 가게였지만 보통의 불고기집이었다. 그쪽이 마음 편하고 좋았다. 한성삼은 몇 번인가 가본 적이 있었고, 김일담도 길은 잘 모르지만 이전에 두세 번 지인들을 따라 차로 간 적이 있다고 한다. 건물 2층의 꽤 넓은, 고려원의 1.5배는 되어 보이는 가게로, 한쪽 구석에 7, 8명이 이용할 수 있는 별실이 있었는데, 그곳이 회담장소일 것이다.

취할 정도의 술은 아니지만, 그래도 눈이 충혈되면서 흐릿해지는 바람에 눈을 깜빡여 전경에 초점을 맞추었다. 거의 낙엽이 떨어진 플라타너스 가로수의 검붉게 변한 잎의 잔해가 나무 밑동에 흩어져 있었는데, 벌써 동쪽 하늘은 어둡다. 앗, 마지막 잎새 아닌 낙엽이 한 장 떨어져 내려 석양을 받고 있는 오른쪽 어깨에 닿았다. 오가는 행인과 어깨를 부딪치지 마라. 가방이 흔들리며 역 계단을 올라가, 전차 안에서 승객들에게 이리저리 밀리다 시한폭탄이 파열되지는 않을까. 가방 속에 있는 것은 나이프다. 폭탄은 나의 내부에 있다. 한성삼이 가슴에 지니고 있는 무형의 폭탄이다. 네 아비 어미 빨갱이 새끼! 그건 남산의 숲이다. 흐흐-음, 이 개새끼, 죽일 놈의 새끼! 어험, 그는 가로수 밑동에 칵 하고 침을 뱉었다. 핫핫하, 뭐라고, 살의는 있냐고? 죽이고 싶은 살의는 있다. 폭발하지 않는 살의. 살의가 없으면 죽일 수 없지만, 살의와 죽이는 건 별개다. 그는 겨울해가 그늘진 보도를 S역을 향해 걷는다. 가슴속에 매달린 시한폭탄이 취기로 뜨거워져 흔들린다. 손에 든 가방이 흔들린다. 몸이 흔들린다. 죽일 놈의 새끼……! 흐-음, 죽이려고 생각하면 죽일 수 있을 것이다. 용기의 문제가 아니다. 나이프를 상의 호주머니에 숨기고……. 살의는 계획적, 의지적이어야만 한다. 그것이 실행이다. 충동적이어서는 감정의, 살의의 발산에 지나지 않는다. 눈앞에 역이 보였다. 백일몽을 꾸고 있는 것일까. 그는 입을 일그러뜨리며 웃었다. 역은 꿈속의 것이 아니다. 전차의 경적이 울렸다. 그는 가방을 같은 손에 고쳐 들었다. 나이프는 호신용이다. 식칼 칼날 위의 민달팽이처럼.

저승, 저승, 죽음, 죽음……. 7년 전의 숲이 깊은 남산 지하실의 네모난, 발밑에서 격하게 물 흐르는 소리가 나는 깊은 어둠 속 공간에 매달려 있었는데, 그곳은 한강으로 흐르는 지하수도. 저승, 저승……. 머리 위에서 떨어져 내리는 검은 돌멩이 같은 목소리의 돌팔매질. 지하실 아래로 소리가 가라앉는다. 이상하게도 지금, 저승, 저승, 그 기억의 소리는 마음을 안쪽에서 진정시킨다. 조용, 조용히 마음을 진정시켜 밑으로 가라앉힌다. 떠오르기 위해.

31

전차는 도쿄역에서 1분간 정차했다 움직였다. 길다. 이 역을 지난 것은 열흘쯤 전에 영사관에 갔을 때였다. 그때 잠들어 있었던 것은 아니지만, 좌석에서 눈을 감고 있는 사이 꿈의 경계선에 접한 환각이었지만, 미간에 날카로운 새부리 모양을 한 나이프의 끝이 육박해와, 갑자기 손잡이를 거꾸로 잡고 푹 찌른 얼굴이 미간에서 피를 뿜어내며 두 개로 쪼개져 아래로 굴러 떨어졌다. 그 목이 없는 눈앞의 인간은 자신이었다⋯⋯. 지금 그 나이프가 가방 안에 있지만, 부엌의 식칼 칼날 위를 기어가고 있던 민달팽이의 모습은, 그것은 환각이 아니다. 눈앞에서 마치 식칼의 날을 껴안듯이 경사진 자루 쪽으로 기어가고 있었던 것이다. 환각의 기억은 아니지만, 환각처럼 보인다.

전차는 유라쿠초를 떠나면 다음이 신바시다. 자리에서 일어나 있던 한성삼은 야마노테센 쪽의 손잡이를 잡고 건물의 계곡 너머로 펼쳐진 히비야 공원의 거의 어두워진 숲의 그림자에 시선을 던진다. 오늘 이곳에서 만날 수도 있었던 제국호텔의 건물, 그리고 타워 빌딩 옆을 스쳐지나간 전차는 이윽고 신바시에 도착했다. 5시 반이 아직 되지 않았다. 시간을 잘 지키는 김일담은 앞으로 몇 분이면 도착할 것이다.

거의 동시에 정차한 다른 선로의 전차에 타고 있었는지, 서류가 들어 있는 듯한 비닐봉투를 손에 든 김일담의 모습이 사람들 사이로 보이고, 개찰구를 막 빠져나온 한성삼과 역 구내에서 만났다. 김일담은 롯폰기까지 택시로 걸리는 시간을 물으며 서쪽 출입구 광장을 건너, 으-음, 십여 분이라면 아직 일러…… 두 사람은 광장 연도의 찻집에 들어간 뒤 벽 쪽 자리에 마주앉아 커피를 주문한다.

"한 군, 술을 마셨나?"

"아니, 냄새가 납니까? 어젯밤 집에서 마신 게 남아 있는 모양입니다."

"어젯밤? 흠, 어젯밤 집에서 마셨구만…… 희미한 냄새지만, 거나하게 취했군. 지금 커피 향기 때문에 냄새가 사라졌지만, 숙취의 찌든 냄새와는 달라……."

"일담 선생님의 코는 무섭군요." 한성삼은 멋쩍은 웃음으로 이야기를 흘리며 계속했다. "일담 선생님, 오늘 향월관에서 두 사람을 만난 뒤에 신주쿠의 은하로 갈까 생각하고 있습니다만, 어떠십니까? 물론 선생님께서 함께 하시지 않으면 갈 수 없습니다만."

"은하? 음, 2차……가 아닌가. 글쎄, 만나보고 나서 그리고, 하핫하, 결렬, 결렬이라고 해도 무슨 치고받는 싸움을 하는 것도 아니지만. 상대는 일국의 외교관이 아닌가. 피차간에 좋은 결론이 나오지 않으면 마시다 헤어지면 그만이잖나. 그들과 만난 뒤의 일이야……."

"오너인 손 사장에게도 이야기를 해두었습니다. 손 선배는 마침 같은 건물 사무실에 있겠다, 일담 선생님에게 그리고 그들에게도 인사를 하겠다고 합니다."

"응, 은하에 가는 건 좋아. 그런데 왜 손 사장이 그들에게 인사를 하나. 음, 체면치레로 얼굴을 내민다는 건가. 영사들도 인사라면 좋아하겠지. 어쨌든 앞으로 만난 뒤의 일이야. 성삼이는 의외로 한가한 생각을 하고 있군. 앞으로 어떻게 될지 알 수 없지 않은가."

"예-. 그렇습니다. 선생님께서 웃으시며 결렬이라는 것도 한가한 말씀이십니다. 아닌가요……. 선생님, 전 담배를 피우겠습니다."

"어서 피우게나, 그리고 일전의 일이 생각났는데, 오늘 그들과 함께 은하로 가게 되거든, 오늘밤이군, 술을 조심해. 일전에, 벌써 한 달이 되는군. 신주쿠의 찻집이었지, 히로시마에서 막 올라온 고재수와 만났다 헤어진 뒤에 고려원에 들렀던 밤이야. 가게에서 성삼이를 만나 함께 은하로 갔을 때지. 상당히 취했던 일을 기억하고 있나. 결국에는 화장실에 간 채 돌아오지 않길래 매니저와 함께 가봤더니 벌러덩 누워 있었어."

"예-. 상당히, 나중에 갑자기 취해버렸습니다. 그때는 정체불명의 남산으로 보이는 남자로부터 혜순이 전화를 여러 차례 받은 직후였습니다. 그런지 벌써 한 달이군요. 한 달. 그게 향월관에서 만나기로 되어 있는 김동호 영사입니다. 남산에서는 추성준이었지요."

"추성준?"

"예-. 뭐가 본명인지 알 수 없습니다. 그리고 그날 밤 선생님께서 집까지 바래다주셨는데……. 변기 뚜껑 위에 주저앉아 그대로 벌러덩 누워버린 모양입니다……."

어떻게 벌러덩 누워있었는지 전혀 기억이 없지만, 취기가 일렁이며 물보라 치는 머릿속에서, 변기 아래 공간으로 격하게 흐르는 물소리. 깊은 암흑의 공간에서 저승, 저승…… 하는 어둠의 목소리가 울려온다. 아아, 그때, 몽롱한 취중의 꿈속에서, 난 7년 전의 남산 지하실에 있었던 것이다……. 복수……! 갑자기 귓가에 울려오는, 몸의 깊은 공간에서 메아리를 동반하여 올라오는 목소리. 복수!

"선생님, 가시죠."

한성삼은 전표를 들고 일어섰다.

"가자."

"그 서류봉투 가방에 넣을까요."

"됐어, 현장에서 넘겨줄 거야."

6시 10분 전. 이쪽에서 먼저 가 기다릴 일은 없다. 뭘 얻어먹으러 가는 게 아니다. 김일담 지각의 변. 큰길로 나와 택시로 지하철 롯폰기역으로.

"오늘의 계산은 어떻게 할까요?"

"상대방에게 맡기면 돼. 상황을 보자고. 그들은 보통 자신들이 만나자고 해도 접대를 받는 습관이 있지만, 오늘은 사정이 다르지 않나. 내가 지불해도 좋지만, 상황을 지켜봐야지. 향월 관에서 지불하고 또 은하란 말인가. 그렇게는 안 되지."

"예……."

머지않아 도착한 도라노몬(虎の門) 교차로는 사방에서 밀려 드는 헤드라이트가 범람하는 빛의 도가니. 좌회전해서 옆 골목 으로 들어간다. 달리면서 가볍게 덜컹거린 건 무슨 일일까. 무 릎 위의 가방이 흔들렸다. 가방 안에 있는 것은 목제 칼집에 넣 은 나이프. 오늘 밤이 기한인 시한폭탄은 한성삼, 내 가슴속에 매달려 있다.

이윽고 도착한 곳은 더 이상 갈 데가 없는 곳. 가방 속 소설원 고의 주인공은 더 이상 갈 데가 없는 곳, 남산 지옥의 문에 들어 가지 못하고 문 앞에서 서성이고 있었던 것이다. 지옥의 문. 더 이상 갈 데가 없는 곳, 가기곳(송강 정철의 '권주가'에 나오는 말－ 역자)은 무덤의 다른 이름. 가기곳 가면, 무덤에 가면……. 저 승, 저승, 그날 밤 은하에서 취했을 때, 갑자기 강렬한 취기가 역류해 뇌수로부터 두개골을 때리는 바람에, 난 비틀거리며 부 드러운 소파에서 일어나 뭐라고 외쳤는데, 그 장면은 선명하게 기억하고 있다. 그 소파 위는 남산이었다. 선생님은 제주, 빨갱 이 새끼입니까? 이봐, 성삼이, 무슨 말을 하는 거야. 제주 빨갱 이……. 네 아비 어미 개-새끼! 빨갱이 새끼! 멀리 숲 깊은 남산

376

야수의 외침. 곤봉으로 고문하다 발길질을 하고, 한쪽 구두밑
창으로 한성삼의 왼쪽 볼을 후려쳐 함몰시킨 남산의 남자. 한
성삼은 깜짝 놀라며 왼쪽 볼에 손을 대고 눈을 다시 떴다. 전방
을 보고, 보고 있지 않았다. 택시는 큰길로 나왔다. 전면에 펼쳐
진 만천의 별이 지상으로 떨어져 내린 듯한 거리의 야경.

"괜찮으니까 먼저 내려."

한성삼은 가방을 손에 들고 택시에서 내려 고속도로 옆의 보
도에 섰다. 음식점 등이 늘어선 건물 중 한 곳의 2층에 올라가
는 입구로 향한다. 두세 명의 남자들이 몇 미터 앞의 계단 입구
안으로 사라지는 것이 보여 움찔했지만, 영사 일행은 아니다.
이미 와 있을 것이다. 어쩌면 오지 않았을지도. 한성삼이 먼저
계단을 올라갔다. 고쳐 든 가방 구석에 눕혀놓은 펜 주머니와
나이프가 흔들리는 중력이 희미하게 느껴진다. 도중의 층계참
에서 2층으로 방향을 바꿔 올라가 왼쪽 입구 앞에 섰다. 머리를
옆으로 흔들며 하아 하고 숨을 토해낸다. 취기는 깼다. 술 냄새
도 나지 않는다. 위쪽 반절이 두꺼운 유리로 된 문이 초인종 소
리와 함께 열렸다. 따뜻한 가게 내부의 한가운데 근처가 칸막
이로 양분된 창 쪽에 테이블이 몇 개, 벽 쪽에도 몇 개 있었지
만, 창 쪽의 테이블은 거의 만석이었다. 시각은 6시를 조금 넘
기고 있다. 주변의 샐러리맨들이 많을 것이다. 계산대 옆에 서
있던 유니폼이 아닌 검을 양장을 한 품위 있는 중년 여성이 한

국대사관에서 오신 분입니까, 어서 이쪽으로, 왼편 벽 쪽에 접해 있는 별실의 문을 노크하고 열었다.

중앙의 테이블에서 창가 쪽 자리에 앉아 있던 두 사람이 일어나 두 사람을 벽 쪽의 자리로 맞아들였다.

한성삼은 멈춰선 채로 머리를 숙였지만 입을 다문 무언의 인사를 한다. 7년 전의 숲이 깊은 남산.

"어서 앉으시오."

입가가 가벼운 웃음으로 움직인 장 부총영사는 가늘고 날카로운 눈으로 한성삼을, 일단 그 왼쪽 볼의 상처에서 시선을 멈췄다가 입구에 가까운 쪽의 의자를 가리켰다.

김일담은 코트를 벗으며 앞장서서 안쪽의 장 부총영사의 맞은편 자리에, 한성삼이 그 옆자리에 앉은 뒤 가방을 발밑에 놓았다. 설마 갑자기 가방 안을 보여 달라고는 하지 않겠지. 이 칼은 뭔가? 보시다시피 연필을 깎기 위한 도구. 제각기 코트를 벽의 옷걸이에 건다.

부총영사가 명함을 꺼내 김일담에게 건넸다.

"전 명함이 없어서……."

"예-, 김일담 선생님의 존함이 명함을 겸합니다."

가벼운 비꼬기를 겸하고 있는 건가. 옆에 있던 김 영사가 작게 고개를 끄덕였다. 김일담을 향해, 마실 것은? 하고 물은 영사는 뜨거운 옥수수차를 가지고 온 여종업원에게 맥주를 주문했다.

"김 선생님, 담배는……."

"예-, 저는 피우지 않습니다만, 어서 두 사람은 피우세요."

담배 연기가 테이블 위에서 가볍게 흔들리다가 천장 쪽으로 흘러간다. 김일담의 취미, 흡연의 유무 등은 이미 조사 데이터에 들어가 있을 터였다. 한성삼은 상의 호주머니에 준비해둔 명함을 잠시 망설이다가 내밀지 않았다.

맥주가 나왔다. 세 병이 테이블 위에 놓인다. 일어선 한성삼이 우선 옆에 있는 김일담의 잔에, 그리고 비스듬히 맞은편에 있는 부총영사, 그리고 영사, 마지막으로 자신의 앞에 있는 잔에 자작하려는 것을, 어허, 김 영사가 헛기침으로 제지, 한성삼으로부터 병을 받아들고 그의 잔에 따른 뒤 제각각 잔을 가볍게 들어 올리고 건배하는 시늉을 한다. 위하여! 이것이 한국에서의 건배 제창인데, 그게 없다.

두 사람의 여종업원이 커다란 쟁반에 밑반찬인 미역과 나물 무침, 구운 김, 마늘장아찌, 조개젓갈, 달게 졸인 검은 콩 등, 그리고 배추, 무김치 등을 담은 작은 놋그릇 접시를 테이블 위에 늘어놓았다.

네 사람은 잔을 기울이고 젓가락을 들어 한동안 입을 움직인다. 거리의 야경이 가깝게 다가와 있는 영사들 뒤쪽의 돌출된 창문에는 작은 관엽식물 화분들이 놓여 있고, 안쪽 벽에 옆으로 긴 산수화 액자가 걸려 있었다.

한성삼이 장 부총영사와 마주앉은 것은 7년 전 남산의 콘크리트 방 철제책상을 사이에 둔 심문 이래의 일이다. KCIA 조사 자료집『재일반한단체활동일지』등, 한성삼의 출신대학 한국 문화연구회 기관지『고려』외, 한학동 기관지, 문학동인지『해협』등의 두꺼운 일본어 문헌 뭉치를 책상 위에 올려놓고 장 상급 수사관이 심문을 했다. 옆에는 양복 차림의 추 수사관이 손잡이 부분에 접착테이프를 감은 긴 곤봉을 들고 서 있었다. 날조된 북한재일공작원 김일담의 지시를 받고 한국 학원침투 공작을 위해 입국, Y대학 입학이라는 본인 진술서의 기본을 만들어낸 남자. 그걸 다시 고문으로 반죽해 굳힌 남자. 지금의 두 사람은 왜 남산이 아닌 이곳에 앉아 있는 걸까. 두 사람은 한성삼보다 네댓 살부터 대엿 살 연장인 50세 전후일 것이다. 장 부총영사의 이마가 상당히 벗겨져 올라가 있었다. 뻣뻣한 머릿결에 눌린 느낌의 굵은 주름이 늘어진 좁은 이마의 김 영사와는 대조적이었다.

요리가 나왔다. 두 개의 커다란 접시에 담긴 막 구워낸 소고기로스. 육회. 그리고 전, 부침개류.

한성삼이 장 부총영사의 잔에 맥주를 따른다. 이 남자는 냉정침착, 날조된 거짓 논리로 한성삼의 진술을 유도 강요한, 일체의 폭력과는 관계없는 신사적인 대응이었지만, 대신에 김 영사, 추성준 수사관이 김일담은 무서운 김일성주의자, 공산주의자, 재일문화인이라는 자들 중에서도 가장 악질적인 의식분자, 빨갱이, 반한분자……라고 김일담을 매도하면서, 스스로가 쓰러질 때까지 한성삼에게 곤봉을 내리쳤던 것이다.

창밖의 야경은 서울, 남산 기슭 거리의 야경은 아니다. 여기는 남산의 창문이 없는 피비린내 나는 콘크리트 밀실은 아니다.

"……김 선생님은 집필로 늘 바쁘게 지내시지요."

"예-. 바쁘다면 바쁘지만 그게 제 일입니다."

"예-, 일 말씀입니까, 일. 그렇습니다. 전 열렬한 독자는 아니지만, 선생님의 작품은 읽고 있습니다."

"오호, 그렇습니까. 으-음, 읽기가 쉽지도 않고 바쁘신 분인데, 황송하고 감사합니다."

"제가 황송합니다. 감사는 독자가 해야 될 일입니다. 12월이라고는 하지만, 일본은 기후가 좋은 곳입니다. 서울은 지금쯤 엄동시절이라 한강도 곧 얼기 시작할 겁니다."

"예-, 일본은 기후의 혜택을 받은 좋은 곳입니다. 한국에서 온 사람은 일본의 습기 때문에 병이 나는 사람도 있습니다……."

문이 열리고 여종업원이 일본식 가자미회와 맥주를 가지고 왔다.

언제쯤 일본에 거주했는지, 아마도 그럴 거라고 생각하지만 유학을 왔었는지…… 등에 관해서는 묻지 않았다. 김일담은 그 이상 스스로 이야기를 이끌어가지 않는다.

"어서 한잔하시지요." 부총영사가 직접 병을 들고 옆에 있는 영사가 대신하려는 것을 무시, 김일담에게 맥주를 따랐다. 김일담은 잔을 받고 목례를 하면서 상대와 함께 잔을 입으로 가져갔다. "김 영사로부터 들었을 것으로 생각합니다만, 일전의 김 선생님의 한국입국에 관한 건은 사무적인 일이 늦어지면서 흐지부지되고 말았습니다. 다시 한국에 입국하실 의향은 있습니까?"

부총영사는 사정을 알고 있을 터인데, 단적으로 의표를 찌르듯이 말했다.

"……의향 말입니까? 핫하, 그건." 김일담은 부총영사와 영사의 전혀 형태와 느낌이 다른 얼굴을 보면서 말했다. 그리고 생각을 하는 것처럼 잔을 천천히 기울인 뒤 영사를 보았다. "으-음, 사정을 모르시는 건가?"

"선생님 자신이 입국신청을 취하한 일 말씀인가요?"

영사가 대답했다.

"그 전의 일을 모르십니까?"

김일담은 부총영사를 향해 말했다.

"그 전이라는 건?"

"제가 취하하기 전에 입국이 불허된 일입니다."

"예-, 본국 조회를 위해 조금 시간이 걸린 것은 사실입니다."

영사가 대답했다.

"그건 불허된 뒤의 일이지요. 그건 끝난 일입니다. 한국 입국의 의향이라는 것은 지금의 일, 재신청을 말하는 겁니까?"

"예-."

영사가 대답했다.

"예-. 그간의 사정은 그렇다 치고, 지금 전 한성삼 씨와 함께 두 분을 만나고 있는 건데……."

김일담은 테이블 아래에 놓아둔 반으로 접은 서류가 들어 있는 갈색봉투를 꺼내더니 그걸 반듯이 편 뒤 수수료 5천 엔이 들어 있는 봉투와 함께 옆에 있는 한성삼에게 건넸다. 양 볼의 피부 아래가 열을 띠며 취기가 배어나오는 모양이다. 확 달아오른다. 맥주 한 병 정도일까.

"열어봐."

한성삼은 갈색봉투에서 여러 장이 묶음으로 된 서류를 꺼내 반으로 접은 모서리의 남은 주름을 펴면서 흘낏 보고는 갈색봉투 위에 올려놓은 뒤 앞자리의 김 영사에게 건넸다. 영사는 그것을 한 장씩 확인을 하듯이 넘기다가 김일담의 사진에 시선을 멈추더니 비교라도 하려는 듯이 비스듬히 맞은편에 있는 본인에게 흘낏 시선을 던지고는 봉투에 담아 가방에 집어넣었다. 일은 한 발자국 사무적으로 진행된 듯하다.

"한국에는 언제쯤 가십니까?"

"잘 모르겠습니다. 일본인들도 동행하기 때문에 조정이 필요합니다. 입국허가가 나온 뒤의 일이지만, 6개월 유효하니까 간다면 그 사이가 되겠지요."

"예-, 그렇겠군요."

부총영사는 크게 고개를 끄덕였다.

"그래서 오늘 대사관의 두 분을 만난 자리라 말씀드립니다만, 좀 전에 입국불허 이야기가 나왔는데, 왜 그런가 하는 겁니다. 그걸 납득할 수 없어서 전 신청을 취소했습니다. 즉 김일담을 재일북한간첩 사건 주모자로 하는 가공의 사건을 만들어내, 서울에서 김M 시인 등이 별건체포, 재판, 유죄가 되었습니다만, 그 가공의 날조 사건에 대한 설명을 일전에 대사관에 요청했습니다. 알고 계시겠지요. 제국호텔에서 홍보담당 공사와 만날 예정이었지만, 대리로 젊은 영사가 나왔을 뿐, 이야기가 이루어지지 못했습니다. 그때까지 한 달 반이 지난 뒤의 입국거부는 제가 『논계』에 썼던 이 가공날조 사건의 글이 원인이었겠지요."

"……그렇지는 않을 겁니다. 다른 사무적인 일이었던 걸로 알고 있습니다."

"제가 『논계』에 썼던 간첩 사건의 일을 모르십니까?"

부총영사는 순간 표정이 굳어졌지만, 후후후…… 입속 웃음을 웃고는 고개를 좌우로 흔들며 말했다.

"그 일은 안기부는 관여하지 않은 일입니다."

"뭐라……, 뭐라고요? 관여하지 않았다. 무슨 말씀입니까. 안기부도, 치안본부도 같은 한국 정부가 아닙니까?"

"아니, 그건 치안본부가 한 일……. 역할이 다릅니다. 그 사건은 치안본부 대공×부입니다. 경찰 치안본부는 강한 공명심 아래 본분을 벗어난 것인데, 조직기구가 다릅니다. 안기부와는 다릅니다. 민간치안 차원의 치안본부와 국가안전보안 차원의 국가안전기획부와 역할이 다릅니다. 치안본부는 이른바 월권 행위를 한 거나 다름없습니다."

부총영사는 내뱉듯이 치안본부에 관한 화제 그 자체를 걸어참으로써 김일담을 놀라게 했다.

"흐-음……." 김일담은 고개를 옆으로, 위아래로 흔들며 한 마디 했다. "역할이 달라도 같은 한국 정부겠지요."

"역할이 다릅니다. 가령, 일전의 제국호텔에 주일 홍보담당 공사가 출석했더라도 설명은 하지 못했을 겁니다."

"……음, 설명이 안 되니까 안 나온다. 국가기관이 할 일은 아니다. 사실은 인정하고 있구만. 날조를. 그렇습니까?"

"노코멘트입니다. 선생님이 『논계』지에 집필하지 않았다면, 그런 사실은 존재하지 않는 것입니다."

"뭐라고요? 으-음, 과연, 확실히 그렇게 됩니까……."

김일담은 웃으며 잔을 기울였다. 한성삼이 맥주를 김일담의 잔에, 그리고 제각각 마지막으로 자작을 한 잔을 기울였다.······ 집필하지 않았다면 그 사실은 존재하지 않는다. 고문으로 날조된 진술서를 만든 것은 안기부가 아닌가. 그 진술서 안의 간첩 용의자 한성삼과 김일담 두 사람 앞에서 치안본부의 엉터리 같은, 민간의 좀도둑이나 살상살인 사건 등을 상대로 하는 경찰 관계와는 차원이 다르다는 엘리트 의식. 국가정보 권력의 중추 안기부. 전 중앙정보부. 곤봉이, 폭력이 국가 정의.

한성삼은 잠시 시간을 두고 확인을 하듯이 양 볼에 닿는 장부총영사의 시선 너머, 아득한 7년 전의 현해탄 저쪽, 서울·남산으로 자신을 가져가면서 천천히 침을 삼킨다. 남산, 안기부. 두 사람의 눈에 들어와 있는 이 상흔은 두 사람과는 관계없는, 존재하지 않는 것일까. 한성삼의 왼쪽 볼에 있지만, 존재하지 않는다. 아니다, 지금 들어 올린 왼손의 손가락이 닿는 이곳에 분명히 있다. 있지 않은가. 양 볼이 취기로 붉어지고, 왼쪽 볼이 소란을 일으키며 간지러워지는 것을 느낀다. 『논계』에 집필하지 않았다면 그러한 사실은 존재하지 않는다. 권력으로 덮어 버릴 수 있다는 것이다.

"참, 그렇지, 저어, 한성삼이 두 분을 신주쿠의 어딘가로 안내한다고 합니다. 여기에서 일어난 다음의 일입니다만."

"신주쿠······의."

"다른 예정이 있으십니까?"

언제 말을 꺼낼지 기회를 엿보고 있던 한성삼은 안도하면서
말했다.

"아니, 오늘은 이렇게 김 선생님을 뵙는 게 예정이었어."

"예-, 감사합니다. 제 대학 선배가 주인인 클럽으로, 이 자리
가 마무리되면 안내하겠습니다. 선배인 손 사장도 인사를 하고
싶다고 합니다."

"으-음, 그래……."

"일이 끝나면 함께하시지요."

김일담도 거들었다.

"어떤 클럽인가?"

영사가 한성삼을 보고 말했다. 의심을 하는 건지, 클럽을 평
가하려는 건지.

"보통의 고급 클럽입니다. 한국 클럽은 아닙니다……."

한성삼이 다짐을 하듯 말했다.

"고급 클럽? 음, 김 선생님께서 일이 끝나면이라고 하셨는
데, 일은 아직 끝나지 않았습니다."

영사는 옆에 있는 상사를 향해 말했다.

"일, 핫하하, 일이 라이터 불처럼 켜졌다 금방 꺼지는 것인
가?" 부총영사는 입에 문 담배에 직접 라이터 불을 옮기며 말
했다. "만나서 이야기하는 게 일이야. 여기서 끝날 일은 아니
지. 이곳에서의 이야기가 끝난 건 아니야. 이야기는 아직 나오

지 않았잖아. 자리를 뜨기 전에 한마디, 오늘밤 만남의 취지를 말씀드려야지……."

"예-, 그것이 일의 시작입니다."

"좀 전에 전 다른 사람의 일처럼 일이라고 말했습니다만, 지금 함께 마주하고 있는 것이 일이겠지요. 어서 말씀을 하시지요."

김일담.

부총영사는 고개를 끄덕였다. 그리고 두세 번 빨던 담배를 재떨이에 비벼 끄더니 화장실로 갔다.

한성삼은 두 사람에게 맥주를 따르고, 역 앞 찻집에서 술을 조심하라던 김일담이 따라주는 잔을 받은 뒤 잔을 비운다. 어떻게든 은하까지 데리고 가야만 한다. 그 숲 깊은 남산의 방과 같은 자리가 있는 은하 별실의 소파 위로 말이다. 조만간 있는 것이 존재하지 않게 되는 것이 아니라, 존재가 현실이라는 것을 보여줘야만 한다. 그때가 온다. 그때로 향해 간다. 시한이 다가온다. 그는 고동이 가슴을 때리고 얼굴 전체에 취기를 띤 열이 번지는 것을 느꼈다. 비국민! 충성국민! 그것의 증거로서 영원히 전신에 새겨진 상흔이다. 없는 게 아니다. 사실로서 존재하고 있다. 『논계』에 발표되지 않았더라도 날조된 재일의 일대 간첩 사건은 사실로서 존재하고 있는 것이다.

한성삼은 부총영사가 자리로 돌아오자, 실례하겠다며 양해를 구하고 방을 나왔다. 가게의 좌우로 있는 칸막이 사이의 통로 안쪽 화장실로 들어가 거울 앞에 선다. 매끄러우면서도 울퉁불퉁한 왼쪽 볼을 쓰다듬고 나서 거울에 바싹 가져다 대었다. 조금 당겨지듯 일그러진 입술 끝에서 광대뼈 쪽으로 함몰된 것처럼 들어가 있다. 음, 얼굴은 이걸로 된 건가, 이 얼굴, 숙명적인 얼굴이다. 상의를 벗었지만, 넥타이를 맨 채로 와이셔츠를 아래로부터 말아 올려 거울에 등을 비추는 것은 불가능하다. 어쨌든 좋다. 집을 나오기 전에 세면대의 거울 앞에서 분명히 봐 두었다. 상반신을 비틀어도 등의 한쪽 면 밖에 보이지 않는다. 눈앞에 있는 손거울에 얼굴을 가져다 대자 등 전체를 거울 속에서 확인해 볼 수 있었다. 등 전체의 무참한 상흔의 계곡에 숲이 깊은 남산의 계곡을 비춰보기 위해서.

어제 심야, 서재 책상 위에서 칼집에 넣은 나이프를 펜 주머니 등과 함께 가방 밑에 눕혀 놓은 뒤 날이 새고, 지금 이곳에서 20시간 가깝게 흘렀다. 식칼의 날 위를 촉각을 세운 채 기어가던 민달팽이의 모습. 난 나이프의 날에 손가락 끝을 대면서 복수를 생각했다. 복수. 남산의 깊은 숲이 바람에 일렁인다. 노란 낙엽이 눈처럼 쌓인 벌판에서 멍, 멍, 멍, 멍……. 이 손에 가방을 들고 집을 나왔다. 등 전체에 난 상흔을 짊어진 채, 얼굴을 겨울의 석양에 드러내며, 도로에서, 역의 계단에서, 전차에서 흔들리는 가방과 함께 흔들리는 마음의 시한폭탄을 안고 여기까지 왔다. 이 얼굴의, 등의 상흔이 없는 것은 아니다. 사실로서 존재하고 있다는 것을 증명하기 위해서.

한성삼이 돌아와 자리에 앉자, 부총영사는 김일담이 예견하고 있던 말을 꺼냈다.

"김 선생님의 입국신청은 허가가 나올 것으로 생각합니다만, 어차피 입국하실 거면 한국정부 초청으로 가시면 어떻겠습니까……?" 김일담은 상대의 가늘게 빛나는 눈을 보면서 그 뒤에 이어지는 이야기를 잠자코 들었다. 한성삼은 결렬의 시작인가 하고 몸을 사린다. "특별 전세편도 좋고, 필요하시다면 이 기회에 정식 정부 초청으로 한국을 방문하지 않으시겠습니까. 앞으로의 장편소설 집필을 위한 여러 가지 필요한 편의 등은 도모하겠습니다만, 무엇보다 시간이 허락하는 한 한국을 견문해 주셨으면 합니다."

"고마운 일입니다. 그런데 전세기 편 이야기가 나왔습니다만, 제가 가게 된다면 비밀 간첩 일을 하는 것도 아니니, KAL 편으로 일반 승객들과 함께 갈 겁니다."

"핫하, 간첩 일 말입니까. 김 선생님은 말이 지나치십니다. 관계없는 일입니다. 그렇습니다. 그러시다면 정부의 공식 초청으로 가시면 좋을 것 같습니다."

"예, 감사합니다. 저는 자유로워지고 싶은데, 그 정부 초청으로 가면 그렇게 되지는 않겠지요."

"정부 초빙은 선생님의 자유를 속박하는 게 아닙니다. 그래 서는 초빙이라 할 수 없겠죠. 다만 김 선생님은 한국적 국민이 아니라는 겁니다. 외국적자를 입국시키기 위해서는 내국민과 는 다른 일정한 법적 규정을 따라야 하고, 한국에 입국할 때는 당연히 한국 정부가 김 선생님과 같은 조선적을 기호나 무국적 자로는 보지 않습니다. 국적입니다. 한국 국민 이외는 출입국 관리령 아래 있습니다. 재일 조선적 동포의 경우는 제반 사정 을 고려하여 한국 입국, 국익에 반하지 않는 한 심사결과로 입 국허가를 합니다."

"전, 적어도 제 경우는 조선적을 국적으로 보지 않습니다. 이게 국적이라면 서로 간에 외국인인가요. 법적으로 그렇게 되는 겁니까. 한성삼은 두 분과 마찬가지로 한국 국민. 전 다 릅니다. 하지만 같은 조선인. 음, 한국인. 한겨레, 같은 민족이 겠지요. 이거 참으로 번거로운 일입니다. 이 분단국가의 우리 들은……. 저는 장차, 북과 일본이 국교정상화를 한다 해도 북 의 공화국 국민, 국적자가 될 생각은 없습니다. 지금도 북의 국적자, 국민은 아닙니다. 강제하면 법적으로 싸우겠습니다. 도대체가 국적으로서의 실체가 없지 않습니까. 어쨌든 전 주 권국가인 한국 입국에 즈음하여 결코 무조건적인 생각은 하고 있지 않습니다."

"그럴까요. 이 전의, 88년입니다만, 김 선생님의 한국에서의 언동은 무조건적이었습니다. 당시 대사관 K 참사관 책임하에 여권이 발급되었습니다만, 3년 전인 그때도 정부의 공식초청이었다면 5월에 입국이 가능했음에도 거부, 11월에 입국하셨습니다. 그리고 반정부 문학단체를 중심으로 반정부분자, 운동권의 인간들과 교류, 그리고 반정부적인 언동을 하신 게 아니었던가요. 흐-음, 그러니까 모처럼 정중하게 여권을, 임시입국 허가증을 발급한 이상, 우리는 김 선생님 같은 분은 좀 더 절제를 할 것으로 생각하고 있었습니다. 김 선생님은 일본으로 돌아간 뒤에도 그 기행문을 『논계』에 연재 발표했습니다. 작가가 그 여행기를 쓰는 것은 당연한 일이고, 우리는 김 선생님의 집필의 자유를 방해할 의도는 전혀 없습니다. 그렇다 하더라도, 이건 정말 좀 지나치다고 생각했습니다. 우리는 그걸 관대하게 그냥 보고 지내왔습니다. 그렇지 않습니까. 한쪽으로 치우치지 않은 객관적인 한국 비판을 해야만 하는 것이고, 더구나 선의와 성의로써 여권발급을 위해 노력한 K 참사관 개인을 무시해버리고 말았습니다. 그가 아프리카의 어느 영사관으로 이동한 것을 알고 계십니까?"

"예-, 나라 이름과 장소는 모르지만, 참사관을 그만두었다는 말은 들었습니다. 지금 무시했다고 하는 것은, 사정은 모르겠지만, 말이 좀 이상합니다."

"예-, 김일담 선생님 입국에 대한 책임을 지고 참사관을 사임했습니다. 그런 일이 있었다는 것이고 특별히 오늘의 주제와 관계가 있는 건 아닙니다."

"예-. K 참사관의 일은 내부 사정은 모르겠지만 마음 아픈 일입니다. 인간적으로도 호감을 가졌던 사람입니다. 그러나 그리고 또 한 가지, 방금 반정부적 언동이라고 하셨습니다만, 제가 무슨 반정부적 폭동이라도 일으키라고 말하거나 쓰기를 했습니까. 다만 정부 측의 마음에 들지 않는 점은 있겠지요. 제주 4·3사건 말입니다. 논쟁의 자리가 아닌 이곳에서는 한마디로 그치겠습니다만, 한국의 역대 정권이 4·3사건을 폭동, 폭도라고 부르고 있는 것에 대한 저의 반론입니다. 한국 정부가 반세기 가깝게 4·3사건에 대한 말살 정책을 펴온 일은 인정하시겠지요. 단지 그 일입니다. 4·3사건에 대해 여기서 더 이상 반론이 계속되면 제 기분이 상할 것이고, 모처럼 마련된 이 자리의 이야기도 계속할 수 없겠지요. 이 이야기는 그만둡시다. 애당초 외국인등록법을 1952년에 일본 정부가 제정, 그때는 한국적도 조선적도 없어서, 재일동포는 모두 조선으로 되어 있었습니다. 조선이 아닌 '조센', '조센진'. 한마디로 말해서 그때까지의 일본 국민인 재일조선인을 즉 일본 국민이 아닌 존재로 취급하기 위해서 일본인과 구별하기 위한 표시, 기호인 겁니다. 독립 국민으로서의 대우가 아니라, 배제하기 위한 것. 음, 알고 계십니까. 그것이 지금의 이러한 현실이 되었습니다. 이 이야기는 그만둡시다. 어쨌든 조선적이 국적이든 기호이든 간에 한국 정부의 김일담 입국을 위한 배려에는 감사드립니다."

김일담은 한성삼에게 담배를 요청하여 한 개비 물더니 성삼의 라이터 불을 받아서 한 모금 피웠다.

"아이고, 김 선생님은 담배를 피우셨습니까?"

"술의 취기가 돌면 담배를 한 대 피우고 싶어집니다."

예⋯⋯. 부총영사도 담배를 한 개비 물고 옆에 있는 영사의 라이터 불을 옮겨 한 모금 피우자, 영사도 담배에 불을 붙인다.

"88년 한국 입국 당시의 김 선생님의 언동을 지금 문제 삼자는 것은 아닙니다." 부총영사의 어투가 온화하다. "정부초빙에 대해 말씀드리지요. 입국 이후의 행동은 일체 자유입니다. 안내원에 의해 한국의 여러 곳을, 중요한 생산거점, 예를 들면 포항제철소, 울산조선소 등의, 그 밖의 산업기관, 현재 한국 사회의 발전 양상을 견학해주셨으면 합니다. 만일 괜찮으시다면 38도선의 경계에 가시는 것도 좋을 것 같습니다. 김 선생님은 현재의 한국 정세에 대해 편견이 있으시고, 자신의 인식부족을 자각하고 계신가요? 김 선생님이 한국 기행을 쓰시는 것은 당연합니다. 그러나 아까 말씀드렸듯이 공정하게 쓰셔야 합니다. 87년의 민주화선언 이래, 대통령 민선을 거쳐 한국은 급속히 민주화사회로 발전하고 있습니다. 비판하기 위한 것이 아닌, 적정하게 써야 한다는 것입니다. 국가도 장사를 하고 거래를 합니다. 김 선생님과도 저희는 일정한 입국을 보장하는 셈이니까, 이쪽도 그 보답을 바라는 것입니다. 기브 앤 테이크, 호혜라는 것입니다."

"……당연한 일입니다." 김일담은 이야기의 전환에 깜짝 놀라며 크게 고개를 끄덕였다. "그래서 전 서로 간에 이야기가 맞지 않으면, 이른바 대화를 한다는 것은 교섭, 거래니까, 서로 간에, 이쪽의 이해와 맞지 않으면 입국하지 않거나, 입국시키지 않는, 할 수 없다는 것뿐이지요."

"물론 그렇습니다만, 어쨌든 김 선생님은 앞으로도 이따금 한국에 출입하시는 것이 좋지 않겠습니까."

"조선적으로의 출입 말입니까?"

"아니오, 국적을 변경하시는 편이 김 선생님을 위해 좋지 않겠습니까. 가령 미국에 가신다 해도 우리는 김 선생님을 대한민국 국민으로서 보호할 수 있습니다."

"핫하, 고마운 말씀이지만, 그러한 이야기는 지금 여기서는 그만 둡시다."

"예-, 지금 오늘의 일을 말씀드리는 것은 아닙니다. 김 선생님은 언젠가 국적취득을 하시지 않을까……."

"뭐요, 허허, 그럴까요, 그렇게 보입니까?"

"보인다는 것이 아니라, 취득하신다기보다 취득하시는 게……. 그리고 한국만이 아니라, 해외에도 자유롭게 가실 수 있다는 겁니다."

김일담은 상대의 국적을 취득시키겠다는 일방적인 의지를 느꼈다. 흥, 이것이 권력이다.

"으흠⋯⋯."

김일담은 울컥하면서도, 상대의 이쪽을 똑바로 응시하는 가는 눈의 얼굴을 보고 기계적으로 고개를 끄덕였다. 서로 간에 시선을 돌리고 김일담은 잔의 맥주를 기울인다. 이야기가 더이상 계속되면 재미없지만, 오늘의 회담이 그걸 전제로 하고 있다는 것을 알고 이 자리에 와 있는 것이었다. 여기서 결렬하거나 하면 한성삼의 입장은 어떻게 될까. 어찌되었든 상대는 입국허가, 여권을 내줄 것이다.

"그래요, 여러 가지 배려에는 감사하고 있어요. 그럼 이 이야기는 이 정도로 해두고 자리에서 일어날까요."

"예⋯⋯." 부총영사는 손목시계를 보았다. "김 영사⋯⋯."

"옛."

"그렇게 하자고."

"예엣. 알겠습니다⋯⋯." 영사는 재차 자세를 가다듬더니, 김일담 선생님⋯⋯ 하며 김일담 쪽으로 몸을 돌렸다. "한국 입국신청 건은 서두르면 일주일 정도로, 늦더라도 연내에는 여권이 발급될 걸로 생각합니다만, 이번 입국에 즈음하여 또 한 통의 서식, 각서를 써주셨으면 합니다만."

옆의 영사로부터 시선을 돌린 장 부총영사가 잊고 있던 일이
생각나기라도 한 것처럼, 가볍게 고개를 끄덕였다.

"……각서? 무슨 각서입니까."

영사를 향해 되물은 김일담은 옆에 있는 한성삼을 보았다.
한성삼은 고개를 옆으로 흔들며 김 영사에게 물었다.

"그런데 지금 김 영사님이 말씀하신 각서라는 것은 무슨 각
서를 말하는 겁니까?"

"각서입니다. 성명, 생년월일, 본적, 지금까지의 저작물 등,
그리고……."

"그리고 으-음, 당국, 한국대사관과의 약속한 일을……." 김
일담이 영사의 말을 가로막았다.

"아마도 그렇겠지요. 그건 무슨 일입니까?"

"……"

짧은 침묵의 긴장이 테이블을 덮었다. 방 밖 손님들의 웅성
거림이 한꺼번에 밀려들 듯이 들렸다. 각서? 김일담은 거의 고
함을 칠 뻔했지만 두들기듯이 주먹을 탕 하고 테이블 위에 올
려놓으며 억제했다. 영사가 부총영사를 보았다.

"그러니까, 항목이 많은 각서 대신에, 그, 국익에 위반하지
않겠다고 한마디 써주시면 됩니다."

"국익? 핫핫……." 김일담은 소리를 내어 웃었다. "국익위
반, 어린애도 아니고 그걸 한마디 써라? 어떻든 마찬가지 아닙

니까. 내가 무슨 국익을 위반한다는 겁니까. 이거, 한성삼이 동
석하지 않았다면, 난 자리를 떴을 겁니다……."

"김 선생님, 잠시 기다려주십시오. 김 선생님은 꽤 성급하신
분이시네요……. 그런 취지의 말이 아닙니다."

부총영사가 오른손으로 제지하면서 차분한 어조로 달랬다.

"원래 나는 한국 정부의 '기피인물'로 되어 있는데, 그렇다면
굳이 입국허가를 할 필요는 없잖습니까. 아까도 말이 나왔듯이
반세기 동안 터부였던 4·3사건에 대해 이야기하고 쓰는 일이
국익에 위반됩니까……."

김일담은 목소리가 격해져 있었다. 계속해서 국익 운운하는
이야기가 나오면 자리를 뜰 것이다.

"선생님, 진정하세요. 저로서도 갑작스런 일입니다만……."
한성삼은 이마에 땀이 뿜어져 나오는 것을 느끼며 말했다. 결
렬! 여기서 결렬되면 신주쿠, 은하는 가지 못한다. 은하에서의
복수는 끝이다. 한성삼은 왼쪽 볼의 상처를 직시하고 있는 과
거의 고문관을 보고 지금까지 없던 강한 어조로 말했다. "어째
서 저에게 미리 이런 이야기를 하지 않았습니까? 이 자리에서
갑자기……. 이전에 말해주었더라면, 이 회담 이전에 김일담
선생님의 의향을 알 수 있었지 않습니까? 입국신청을 여기에
서 김 선생님이 직접 제출, 그리고 여권이 틀림없이 나온다고
할 때 말입니다. 지금의 이야기는 재고하시는 게 어떻습니까.

모처럼 이렇게 얘기가 진행되고 있는데, 이제 곧 신주쿠에 갈 시간이 다 되어서. 지금 8시 반입니다."

"응, 성삼이. 미리 이런 이야기를 들었다면 난 거절했을 거야. 여기에 오지 않았다고. 그렇지, 여기까지 오길 잘했어. 여러분의 얘기를 들었으니까. 나도 내 생각을 얘기하고, 서로 간에 논의를 했어. 오늘은 이걸로 됐네."

"어험, 그렇습니다. 한성삼 씨 말대로입니다."

장 부총영사가 턱으로 신호를 보내자 김 영사는 바로 자리에서 일어나 방 밖으로 나갔다.

몇 분쯤 지나 돌아오더니, 여러분 가시지요. 밖의 밤공기를 쐬었는지 술에 물든 얼굴이 긴장되어 있었다. 제각각 코트와 가방을 손에 들고, 영사가 도어맨으로 김일담과 부총영사를 따라 방을 나간 뒤 한성삼이 그 뒤를 이었다. 한성삼은 영사의 뒤를 걸으며 향수 냄새가 나지 않는다는 것을 알았다. 그건 제국호텔용이었나. 서너 걸음 앞서 가던 영사가 갑자기 뒤쪽의 한성삼을 돌아보더니 초인종 소리와 함께 열린 문을 나갔다. 걷다가 멈칫한 한성삼은 척추에 얼음이 매달릴 정도로 놀랐다. 이 자식, 뭔가 느끼고 있는 게 아닐까. 한성삼은 검은 양장을 한 여성의 인사를 받아넘기며 계산대 앞을 지나 손에 든 가방속의 나이프를 의식하면서 계단을 내려갔다. 가게 앞 차도에 검은색 승용차가 대기하고 있었다. 장 부총영사는 두 사람에게 동승을 권했지만, 두 사람은 옆에 정차 중인 택시를 타고 선도.
두 대의 자동차는 신주쿠로 향했다.

저승, 저승, 죽음, 죽음. 조용, 조용, 조용하게, 조용하게.

32

김일담 일행이 탄 택시가 선도하는 두 대의 자동차는 30분
후에 야스쿠니 거리에서 신주쿠 구청 길로 돌아, 불야성 같은
불빛이 타오르기 시작하는 가부키초로 들어간다. 번잡한 좌우
의 인도에 시선을 빼앗기며 쇼쿠안 거리 쪽을 향해 환락가 한
가운데를 천천히 나아갔다. 한 달 전의 거의 같은 9시경에 가게
에 와 있던 김일담과 함께 택시로 지금과는 거꾸로 쇼쿠안 거
리 쪽에서 들어와 은하가 있는 건물 앞에서 정차했었다.

정체불명의 남산으로 보이는 남자의 전화에 떨고, 7년 전 과
거의 숲 깊은 남산 안쪽에서 망령처럼, 머릿속 공간 가득히 검
은 날개를 활짝 편 남산 남자의 그림자. 그걸 김일담에게 털어
놓은 한 달 전의 비오는 밤이었다. 11월 7일.

그곳으로 지금, 단장을 새롭게 하고 모습을 드러낸 망령 아
닌 남산의 남자들과 제각각 타고 온 자동차에서 잠시 후에 내
리게 된다.

과거 남산에서 있었던 일이 있을 수 없는 일이었던 것처럼, 한성삼은 지금 있을 수 없는 일 속에 있다. 너무나 리얼리티가 없는 현실. 쇼쿠안 거리에 가까운 네거리 왼쪽 모퉁이에 M빌딩이 보였다. 은하와 같은 소유자의 건물이다.

택시를 먼저 내린 한성삼은 뒤따라온 승용차에서 내리는 두 사람을 안내하여 넓고 텅 빈 건물의 자동문이 열린 현관으로 들어갔다.

승강기 앞에 선 한성삼은 윙 하는 이명을 동반한 현기증을 느낀다. 내려온 승강기의 문이 열리고 서너 명의 남자가 나왔다. 한성삼은 목 위에서 떨어질 것 같은 머리를 조용히 올려놓은 느낌으로 맨 나중에 승강기로 들어가 5층 버튼을 눌렀다. 승강기는 침묵을 싣고 곧장 5층으로. 한성삼은 숨을 죽이고 있었다. 심장의 춤추는 고동이 귀 안쪽에서, 몸 안쪽에서 고막에 울린다. 조용, 조용, 조용히, 조용히. 어험……. 어험. 등 쪽에서 두 사람의 헛기침. 향월관을 나올 때 갑자기 뒤를 돌아다본 남자. 남산에 연행되었을 때, 현관에서 탄 승강기가 멈추고 내린 곳은 4층이었다……. 콘크리트 냄새나는 네모난 방, 방……. 오래된 필름처럼 기억이 무기적으로 번뜩이다 사라진다. 술 냄새를 싣고 눈을 깜박이는 사이에 4층을 통과. 옆에 있는 것이 그때의 고문관이라는 사실에 정신이 번쩍 들어 등줄기를 편다. 환각이 아니다. 인간, 존재, 집단. 승강기 문이 열리자, 5층. 이

명이 사라진 한성삼은 조금 비틀거리며 가방을 꽉 움켜쥐고 난 취하지 않았다, 취하지 않는다, 가장 나중에 승강기를 내려 좌우로 바와 클럽이 늘어선 가게의 한 곳으로 안내한다.

나비넥타이의 매니저가 맞이하여 정면의 두꺼운 장밋빛 커튼이 드리워진 창가의 홀이 아닌, 통로의 오른쪽 별실로 안내했다. 테이블을 사이에 두고 서너 명이 앉을 수 있는 소파 한 세트, 한쪽 벽에 흑갈색 옻칠을 한 크고 작은 두 개의 조선장롱, 나전세공의 고전가구, 그 위에 올려놓은 백자항아리를 등진 장 부총영사 일행과 마주 앉은 소파의, 문 쪽 자리에 한성삼과 김일담이 나란히 앉았다.

매니저를 따라 들어온 일전의 차이나드레스가 잘 어울리는 둥근 얼굴의 날씬한 호스티스가 손님들의 코트를 벽의 옷걸이에 건 뒤, 일단 나갔다가 바로 또 한 사람의 와인 빛 드레스를 입은 얼굴이 긴 호스티스와 둘이서 맥주, 치즈, 가지콩, 크래커 등을 가지고 왔다. 각각의 잔에 술을 따랐을 뿐, 향수 냄새를 남기고 방을 나갔다.

네 사람이 잔을 부딪치며 건배하는 평화적이고 야릇한 느낌의 자리다. 몇 분 뒤에 매니저가 문을 열자 작은 체구의 손 사장이 웃는 얼굴로 들어왔다. 녹색 커튼의 창가에 안락의자가 있었지만, 그는 가볍게 인사를 한 뒤 한성삼이 김일담과 바꾼 자리에 김일담을 한가운데 두고 앉았다.

손 사장은 먼저 김일담 선생님 오랜만입니다, 라고 인사를 한 뒤, 마주앉은 영사 일행과 명함을 교환한다.

"한 군으로부터 말씀은 듣고 있었습니다만, 오늘 일부러 여기까지 이렇게 와주셔서 황송합니다……."

손 사장은 처음에 한두 마디 떠듬거리는 조선어로 이야기를 한 뒤, 전 한국말을 못 해서 일본어로 이야기하겠습니다……라고 동요가 없는 어투로 말했다. 몸은 작지만 얼굴 표정과 체구는 다부진 돌 같은 존재감이 느껴진다.

"예-. 그럼 서로 간에 일본어로 이야기합시다."

부총영사가 윤곽이 뚜렷한 일본어로 응했다.

노크 소리가 나고 매니저가 문을 열고 들어온다. 방금 전의 두 호스티스가 제각각 양주를, 위스키, 브랜디 병, 유리잔, 얼음이 들어 있는 아이스박스, 옅은 붉은 색 문양의 큰 접시에 담긴 과일 등을 가져와 테이블을 가득 채웠다. 멜론, 사과, 배 등 과일의 상큼한 냄새가 담배로 찌든 테이블 위의 공기를 밀어낸다. 호스티스는 제각기 방 구석의 낮고 둥근 의자를, 차이나 드레스는 사장 옆에, 또 한 사람은 소파 뒤를 빙 돌아 부총영사 옆으로 가지고 가 앉더니 시중을 든다. 썩은 향수 냄새가 아닌, 로즈, 장미꽃 향기가 나는 향수 냄새가 난다. 부총영사 옆에 패 파인 드레스를 입고 앉은 그녀의 가슴 사이 계곡에서 풍기는 것일까.

부총영사는 먼저 맥주잔을 기울이고 나서, 검은 상표가 붙은 네모난 병의 위스키를 따라 희석시킨 유리잔을 입으로 가져다 댄다. 한국에서는 물로 희석시킨 위스키를 마시지 않지만, 한 달 만에 익숙해진 걸까. 취기를 경계하고 있는 걸까. 차이나드레스가 옆에서 시중을 들고 있는 손 사장은 김일담과 마찬가지로 맥주를 마신다. 한성삼은 맞은편 가슴 계곡이 눈에 띄는 호스티스가 물을 타 만들어준 위스키를 천천히 마셨다. 천천히 마셔. 취하지 마. 천천히 마셔. 행동의, 시동의 휘발유가 될 정도로만 취해라. 시한으로 초침이 움직인다. 크래커에 치즈. 초콜릿 막대를 씹는다. 손 사장이 주고받는 담소가 진행되고, 잔이 천천히 기운다. 조용하다. 홀의 웅성거림이나 음악은 거의 들리지 않는다. 불야성인 환락가의 한가운데라고는 생각되지 않는 별세계. 지상에서 격리된 공중누각. 과거의 피투성이 곤봉을 움켜쥔 고문관과, 그 먹이가 되어 멍, 멍, 개가 된 재일유학생. 절대충성, 충성국민……. 숲 깊은 남산의 정적, 남산의 깊은 숲에 둘러싸인 안기부 건물의 죽음이 감도는 조용한 방, 방……. 왼쪽 대각선 맞은편에 앉은 고문관 추성준의 눈이 마주앉은 손 사장 옆의 차이나드레스 여성에게, 하반신 의상의 깊게 터진 부분이 활이 휘듯 벌어지는 순간 노골적으로 드러나는 허벅지로 끊임없이 향하고 있었다. 일어섰을 때 차이나드레스의 흐르듯이 흔들리며 움직이는 허리. 토탄이 불타는 듯한 눈을 한 고문관의 호색적인 눈초리. 의혹이 걷힌 것일까. 아무렇지도 않은 듯이 대각선의 위치에 있는 한성삼을 본다. 일 초, 그리고 이, 삼 초……. 한성삼의 왼쪽 볼 상처에 금방 날아가는 파리 같은 시선이 멈춘다. 호스티스의, 얼굴 한쪽의 상처에 바람처럼 닿는 시선은 날 찌르지만, 추성준, 좀 더 날 봐라. 그 시선으로 내 왼쪽 볼의 상처를 두루 핥아라. 그 시선에 난 쾌감을 느낀다. 향월관을 나올 때, 왜 갑자기 뒤를 돌아본 것일까. 한성삼이 손에 칼을 들고 배후에서……라는 생각을 한 것일까. 실제로는 그렇지 않았지만, 그러나 눈에 보이지 않는 칼날이 된 살의는 맞았던 것이다. 그 순간 추성준의 적을 보고도 보지 않는 초점이 멍한 시선. 설마 지금 상처 주위를 파리처럼 날아오는 시선이 가방의 나이프와 함께 감춰둔 살의를 느낀 건 아닐 터다.

백일몽이 아닌, 기묘한 광경이다. 지금 남산의 남자들이 눈앞에 있다. 환각은 아니다. 그 한 사람의 시선이 생물의 촉각으로 내 얼굴을 쓰다듬는다. 담배 연기가 테이블 위에 감돌고, 두 사람의 호스티스가 제각각 술을 따르고, 한성삼도 위스키 잔을 기울인다. 위스키를 온더록스로 조금 마시고 싶었지만 참는다. 취하지 마라. 취하되 취하지 마라. 부총영사 일행도 희석시킨 위스키란 말이다. 기묘한 자리의 침묵을 두려워하듯이 손 사장이 마주앉은 영사와 잡담을 나눈다. 거짓인지 참인지, 영사는 단신부임이라고 말을 흘린다. 그건 불편이 많아서 힘들겠네요⋯⋯. 장 부총영사는 옆의 가슴이 파인 드레스를 입은 여성의 시중을 받으며 그녀의 말에 가볍게 고개를 끄덕인다. 웃호호⋯⋯. 호스티스는 포크에 멜론을 찍어서 부총영사의 입이 아니라, 손에 쥐어준다.

부총영사는 자신의 잔에 다시 채워진 맥주를 기울여 비운 뒤, 바닥에 남은 맥주를 재떨이에 떨어뜨리더니 테이블 너머로, 예-, 김 선생님, 잔을 김일담에게 건네고 거기에 양 손으로 맥주를 따랐다. 김일담은 한 모금, 두 모금, 바닥까지 비우고 나서 자아, 받으시오, 상대에게 잔을 돌려주고 맥주를 따른다. 그리고 이번에는 자신이 마신 잔을 상대에게 건네고 술을 따른다. 그걸 마신 부총영사는 웃음을 띠며, 일반적으로는 그렇게 술잔을 주고받지만, 잔을 돌려주고 의식을 끝냈다. 그리고는 희석시킨 위스키로 돌아간다.

"⋯⋯아이고, 김 선생님은 대단하십니다. 이렇게 마시면, 이거 정말 맛있습니다. 김 선생님은 맥주만 드십니까?"

"예-, 밖에서는 그렇습니다. 그럼, 나도 위스키를 한잔할까⋯⋯."

드레스를 입은 여성이 희고 화사한 손으로 가볍게 딱 딱 박수를 친다. 그리고 사용하지 않은 잔에 위스키를 따라 희석시켜 김일담에게 건넨다. 본래 있을 수 없는 일이, 이렇게 해서,

여기 공중누각의 방에서 현실로, 잔을 부딪치는 소리를 울리며 일어나고 있었다. 한성삼은 호스티스에게 위스키를 진하게 해달라고 부탁한다. 술을 많이 마시지 말라고 주의를 주던 김일담은 아무런 말도 않는다. 너무 마시지 마. 조금만 취해. 조금만 취해 있다. 행동의, 시동을 위한 휘발유에 취기의 불을 댕겨라. 마음에 매달려 있는 시한폭탄이 흔들리고 있다. 째깍, 째깍, 심장의 고동이 초침이 되어 시한에 다가가고 있다. 고동의 어두운 과거의 발소리. 저벅, 저벅……. 발소리가 배후에, 머리 뒤로 다가오며 들린다. 먼 기억의 저승의 소리, 저승, 저승. 저벅, 저벅, 발소리 뒤로 복수, 복수……. 머릿속에서 취기의 물결이 흔들려 움직이고, 식도에 위산이 칼날처럼 치밀어 올라왔다. 발소리가 눈앞에서 멈추는 바람에 깜짝 놀라 눈을 뜨자, 발소리는 김 영사의 그림자 위에서 멈췄다.

김 영사. 영사는 주의 깊게 움직이는 취기로 충혈된 눈길을 한성삼에게 계속 던지고 있었다. 한성삼이 아니다, 내 볼을 보고 있는 것이다. 확실히 남산의 산물이라는 것을 확인하고 싶은 걸까, 고문의 증거에 향수를 느끼고 있는 걸까. 어느 쪽이나 남산 고문의 현장, 그리고 고문자와 한성삼의 관계를 상기시키고 있을 터였다. 울퉁불퉁하게 파인 상처의 골에서, 시선이 기어간 자국이 소란을 핀다. 한성삼은 잔을 오른손에, 왼손으로 상처를 쓰다듬으며 영사를 마주보았다. 영사가 마치 알았

다는 듯이 시선을 피했는데, 바로 목을 다시 돌려 이번에는 한
성삼을 노려보았다. 흐-음! 시한이 다가왔다. 상흔이 아니라
한성삼의 얼굴 전체에 증오로 흔들리는 시선을 던진 채, 상대
의 시선을 밑동부터 꺾어버리겠다는 듯이 눈 속으로 침입해 온
다. 한성삼은 그 눈을 깜박이지도 않고 마주보면서, 격한 고동
이 가슴을 두드린다. 너에게 이 얼굴이 어떻게 보이느냐. 내가
거울을 보는 것처럼 보이느냐. 잔을 손에 든 험악한 표정을 한
영사의 상체가 흔들리며 일어설 듯이 움직이자, 불온한 기색을
알아차린 김일담이 이봐, 성삼이……! 영사의 이상한 눈초리가
한성삼으로부터 자신의 손에 든 잔으로 옮겨가고, 그걸 느긋한
손놀림으로 입에 가져다 대었다.

　한성삼은 장 부총영사 옆의 드레스를 입은 호스티스를 향해
미안하지만, 지금 두 사람 모두 자리를 피해줬으면 좋겠다, 나
가줘……라고 취기가 밴 억제된 목소리로 말했다. 심장이 뛰는
고동으로 입술이 떨리고 말이 조금 꼬인 모양이다. 호스티스들
은 김일담 옆에 있는 사장이 한성삼 쪽을 보면서 고개를 끄덕
이자, 자리에서 일어나 조용히 방을 나갔다. 손 사장은 그저 왠
지 반사적으로 호스티스들의 시선에 응한 것이다. 문이 열리고
닫히는 사이에 홀의 댄스음악과 화장품 등의 숨이 턱 막히는
냄새가 섞인 웅성거림이 부풀어 오르며 흘러들었다. 호스티스
가 자리를 피하는 것은 흔한 일이지만, 갑작스런 한성삼의 거

동이 탁자 위의 온화한 공기를 어지럽혔다.

"성삼이, 왜 그래?"

김일담이 한성삼의 무릎을 가볍게 치며 말했다. 사장이 아닌 한성삼의 당돌한 지시에 부총영사는 말없이 김일담에 대한 대답을 기다리듯이 날카로운 눈으로 한성삼을 보았다. 반사적으로 반격태세를 갖춘 영사는 잔을 테이블에 놓고 손 사장으로부터 한성삼에게 시선을 옮겼다. 영사의 뭔가 위협을 느낀 듯한 기색이 얼음처럼 휙 하고 한성삼의 옷 아래 피부에 닿으며 전해졌다.

"한성삼, 무슨 일이야?"

"옛, 예엣, 선생님, 송구스럽습니다. 여러분에게, 아니지. 여러분 앞에서 말씀드리고 싶은 것이……." 한성삼이 일어났다. 위스키의 호박색 취기가 머리를 감싸듯 일주하는 것을 느낀다. 머릿속 공간에서 몸이 쿵하고 크게 착지한 반동으로 입을 열었다. "김동호 영사님. 여러분, 차분하게 들어주세요. 아까부터 영사님은……." 그는 말문이 막혔다. 아니, 깜짝 놀라며 갑자기 말의 방향을 바꾸었다. "영사님, 아니, 영사님이 아니라, 장만규 부총영사님, 전 여기에서 대한민국 국민을 그만두는, 국적 이탈을 선언합니다……."

모두가 얼굴을 들어 한성삼을 보았다. 잠시, 말이 없다.

"한성삼 군……!"

손 사장이 소리를 질렀다.

"부총영사님……." 영사가 옆의 상사를 보았다. "뭐라고? 한성삼은 지금 뭐라고 했나?"

장 부총영사는 잠자코 천천히 희석시킨 위스키를 입에 가져다 대었다. 그리고 뭔가 신기한 물건이라도 응시하듯이 한성삼을 보았다.

"앉아. 다시 한번 말해봐."

부총영사가 턱을 내밀며 말했다.

"……." 한성삼은 일단 앉았지만, 목소리가 목구멍 아래쪽에 걸려서 잘 나오지 않는다. 다시 일어나 같은 말을 입 밖으로 내보냈다. "전 지금 여기에서 대한민국 국민을 그만둔다. 국적이탈을 선언합니다."

"흐-음, 선언한다? 후후훗, 그걸 이러한 자리에서 한다. 할 수 있는 얘긴가? 술 취한 소리는 아니겠지?"

"술에 취해 하는 이야기가 아닙니다. 취하지도 않았습니다. 제 결심입니다."

"결심? 무슨 결심인지 말해봐. 자리에 앉아서 얘기해."

"……."

"지금, 대한민국 국민을 그만둔다……. 그 결심의 이유를 모르겠지만, 어떻게 된 일인가. 이유가 뭐야."

부총영사는 냉정하게 말했다. 김 영사는 험악한 표정을 억제했다.

"이유……? 예-, 이유보다 제 마음입니다. 대한민국 국민으로서의 자긍심을 가질 수가 없고, 대한민국 국민이 싫어서 그 국민이기를 그만둡니다."

"싫어, 싫어서? 후후훗, 싫어서 그만둔다? 어린애 같은 소리 하지 마. 싫다고 국민을 그만둘 수는 없잖아. 부모가 싫어서 자식을 그만둬? 그래서, 한국 국민을 그만두고 어떻게 할 건데. 앉아서 얘기해. 앉으라고."

"……" 한성삼은 앉았다. "한국 국적을 이탈해서 외국인등록증을 조선으로 바꾸겠습니다……."

"핫하앗, 뭐라고, 조선? 조선적……?" 부총영사와 영사가 얼굴을 마주보았다. 부총영사는 가볍게 고개를 끄덕이며 차갑게 웃었다. "조선으로 국적을 바꾼다."

"이봐, 한성삼, 너 머리가 돈 거 아냐? 조선, 북한은 공산독재체재의 적대국이야. 그걸 뻔뻔스럽게 대한민국을 모독하는 말을. ……국가 반역자의 말이다."

"예엣, 그렇겠지요. 전 이미 국가반역자의 딱지가 붙어서 제국호텔에서도 절대충성, 충성국민이 아닌 비국민이라고 영사님에게 질책당했습니다. 그래요, 비대한민국 국민. 난 조선적도 북한도 아니고, 북한 지지도 하지 않습니다. 북과도 남과도 관계가 없어요. 전 한국 국민을 그만두고 외국인등록증을 조선으로 변경할 겁니다. 제 자신의 자유를 위하여!"

"옷호……. 자유라고? 핫핫하, 자유, 자유란 게 뭔가." 장 부총영사의 웃음이 말로 바뀌었다. "뭐든 마음대로 하는 게 자유인가. 부모를 파는 일까지 말이야. 조선은 북한이다."

"국적 선택의 자유는 있습니다."

"뭐라고? 적대국적으로 바꾸는 자유 말인가? 부총영사님."

"말도 안 되는 얘기야. 안 된다. 한성삼, 제 정신으로 이야기를 하는 건가."

부총영사는 한성삼을 노려보았다.

"안 된다, 안 돼! 음, 말도 안 되는 얘기야!"

영사가 테이블을 쳤다.

한성삼은 자리에서 일어나 왼편의 김일담 쪽을 보았다.

"존경하는 손대윤 선배님, 김일담 선생님. 오늘 저는 이 자리에서 큰 죄를 범하게 된 것을 부디 조금만 더 용서해주십시오. 전 제 자신의 최후를 자각하고, 자신의 양심에 부끄러운 점은 없지만, 선배님, 선생님을 배반하는 행위를 하고 말았습니다. 영사님은 아까부터 제 자신을, 아니 제 왼쪽 볼의 어쩔 수 없는 상처를 집요하게 핥듯이 보고 있었습니다. 옛날의 기억을 더듬고 있는 것인지. 이제는 기억이 확실해졌겠지요. 이건 7년 전의 대한민국·서울의 재일유학생이 남산·안기부에 연행된 뒤 당한 고문으로, 고문으로……. 추성준, 당신은 추성준이야. 추성준의 고문, 아니 수사관에 의한 고문의 7년 뒤의 증거다…….”

“뭐-야.” 영사는 갑자기 취기가 울리는 야수 같은 소리를 내면서 소파에서 반쯤 일어섰다. “추성준? 누구더러 무슨 말을 하는 거야!”

“당신이야. 자리를 뜨지 말고, 도망가지 말고 들어…….”

“이 자식이, 뭐라고…….”

“조용히 들어주세요. 현재의 김 영사님, 이 얼굴의 상처가 기억나지 않습니까?”

“호오, 무슨 잠꼬대 같은 소리를! 어디서 만든 상처를 들고 와 사람을 속이려 드는 게야, 응.”

“대한민국 서울의 남산, 숲이 깊은 남산……. 이 상처를 모르십니까?”

“그만해, 사람을 능욕할 셈인가?”

“장만규 부총영사님, 이 얼굴에, 이 상처에 대해 기억이 없습니까? 영사님은 없다고 하는데.”

“무엇을, 무슨 엉뚱한 얘기를. 몰라, 모르는 일이야.”

부총영사는 고개를 좌우로 천천히 흔들었다.

“예-, 현장에 없었으니까. 그때 상처를 봤다고 해도 7년 전의 일이고, 완전히 얼굴 형태가 다릅니다. 그래도, 엉뚱해도 고문의 상처는 사실입니다. 7년 전에 남산에 연행되었을 때 그 당시의 진술서 복사본을, 지난 15일 제국호텔에서 김 영사님과 만났을 때, 당시의 진술서 복사본을 테이블 위해 펼쳐놓았습니다만, 그 진술서 끝에 본인 한성삼과 수사관 추성준의 서명이 있습니다. 그걸 모른다는 겁니까?"

"몰라. 진술서는 그렇다 해도, 다른 일은 몰라."

"예-, 그 추성준 씨가 지금의 김동호 영사입니다. 진술서는 고문에 의해 만들어진 것입니다."

"아니, 이 자식! 용케도 여기까지, 음, 속여서 데리고 왔군 ……!"

영사는 턱을 옆으로 틀어 이빨을 드러내고, 사이에 테이블이 없었다면 덤벼들었을 것을, 부총영사가 제지했다.

"김 영사, 침착해!"

"에잇, 이 자식이!"

"이 자식이 뭐야! 이 자식, 너한테 이 얼굴이 어떻게 보이나. 내가 거울을 보듯 보이나. 아이고, 이 얼굴이 어떻게 보이냐고. 서울 남산에서 으르렁대며, 네 아비 어미 개새끼! 라던 그 이 자식이냐!"

"에잇, 이놈의 새끼."

구둣발로 바닥을 쿵 하고 울리며 일어선 영사가 앞에 있는 소파 뒤로 돌아가려는 것을 손 사장이 자리에서 일어나 가로막았다. 김일담도 자리에서 일어났다. 장 부총영사는 자리에서 움직이지 않았다.

한성삼은 격한 고동을 억제하며 깊이 들이마신 숨을 뱉어낸 기세로 가방을 들고 일어서더니, 소파를 벗어나 옆의 창가에 있는 안락의자에 구두를 신은 채 뛰어올랐다. 그리고 상의를 벗고 넥타이를 푼 뒤 와이셔츠를 벗어 바닥에 내던지더니, 의자 위에서 비틀거리며 테이블 주위의 네 사람을 바라봄과 동시에 반 회전, 알몸인 상반신의 등을 드러냈다.

소파의 전원이, 부총영사도 일어섰다. 멍하니 할 말을 잊는다. 뭔가, 저건, 뭐야! 등 전체에 지렁이가 기어간 것처럼 종횡으로 당겨진 살의 울퉁불퉁한 융기. 얼굴의 상처를 몇 배나 확대한 듯이 괴이한, 확실히 뭔가 무서운 구타의 흔적이라는 것을 알 수 있는 조명 빛에 반사된 적자색의 매끄러운 상흔. 등 전체에 펼쳐진 지옥도. 등을 노골적으로 드러내며 섰을 때, 등의 만다라 모양이 제국호텔 로비의 대형 모자이크 벽화, 색채가 난무하는 가을 숲 같은 거대한 태피스트리의 광경으로 한성삼의 머릿속 공간 가득히 펼쳐졌다. 검붉게 바랜 노란 낙엽이 눈처럼 쌓인 숲 속의 벌판.

이 자식아, 여기가 어딘 줄 알고! 여기는 남산이다, 요 자식, 내가 누군 줄 알고! 대한민국에 절대충성하는 대공수사국 추성준, 추성준!

……고문관은 벌판의 낙엽을 허공에 말아 올리듯 걷어차며

곤봉을 휘둘렀다. 한성삼은 네발로 기면서 짖는다. 이봐요, 고문관, 넌 왜 이런 짓을 하는 거냐. 난 왜 이렇게 당해야 되는 거냐. 어떻게 그런 짓을 할 수 있나. 왜 그런 짓을 하는 건가? 한성삼, 네가 있기 때문이다. 내가 있기 때문이다. 너와 난 한 몸이다, 우워, 난 미칠 것 같아! 내가 하는 게 아니야. 내 뒤에 있는 신이 그렇게 시키는 거야. 운명이다. 너와 나의 운명, 네가 없다면 지금 이 벌판의 난 없어. 이것이 현실, 이 순간, 달리 바꿀 수 없는 현실, 꿈이 아니다! 살점을 깊이 도려내라! 곤봉의 살덩어리를 먹어라! 네 등에 있는 신은 권력이다. 무서운 권력의 성. KCIA의 성이다. 조만간 성이 와르르 무너져 분해되면, 애당초 혼이 없는 네 살점과 뼈도 내 살점과 뼈처럼 산산이 분해되어 절대충성, 이 새끼! 개새끼, 빨갱이, 제주 빨갱이새끼, 널 만든 아비 어미도 개새끼, 제주 빨갱이새끼야! 한성삼이 일어나더니 이빨을 드러내며 맹렬하게 고문관을 덮쳤다. 목을 물어뜯어 죽여 버리려 했다. 고문관은 깊은 낙엽 아래에 발이 걸려 뒤로 넘어지면서 벗겨진 한쪽 구두로 한성삼의 왼쪽 볼을 후려쳤다. 한성삼이, 그리고 고문관도 그 자리의 쌓인 낙엽 위로 쓰러졌다.

한성삼은 눈처럼 쌓인 낙엽 속에서 기어오르는, 아니, 지금 현실로서 과거의 숲을 이룬 벌판의 배경에서 빠져나옴과 동시에 의자에서 뛰어내려, 뛰어내리려다가 그대로 무릎을 꿇고 의자에 등을 보인 채 주저앉아 버렸다. 시야가 흐려지고 감은 눈꺼풀 뒤쪽 공간에 번개 같은 삼각형 모양의 파도 빛이 옆으로 나란히 오른쪽에서 왼쪽으로 달리며 현기증이 일어났다. 한 달전의 은하 화장실에서 남산 지하실의 공간으로 떨어지던 순간에 본 그것이다. 뜨거운 취기의 너울을 동반한 현기증이 사라지자 한성삼은 방향을 바꿔 가방을 그대로 둔 채 미끄러지듯이 바닥에 착지, 양 무릎을 모아 꿇고, 고개를 아래위로 두세 번 흔들더니 멍, 하고 한 번 짖는다. 멍, 난 멍, 멍, 개가 된다. 그렇지, 양손을 바닥에 짚고 모두에게 인사를 한 뒤 네발로 기며 멍, 멍, 두 번 짖는다. 계속해서 턱을 바닥에 닿을 정도로 내밀고 멍, 멍. 충혈되어 개가 된 두 개의 눈을 부라리며 혀를 축 늘어뜨리고 멍, 멍. 왼쪽의 김일담 등이 있는 소파 뒤를 돌아 문쪽의 넓은 바닥 공간으로 기어 나와 멍, 멍.

아니, 이건 무슨 일인가. 분명히 멍, 멍, 개가 짖는 소리인데, 이건 뭔가, 개의 흉내를 내고 있는 건가. 여기는 학예회도 어릿광대의 무대도 아니다. 얼굴과 등 전체에 용접한 흔적처럼 빛나는 켈로이드의 등딱지를 한 한성삼. 김일담도 손 사장도 입을 떡 벌리고 멍, 멍, 짖는 개의 뒤를 쫓았다. 아니, 웃음은 이내 사라지고, 이 기괴한 모습은 뭔가, 무슨 이변인가, 발광이라도 한 게 아닐까. 놀란 영사는 말없이 무서운 얼굴로 노려본다. 한

417

성삼은 머리가 욱신욱신, 취기가 밀물처럼 들어와 소용돌이치며 울리고 있었다. 순간, 동작을 멈추자 세찬 빗소리가 세찬 매미 울음소리가 머리의 공간을 때리고, 고막을 윙, 윙 흔드는 게 당장이라도 두개골을 쪼개고 밖으로 뿜어져 나올 것 같다. 멍, 멍, 앞으로 나가라, 개새끼! 난 한국 개새끼다. 절대충성, 충성 국민, 멍, 멍, 추성준, 난 저승으로부터 남산 지하실의 저승, 죽음의 깊은 구멍에서 기어 올라온 인간이다. 멍, 멍…… 으-음! 추한 웃음으로 일그러진 영사의 얼굴은 거무죽죽하게 떨고 있었다. 김일담과 시선이 부딪치자 도망치듯 피한다.

"이봐, 성삼이! 한성삼!"

김일담이 자리에서 일어났다.

멍, 멍, 네 아비 어미 제주 빨갱이새끼! 성삼 개는 엉덩이를 내리고 꼬리가 없는 그곳을 흔드는 시늉을 하더니 멍, 멍, 하며 영사를 향해 머리를 들고 이빨을 드러낸 채 앞발을 아니 양손으로 바닥을 탁탁 치면서 다가갔다. 영사는 물릴 거라고 생각했는지 몸을 빼듯 일어나 소파 밖으로 나오더니, 성삼 개의 얼굴을 걷어차려고 했다. 이 자식, 개새끼! 자리에서 막 일어난 김일담이 순간적으로 영사에게 몸을 부딪쳐 크게 밀쳐냈다. 그리고 네발로 기며 개 시늉을 내고 있는 한성삼의 엉덩이를 걷어차더니, 일단 옆으로 넘어진 한성삼을 안아 일으키며 호통을 쳤다.

"성삼이! 똑바로 서!"

한성삼은 네 발로 기다가 비틀거리며 일어나 똑바로 섰다.

"응, 용케도 여기까지, 핫핫, 끌고 왔구나. 응, 이 자식!" 김일담은 왼손으로 한성삼의 오른쪽 뺨을 때렸다. 한성삼은 말없이 견딘다. 눈물이 넘쳐흐를 것 같았다. "응, 네 얼굴의 상처는 무엇으로 얻어맞은 게냐. 쇠 삽으로 당한 게냐. 어디의 누가 한성삼의 얼굴에 영원한 상흔의 각인을 새긴 것이냐. 이봐, 누가 무엇으로 후려친 게냐. 불인두인가, 쇠 삽인가! 응." 한 달 전 한성삼과 U역에서 만나던 날 밤. 근처의 어두운 초등학교 운동장 옆에서 주저하는 한성삼에게 자신의 뺨을 때리게 하고, 그 반격으로 한성삼의 오른쪽 뺨을 때리던 때의 말이었다. 그때까지 한마디도 입에 담은 적이 없던 한성삼의 볼에 난 상처를 언급한 말이었다. "그 등 전체의 남산 계곡처럼 파인 상처는 어떻게 생긴 것이냐, 말해봐!"

"……"

"무엇으로 맞은 것이냐! 쇠 삽으로 맞은 것이냐, 대답을 해봐!"

김일담은 두 번째 뺨따귀를 상대의 오른쪽 볼에 날렸다. 그때도 두 번을 때리게 하고 두 번을 반격했었다.

"예, 이 상처는, 몸의 상하전후에 걸쳐 있는 상처는, 장 부총영사님이 재일 일대 간첩 사건은 김일담 선생님이 『논계』에 쓰

지 않았다면 없는 일이라고 말씀하셨지만, 그렇지 않고, 그것
은 사실로서 존재하는 것, 이 상처는 모른다, 보이지 않는다고
지우려 해도, 사실로서 존재하고 있다는 것을 증명하기 위해서
여기까지 왔습니다." 한성삼은 3미터 앞에서 겨누고 있는 총구
앞에 서도록 소파의 두 사람 쪽으로 방향을 바꿔 섰다. 그리고
목소리를 높여 최후의 한마디를 했다. "한성삼은 국적 포기, 대
한민국 국민을 그만두는 겁니다. 대한민국에 영광이 있으라!"

　그리고 상하 양면에 상흔이 있는 상반신을 드러낸 한성삼은
발소리를 울리며 김일담과 손 사장의 소파 뒤를 돌아, 녹색 커
튼을 친 창가 테이블에서 조금 떨어진 안락의자 쪽으로 걸어갔
다. 그는 내던진 와이셔츠를 집어 들어 팔을 넣은 뒤 넥타이를
매고 상의를 걸치더니 가방을 손에 들고 의자에 앉아 눈을 감
았다. 겨누고 있는 총을 쏘라는 것처럼. 조용하다. 숲의 정적.
전방에서 미간으로 다가오는 날카로운 새의 부리 모양을 한 나
이프의 뾰족한 끝처럼 검은 총구가 보인다. 당겨지는 느낌의
입술에 웃음이 감돌았다.

33

　거대한 묘지. 정뜨르 비행장. 제주국제공항의 땅속.

들렸나. 활주로 밑 땅속에 묻힌 뼛조각의 신음소리가. 희미한 땅의 소리. 이륙할 때, 엔진을 뿜어내며 발진, 이윽고 굉음과 함께 이륙할 때까지의 몇 분간, 분명히 뼈의 소리를 들었다. 이 활주로 아래에 무수한, 몇백, 몇천의 망자들의 뼈가 있다고 생각하니 들려왔다. 거대한 제트기 바퀴의 중압에 짓밟혀 뿌드득, 뿌드득 부서지는 뼛조각의 신음이. 착륙할 때는 거체의 바퀴가 쿵 하고 떨어져 내리는 바람에 땅이 울리고, 땅속의 뼛조각들은 다시 가루가 될 터인데, 어제는 활주로 아래의 일 같은 건 생각지도 못했다. 그것이 지금 귓속에서 땅속의 무수한 뼛조각이 삐걱대는 소리가 들려온다.

여기는 지하. 공항 지하 3층 유치장 벽 너머는 땅속, 그 너머는 바다 속, 사방은 바다다. 뿌드득, 뿌드득, 밤의 저편 해변의 모래를 밟는 소리. 희미하게 저승에서 들려오는 부서진 뼛조각이 뼛조각을 밟는, 뼛조각이 엉키고 겹쳐지며 삐걱거리는 소리. 땅속 뼈들의 숨결. 어둠이 아니라 박명의 빛이 감도는, 황혼처럼 땅속에 가라앉은 뼈의 무리.

유치장 밖 지하 공간의 깊은 안개 저편에 동굴처럼 열린 입구가 있다. 안개를 밀어제치며 긴 동굴 밖으로 나오자, 전방에 펼쳐진 바다인지 호수인지의 물가가 보인다. 이윽고 주변은 둥근 산소의 무리에 분지처럼 둘러싸인 광장의 중앙에 제단이 있고, 제단 주위를 아지랑이처럼 투명한 그림자의 행렬이 걷고

있었다. 인간의 형태를 한 그림자는 등의 지게에 거적 같은 것
을 덮어씌운 짐을 짊어진 채 걷고 있었다.

행렬은 망자들이 산소에서 나온 형태가 없는 그림자의 형태
다. 산소는 자신들이 나온 무덤이다. 거적을 덮어씌운 것은 사
체, 정뜨르 비행장에서 학살된 사체들. 망자와 망자. 망자가 망
자를 짊어진 행렬.

뭘 하고 있는 거지?

망자를 매장하는 거다.

오오, 망자가 망자를 매장한다…….

행방도 모른 채 살해되고, 생매장을 당하고, 아무도 찾지 못
한 채 썩어서 뼈만 남은 망자, 무덤이 없는 망자, 갈 곳이 없는
망자다. 산소의 무리에 살고 있는 망자들이 남몰래 살해당한
채 방치되어 뼈만 남은 망자들을 황천으로 데리고 가는 중이
다. 흰 강아지가 행렬 앞에서 걷고 있었다.

아니, 저건? 괴이한 광경이 땅속에서 솟아오른 것처럼 떠올
라, 인간의 형태를 한 투명한 그림자 속에 누더기를 걸친 분명
히 게릴라 패잔병들로 보이는 행렬의 모습이 제단의 주위에 유
령처럼 나타났다. 덥수룩한 머리, 맨발의 게릴라들은 어깨에
죽창을 메고 있었고, 그 끝에는 인간의 막 자른 목이 꿰어져 있
었다. 산에서 하산, 투옥된 게릴라들이 이미 살해된 다른 게릴
라들의 목을 짊어지고 제단 주위를 쓰러질 듯이 행진하고 있는

것이었다.

　그날 밤, 바다가 피로 물든 밤. 마을 전체가 토벌대에 포위되어 모든 마을사람들이 집회장에 끌려들어간 뒤, 18세부터 45세까지의 남자만 백 수십 명, 젊은 여자들 십 수 명이 전등이 없는 마을 광장으로 내몰렸다. 여자들 앞에서 멈춰선 토벌대가 달을 봐, 턱을 쑥 치켜 올리고! 라며 여자들의 얼굴을 하얗게 빛나는 만월로 향하게 했다. 광장에 쏟아지는 달빛에 비친 공포로 일그러진 여자들의 얼굴, 반사적으로 비위를 맞추려는 여자들의 얼굴도 일그러져 있었다. 몇 명인가 아름답다는 이유로 뽑혀서 다른 곳으로 끌려간 여자들은 다음날이 되어도 돌아오지 않았다. 그 중에는 갓난아기를 업고 있던 젊은 엄마가 있었다. 남자들은 전원이 그 뒤로 집에 돌아오지 않았다. 만월에 얼굴을 비쳤다가 다른 곳으로 끌려간 여자들은 알몸을 거꾸로 매달려 고문을 받았다.
　달에 얼굴을 비쳤던 여자들은 다음날 다른 마을에서 끌려온 여자들과 함께 정방폭포 벼랑 끝에서 총살되었다. 그리고 갓난아기 하나는 폭포가 직하하는 바다로 떨어지지 않고 절벽 중간에 걸렸다가 복수의 날개를 달고 공중으로 날아올라 살아남을 수 있었다. 갓난아기를 발견한 마을사람의 복수를 위하여! 라는 한마디로, 섬의 하늘 저편에서 살아남았다.

　며칠이고 계속된 집단살육에 의해 피로 물든 바다에 만월이 붉게 빛났다.

　같은 날 밤의, 우도의 절벽 그늘 해변에서 토벌대에 윤간당해 죽은 여자들의, 죽어서도 소리죽여 우는 그 소리가 해풍을 타고 마을에 전해졌다. 피투성이의 반라, 전라의 여자들. 달빛을 반사하는 물가에서 해초나 머리카락처럼 흔들리고 있는 기다란 음모. 달빛에 비춰져 드러난 아름다운 얼굴의 여자들이 살해되고, 살아남아 혼자 돌아온 여자는 입을 닫았다. 그리고 벙어리가 되었다. 말이 나오지 않는다. 말이 몸에서 떨어지지 않는다. 말이 떨어져 나오려 해도 무서운 고통으로 말이 몸에서 떨어지지 않는다.

　어젯밤 우도 절벽의 해변에서 살해된 여자들 중에 살아남은 한 사람. 그 노녀가, 수십 년 전의 해변에서 토벌대에게 윤간을 당하고 오로지 혼자 살아남은 그 노녀가, 이미 몇십 년 전의 일인데도 체험의 증언을, 심신의 경련이 일어나 이야기하지 못한다, 이야기할 수 없다며 몸부림치다가 실신한다. 과거의 여체에 대한 고문의 폭력이, 지금 시공을 초월한 그 신체에서 고통을 재현하기 때문에, 말이 육체를 떠나지 못하고 거절한다.

　말을 내보내! 말이 들러붙은 육체에서 말을 떼어내자. 말을 아이가 태어나듯이 몸에서 떼어냅시다. 뚱, 땅땅, 뚱땅땅, 땅땅

424

땅……. 딸랑, 딸랑. 바람은 망자들이 소생하는 소리. 망자들의 혼이 한라산록 일면의 참억새 숲이 되어, 숲을 건너는 바람에 딸랑, 딸랑, 쇠의 소리를, 녹슨 쇠가 서로 부딪치는 소리를 낸다. 무서운 소리. 숲의 계곡에 메아리치는 통곡의 소리. 흰 참억새 숲을 지나는 바람의 소리. 원혼이 참억새가 되어 헤매고 있다고 믿는 섬사람들, 망자들의 혼이 참억새가 되어, 그 참억새의 흰 숲을 녹슨 쇠가 서로 부딪치는 듯한 바람소리가 지나간다. 딸랑, 딸랑, 망자들이 사는 숲. 인간의 키보다 큰 참억새가 딸랑, 딸랑. 섬을 떠나지 못하는 망자들의 혼이 참억새가 되어 헤매는 숲. 딸랑, 딸랑, 녹슨 금속음과 헷갈리는 귀신의 울음소리를 숲을 지나는 바람에 싣는다.

참억새 숲의 경사를, 다시 녹음의 숲을 빠져나가 한라산 정상에 가까운 주변의, 깊은 계곡 너머 광대한 절벽 기슭 여기저기, 스스로가 제각각의 절벽을 이루고 있는 험준하고 다갈색으로 풍화된 바위 표면의, 마치 갑옷과 투구를 뒤집어 쓴 무사의 망령이 늘어선 것처럼 무수한 기암군이 우뚝 치솟아 있는, 오백장군, 또 다른 이름은 오백나한. 여기는 영실(靈室). 섬의 신성한 지역이자, 자주 농무가 걸려 모습을 감추는 일이 많다.

수목에 뒤덮인 어둡고 작은 절의 경내에서 담뱃대를 한 모금 빨다가 꾸벅꾸벅 졸고 있는 나무꾼의 귓가에 땅울림이 전해지고, 그 너머에서 해명이 겹쳐지며 몸으로 전해져왔다. 멍, 멍,

개가 짖는 바람에 툇마루에서 일어선 나무꾼은 기암군이 우뚝 솟아있는 계곡을 등지고, 경내 끝의 계곡으로 내려가는 경사면에 서서, 분명히 해명(海鳴)이 겹쳐지며 몸으로 전해져온 바다 쪽을 보았다. 좀 전까지 시야를 가로막고 있던 건너편 기슭의 숲이 가라앉고 그 너머로 고원이 건너다 보였다. 귓가에, 그리고 발밑에 전해져오는 땅울림은 이윽고 아득한 저편의 검게 똑바로 피어오르는 연기로 나타나, 순식간에 거대한 소용돌이가 된 기둥은 연기가 아니라, 회오리바람이었다. 그것은 암운을 뒤섞으며 해상을 빠르게 육지로 다가와, 성내 읍 옆의 바다로 절벽을 깎아내린 사라봉 언덕 기슭을 통과, 거대한 톱처럼 표고 백 수십 미터의 산체를 절단하고, 절단되어 떨어져 나온 푸른 산과 함께 지면이 미끄러지듯 한라산 기슭을 향해 달려왔다. 산이 움직이는 것이 아니라, 산이 달린다. 나무꾼은 개와 함께 제방의 그늘에 숨었다가 잠시 후에 고개를 내밀어 보니, 하늘을 뒤덮은 회오리바람의 기둥은 도중에 방향을 전환, 북에서 서로 돌아 정뜨르 공항을 덮치고 순식간에 제트기와 건물을 날리며 사라져갔다. 공항의 지면이 움직이더니 지진처럼 울퉁불퉁 삼각형의 파도를 치고, 두 쪽으로 갈라진 지각에서 수증기 같은 물보라를 뿜어 올렸다……. 멍, 멍, 꿈이 아니라 정말로, 황개가, 깊은 밀림 속에 잘못 들어와도 한번 지난 길은 기억하고 있다가 원래의 장소로 돌아오는 동행 중인 누렁개가 짖는 바람에 눈을 뜬 나무꾼은 툇마루에서 몸을 일으켜 똑바로 앉았다. 동백나무에 뒤덮인 경내의 물 마시는 곳의 대나무 홈 통에서 돌로 된 물통에 떨어지는 산의 물을 마시자, 순식간에 힘이 솟아났다. 머리 위의 우거진 나무에서는 새들의 지저귀는 소리가 소나기처럼 요란하고 시끄럽다. 어라? 풍당, 돌 물통 수면에 소리를 내며 위로부터 새빨간 동백꽃이 한 송이 떨어졌 다. 노랗고 커다란 꽃술의 꽃잎을 숙이고 당장이라도 질식할 것처럼. 나무꾼은 젖은 꽃송이를 집어 들더니 손바닥에 올려놓 고 절 아래 계곡으로 내려가 흐르는 물에 띄워 보냈다. 동백꽃. 동백은 꽃잎을 한 장, 한 장 떨어뜨리는 게 아니라 통째로 꽃이 떨어져 흩어진다. 4·3사건으로 죽은 사람들을 섬사람들은 꽃 잎이 한 장 한 장 떨어지는 것이 아니라, 한 송이 그래도 떨어 지는 것에 비유하여 망자의 명복을 빈다.

아이고, 무서운 꿈을 꾸고 말았다. 정뜨르 비행장이 두 개로 완전히 갈라져 그곳에서 망자들의 원혼이 뛰쳐나오는 거야. 하 늘에 닿은 그 물보라는 뭐지. 땅속에 호수라도 있는 걸까.

여기는 표고 천오백 미터 지점, 약 오백 미터를 오르면 백록 을 거느린 신선이 호수를 건넜다고 하는 백록담, 한라산 정상 의 화구호에 이른다. 이 주변에서 하산하면 깊은 녹음의 숲, 숲 을 빠져나가 산록의 경사에 다가가면, 바다에서 불어오는 바람 에 흰 물결을 일렁이는 참억새 숲이 있다. 딸랑, 딸랑, 녹슨 쇠가 서로 부딪치는 듯한 소리가 울리는, 망자들의 혼이 살고 있는 참억새 숲이 펼쳐진다.

망자들이 망자들을 부르고, 망자들이 망자를 매장한다.

만월이 공항 활주로를 비추고 있는 심야, 공항건물 지하 3층에서 지상으로 올라가는 출구의 문이 열리고, 한 마리의 흰 강아지가 나왔다. 귀를 고양이처럼 쫑긋 세운 강아지는 아무도 없는 구내로 나와 뒤를 돌아보았다. 지하로부터 긴 계단을 올라온 망자들의 무언의 행렬이 나왔다. 망자들은 강아지 뒤를 따라 구내를 지나 로비 쪽으로 개찰구를 통과, 공항 현관으로 나왔다. 형태가 없는 그림자의 망자들, 아지랑이처럼 흔들리는 그림자 형태. 망자들은 형태가 있으면서 보이지 않고, 형태가 없으면서 보인다. 강아지는 공항 현관에서 한라산 위로 높게 빛나는 달을 올려다보았다. 뚱, 땅, 뚱땅, 뚱땅땅……. 저승 문이 열리고 땅속의 망자들이 소생한다. 현관에는 산에서 나무꾼이 데리고 온 누렁개가 마중 나와 있었다. 두 마리의 개가 앞장을 서 산으로 향했다. 딸랑, 딸랑. 망자들이 망자를 부르는 참억새 숲으로 땅속의 망자들이 향한다.

한잔 먹세그려 또 한잔 먹세그려

꽃 걱거 산(算) 놓고 무진무진 먹세그려

이 몸 죽은 후면 지게 우해 거적 덮어 주리혀 매여가나

유소보장(流蘇寶帳)에 만인(萬人)이 울어네나

어욱새 속새 덥가나 나무 백양(白楊)숲에 가기곳 가면

누른 해 흰 달 가난비 굵은 눈 소소리바람 불제

뉘 한잔 먹자할고

하물며 무덤 우에 잰나비 파람 불제 뉘우친들 어떠리

하얀 장례의 행렬, 들판을 지나고 산골짜기를 지나는 장례행
렬에 여러 개의 흰 만장이 바람에 나부끼고, 만시(輓詩)가 아
닌 권주가, 한잔 먹세 그려 또 한잔 먹세 그려……. 딸랑, 딸랑.
참억새의 바람에 수런거리는 소리는 해원(解冤), 한풀이에의
초대.

2000년 1월, 한국 국회를 통과한 '4·3특별법' 제정. 말살된
터부의 역사가 반세기 뒤에, 한없이 죽음에 가까운 기억, 한없
이 죽음에 가까운 망각의 동토 아래에서 햇빛이 비치는 지상으
로 소생하기에 이르렀다. '4·3특별법'에 근거하여 국무총리 직
속의 '4·3위원회' 성립. 4·3진상조사위에 의한 3년간의 조사사
업 결과인 '4·3사건 진상조사 보고서' 작성. 4·3학살을 국가의
범죄행위로 인정, 당시의 이승만 대통령과 미군의 책임을 명
기. 조사보고서 확정 직후인 2003년 10월 말, 노무현 대통령이
정부를 대표하여 제주도 방문, 도민과 유족에게 사죄. 마침내
4·3사건과 관련된 조사, 위령사업의 일환으로써 정뜨르 학살

의 유체 발굴을 위해, 공항의 지각을 벗겨내고 땅속으로 가는 문을 열기 위해 2006년 6월, 공항의 해안 쪽 동북부 일각에 최초의 말뚝을 박았다.

뚱, 땅, 뚱, 땅, 뚱, 땅땅. 두 마리의 개가 앞서고 만장의 깃발이 나부끼는 하얀 장례행렬은 만월의 빛을 받으며 끝없는 설원, 꿈틀대며 흔들리는 설원처럼 은색으로 빛나고, 딸랑, 딸랑 바람에 물결치는 참억새 숲으로 들어가, 숲 속의 달빛이 흘러 넘칠 듯이 가득한 시든 초목의 벌판으로 나왔다. 뚱, 땅, 뚱, 땅 땅땅. 빨간 입술연지를 바른 흰옷의 무녀가 달을 향해, 허공에서 헤엄치듯 춤추고 있었다. 양손을 하늘로 들어 올리며 천천히 허리를 굽혀 바닥에 무릎을 꿇고, 상반신이 지면에 닿을락 말락하게 엎드린 채 좌우로 조용히 비틀면서, 양 어깨를 물결치듯 무언의 통곡을 한다. 그리고는 그대로 지면에 한쪽 팔꿈치를 대고 쓰러졌다가, 거의 허공에 놓인 듯한 전신을 율동시키며 일어나더니, 사람 키의 두 배는 됨직한 지면의 희고 가는 천을 집어 들어 하늘로 크게 휘날렸다. 뚱, 땅땅, 뚱땅땅, 땅땅, 온몸이 달빛에 잠긴 채 저승을 연결하여 계속 춤을 춘다.

하얀 장례행렬의, 딸랑, 딸랑, 숲의 바람에 펄럭이는 만장의 깃발은 망자들이 머무는 참억새 숲으로 사라지고, 동백꽃을 손에 든 무녀가 메마른 들판에 섰다. 꽃송이의 꽃잎 한 장, 한 장을 가볍게 입에 물었다가 손가락으로 집어 들고 숨을 불어, 세

게 불어 꽃잎을 날렸다. 동백꽃잎 한 장, 한 장에 몸에서 떨어
지지 않는, 떨어지지 않는 말 하나, 하나를 싣고 반짝이는 만월
의 빛을 향해 꽃잎은 날아갔다.

　　한잔 먹세그려 또 한잔 먹세그려
　　꽃 걱거 산(算) 놓고 무진무진 먹세그려
　　뚱땅, 뚱땅, 뚱땅땅땅땅, 땅.

(끝)

후기

오사카(大阪)에서 태어난 김석범(1925~)은 4백자 원고지 1만 1천 매에 달하는 대 장편『화산도(火山島)』를 비롯한 많은 작품에서 '제주 4·3사건'을 형상화하여 은폐된 역사의 복원과 민족의 통일을 위해 노력해온 작가로 알려져 있다.

실제로 김석범의 작품은 1951년에 발표한 「1949년 무렵의 일지에서(1949年頃の日誌より)」라는 기행문 형식의 감상문을 시작으로, 2016년 10월부터 일본의 문예잡지『세계(世界)』에 연재 중인『바다 속에서(海の底から)』에 이르는 많은 소설들이 '제주 4·3사건'과 관련된 내용을 소재로 삼고 있으며, 작가 스스로도 "자신의 정서적 고향인 제주도에서 발생한 불행한 역사를 되살림으로써 인간의 재생과 해방, 그리고 자유로 향하는 길을 모색하고자 문학을 지속했다."고 말한다.

이처럼 '제주 4·3사건'을 소재로 한 일련의 작품들은 해방 직후의 혼란했던 시대를 살았던 민중, 특히 정치적 이데올로기의 희생양으로서 역사 속에 스러져간 제주민중의 투쟁에 대한 진정성을 회복하고, 분단된 조국과 민족의 상흔을 치유하기 위해 노력해온 작가의 의지를 엿볼 수 있게 한다.

그러므로 분단의 대립 속에서 여전히 치유되지 않은 상흔을 안고 살아가는 한반도의 현실은 '제주 4·3사건'의 문학적 형상화를 통해 남북 이데올로기의 무모한 대립을 비판하면서 민족 회복의 당위성을 주장하는 작가적 자세를 부각시켰으며, 김석범 문학이 '제주 4·3사건'만을 소재로 삼고 있는 듯한 인상을 심어주는 원인으로 작용하였다.

그러나 김석범은 '제주 4·3사건'과 관련된 작품만이 아니라, 재일동포 사회의 국적취득 문제와 간첩조작 사건 등, 남북으로 갈라진 조국의 갈등에서 비롯된 동포들의 고통과, 일본어로 조국을 그려내는 작가의 내면적 고뇌 등을 담아낸 많은 작품과 평론을 집필해왔다.

특히 비교적 최근에 출간된 소설『죽은 자는 지상으로(死者は地上に)』(2010)와『과거로부터의 행진(過去からの行進)(上·下)』(2012)은 1970, 80년대 한국의 정보기관이 독재정권의 안정을 도모할 목적으로 자행한 재일동포유학생 간첩날조 사건을 소재로 삼고 있는데, 간첩조작 과정에서 자행된 무자비한 폭행과 고문으로 파괴된 인간성 상실의 실상을 그려내고 있으며, 남북의 이데올로기 대립에 편승하지 않고 통일된 조국의 국적을 취득하겠다는 입장의 동포들이 겪어야 하는 억압과 갈등을 형상화하고 있다.

2010년에 출간된『죽은 자는 지상으로』는 재일동포유학생 간첩조작 사건이 발생하기 시작한 1960년대 후반과 1970년대의 한국과 일본을 배경으로 한 소설이고, 2년 뒤인 2012년에 출간된 『과거로부터의 행진(상·하)』은 1980년대의 전두환 정권시대를 배경으로 삼고 있다. 그런데 전자는 재일동포유학생 간첩조작 사건의 형상화를 위한 시험적인 작품이라고 할 때, 후자는 보다 세밀하게 재일동포들이 놓인 정치적 불안정성을 조명하고 있으며, 간첩으로 조작되는 과정과 석방된 이후의 삶까지 심도 있게 그려내고 있다. 즉 두 소설의 시대적 배경은 다르지만, 그 분량과 내용면에서 앞선 작품이 나중에 출간된 작품에 수렴되는 형태를 띠고 있다.

그런데 『과거로부터의 행진(상·하)』에서 묘사된 바와 같은 재일동포 간첩조작 사건이 빈발하여 많은 희생자가 발생한 이유는 그들의 정치·사회적 조건이 당시 독재정권의 음모를 덮어씌우기에 적합했기 때문이다. 1965년 '한일기본조약'의 체결로 재일동포에 대한 영주권이 인정되었지만, 일본이 남한과의 국교만을 회복하는 바람에 분단된 조국의 남과 북 어느 한쪽을 선택할 수 없다는 생각으로 '조선적(朝鮮籍)'을 고수하는 경우도 많았는데, 박정희 정권은 국가보안법에 의해 조총련계 동포들을 '반국가단체 구성원'으로 규정하고 그들과 일상적인 교류를 했다는 것만으로 민단계 동포들을 '스파이'나 '국사범'으로 만들어 버렸다.

이 과정에서 간첩조작을 주도하는 정보기관이나 경찰 공안
부 등은 자신들의 목적을 달성하기 위해 동포들을 잔인하게 고
문하였는데, 이들은 자신들이 독재정권의 하수인이 아니라, 대
한민국이라는 신성한 국가의 수호자인 것처럼 착각한다. 그리
고 이러한 착각은 무고한 희생자를 양산하더라도 조국을 위해
서라면 어쩔 수 없다는 자기합리화로 이어지고, 이 과정에서
발생하는 불법적인 행동들도 애국이라는 이름하에 면죄부가
주어진다. 그러므로 모든 개인에 의한 폭력이 국가에 의해 보
장될 뿐만 아니라, 여자 수감자에 대한 강간도 보장되는데, 그
'정신의 도덕적인 타락, 파멸은 권력의 권위로 지탱되는 것'이
라고 작가는 비판한다.

한편, 작품에서는 북한이나 조총련과도 관계가 없지만 통일
된 조국의 국적을 취득하겠다는 생각으로 '조선적'을 유지하는
동포들의 고민을 심도 있게 다루고 있다. 재일의 '조선적'은 원
래 국적과는 관계없이 전후의 일본 정부가 재일조선인은 일본
국민이 아니라는 것을 증명하는 기호로서 부여했는데, 나중에
남북한 정부의 수립과 함께 민단계가 중심이 되어 조선적을 한
국적으로 변경하면서 문제로 부각된다.

재일의 조선적을 한국적으로 바꾸려는 한국 정부와 민단의
시도는 남북 이데올로기 정권의 대결에서 유리한 고지를 차지
하려는 목적에서 이루어지다 보니 동포사회의 분열을 부추길

뿐 그들의 정치·사회적 입장을 호전시키지는 못했으며, 오히려 그들의 어중간한 정치적 입장이 빌미가 되어 간첩 조작에 쉽게 이용되는 결과를 초래하였다.

작가 김석범은 이러한 국적 문제와 관련하여 "난 어디까지나 통일조국을 원한다. 실현된다면 그 국적을 취득할 것이고, 그 국민이 될 것이다. 다만 그때는 난 더 이상 민족주의자가 아니다."라는 말을 통해 조선적을 고집하고 있는 자신의 입장을 분명히 밝히고 있으며, 조선적으로 통일의 그날을 기다리겠다는 작품의 주인공 한성삼의 모습에는 작가의 이러한 신념이 자연스레 투영되어 있다.

또한 『과거로부터의 행진(상·하)』에서는 재일동포간첩 사건 및 국적 문제 등과 맞물리며 묘사되는 '제주 4·3사건'의 잔상이 간첩날조사건 희생자들의 원한과 어우러지듯 펼쳐지고 있어서, 작가의 '제주 4·3사건'에 대한 회한과 진실 규명의 집념도 확인해볼 수 있다.

끝으로 역자는 김석범 선생님의 배려로 『화산도』에 이어 본 작품까지 번역하게 된 것을 더 없는 영광으로 생각하고 나름 최선을 다했지만, 원작의 문학성을 충분히 반영하지 못한 번역이 있다면 이는 전적으로 역자의 책임이며, 기회가 닿는 대로 수정해가고자 한다.

김학동

지은이 김석범(金石範)

1925년 출생. 1967년 작품집『까마귀의 죽음(鴉の死)』을 출간하여 작가로서 데뷔. '제주4·3사건'을 소재로 1997년에 완간한『화산도(火山島)』(전7권)는 오사라기지로(大佛治郎)상, 마이니치(每日)예술상을 수상하였다. 이소설은 한국에서도 2015년에 전12권으로 번역 출간되었으며, 같은 해에 제1회 '제주4·3평화상'을, 2017년에 제1회 '이호철통일로문학상'을 수상하였다. 이밖에도『만월(滿月)』,『땅속의 태양(地底の太陽)』,『죽은 자는 지상으로(死者は地上に)』등의 많은 소설이 있으며, 평론으로는 일본어로 집필하는 재일작가의 역할과 그 문학적 방법을 담아낸『언어의 주박(言葉の呪縛)』과『민족·말·문학(民族·ことば·文學)』등이 대표적이다. 이밖에도 재일동포의 인권문제와 국적문제, 조국의 통일에 대한 염원을 담아낸 많은 작품과 평론, 대담 등이 있다.

옮긴이 김학동(金鶴童)

충남 금산 출생. 국립목포해양대학 항해학과 졸업 후 외항선 항해사 근무.
호세이(法政)대학 일본문학과를 졸업하고, 충남대학교에서 「민족문학으로서의 재일조선인 문학」으로 박사학위 취득.
전 충남대학교 연구교수. 현재 동국대학교 일본학연구소 전문연구원.
저서로는『재일조선인문학과 민족』,『장혁주의 일본어작품과 민족』,『장혁주의 문학과 민족의 굴레』가 있으며, 역서로는『(김사량의) 태백산맥』,『한일내셔널리즘의 해체』,『화산도』전12권(공역)이 있다. 논문으로는 「김석범의 한글 '화산도'론」을 비롯한 50여 편이 있다.

과거로부터의 행진 하

2018년 4월 3일 초판 1쇄 펴냄

지은이 김석범
옮긴이 김학동
펴낸이 김흥국
펴낸곳 보고사

책임편집 김하놀
표지디자인 손정자

등록 1990년 12월 13일 제6-0429호
주소 경기도 파주시 회동길 337-15 보고사 2층
전화 031-955-9797(대표), 02-922-5120~1(편집), 02-922-2246(영업)
팩스 02-922-6990
메일 kanapub3@naver.com/bogosabooks@naver.com
http://www.bogosabooks.co.kr

ISBN 979-11-5516-788-5 04830
       979-11-5516-786-1 (세트)
ⓒ김석범, 2018

정가 16,000원